CHRISTIAAN THIERENS

OPERA BUFFA
DRAMA, DROOM EN PIROUETTES

novum pro

Dit boek is ook als
e-book
verkrijgbaar.

w w w . n o v u m p u b l i s h i n g . n l

© 2023 novum publishing

ISBN 978-3-99146-129-6
Geredigeerd door: Ine van Gerwe
Omslagfotos: Ilyach, Vlntn,
Tarragona I Dreamstime.com
Ontwerp omslag, lay-out & typografie:
novum publishing

www.novumpublishing.nl

Climate neutral
Print product
ClimatePartner.com/16547-2201-1002

Inhoud

Ik blijf u eeuwig dankbaar, mijn lieve bronnen van welbehagen, twijfel en ergernis.

1.

REKKE-TEK

Een oude weduwe leefde al jaren alleen in de kleine hoeve die de boer haar nagelaten had, samen met een erf, een moestuin, wat weiland, een half dozijn bruine legkippen en twee Vlaamse, zwart-wit gevlekte koeien, haar grote trots. Kinderen had zij niet, en de weinige familieleden die haar nog kenden, waren verspreid over diverse steden van de provincie. Gelukkig werd zij elke kerstmis aan hun bestaan herinnerd doordat ze niet nalieten om haar bij die gelegenheid een kaartje te sturen. Vroeger, tot het jaar na de dood van de boer, kreeg zij van hen ook een zonnig ansichtkaartje uit Tirol of Rimini, of zelfs Athene, maar die gewoonte verdween toen er van haar kant geen reactie kwam.

Op een dag in het voorjaar – het is niet te zeggen wanneer precies – ging zij, zoals elke ochtend, gewoontegetrouw naar het weiland om een goedendag te zeggen tegen haar twee koeien. Het was niets speciaals, maar toch genoot zij ervan als zij telkenmale de twee kolossen zag komen aanstormen zodra zij binnen hun oogbereik was, dus zodra zij voorbij de ligusterhaag stapte die de grens van de moestuin markeerde. Vervolgens was er nog een eindje dreef – zo'n honderd meter – met een rij van knotwilgen en een verwaarloosde hoekput, en daarna begon de weide. Maar tegen dan stonden de beesten al lang bij de draad te wachten op hun bezoekster, haar enkele vriendelijke woordjes en een brute, maar welgemeende aai op hun kop – die bij de ene meer wit dan zwart was, en bij de andere meer zwart dan wit. Als spiegelbeelden, dacht de weduwe soms, zonder veel nadenken. Waarna zij begon met het eerste melken van de dag, weliswaar een uur later dan vroeger, toen haar man nog leefde en ze meer koeien hadden ...

Op deze bepaalde dag in het voorjaar echter heeft zij sterk de indruk dat iemand haar in de gaten houdt, dat iemand haar volgt. Dat gevoel heeft zij al van aan de kippenren bij de laurierstruiken, die zij nog steeds niet gesnoeid heeft, en het blijft heel de tijd aanwezig op haar weg langs de groenten en in de dreef. Neen, het is niet de moederlijke maar domme blik van de koeien – die kunnen haar wel met hun supergrote donkere oogbollen aankijken, maar dat is het toch niet. Het zijn ook niet de kippen die zoals altijd de onverstoorde vrijbuiter spelen en vooral op die plaatsen scharrelen waar ze het niet mogen; die hebben trouwens helemaal geen aandacht voor haar, zolang ze maar niet met de trommel maïs schudt ...

Zij ziet echt niemand vlakbij, of ook niet in de wijde omtrek, alleen een grote ekster, die in haar omgeving van hot naar her huppelt (zoals alleen eksters dat doen) en af en toe de vleugels openslaat wanneer de geplande trip meer dan een meter bedraagt. Eén ekster, wat vreemd is, want ze kent de soort al van kindsbeen af, en bij haar weten blijven volwassen paartjes een leven lang trouw samen. Eén ekster is dus zelden te zien, mogelijk is de wederhelft per ongeluk (of niet, wie weet?) neergeschoten door een jager, of misschien van de aardbodem weggegrist door een sperwer of een buizerd. Of een rat? Het kan, hoewel ... En bovendien is dit wel een erg groot exemplaar, iets minder dan een halve meter, met een lange staart van zeker twintig centimeter. Volwassen, dat lijdt geen twijfel, en een mannetje – een *hij* dus, een echte kerel.

De volgende dagen blijft dat gevoel van bespied te worden, bestaan. Het is meer dan een gewoon gevoel, of louter intuïtie. Het is de haast spirituele ervaring die wij allemaal al eens beleefd hebben dat onze rug onmiskenbaar de blik van iemand gewaarwordt, en dat wij bij het omdraaien zien dat er inderdaad iemand is die onze aandacht vraagt.

De weduwe blijft er echter heel nuchter bij, maar zij merkt toch elke dag – elke ochtend en elke avond – dat haar gevoel versterkt wordt door de aanwezigheid van de ekster. Ja, telkens als zij buiten komt ziet zij hem zitten, en telkens als zij zich beweegt in de een of andere richting, dan huppelt en fladdert hij mee. Misschien is dat al een hele tijd zo en is het haar tot nog toe altijd ontgaan, maar nu is zij er volstrekt zeker van: die vogel volgt haar, en niet alleen met zijn ogen. Hij is altijd daar waar zij is, en dat betekent nooit verder dan tien meter. Bijna als een schoothondje, denkt zij geamuseerd. Of als de zwarte kraai op de schouder van een heks. Maar dan wel aardig en innemend, en helemaal niet bedreigend of onheilspellend.

En mooi is hij – eerlijk gezegd, het is een prachtexemplaar. Zij bekijkt hem nu heel aandachtig en merkt dat haar blik meteen beantwoord wordt, een beetje stout, maar ook lief. Vooral lief, vindt zij. Hij heeft duistere, heel beweeglijke ogen, die vrolijkheid en spot uitstralen. Zijn kop en zijn nek zijn glanzend zwart, zijn buik en zijn schouders zijn zo zuiver wit dat je haast niet kunt geloven dat zoiets in de natuur werkelijk voorkomt; en zijn vleugels en zijn borst hebben een metaalblauwe weerschijn, die soms neigt naar smaragdgroen – wat ook geldt voor de bijzonder lange staart, die voortdurend op en neer wipt. Eigenlijk zit het diertje geen moment stil; met zijn kwiek gedoe lijkt hij wel een kleine gevederde gymnast die rusteloos en onafgebroken bezig is met zijn evenwicht.

Het vrouwtje lacht en tuit haar lippen, en o wonder, de ekster maakt nu een klein sprongetje op de grond naar haar toe en kwettert. Rekke-tek of zoiets, jawel, zo klinkt het. "O, is dat je naam," vraagt zij al plagend, en zij zegt wel tien keer na elkaar: "Rekke-tek ... rekke-tek-tek ..." De vogel kijkt even verbaasd, houdt zijn kopje schuin en roept dan scherp krassend zijn antwoord: inderdaad, het is rekke-tek, en niet anders.

Vanaf dat moment van openbaring is Rekke-tek de trouwe gezel van de weduwe. Overal waar zij gaat, gaat hij mee. Soms springend, soms hoppend, soms fladderend, en dat alles begeleid door zijn eeuwige gekwetter, want blijkbaar moet hij bij alles en nog wat zijn commentaar kwijt. Hij is ook bijzonder nieuwsgierig, niet alleen naar de slaplantjes en de *gariguettes* – de zoete aardbeien – maar ook naar de bessenstruiken aan de rand van de moestuin, en de oude, uitgebloeide kruisbessen met hun gevaarlijke stekels. Hij gaat ook mee naar de koeien in de weide en toont zelfs interesse voor het praatje dat de boerin met de beesten

11

maakt, minder voor het eigenlijke melken of het doordringend geloei van de twee – blijkbaar is dat lawaai een minderwaardig Bargoens voor hem dat hij niet wenst te begrijpen, en zijn de bruine, stinkende vlaaien op het gras veel interessanter. En als de ekster tot vlak bij de voeten van de vrouw huppelt en met zijn vaalgrijze snavel verwoed in haar klompen pikt, waarna hij telkens opkijkt met een blik van 'Wat ga je mij maken?', dan kan haar blijdschap niet op. Rekke-tek is in haar ogen geen anonieme ekster meer die luid klappend met de merels en de duiven vecht, maar een geliefd kind, haar kakenestje, de ondeugende zoon die zij altijd gewenst maar nooit gehad heeft.

Einde mei is het mooi weer en laat de boerin de onderdeur aan de achterzijde wijd openstaan – zo komen de gezonde lucht en de voorjaarswarmte kosteloos binnen, en voorlopig is er dan nog niet te veel hinderlijk ongedierte. Na weinige dagen al ziet zij dat Rekke-tek de sprong waagt en voorzichtig maar onbescheiden de hoeve van binnen komt verkennen. Eerst het washuis dat hij in alle hoeken en gaten onderzoekt, dan de schimmige bergplaats met het opgestapelde hout, de bezems, de zwabber en de kruiwagen. Dát moet een curieus oord zijn, want hij verdwijnt daar voor meer dan een uur zodat zijn bazin zich zelfs waarlijk ongemakkelijk begint te voelen. Maar uiteindelijk ziet zij hem als een vrijpostige wijsneus weer in het licht verschijnen van de gang die leidt naar de keuken. Zij hoort het prettige getrappel van de pootjes op de arduinen tegels, stiekem ziet zij hem ook af en toe stilstaan voor een korte studie – blijkbaar is er geen spleetje of geen vuiltje dat hem ontgaat – en dan breekt opeens zijn schel gekwetter door het huis als hij het kamertje binnenkomt en oog in oog staat met zijn bazin die op haar stoel zit te lachen. *J'y suis et j'y reste*, lijkt haar bonte generaal wel te denken – ik ben er en ik blijf er. En zo is het, inderdaad: na deze entree is Rekke-tek ook het officiële huisdier van de weduwe en haar hoeve.

Heel de zomer zijn mens en dier onafscheidelijk samen, hun wederzijdse vriendschap, hun oprechte genegenheid zijn moeilijk te beschrijven. Binnen in de koele, schemerige boerderij, maar natuurlijk ook buiten in de dreef, het veld en de weide die liggen te bakken in de zon. Of bij de kippen, die meestal niet gediend zijn van zijn overactief gedoe en zijn geplaag. Maar meneer kan het blijkbaar niet hebben dat ze tijdens hun siësta liggen te woelen in het zand en hele wolken stof doen opwaaien.

Als Rekke-tek zin heeft, klapt hij dat het een lieve lust is, en het vrouwtje spreekt tegen hem alsof hij haar levensgezel is, haar intieme vriend van vlees en bloed. Hij hangt ook graag rond de keukentafel en rond de potten op het fornuis, en zij verleidt hem met allerlei hapjes en kliekjes die een normale ekster niet lekker hoort te vinden, maar waarop onze jongen hier tuk is. Eiergerechten hebben zijn voorkeur, zeker een hardgekookt eitje dat zij wat verkruimeld heeft – daarvoor laat hij zelfs een dikke kever of een lekkere eikel graag ongemoeid.

Hij is niet alleen een verwende fijnproever, maar ook een slimmerd. Op de gang naar het berghok staat een plastieken teil met vers water dat bedoeld is als drinkbak, maar dat hij al vanaf de eerste dag gebruikt heeft als bad. Natuurlijk is de teil veel te klein voor zijn lengte, maar zoals steeds weet hij zich perfect te behelpen, en hij draait en hij ploetert tot het meeste water op de vloer ligt en hij kan beginnen met het aandachtig strijken van zijn staart en zijn veren. Ja, het oude vrouwtje kan echt niet meer zonder hem, zij heeft hem liever bij zich dan vijf poedels of een half dozijn kittens. En dat weet hij heel goed …

Het wordt winter. Vroeger dan anders. Er wordt gezegd dat eksters zich dan gewoonlijk in groepjes verzamelen en zich terugtrekken in de bossen. Maar niet Rekke-tek. Hij blijft bij zijn vrouwtje en laat zich wel af en toe aan de buitenwereld zien om zijn vleugels uit te slaan, maar niet zo vaak, want van de vrieskou moet hij niet veel hebben en zeker niet van kille, bevroren regen. Soms zit hij in het washok of in de woonkamer, maar meestal toch in de keuken waar het altijd warm is.

En daar begaat de boerin de stommiteit van haar leven.

De onverwoestbare *buuzestove* – in de handel heet dat Leuvense stoof of plattebuiskachel – ronkt in de kleine keuken op volle toeren. De vuurpot staat roodgloeiend, een theedoek en een paar sokken hangen te drogen aan de vlekkeloze, gechromeerde boord rondom de bovenplaat; de geëmailleerde deurtjes van de oven staan op een kier. De stoof dient niet alleen als gezellige verwarming voor het kamertje, maar ook als een alternatief en goedkoop fornuis. Daarom staat in het midden van de hete kookplaat een oude geblutste waterketel die elk moment zal beginnen fluiten, en daarom ook legt de weduwe enkele dikke korstjes van haar brok komijnekaas op de zijkant van de plaat. Zij heeft dat meermaals gezien bij haar Zeeuwse grootmoeder en zij weet dat zo'n half gesmolten korstje een ware delicatesse is. Natuurlijk zal ze die kant van de plaat achteraf wel weer moeten schoonmaken met wat Sidol en een schuursponsje, maar ... de kermisgang is toch een bilslag waard.

Het smelten duurt nauwelijks een halve minuut, maar een van de koeien begint plots paniekerig te loeien, niet normaal. Waarschijnlijk opgeschrikt door een rat of een andere futiliteit, toch volgt de boerin haar instinct en stapt als de weerlicht naar de stal. Een van de beesten is vroeger immers gevoelig gebleken voor mastitis. Met een ervaren hand betast zij de uiers en merkt dat het slechts loos alarm is. Zij is gerustgesteld. Maar op dat moment hoort zij uit de keuken een gekrijs klinken dat door merg en been gaat: het is de vogel. Haar vogel.

Een seconde later staat zij weer in het kamertje en is zij getuige van een ontstellend drama: Rekke-tek ligt bijna spastisch te trillen op de hete plaat van de Leuvense stoof, zijn vleugels slaan als een bezetene hectisch in alle richtingen, zijn anders zo sterke poten zijn verkrampt tot een bolletje zwarte saai, zijn onpeilbare donkere ogen zijn omgeslagen tot een akelig witgrijs vlies. En ondertussen huilt en krijst hij zonder ophouden dat horen en zien vergaan.

Het pijnlijke geschreeuw is zo ongenadig en verschrikkelijk dat het vrouwtje dreigt haar zinnen te verliezen. Natuurlijk beseft zij in één oogopslag ook wel welk wreed schouwspel er achter haar rug heeft plaatsgevonden: die paar minuten dat zij bij de koeien was, is haar lieveling ongetwijfeld naar de welriekende kaaskorstjes op de kookplaat gefladderd en heeft hij bij de landing zijn poten verbrand – en misschien ook nog zijn staart, en zijn slagpennen?

Het is niet uit te houden, zij *moet* het beestje verlossen van zijn pijn en doet zonder nadenken wat zij ooit haar man heeft zien doen: zij grijpt de vogel van de plaat en gooit hem met volle kracht tegen de muur. Maar daar waar haar man er steevast in slaagde om de mus of de spreeuw in kwestie vanaf de eerste poging dood te smijten, lukt het haar helemaal niet: de afzichtelijk gehavende ekster ligt nu nog wanhopig te kronkelen op de keukenvloer. Misschien *kan* zij het gewoon niet, misschien kan zij gewoon niet de nodige kracht opbrengen.

Radeloos raapt zij de verminkte vogel van de grond, zij maakt van haar hart een steen en neemt haar toevlucht tot het laatste reddingsmiddel dat haar te binnen wil schieten: zij duwt de halfdode ekster helemaal onder in de emmer spoelwater die er nog staat van de vorige dag. En ondertussen bollen de tranen onophoudelijk over haar wangen. Ook nog als het spartelen van de korte doodsstrijd heeft opgehouden.

Na een tijdje dringt het pas goed tot haar door wat er gebeurd is. Zij hoort de koeien weer loeien in de stal, en zij ziet dat de gloed in de *buuzestove* aan het wegkwijnen is.

§

"Ja," zuchtte Jetje, die eigenlijk voluit Mariette heette. "Ik heb er zo'n spijt van. Ik heb nooit een huisdier gewild, en zeker toen niet meer, na *zijn* dood. Hij was enig, hij was onvervangbaar ... En wat later kreeg ik een hartkwaal en had ik verzorging nodig. Op slag verschenen er familieleden die ik nooit eerder gezien had. Zij oordeelden dat ik mijn laatste jaren beter hier zou doorbrengen, in het rusthuis. Ach ja, waarom niet? Ze hebben ongetwijfeld gelijk."

De weduwe Mariette was in een rust- en verzorgingstehuis beland, waar ik haar had leren kennen in de wekelijkse leesgroep. Na de lezing van die maandag over sprinkhanen – een verhaal van de bekende Alphonse Daudet – wilde zij nog een

Tönissteiner met mij gaan drinken in de cafetaria van het RVT. Ik kon niet weigeren, zij overrompelde mij met haar verzoek. En daar vertelde zij mij haar ervaring met die ekster. Zij had niet veel aansporing nodig om het allemaal tot in de kleinste details te vertellen.

"Ik zal het mijzelf nooit kunnen vergeven," zei zij. "Ik heb nooit meer een huisdier moeten hebben, al werd mij dat wel aangeraden. Ik zie nog altijd die levendige oogjes van hem, maar ook dat vale vlies van het onverbiddelijke einde. Ik hoor nog altijd zijn geschreeuw. Ik weet niet of ik er goed aan gedaan heb. Neen, natuurlijk niet. Maar Rekke-tek had zoveel pijn en ik wilde direct ingrijpen, ik *moest* toch iets doen? Ik was misschien in paniek. Heb ik te drastisch gehandeld? Maar wat had ik dan moeten doen, wat? Ik droom er soms van, en soms lig ik er wakker van. Kon ik de klok maar terugdraaien naar die avond in oktober, ach! Kon ik maar weer eens met hem in de zomer door die dreef wandelen, terwijl hij zijn bonte staart op en neer liet wippen en om de haverklap iets ging bekijken met die typische zijwaartse sprongetjes van hem ...

"Weet u, op mijn kamer, naast het bed, staat een portret van mijn overleden man in al zijn glorie – een Napoleon vóór zijn hoeve. En in het kader zit een lange, blinkende staartveer van Rekke-tek, de mooiste die er is. Als eeuwige herinnering.

"Maar ik ben blij dat ik het u verteld heb. Het vertellen was pijnlijk, het was eigenlijk alles opnieuw beleven, elk moment van dat jaar tussen hemel en hel. Het was ook een beetje sterven ... maar het heeft mij ergens deugd gedaan, echt waar. Verlost van die twijfel die mij jarenlang gekweld heeft, verlost van ... noem het maar een schuldgevoel. Een zondebesef. Ik heb dit nooit eerder verteld, maar vandaag, toen u daar sprak over die sprinkhaan ..."

Jetje zweeg en peinsde. "Sommige dingen vragen nu eenmaal veel tijd," zei ik warm en diplomatisch. Waarop ik ook zweeg en mijn limonade uitdronk.

Toen ik de volgende keer kwam voorlezen, was de weduwe er niet. De verzorger van dienst zei dat zij ongeveer een week daarvoor onverwacht en vredig overleden was. In de nacht van maandag op dinsdag. Na ons gesprek.

Onverwacht, had de man duidelijk gezegd, en vredig. Maar – in alle eerlijkheid – ikzelf had het wel min of meer verwacht. En gehoopt. Het leek mij de gedroomde gang van zaken.

Pirouette:
PRIJSBOEKEN … WIE KENT ZE NOG?

Tijdens mijn schoolgaande jeugd won ik elk jaar bij de proclamatie nogal wat prijzen met een grote pedagogische waarde. Ondanks die 'pedagogische waarde' waren het wel *echte* prijzen, beloningen dus, met een ontspannen karakter. Zo ziet u maar (tussen haakjes), dat pedagogie en vermaak elkaar niet hoeven uit te sluiten. Wel moeten wij blijven uitkijken voor pedagogische *excessen* zoals intellectueel snobisme, pedante betweterij, de ontmoedigende acrobatieën van het vermanende vingertje, en niet te vergeten de academische peda-goochelarij – een soort van spitsvondig verbalisme waarbij de meester altijd gelijk krijgt. Laten wij ons dus daarvoor hoeden!

Dit terzijde wil ik opmerken dat het prijzenpakket in mijn jeugd uit *boeken* bestond – niet uit filmtickets, waardebonnen of games – en dat een aantal van die boeken op mij een blijvende indruk heeft gemaakt. Zo weet ik nog goed dat ik als tienjarige zowat de primus van mijn klas was – tegenwoordig noemt men dat een *nerd* – en dat ik toen op zijn minst drie boeken in de wacht sleepte. Ik kan mij nog perfect herinneren welke.

Het boek over de tocht naar Indië van *Vasco da Gama* was niet alleen historisch juist, maar was ook bijzonder spannend geschreven. Het zou mij vijftig jaar later inspireren tot het relaas van een gebeurtenis in het Oriëntaalse Samarkand! Het tweede boek heette *De heuglijke reis van Emske en Henkie* en maakte vooral indruk omdat het leven van de twee jonge hoofdpersonages onmerkbaar overging van de harde realiteit naar een speelse droom. Ook dit gaf weer een halve eeuwigheid later aanleiding tot eigen werk, namelijk mijn novelle *Het Ongebeuren*. En dan was er nog *De Kaperkapitein*, een boek voor kinderen (uiteraard) van een mij onbekende auteur dat qua niveau niet moest onderdoen voor het veel geprezen en verfilmde *Mutiny on the Bounty*. En oneindig vaak herlezen.

Mijn God, ik zou het kroonjuweel bijna vergeten: de ontroerende belevenissen van een broer en een zus, *Peter en Marijke*, meesterlijk verteld in het gelijknamige boek, verdeeld over twee volumes. Dat was mijn prijs nummer vier in die klas, maar eigenlijk stond het vele jaren lang op de eerste plaats van mijn leeslijst. Keer op keer heb ik het opnieuw gelezen. Ik zou zeggen: node. Want het vreemde was dat die twee boeken zo dik en zo intriest waren – de arme kinderen verloren hun moeder en kwamen in een weeshuis terecht – dat ik er bang voor was. Ik durfde zelfs nauwelijks naar de omslag te kijken. En toch heb ik er vele aangename uren in doorgebracht, ook al kromp mijn hart telkens ineen van puur verdriet en liepen de waterlanders onmannelijk over mijn wangen.

Een ander ingrijpend boek, maar van een heel andere aard, was *Zoek het eens op*, of tenminste een van de vele delen. De bedoeling van dit werk was duidelijk: een hoogstaande encyclopedie voor kinderen leveren, opvallend rijk geïllustreerd en prachtig uitgegeven. Harde kaft, mooi ingebonden. Het was op zich al een waar genoegen om het vast te nemen, open te slaan en het papier te betasten. Ook om telkens de doffe klank te horen van het dichtklappen. Misschien was dit materiële contact wel de aanzet voor mijn latere liefde voor het boek als tastbaar genot?

Maar het was niet alleen dat, natuurlijk. Ook de onderwerpen, zeer gevarieerd, hebben mij voor de rest van mijn dagen geboeid. Ik herinner mij de biografie van de woeste Caravaggio, met heerlijke, licht erotische prenten, alsook een stuk over Shakespeare, een naam die ik toen nog niet kon uitspreken. Ook iets over elektriciteit en Alexander Graham Bell, een geniale uitvinder waarmee ik dan kon pronken op school. Ook een hoofdstuk over Florence Nightingale, de 'dame met de lamp' die ik erg *spooky* vond, en iets over ene Stephenson en zijn eerste locomotief. Dat laatste vond ik nogal saai, maar mijn honger naar kennis en 'weten' was hoe dan ook gewekt. Ik was zeker nog geen twaalf jaar, en ik geef toe dat deze kleine encyclopedie een cadeau was voor mijn verjaardag, dus geen *prijsboek* – of toch niet in de enge betekenis van het woord ...

Vraagt u zich nu af wat ik eigenlijk beoog met deze tekst? Wel, ten eerste wil ik een pleidooi houden voor de waarde van het boek, c.q. het goede verhaal én een verzorgde vormgeving, ook qua taal. In het bijzonder voor jongeren. Sommige prijsboeken hebben mij inderdaad gemaakt tot wie ik nu ben. En ten tweede doe ik een oproep tot alle prijswinnaars (en -*losers!*), tot alle hoog- en laagvliegers, om aan de landelijke Dienst voor Duurzame Volksontwikkeling te laten weten of zij ook genoten hebben van dat fenomeen 'prijsboek', ja, of überhaupt die vorm van scolaire beloning heden ten dage nog bestaat en, bij uitbreiding, of er bijzondere boeken zijn die op hen een blijvende indruk gemaakt hebben.

Mijn dank bij voorbaat!

Pirouette:
MIJN ALL-TIME FAVOURITES

Iets lichtjes anders nu. Ernstig. En vijftig jaren later ...

Ooit noteerde mijn alter ego in een persoonlijke onthulling dat ik sinds mijn schooltijd geen fictie meer gelezen heb. Dat is inderdaad zo. De reden was dat ik als zelfbewuste, beginnende schrijver mijn eigen stijl puur wilde houden, los van literaire invloeden. Zo was (en ben) ik dus ergens een 'purist', maar niet in de gangbare taalkundige betekenis van het woord.

Toch moet ik enkele kleine correcties aanbrengen op de boude uitspraak van toen. Ten eerste bedoelde ik met fictie vooral de 'moderne fictie' van de 'nieuwe lichting', dus niet de krakers die vele generaties overleefd hebben. Ten tweede had ik nóg een reden om geen fictie meer te lezen, en dat was de (volgens mij) vervelende trend van de laatste jaren om elk verhaal te willen inspireren op de actualiteit. Ja, tegenwoordig volstaat het dat er in de Wetstraat gekaart wordt, of dit vormt stof voor tenminste vijf romans – als intrige, of gewoon als relevante achtergrond.

Pft! Zo heeft mijn collega-auteur R.G. in 1995 naam gemaakt met een novelle waarin aids centraal stond, en het volgende jaar heeft hij het nog eens overgedaan met aids als decor. Maar ... zijn naam heeft de eeuwwisseling niet overleefd! En onlangs las ik twee recensies van romans die draaien rond Covid-19. Hoe 'eeuwig' zullen die zijn? Ik twijfel er niet aan dat in 1950 ook de koningskwestie al stof gaf voor lijvige boeken – die echter nu vergeten zijn, samen met de koningskwestie zelf.

Wel, deze boeken interesseren mij niet. Ik *leef* in de werkelijkheid en de actualiteit, ik hoef er dus geen extra fictie over te lezen. En het gaat meestal dan nog over een werkelijkheid die vluchtig is. Als een tsunami – o ja, wij schreven daarover *toen* eind 2004.

Welke boeken vind ik dan wel de moeite om te lezen en te herlezen? En waarom? Heb ik zogenoemde *all time favourites*?

Wel, ik hou van *La Peste* van Camus en *Rochus* van De Pillecijn. Niet omdat ze handelen over de Zwarte Dood in de middeleeuwen, niet uit een soort van verdorven sadisme, maar omdat ze handelen over de universele verwerking van het lijden door de mens. Begin veertiende eeuw, maar ook in ons jaar 2021. Ze zijn dus eeuwig, en toch immer actueel. Want ze gaan evenzeer over *onze* beleving van ellende. Niet alleen over monniken en grafdelvers. Niet alleen over zweren, zwarte ratten, snaveldokters en lijkenkarren die al lang naar de geschiedenis verbannen zijn. Het gaat over de mens, over het leven, over karakter, ja, over goed en kwaad. En dit alles – ongeacht het verhaal, ongeacht de catastrofe – beschreven in een uitmuntende stijl die de gewone lectuur verheft tot zintuiglijk gewaarworden: de beide auteurs laten hun onderwerp waarlijk stinken als kadavers, ook in de huiskamer bij de open haard.

Nog meer houd ik van William Shakespeare, een Engelsman van zo'n vierhonderd jaar geleden. Hij is uniek. In zijn *Othello* beschrijft hij het gecompliceerde drama tussen de Moor Othello en zijn jonge vrouw Desdemona, maar wat ik vooral onthoud is de onvoorstelbare schade die jaloersheid in de mens kan aanrichten, de vernietiging die jaloersheid, wantrouwen en bezitterigheid zelfs in mijn eigen relaties aangericht hebben. Alsook de latente waarschuwing voor al mijn latere soortgelijke gevoelens in 2021 en daarna.

Neem nu *King Lear*, van dezelfde meester. Een van de intriges in dit stuk is het plan van de koning om zijn reusachtige bezit weg te geven aan zijn drie dochters, in ruil voor hun liefde en onderdak. Passé? Absoluut niet! Ik moet zeggen dat ik expliciet naar dit stuk verwezen heb toen mijn hopeloze vader, na het overlijden van zijn vrouw en mijn moeder, van plan was om zijn fortuin ook weg te schenken aan zijn vierkoppige kroost – hiermee hopende op onze blijvende en zekere ondersteuning voor de tijd die hem nog restte. Geen vierhonderd jaar geleden was dat, geen toneelstuk, maar een waar dilemma in het jaar 2010! Ik heb het mijn vader hartstochtelijk afgeraden, met de mislukking van King Lear in gedachten. En het heeft geholpen. De goede man is rijk gestorven, bemind en gesteund door zijn kinderen. Bejaard, ja, maar onafhankelijk, en geenszins geplaagd door de onzekerheid van de oude dag.

En weerom moet ik zeggen: Shakespeare heeft ongetwijfeld tijdloze intriges die even spannend zijn als een moderne detective, maar de man onderscheidt zich ook, en niet weinig, door een typische *stijl* die smaakt als pure poëzie. Vandaar dat ik bepaalde passages, en zeker de monologen, bij voorkeur hardop wil lezen.

Buldaarse Rhapsodie (Jozef Van Hove) is nog steeds een goede thriller, niet omdat het een avontuur van twee boezemvrienden in het enge Bulderije verhaalt, maar wel een frontale aanval is tegen elke vorm van totalitair bewind, dictatuur en repressie. Waar en wanneer dan ook. Het conflict tussen de menselijke hang naar vrijheid en ongebondenheid enerzijds, en zijn verlangen naar bescherming en zekerheid anderzijds – het is een thema dat in al zijn variaties boeiend is en boeiend blijft. *Buldaarse Rhapsodie* is een verhaal dat ook nog leesbaar is in de volgende eeuw, en jammer genoeg dan ook nog actueel zal zijn, vrees ik. De mens blijft een mens. Maar gelukkig weet de mens-schrijver Van Hove met zijn spiritueel en volkse taalgebruik het gegeven dusdanig te behandelen dat elke bladzijde wel een lach van heimelijk plezier of leedvermaak teweegbrengt. Zeker in zijn eerste dozijn werken was deze bijna anonieme auteur een meester van de humor en relativering, soms heel fijntjes, soms platvloers.

Shakespeare is universeel en de top. Om dezelfde reden lees ik nog *De Idioot* van Dostojevski, want dit gaat minder over het tsaristische Rusland dan wel over de vloek van de doorgedreven zelfsuggestie, over een obsessieve geestestoestand, over autisme en de dubieuze kwaal van ASS – de Autisme Spectrum Stoornis. Qua omvang is *De Idioot* een kanjer, een 'galjaar' van een boek – zoals ongeveer alles wat deze publicist ons nagelaten heeft – en toch is het moeilijk om de lectuur ergens halverwege te onderbreken, want hij schrijft heel vlot, eenvoudig en direct.

Dostojevski ráákt, en hij raakt mij honderdmaal meer en dieper dan de beroemde verteller en landgenoot Tolstoi. Het is wel aan te raden om de ingesloten lijst van spelers – van protagonist tot figurant – bij de hand te houden en om het Russische systeem van naamgeving enigszins te doorzien.

Andere goden zijn Molière en Dickens, ook zij zijn nog steeds welkom. Wellicht ook Iris Murdoch. Zoals ze hun moedertaal hanteren, is het meer dan gewone communicatie, is het altijd *kunst* – gelukkig niet met een grote K. De verwoording zelve maakt het lezen aangenaam, naast het pure verhaal. En wat die inhoud betreft zitten zij ook weer goed, want zij schreven alles overstijgende werken die nooit ver staan van *onze* wereld. Daar zit 'm de kneep. Zelfs een historische roman of een biografie moet volgens mij het louter historische overstijgen. Het is wel aan ons om de link te vinden, om de metafoor te zien in het klassieke verhaal – of de alledaagse, gedateerde anekdote – en deze dan te herkennen in onze eigen zakelijke realiteit.

Wie in het voorjaar zijn betaalbare vakantie doorbrengt op het eiland Kos, in hotel *Continental Palace*, die maakt kans om mij daar rustende bij het zwembad aan te treffen met een Agatha Christie in de hand. Deze vermelding betekent niet ik deze dame opneem in mijn lijstje, wel dat de vreugde van het lezen ook gewoon kan liggen in ontspanning, en dus niet altijd of per definitie in de esthetische ervaring. Maar ik kan Mrs. Christie toch geen favoriet noemen, simpelweg omdat – ondanks de verrassende *plots* – haar schrijfstijl te mager is, en dat maakt voor mij wel een verschil. Dit geldt ook voor al die andere spannende *whodunits* – met G. K. Chesterton misschien als grote uitzondering. In essentie blijft de gebruikte taal bijkomstig en gewoontjes. Laat de *content* weg, en je hebt niets meer.

En dat is nu precies het grote verschil met de onvolprezen *Tales of Mystery and Imagination* van Edgar Allan Poe. Alleen filistijnen en hansworsten noemen dit een 'betere detective'. Blamage! Neen, dit volume hoort zeker bij mijn voorkeuren. Het is kwaliteit die je bijna kunt proeven. Maar let wel: ik ga het nooit ter hand nemen als ik in een omgeving vertoef van huilende baby's en brallende baders, met het dreigende risico dat *The Raven* een douche krijgt.

U kunt amper lezen, zegt u? Geen dikke boeken? Het boeit u niet? Geloof mij, vriend, deze tekst gaat minder over Shakespeare of literatuur, dan wel over filosofie – over diepgang, over kennis, over schoonheid, over de houding van de mens tegenover het leven. Tegenover wat echt telt, en wat bijkomstig is. Maar ook daarover vindt u wel iets in een voorgaande publicatie ...

2.

IN HET SPOOR VAN DE DROOM

Er zijn mensen die lijden *onder* de eenzaamheid. Er zijn ook mensen die lijden *aan* eenzaamheid. Dat is niet hetzelfde. Laten wij ons hiervan goed bewust zijn. Het ene is een situatie, dikwijls van tijdelijke aard, waarbij de oplossing vroeg of laat mogelijk en ook realiseerbaar is – bij voorbeeld doordat er zich een wijziging c.q. verbetering voordoet in de situatie zelf, in de omgeving. Het tweede is een ziekte; denken wij maar aan het markante fenomeen dat iemand zich ook (en vooral) alleen voelt in de massa, middenin een zee van mensen. Dit kunnen wij op zijn zachtst een afwijkende karaktertrek noemen en is moeilijker om te behandelen.

Maar er zijn mensen – er lopen er weinig rond, moet ik toegeven – die geen van beide toestanden aan den lijve ondervonden hebben, of zelfs niet herkennen in hun eigen leven. Zij lijden eigenlijk aan het tegengestelde van eenzaamheid, waarvoor bij mijn weten geen naam bestaat. Ze hebben geen gemeenschapsgevoel, ze hebben weinig waardering en interesse voor het samen-leven, ze zijn bereid om hun omgeving op te offeren voor principes, voor de waarheid, voor hun radicale strijd tegen de hypocrisie. Bij hen is de slinger doorgeslagen naar de andere kant van het mens-zijn, hun rode gevarenindicator staat te knipperen op … op wat eigenlijk? Introversie? Misantropie? Misschien komen die termen mooi in de buurt van wat ik bedoel …

En zo zat ik nog even te wachten in het knusse secretariaat van de eminente dr. Malcorps voor mijn vierde afspraak. Ik was te vroeg – zoals steeds – en was nog meer geneigd tot introspectie dan anders. Iets waarvan ik mij ten volle *bewust* moest zijn en waaraan ik niet te veel mocht toegeven, had de dokter al eerder gezegd, iets dat ik in de hand moest houden. Het was niet gevaarlijk, er zijn nu eenmaal mensen die graag en gedurig introspectief zijn, en er zijn anderen die ontvankelijker en gevoeliger zijn voor prikkels uit de buitenwereld. Het is een tweede natuur. Maar overdrijven is nooit goed, had hij ook nog gezegd – doodserieus, terwijl ik mijn lach slechts met moeite kon inhouden – en het zou evenmin kwaad kunnen (als eerste aanzet voor mijn grotere probleem) dat ik mijn ogen wat meer zou openhouden, letterlijk en figuurlijk, en richten op wat er rondom mij gebeurt. Ik vond het grappig, wetende dat die man misschien tien jaar gestudeerd had ... om een dergelijk banaal advies te geven. En dat het ministerie hem hiervoor vergoedde.

Nu, spannend was dat wachten zeker niet, hoewel het interieur van het kamertje veel erger kon. Ik taxeerde het in elk geval twee niveaus hoger dan de grauwe wachtkamer van mijn huisarts: die had hoegenaamd niets aantrekkelijks, tenzij je nog geboeid kon worden door een poster van de vorige eeuw over borstkanker, of door een oproep om je te laten vaccineren tegen malaria. Maar hier was tenminste licht, en vooral helder licht dat door het grote kantelraam naar binnen stroomde. En aan de beige getinte wanden hingen enkele ingelijste etsen die ik qua stijl niet echt kon waarderen, maar die in die ruimte pasten als een ranke roos in een solitaire vaas: ze toonden merkwaardige taferelen uit de geesteszorg in de Hollandse Gouden Eeuw.

De zon van het voorjaar wil overvloedig naar binnen schijnen, maar de maagdelijke *voiles* voor het raam temperen het feest. Ik weet dat de secretaresse Irmgard heet, en zowel die naam als haar uiterlijk zeggen mij niets over haar leeftijd: zij kan vijfendertig zijn, maar ook vijftig. Het is een van mijn zwakke punten, ik *zie* het gewoon niet. Zij kijkt mij nauwelijks aan en is permanent bezig met de computer en met de telefoon. Wanneer zij haar stoel verlaat om naar de printer te gaan, merk ik wel dat haar gebloemde jurk naar mijn smaak een vuist te kort is en dat zij beschikt over twee benen die doen denken aan de vroegchristelijke catacomben. Maar ik vermoed dat zij de intelligentie mist van de kerkvaders, want zij heeft een nogal plat Leuvens accent, zelfs aan de telefoon, en ook in het Frans. Nu ja, haar gezicht en haar borsten maken veel goed, denk ik. En terwijl ik verstrooid de gefilterde zonnestralen speelse danspasjes zie uitvoeren op mijn jeans, besef ik dat ik een beetje afgunstig ben. Ik zou eigenlijk wel Irmgard willen zijn.

Ook al is de binnendeur stevig gecapitonneerd, toch dringt af en toe de stem van de dokter door. Onverstaanbaar, dat spreekt vanzelf, maar ik hoor toch enige opwinding. Als het geluid opeens overgaat in een haast homerisch gelach – wat ik moeilijk van de eerbiedwaardige arts kan geloven, laat staan accepteren – pas dan kijkt Ingmar van haar computer op en zegt vergoelijkend: "De dokter heeft een gesprek met het buitenland; een *videocall* met een collega uit Bordeaux. Dat kan een poosje duren."

Ik knik vol begrip, maar ben wel immens teleurgesteld: ik had toch een ondeugend knipoogje of een minimale dosis gezonde spot verwacht. Of mededogen: want als rechterhand van zijne eminentie moet zij toch beter dan wie ook weten dat dr. Malcorps per definitie *altijd* een kwartier achterop zit met zijn schema. "Een academisch kwartiertje kan nog net," zegt hij dan telkens profijtelijk als ik zijn bureau binnenstap, ook al zou het de honderdste keer zijn.

Op dat moment hoor ik de voordeur dichtslaan, ik vraag mij meteen af of er wel degelijk een *videocall* met Bordeaux geweest is. Een halve minuut later gaat de zoemer. Het is mijn beurt.

Ik wind er geen doekjes om: ik ben in behandeling voor – hoe zal ik het noemen – voor mijn extreme koelheid, de afstandelijke kilte die ik meen te voelen tegenover en vanwege mijn medemens. Een psycholoog van het werk had mij voorheen al bedachtzaam gewezen op de mogelijkheid van een latente, dreigende psychose en had gezocht naar antecedenten. De ontdekte feiten gaven aan dat zijn vrees niet denkbeeldig was. Een hele tijd later werd deze diagnose grotendeels bevestigd door een andere, maar hoogbejaarde psychologe, die werkte in opdracht van het gerecht en constateerde dat ik een 'ego-gecentreerd bewustzijn' en een 'ongevoelige persoonlijkheid' bezat die zouden ontsporen, indien onverstandig getriggerd.

Dit nieuws, zwart op wit, was niet echt een verrassing, maar het kwam toch hard aan. Ik dacht dat een zekere koelheid en afstandelijkheid en een terugvallen op zichzelf in tijden van economische crisis normaal waren. Edoch! Toen de vrouw in kwestie mij confronteerde met de vraag wie ik in mijn kennissenkring echt zou kunnen missen, van wie ik het afscheid echt zou betreuren, ja, of er iemand was om wie ik een traan zou laten … toen bleef ik het antwoord schuldig. Dergelijke pijn was mij gelukkig bespaard, lachte ik schelms. Maar deze reactie was blijkbaar fout, want zij drong erop aan – met de stalen hand in de fluwelen handschoen als het ware – dat ik een deskundig psychiater zou opzoeken. Zij raadde dokter Niels Malcorps aan, vrijblijvend natuurlijk: die boekte meestal goede resultaten in zijn vele justitiële opdrachten, en dat zou zeker van pas komen.

De psychiater is een imposante man, zowel qua figuur als qua spreken. Of hij even imposant is *daar beneden*, dat weet ik niet, maar het tegendeel zou mij wel verwonderen. Hij heeft een hoofd als een buldog, een onopvallende bril en gemillimeterd grijs haar. Hij spreekt met een krachtige stem en in een rustig, doordacht tempo; hij markeert zijn uitspraken met duidelijke klemtonen en bewuste pauzes die de schijn wekken dat hij hardop denkt. Hij had een bokser kunnen zijn, of een Russische oligarch.

Op de een of andere manier straalt hij een onvoorwaardelijke autoriteit uit: hij is wel altijd vriendelijk en voorkomend, hij kent zijn vak en is soepel in het contact, maar tegelijk weet iedereen in zijn omgeving dat hij niet met zich sollen laat. Wat hij zegt, is evangelie. Je mag wel protesteren en relativeren en zelfs grapjes vertellen, maar er zijn grenzen, en die geeft hij duidelijk aan. Ik denk dat hij zelfs in principe wel houdt van tegenspraak en wat contramine, maar ten langen leste is hij de *boss* én *your friend* – hoewel hij dat liever in het Frans zou zeggen, want hij maakt er geen geheim van dat hij iets heeft met die taal, met het *chanson*, die cultuur, die mensen. Een kleine handicap, maar toch. Ook dat hij niet rookt en niet drinkt – behalve champagne, en dan nog van het beste merk – vind ik maar triest, hoewel het voor de hand ligt.

Een grotere handicap is dat ik hem wantrouw zoals ik trouwens alle andere zielenknijpers van deze wereld wantrouw, en dat gevoel is nog toegenomen sinds hij terloops vermeldde dat volgens hem een priester geen absoluut biechtgeheim kan hebben en psychiaters ook geen absoluut beroepsgeheim. Daar heb ik uiteraard wel mijn bedenkingen bij en dat heb ik hem ook gezegd – hoe kun je in dat geval immers je ziel en je gedachten blootleggen zonder enigszins op je hoede te zijn? Dat is toen een minutenlange discussie geworden ... waarin de argumenten van de specialist uiteindelijk de bovenhand haalden, er was nu eenmaal geen ontkomen aan.

Maar, laat mij duidelijk zijn. Gelukkig, voor hem en voor mij, kan ik met grote zekerheid stellen dat ik hem op één punt voor de volle honderd procent vertrouw: namelijk dat hij het beste met mij voorheeft. Daar twijfel ik geen moment aan, dat mag ook niet. Hoe ondoorgrondelijk zijn wegen ook mogen zijn. Hij heeft het beste met mij voor.

Natuurlijk heb ik al meermaals speurwerk verricht op internet omtrent zijn doen en laten. Blijkbaar is hij niet alleen een autoriteit in de dagelijkse professionele omgang, maar ook op wetenschappelijk gebied en qua achtergrond. Hij heeft al heel wat gepubliceerd, onder andere over psychosen in de gevangenis, over forensische psychiatrie, en hij is nog steeds betrokken bij het onderzoek naar adult ASS–stoornissen in het autismespectrum bij volwassenen. Hij heeft veel contacten met diverse ministeries en departementen, vooral met Justitie en Volksgezondheid, en zo komt het dat hij dan ook met de regelmaat van een klok door de media als expert wordt ingeschakeld. Het is ook via het ministerie dat ik met hem in aanraking ben gekomen – daarover wil ik niet verder uitweiden – en het is datzelfde kanaal dat instaat voor zijn vergoeding (die aanzienlijk moet zijn).

Ik ben zelf niet voor één gat te vangen, en volgens het internet en mijn persoonlijke ervaring leunt hij sterk aan bij de psychoanalyse en het therapeutische gesprek en is hij afkerig van neuroleptica of chirurgische ingrepen. Dit in tegenstelling tot zijn meeste collega's en de moderne trends – in die zin is hij dus zowat de laatste der Mohikanen. Dat is volgens mij zeker een pluspunt, want ik wens niet dat mijn goed gevoel afhangt van spuitjes en pilletjes, wat uiteindelijk toch maar doekjes voor het bloeden zijn, middeltjes om de symptomen te behandelen en niet meer – zo denk ik erover, tenminste. Malcorps is voorts een aanhanger van de holistische school – wat dat dan ook in de praktijk moge betekenen – en behoort desondanks tot de experimentele clan die vindt dat het (goede) doel de middelen heiligt. Neen, hij is *ad hoc* niet vies van een psychosomatische aanpak, noch van regressieve hypnose, of van Freudiaanse droomduiding.

Ik had de indruk dat onze eerste sessies gewoon verkennend waren. Hij zei praktisch niets, noteerde heel veel en kwam slechts incidenteel tussenbeide om mij te stimuleren of voorzichtig in een bepaalde richting te dirigeren. Dat had ik wel door, maar meestal te laat, op het moment dat ik weer buiten op straat stond en het gesprek herkauwde.

Bij het derde gesprek, drie weken terug, was zijn tactiek duidelijk veranderd: hij begon mij toen te benaderen als een oude bekende, en er was iets in zijn houding van 'nu gaan wij spijkers met koppen slaan'. Hij stelde ook meer vragen en vatte af en toe samen om (denk ik) op dezelfde golflengte te blijven en dit te consolideren. Ook dat had ik wel door, maar desondanks merkte ik niets van die eventuele spijkers met koppen. Ik maakte zelf van het gesprek gebruik om mijn beklag te doen over een recente ervaring waarbij een buurvrouw zich driemaal na elkaar niet aan een afspraak gehouden had; en ik stelde – ook niet voor de eerste keer – hardop de retorische vraag hoe het mogelijk was dat twee mensen het langer dan een halve dag met elkaar konden uithouden, ja, ik verbeterde mijzelf: hoe sommigen zelfs een leven lang elkaars gezelschap konden dulden, en dan nóg volhielden dat ze gelukkig waren. Dat was volgens mij niet te geloven, tenzij ze elkaar af en toe bedrogen, of komedie speelden, of aan de drugs zaten. Ik vond het absurd.

Maar neen, geen spijkers met koppen. Het enige wat hij als persoonlijke inbreng losliet, was de boude vaststelling dat ik bijzonder kritisch was en dat ik mij over ontzettend veel zaken, mensen en gebeurtenissen ergerde. Zoals *ik* overal aanleidingen zag tot ergernis en misnoegen, zo moest ik van binnen wel heel nerveus zijn, stelde hij. En dat was niet gezond. Die houding maakte mij cynisch, krachteloos, verlamd. Volgens hem – er was uiteraard geen ruimte voor ontkenning – droeg ik iets als een ondoordringbaar lederen pantser waarin ik mijzelf opvrat alsof ik een vleesetende bacterie huisvestte. Afijn, dit gezegd zijnde, gaf hij mij een concrete taak mee waarover ik in de volgende sessie verslag moest uitbrengen.

Van nature had ik al niet veel op met psychologie en die dingen. Nu had ik er vroeger wel wat over geleerd en vooral heel veel over gelezen, maar nooit met de bedoeling dat dit de mens-in-nood op een of andere manier zou kunnen helpen, of dat het een wetenschap was. In mijn ogen was een therapie altijd een luxeproduct geweest, zelfs een teken van Westerse decadentie. Doe maar gewoon, je bent al gek genoeg, vatte mijn standpunt zowat samen, en dat had ik geërfd van mijn vader, die altijd *down to earth* was en ronduit beweerde dat psychologen armoedzaaiers en charlatans waren. A propos, mijn vader was in zijn vrije tijd een succesrijke kaartlegger ...

En nu scheen er dus toch schot in de zaak te komen. Gelukkig maar, want eerlijk gezegd, ik vond dat de eerste drie sessies gebalanceerd hadden tussen puur tijdverlies en gezellig maar richtingloos gesnap, en dus was elke verandering in de aanpak, zeker naar het concrete toe, meer dan welkom. De gegeven instructie was trouwens eenvoudig, maar niet evident: de dokter wilde graag weten waarover ik droomde, en vooral, in detail, *wat* ik droomde. Om aan te geven hoe ernstig het hem was, gaf hij in de laatste minuten nog wat motiverende uitleg over het hoe en waartoe van droomanalyse, en zelfs van de grenzen. En ik mocht alles opschrijven, zei hij, als dat zou helpen. Geen probleem.

Ik kom binnen en blijf rechtop bij de stoel voor zijn bureau staan waar ik gewoonlijk op zit. *Zijn* stoel staat er mooi tegenover in een hoek van negentig graden, op zo'n anderhalve meter – ik denk dat deze opstelling doelbewust is en dat zij de communicatie bevordert omdat je wel naar elkaar *moet* kijken en elke beweging kunt zien. Toch vind ik – al vanaf het eerste gesprek, enige tijd geleden – dat deze schikking adequater is voor een gemoedelijke onderhandeling tussen twee politieke bonzen.

Ik ga niet zitten en kijk vanuit mijn ooghoeken naar een ouderwetse lederen canapé die tegen de muur staat maar waarop ettelijke dichtgeknoopte dossiers liggen. Nog vóór ik hier de eerste keer binnenstapte had ik mij onze gesprekken al levendig voorgesteld met een soortgelijke canapé als de centrale ligplaats in de haven. Niet dus! Maar toch had dat vuile, olijfgroene vehikel met het licht opgerichte hoofdeind mij altijd gefascineerd. Ook nu nog, bij mijn vierde entree.

"Scheelt er iets? Je mag gaan zitten, hoor," zegt dr. Malcorps goedmoedig.

"Nu ja, ik wil wel. Maar vandaag is het toch een iets andere sessie, niet? Diepgaander, veronderstel ik. Moeilijker misschien. En dus dacht ik dat die oude ligbank daar voor ons gesprek van vandaag wel stimulerend zou kunnen zijn? Wel, nu ik toch op dreef ben: ik vind dat ik hem ook eens aan den lijve zou willen gewaarworden."

Ik spreek vrijuit en geestig, iets wat ik de eerste keren nooit gedurfd zou hebben. Maar meneer de psychiater hanteert een fijnere en toch strengere stijl. Hij is dokter, geen vriend.

"Dacht je dat? Voor mij hoeft dat niet. Dat bestaat wel, zeker vroeger, en het wordt al jaren te pas en te onpas geparodieerd op de teevee en in *comics*. Je weet wel, zoals in *Peanuts*. En *Gaston Lagaffe*. Maar wij hebben tot nu toe altijd uitgebreid en ook diepgaand met elkaar gepraat, jij op jouw stoel en ik op de mijne, en als je vindt dat onze vorige gesprekken nutteloos waren en oppervlakkig, wel, dan hoef ik je maar mijn notities te tonen. Ik denk dat ik voor jou al zeker tien bladzijden heb."

De vraag ligt op het puntje van mijn tong om zijn cahier eens te mogen inkijken, maar ik doe het toch maar niet. Ook al voel ik mij wat stouter dan gewoonlijk, want ik ben ondertussen toch een habitué geworden, en wat meer is, ik heb mijn opdracht goed uitgevoerd, vind ik, en ik heb zeer interessante informatie voor hem in petto.

Er valt een stilte. Ik geef hem ruimschoots de tijd om zijn fameuze notities van de vorige keren te raadplegen. Hij kijkt nogal vergenoegd op – dit kan natuurlijk ook weer een verkeerde interpretatie zijn – maar hij blijft doodleuk zwijgen, alsof wij nog een hele dag hebben. Ik ken dat al. Dat is een teken dat ik van wal mag steken.

Normaal begin ik nu honderduit te vertellen over alles en nog wat, over wat ik de voorbije weken meegemaakt heb, ook over frutjes en wissewasjes en (op goed geluk af) de persoonlijke gevoelens die ik hierover ontwikkeld heb, maar nu kan ik slechts met moeite wachten om hem te rapporteren over de opgelegde taak. Als een kind dat staat te trappelen om zijn goed rapport te tonen.

Ik houd mij nog een paar seconden in en verzamel mijn gedachten. Dan pak ik uit, een en al focus.

"Ik had wel al iets genoteerd, dokter, over mijn dromen van de laatste week, maar dat papiertje heb ik niet bij mij omdat ik afgelopen nacht een naar mijn mening veel interessantere droom heb gehad. En echt beklijvend. Luister! In die droom zag ik een vriendelijke onbekende. Dat is belangrijk, want hij speelde in heel die droom een cruciale rol, ook al was hij mij totaal onbekend. Het was dus geen familielid of zo, geen vriend, geen kennis, zelfs niet iemand van vroeger, of van op het werk of op school of zo. Belangrijk, maar toch onbekend. Voor zover ik weet tenminste. En kijk, wij stonden op een zonnig plein en die onbekende overhandigde mij de sleutel van een inrichting en daar was ik heel blij mee. Er stonden mensen rondom ons, een beetje in gespreide orde, dus zeker niet dicht opeengepakt, geen echte 'massa', en er werd op het eind enthousiast in de handen geklapt. Voor het gebaar, denk ik, van die overhandiging. Niet voor mij, of voor die onbekende. Goedkeurend, dat lijdt geen twijfel. En toen ik vervolgens wakker werd, had ik een goed gevoel, iets van vreugde doorstroomde mij."

Dr. Malcorps knikt in stilte. Hij heeft goed geluisterd, en dat doet mij plezier. Hij neemt zijn bril af en staart mij aan, met even veel *bonhomie* als wijsheid.

"Dat was afgelopen nacht? Was het de enige droom?"

"Ja. Ik werd er wakker van. Ik dacht dat het belangrijk was voor het komende gesprek van vandaag en ben opgestaan om het meteen en precies te noteren. Maar u weet wel hoe dat gaat, in die korte tijdspanne ben je al de helft van het verhaal kwijt. Rampzalig veel. Het hele gebeuren zit dan nog vers in je hoofd, je ziet de beelden nog voortbewegen alsof je naar een film kijkt ... maar het is gewoon onmogelijk om het helemaal over te brengen op papier. Ik moet toegeven dat het mij heel veel moeite gekost heeft. Maar wat ik u nu verteld heb, is dan toch de droom zoals hij achteraf bij mij overgebleven is."

"Ongetwijfeld, daar heb ik het de vorige keer over gehad, niet? Gewoon de *Akt* van het noteren, van het schriftelijk proberen vastleggen van wat zich geestelijk afgespeeld heeft, gaat altijd gepaard met een enorm verlies van informatie. Van de finesses, de details. Vaak blijft alleen maar de *body* over, het skelet van de droom, en dan nog vooral het verhaal, 'wat er allemaal gebeurde'. Zoals iemand de film *La ville est tranquille* zou samenvatten in één zin. Maar die ene zin gaat dus voorbij aan al de andere kenmerken die juist het belangrijkste zijn voor de interpretatie en de analyse."

Het is vreemd, maar bijna direct nadat ik mijn korte verslag heb uitgesproken – ja, zelfs *terwijl* ik met mijn zogeheten gesproken 'Akt' bezig ben – schieten mij nog een paar details te binnen die ik al vergeten was, maar die misschien voor mijn psychiater inderdaad belangrijk kunnen zijn.

"O ja, in die droom droeg ik een blinkend rokje als van een meisje. Stelt u zich dat maar eens voor! Ik zie het nog voor mij. Het was echt opvallend blinkend. De zon scheen erop. Denk ik. Het schitterde, het was prachtig."

"Kun je dat rokje nog iets beter beschrijven? Probeer het eens te tekenen, met woorden. Sluit je ogen, als dat helpt, en laat je maar eens gaan."

Ik sluit mijn ogen niet – waarom zou ik? – maar kijk wel naar een punt op de muur waar ooit een spijker moet gezeten hebben en dat nu dienst doet voor mijn 'blik op oneindig'.

"Ja, het is waar, eigenlijk was het geen rokje in de echte betekenis van het woord – ik heb dat wel zo geformuleerd omdat ik op het moment van ontwaken in mijn herinnering *dacht* dat het een rokje was, begrijpt u? – maar in feite was het meer een onderbroekje, een blinkend onderbroekje van ongekreukt zilverpapier. Neen, correctie: ik zie eerder de onderbroek van een man, geen boxer of een shorts of zo. Een echte slip, formaat XL of groter. Jazeker, ik zie het goed: het lijkt alsof ik een *luier* voor volwassenen draag, een goed aansluitende en goed gevulde pamper, die oogt als één stevige, overmaatse bol katoen. En die blinkt in het licht van de zon. Het is zot natuurlijk als ik het zo vertel, maar niemand gaf kritiek, niemand lachte of spotte, integendeel, ik voelde goed dat alle omstaanders het niet meer dan gewoon en passend vonden. En er volgde applaus, hoewel ik niet goed weet waarom. Ik denk trouwens dat dit alles gebeurde op een plein, bijvoorbeeld op de speelplaats van een school of een kindertuin. Dat weet ik niet precies."

Nu verwacht ik toch dat het gezicht van dr. Malcorps tevreden zal oplichten dank zij mijn uitvoerig verslag, of dat hij tenminste een oprecht complimentje zal mompelen. Dat gebeurt niet, wel stelt hij na een paar krabbels op zijn blad een volgende vraag, waaruit onmiskenbaar zijn belangstelling voor mijn aanpak blijkt.

"Je spreekt daar van een inrichting. Kun je dat wat meer visualiseren?"

"Neen, dat kan ik helemaal niet. Maar het is ook niet belangrijk, denk ik."

"Was het misschien een schoolgebouw? Of een ministerie? Een opvangtehuis?"

"Neen, ik weet het echt niet. Het was ook nauwelijks te zien, het stond ergens op de achtergrond. Ik weet dat het er is, maar ik zie het niet. Louter decor. Ik durf zelfs nu niet meer te zeggen of de overhandiging van die sleutel wel iets met het gebouw te maken had. Dat leek mij wel logisch, achteraf bekeken. Maar nogmaals: het is onbelangrijk. Denk ik."

"En die sleutel, hoe ziet die eruit? Kun je die goed zien?"

"O ja, het was een grote sleutel. Een ouderwets type."

"Dus geen Lips van een kluis, of een *lockpicker* of een eenvoudige loper?"

"Ik zie hem nog zó voor mij, maar ik kan hem moeilijk beschrijven. Ik zou zeggen: zoals ik mij een sleutel voorstel die toegang geeft tot een kasteel, of tot een museum, of een oud klooster met een kelder. Oud was hij zeker, want hij zag er bruin en verroest uit ... en barok, want hij had nogal wat krullen bovenaan. De sleutel van een tovenaar, of van Albus Dumbledore."

Op slag verandert de starre blik van dr. Malcorps in verwondering, en zijn wenkbrauwen trekken samen. Ik zie het wel. Hij mag denken wat hij wil, ik negeer het gewoon.

"Wie – wie is dat nu weer?"

Hij stelt zijn vraag op een luchtige, plagerige toon, al was mijn vergelijking heel serieus bedoeld. Maar ik ben blij dat ik iets weet dat hij niet weet.

"O, ik dacht dat iedereen die kende. Hij is een van de hoofdfiguren in de films van Harry Potter, hij is een professor in de magie en is zowat de decaan van de Hogwarts School. Hij is heel oud en alom gerespecteerd. Vandaar dat ik aan hem dacht. U zou het een associatie noemen, niet?"

"Precies, ja. En dan die man die de sleutel overhandigde, kun je die nog vóór je zien? Hij heeft toch een belangrijke plaats in je droom, op de voorgrond, toch?"

Het lijkt wel alsof de dokter al spijt heeft over zijn gespeelde vrolijkheid; alsof hij vindt dat hij even uit zijn rol gevallen is, want hij gaat rustig maar onverstoord door met de consultatie. Meer dan ooit kijkt hij nu weer onverbiddelijk en strak in mijn ogen – niet uit wantrouwen, meen ik, eerder om mij te stimuleren om het onderste uit mijn geheugen te halen. Maar wanneer ik zijn blik echt te veel in de mijne voel boren, dan wend ik mijn ogen af naar eender wat in de kamer, zoals bij voorbeeld het vertrouwde plekje op de muur waar ooit een spijker gezeten heeft.

"Kun je die man enigszins beschrijven? Alles is welkom … Neem je tijd."

"Ik probeer … ik probeer … Maar dat gaat moeilijker nu. Toen ik net wakker was geschoten, leek het alsof ik zelf lijfelijk meegespeeld had – en eigenlijk was dat wel zo – en ik zag het nog allemaal zo duidelijk. Om eerlijk te zijn, ik kon mij de eerste seconden zelfs niet losrukken uit die wereld, ik had moeite om het te laten doordringen dat ik gewoon in mijn bed lag, maar nu …"

"Hoe oud was hij? Ga even terug in je herinnering. Wie zie je? Een onbekende, niet? Wat voor een man is die onbekende? Geef mij een beeld."

Ik doe bijzonder erg mijn best om mij te concentreren, zo erg zelfs dat opeens het parket schijnt weg te glijden onder mij en ik zichtbaar zit te wankelen op mijn stoel. Ik heb een complete black-out. Ik ben ook elk gevoel van evenwicht kwijt en ik weet niet meer van deze wereld.

"Moet je een glas water?" hoor ik de dokter zeggen. "Of wacht, ik heb hier iets fris en lekkers in de koelkast. Een *fuze tea*, lust je dat? Het is zeer gezond bovendien. Ik drink het zelf ook."

"Behalve een champagne van Laurent Perrier, dan?"

Was het een *absence* van een ogenblik geweest, of inderdaad gewoon een black-out? Ik heb in elk geval heel vlug mijn zinnen weer bij elkaar en sta al even vlug paraat om een stekelige opmerking uit mijn mouw te schudden – over de favoriete drank van dr. Niels Malcorps, en het enige merk dat mij te binnen wil schieten. Het is vreemd, maar veel meer over het privé-leven van de dokter weet ik niet. Hoe dan ook, hij haalt twee flesjes uit zijn mini-koelkast, draait ze open, en plaatst ze gedecideerd op het bureau, één binnen mijn handbereik. Hij knikt vaderlijk naar mij bij wijze van aansporing: ga je gang maar, of iets dergelijks.

"Wel, zullen wij doorgaan met het verhaal? Ik vond het boeiend, eerlijk gezegd. En leerrijk. Maar neem eerst nog een flinke teug … Wel, was hij jong, was hij oud? Was hij even oud als jij?"

In andere omstandigheden zou ik de vraag misplaatst vinden of zou ik zelfs achterdochtig worden, maar nu natuurlijk niet.

"Dat is een makkelijke. Neen, ik kan gerust stellen dat hij een jongeman was, maar wel volwassen. Ruim twintig, misschien halverwege de twintig. Veel jonger dan ik. Toen ik wakker werd, moest ik direct denken aan een buurjongen uit mijn jeugd, een zekere Luigi, maar die was natuurlijk toen nog een puber, en hij is ondertussen gestorven aan asbestose. Maar qua uiterlijk waren er toch erg veel overeenkomsten. Een jongen van buiten, die een simpele, ongecompliceerde indruk gaf en altijd te goeder trouw handelde. Een slungel zou je zeggen, en ja, hij was voor zijn jaren wel erg groot en opgeschoten, maar hij was zeker geen onhandige schlemiel en hij had de stap van een atleet. Met een mooi ontwikkeld lichaam, geen panlat, geen magere bonenstaak. En opvallend blond, stroblond, met altijd een gezonde blos. Als een rijpe appel. Je zou dan verwachten dat hij daarbij ook nog blauwe ogen had, maar ik weet het niet meer. Ik denk eerder bruine ogen. Schoppen van handen had hij ook, zelfs als jongetje – hoewel dat laatste nu niet bepaald kenmerkend was voor die jongeman in de droom. U weet wel, de jongeman die mij de sleutel gaf. Ik denk dat die eerder verfijnde handen had, en slanke vingers."

Het is waar wat het spreekwoord zegt, zeker voor een psychiater in functie: de tijd vliegt snel, gebruik hem wel. Dit nuchtere feit is de arts zeker niet ontgaan, want er staat een reiswekker op zijn bureau die voor ons beiden goed zichtbaar is. En toch toont de heer Malcorps geen tekenen van haast. Hij vraagt nog wat door, verifieert rustig een paar zaken, en lijkt dan toch te willen afsluiten.

"Heb je echt geen andere dromen meer te rapporteren, echt niet?"

Ik denk zogezegd na, en zeg dan maar neen. Maar ik aarzel. Hij laat de stilte nog wat wegen en breit dan een therapeutisch staartje *off the record* aan onze sessie. Nog te vroeg en te weinig voor een betrouwbaar resultaat, zegt hij. Droomduiding is slechts een hulpmiddel om vermoede tendensen te bevestigen of tegen te spreken – of in vraag te stellen. Bovendien bevat een droom aan de ene kant wel een groot aantal indicatieve symbolen en eeuwenoude, ingebakken culturele metaforen, maar anderzijds verwatert het eigenlijke droomverhaal bijna exponentieel naargelang de tijd verstrijkt, en is ook de normale logica vaak ver te zoeken – dus wordt die er achteraf maar door de dromer bij gefantaseerd, in alle onschuld trouwens, zodat het verhaal toch een beetje samenhangend klinkt. En, voegt hij er met fijne oogjes aan toe, een verklaring wordt pas significant als men de droom in een ruimere reeks van dromen kan zien, en als bepaalde kenmerken zich dan beginnen te herhalen. Zoals men in een *cyclus* van gedichten of liederen pas na een tijdje de onderliggende boodschap ontdekt.

"Met andere woorden, dokter, u kunt vandaag nog niets zeggen?"

"Neen. Ik heb nog lang niet genoeg materiaal om mee te werken. Zo zijn de kleuren wit of zilver weliswaar op zich bete-kenisvolle symbolen, en zijn een harnas of een ridder metaforen die ook rijk zijn aan inhoud – "

"Ik heb toch niet gesproken van een harnas, of een ridder? Die kwamen hoegenaamd niet in mijn droom voor!"

"Neen, dat heb ik ook niet gezegd. Het was bij wijze van voor-beeld. Ik bedoel alleen dat ik in mijn analyse aan al die symbolen en metaforen maar gewicht kan geven als ze in *verscheidene* dro-men voorkomen, eventueel wel in een andere vorm of context. Maar één ridder in één droom zegt ons niets. Geloof mij maar."

Hiermee is de lezing afgelopen. Ik twijfel echter nog steeds. Ik heb het gevoel dat Malcorps zijn uitleg niet gratuit gegeven heeft, hij is tenslotte een ervaren en gerespecteerde psychiater. Ik ervaar het als een gecamoufleerde uitnodiging. Een open hand.

"Heeft u nog enkele minuutjes, dokter?" vraag ik.

"Voor u altijd," antwoordt hij goedgeluimd, misschien wel ironisch.

"Kijk, er is tóch nog een andere droom. Ik heb hem niet verteld omdat hij zo sterk verschilt van die andere droom – de eerste. Die eerste droom over die sleutel en zo, die zat heel diep, ja, hoe zal ik het zeggen, die gebeurde in een totaal ander universum, een andere wereld die wel echt was, even werkelijk als ons gesprek nu. Ik speelde er honderd procent in mee, ik was er helemaal bij. Maar die tweede droom – ik was na de eerste wakker geschoten en was toch weer opnieuw in slaap gevallen – die zat minder diep. Integendeel, ik droomde hem terwijl ik nog half wakker was, neen: *terwijl* ik droomde *wist* ik dat ik droomde. Ik was er mij volkomen van bewust en toch droomde ik nog door ..."

"Aha, een lucide droom. Mooi! Vertel maar."

"Wel, ik wist niet goed of dit een echte droom was. Maar met de uitleg die u mij nu net gegeven hebt ... Bovendien ben ik wel bijna alles vergeten. Hoe dan ook, de inhoud was totaal anders dan de eerste. Op één punt na: ook hier kwam die jongeman weer voor. Ja, dezelfde! Het was lente en ik wilde over een beek springen, ergens in een polderland of in een weide, maar de beek was te breed en toen verscheen die opgeschoten, slanke jongeman weer, uit het niets, hij nam mij bij de hand en samen vlogen wij omhoog, over de beek, de blauwe lucht in. Hand in hand vlogen wij door de lucht, als jonge, vrije vogels, wij gingen omhoog en omlaag, wij maakten samen duikvluchten, wij scheerden langs de grond en over de hagen, en *o my god!* het was zo heerlijk. Het was zalig, onbeschrijfelijk. Wij vlogen tegen een onvoorstelbare snelheid, en het ging steeds sneller, het leek soms wel alsof wij door de hemel *sneden*. En ik lag in bed, jandorie ..."

"En?"

"En dat is alles, echt alles."

"En hoe was jij gekleed? Hoe zag jij eruit?"

"Sorry, daar weet ik niets meer van. Ik heb mijzelf niet gezien. Ik hing gewoon aan zijn hand – of moet ik zeggen: vleugel? Maar neen, het is geen grap, het was daarvoor veel te mooi."

Ik lach en de dokter ook, wat voor mij een ontlading is. Ik zie dat hij nog wat schrijft, dan doet hij het cahier dicht. Ik moet pas over vier weken terugkomen, zegt hij, want hij gaat met vakantie naar Frankrijk, hij heeft daar ergens in het zuiden een kasteel gehuurd. Niets speciaals, het ligt in een onbekend dorpje. Ik moet de nieuwe datum vastpinnen in overleg met de secretaresse, maar de instructie blijft hoe dan ook bestaan dat ik een volgende keer weer rapport uitbreng over mijn dromen.

Ik heb het heel goed gedaan, zegt hij. En als extra taak – en weer priemt die blik vanachter zijn brilglazen onbarmhartig in mijn ogen – als extra taak moet ik in een kleine, volkse winkel gaan snuisteren en daar drie dingen ontdekken – zaken, mensen, klanten, gedragingen, kortom alles – waarover ik mij blauw erger, maar ook drie fenomenen die mij aangenaam verrassen, die mij blij maken, die mij geloof en hoop geven in de mens. Tweemaal drie dingen. Hij noemt als voorbeeld die oude, onooglijke souvenirwinkel op de hoek van de straat, bij de brug over het Kanaal. Dat is een uitstekend terrein voor onze campagne, zegt hij schamper. Denk ik toch.

Ik sta weer op straat. Ik ben blij dat ik eindelijk mijn benen kan strekken. De kille zon van maart overvalt mij. Er hangt nog wat late ochtendnevel over de Burggracht die honderd meter verderop overgaat in het grote kanaal. Dat is op dit moment niet te zien, maar dat weet ik gewoon, ik ken de buurt. Een chique buurt met onbetaalbare herenhuizen waar de stadsdiensten om de andere dag het zwerfvuil komen weghalen.

De groengelakte deur van psychiater dr. Niels Malcorps valt achter mij dicht. Het laatste woord was aan zijn secretaresse Ingmar met haar wellustige boezem en niet te schatten leeftijd; zij heeft de volgende afspraak vastgelegd en mijn mobiel nummer geverifieerd. Hoe dan ook is zij te jong gekleed met die kleine margrietjes op haar jurk – het lijkt wel het behang van een kinderkamer – en zij geeft nog steeds een erg oppervlakkige indruk: zelfs bij mijn eerste consultatie wist ik al dat zij het eerder moest hebben van haar verschijning en haar gezicht dan van haar intelligentie.

Ik ga op een bank aan het kanaal zitten en bewonder de mooie rij van oude platanen. Ik moet weer wat bekomen. Een vijftal meter vóór mij, aan de kleine kade, ligt een bootje dat daar altijd ligt en blijkbaar geen bewoner, stuurman of eigenaar heeft: de *Petit Prince*. Zoals dat boek uit mijn schooltijd. Winter en zomer, altijd present. Altijd op dezelfde plaats, altijd verlaten, nooit enig teken van leven. Gewoon vredig meedeinend met het slapende water.

Dat onveranderlijke geeft mij rust. En toch prikkelt het mij ook, want het roept vragen op, vele vragen. Hoe de binnenkant er uitziet, of er nergens een lek is, of er in het ruim of in het onderdek geen ratten aan het knagen zijn en het bootje zodoende langzaam maar zeker verdwijnt? Of er ooit nog een mens aan boord zal komen, ja, of er geen lijk ligt in het want? Hoe lang is het wel niet geleden dat een levend wezen aan boord was, dat zijn voet op de metalen vloer geklonken heeft? Weet iemand nog van het bestaan van de *Petit Prince*? Mijn gedachten dobberen zowaar mee met het donkere water van de Burggracht. Ik heb grote moeite om wakker te blijven. Het is nog maar half elf, maar ik ben al doodop. Het was wel een sterke sessie, vind ik.

Nu breekt de zon door en ik wil nog even blijven zitten en gewoon niets doen.

Een sterke sessie. Hoewel. Ik heb mijn bedenkingen over de dokter, over de psychiatrie, over mijn ervaringen. Als ik dit ooit allemaal aan mijn opgroeiende kinderen of kleinkinderen zal vertellen, welke titel wil ik dan geven aan mijn verhaal? *Il Principe*, naar Machiavelli? Of: *I had a dream*? Ja, dat zou mooi zijn, een beetje zinspelen op Martin Luther King. Of: *O doctor!* ...

Heerlijk toch, die dromen! Dat kunnen ze mij niet meer afnemen, nooit, ook al waren het dromen, ook al gebeurde het allemaal in mijn slaap. Onvervalst geluk, totale vreugde, pure blijdschap, extase! Maar wat is het verschil met het zogenaamd echt leven? Is er een verschil? Tenslotte is elk tastbaar geluk, elk beleefd plezier, elk ervaren en ondergane amusement in het echte leven ook eindig, tijdelijk, kortstondig. Het gaat onherroepelijk voorbij. *Gone!* Net als een droom. En meestal komt er na dat uitgelaten vermaak wel nog een kater, een grote teleurstelling, de weerbots. Al was het maar de zekere vaststelling dat het weer eens voorbij is.

Alleen de herinnering is dan nog waardevol. De zo povere herinnering die wij wel koesteren, maar die in feite waardeloos is. Ook bij dromen is het zo, ook bij een gelukzalige droom. Maar daar is de ontgoocheling achteraf toch eenvoudiger: dat de droom een droom was, en voorbij. Punt.

Nu begrijp ik ineens de uitdrukking: *catch your dreams*.

Ik moet denken aan de soms domme, soms kunstige *dream catchers* die mijn vroegere vriendin maakte – een hype die overgewaaid was uit Amerika – en vandaar is het maar een kleine stap naar de onbeduidende Biedermeier souvenirshop op de hoek van de Burggracht en het Kanaal. Letterlijk zelfs: het is niet verder dan zo'n honderd stappen. *Uitstekend terrein voor onze campagne ...*

Zoals verwacht klinkt ergens boven de deur een helder, gietijzeren belletje als ik over de drempel van het donkere winkeltje twee treden naar beneden stap. Mijn ogen moeten wat wennen aan het contrast met buiten, maar ik waan mij al vlug in een pittoreske bazaar van Anton Pieck of in het hart van een alleraardigst peperkoeken huisje. Ik zie geen toonbank en geen ouderwetse kassa; er daagt ook niemand op, ook niet de obligate winkelier met witte bakkebaarden, knijpbril en een grijze stofjas. De aangeboden koopwaar rondom mij is zo wanordelijk opgestapeld en zo overweldigend dat het de grens van de commerciële usance aanzienlijk overschrijdt. Samen met de gebrekkige verluchting, het lage plafond en het stof van de jaren maakt de aanblik mij duizelig. Ik voel mij echt niet zo lekker en denk dat ik misschien toch beter een andere en gezondere zaak als werkterrein neem, iets in de binnenstad ...

Terwijl ik op mijn hielen sta te draaien, ontdek ik wel opeens in de vloed van ondingen en prullaria een klein beeldje, een ietwat kitscherig figuurtje dat mijn aandacht trekt: het is een Griekse hopliet, meen ik, zo'n jonge speerwerper in opleiding – misschien stelt het wel een Spartaanse heloot voor – en het is nauwelijks acht centimeter hoog. Helemaal verzilverd, of liever: verchroomd; het staat echt in zijn eentje te schitteren tussen de rest, tussen al die flauwe afgietsels, wansmakelijke helden en *fake* replica's, tussen de Spaanse galjoenen, Hollandse fluitschepen en rustieke vissersbootjes. Dit alles uitgevoerd in een gebrekkig lilliputterformaat en een kwaliteit van dertien in een dozijn – op dat blinkende soldaatje na, de hopliet. Die springt er echt uit.

Maar eindelijk ontmoet ik nu de man die deze vreemde weelde beheert, en het is geen bijziende, grijze eeuweling, maar een jeugdig iemand. Hij verschijnt ongemerkt ergens vanuit de achtergrond en begroet mij met een sympathieke, brede glimlach van Vlissingen tot Terneuzen. Ik sta versteld, ik ben sprakeloos, want ik heb deze man al eerder gezien: dezelfde glimlach, dezelfde oogopslag en dezelfde ongekunstelde vriendelijkheid – jandorie, het *is* de man uit mijn droom, de man die mij een beetje sacraal de barokke sleutel overhandigde op dat onbestemde plein.

Jawel, die jonge kerel blijkt in werkelijkheid te bestaan. Slank en groot, hij ziet er lenig, elegant en toch gehard uit, hij heeft boterblond sluikhaar dat over zijn voorhoofd valt. Precies zoals in de droom. Een ondeugend en grappig gezicht, dat zeer gezond oogt met een beetje blos. Als een appel. Honderd jaar terug zou hij een boerenknecht geweest zijn, zeker met die oprechte blauwe biggenoogjes. Zijn lippen zijn niet alleen mooi gelijk, maar ook hartstochtelijk, en als hij eventjes welwillend lacht, zie ik perfecte witte tanden, maar gelukkig geen Colgate tandpasta. Wis en zeker, dit is de jonge man die ik vannacht middenin die groep kijklustigen ontmoet heb, de man ook met wie ik hand in hand over de lage landen en de heerlijke beemden gevlogen heb ...

Hij komt ongedwongen naar mij toe. Ik voel mij helemaal geen klant en nog minder een patiënt die veroordeeld is om drie bronnen van ergernis en drie bronnen van vreugde te ontdekken. Hij geeft mij een hand – een warme hand, met mooie lange vingers en zeer verzorgde nagels – en ik breng hem met een blik naar het tafeltje waar het schitterende figuurtje staat. Terwijl hij enkele stappen beweegt, bewonder ik zijn ranke maar gespierde benen. Hij draagt een bleke, versleten spijkerbroek met rafels en scheuren op en boven de knieën, maar ik ben er zeker van dat elke broek geschikt is voor hem, of het nu *baggy trousers* zijn of *super slim jeans* – jezus, wat een tegenstelling met de burgerlijke klassieke herenbroek van dr. Malcorps, grijns ik in mijn binnenste. En welk geheim zou hier verborgen zitten? Welke piratenschat?

Ik beland met beide voeten terug op de grond. Het is zo, de verschijning van de aantrekkelijke winkelier heeft mij niet weinig uit mijn lood geslagen, maar ik ben vlug hersteld en wijs het zilveren soldaatje aan. Ik kijk naar hem, maar ben nog niet in staat om iets te zeggen.

"Neen, dat verkoop ik niet," zegt hij met een zachte stem. "Dát niet, neen. Niet de Leonidas. Die is niet te koop."

Ik sta perplex en kijk hem verwonderd aan, maar niet boos of geërgerd. Dat is gewoon onmogelijk tegenover zo iemand.

"Neen," herhaalt hij, met enige meewarigheid. "Ik verkoop het niet. Tenzij ... tenzij ..."

Het komt helemaal niet in mij op om te protesteren of te onderhandelen, ik denk dat ik hem begrijp. Ik wacht gewoon geduldig op wat hij zal laten volgen op die verleidelijke tenzij ... tenzij ... En ondertussen zie ik de verchroomde rekruut op de toontafel nog steeds zo helder schitteren als mijn zilveren bollend broekje – of het rokje – in de droom. Het is niet te geloven.

Laat ons toch vrienden worden, denk ik opeens. Boezemvrienden.

Alsof hij mijn gedachten kan lezen, leidt hij mij voorzichtig weg, tussen al zijn gammele rekken en wankele tafeltjes, tussen de prijzige rommel, snuisterijen en *wannahaves* – hij leidt mij naar een kamertje opzij dat verborgen is achter een kralen vliegenraam en vanwaar hij zonder moeite een groot deel van de shop in de gaten kan houden. Ik voel mij een beetje als een postulerende maffioso. Ik voel mijn hart heftig kloppen en mijn adem op en neer gaan, maar het is niet van de stress, wat normaal zou zijn – het is puur verwondering en afwachting. Aangename spanning.

Wij gaan zitten en beginnen zomaar te praten. Als twee schipbreukelingen die op een verlaten eiland aangespoeld zijn en voor de eerste keer elkaar ontmoeten. Ik moet zeggen dat hij spaarzaam is met humor en niet kan relativeren – *mijn* sterk punt – maar dat hij toch erg vlot praat en gemakkelijk lacht. Dat is mooi, want hij heeft een mond die thuishoort op het canvas van een renaissance schilder. En hij straalt warmte uit, een diepmenselijke warmte, zo verschillend van het benauwende in de winkel.

Ik laat iets los (niet veel) over mijn identiteit en mijn adres, en hoe ik hier eigenlijk aanbeland ben – een plaats toch waar ik als inboorling per definitie niets te maken heb. Een souvenirshop? Natuurlijk spreek ik met geen woord over de rare opdracht van dr. Malcorps, wel over de dokter zelf en over mijn afwijking die per slot van rekening volgens mij geen afwijking is, slechts een idiosyncratische karaktertrek waarover ik mij helemaal niet hoef te schamen. Het is nu eenmaal zo dat ik niet erg ingenomen ben met de *homo sapiens*, en dat ik niet graag langere tijd samen ben met een rasgenoot. Dát mag hij best weten. Daar is niets fout mee.

Nu blijkt echter dat ook mijn jonge snuiter de dokter kent, zelfs niet als buurman in dat herenhuis wat verderop in de Burggracht, maar wel degelijk als zijn psychiater – *ook* als zijn psychiater. Hij is ruim zes maand geleden met de raadpleging moeten beginnen omdat hij geen uitweg meer zag uit zijn probleem: een extreem gevoel van eenzaamheid, een permanente en slopende behoefte aan menselijk gezelschap, aan activiteit, aan altijd bezig zijn. Aan 'erbij horen'.

”Een souvenirwinkel is immers alleen in de zomer een plaats waar mensen binnenkomen – zeker met deze ligging, ver weg van het historische centrum – en ook op straat is er buiten het seizoen niemand te zien. Bovendien,” zucht de praatlustige, jonge snuiter, die nochtans zo gezond oogt als een Twents hoentje, ” lijd ik al van kindsbeen aan een nogal sinistere melancholie, een ziekelijk verlangen naar de tijd van vroeger, naar alles wat voorbij is of voorbij dreigt te gaan. Ik heb het dan ook geweldig moeilijk met afscheid nemen, neen, afscheid nemen is haast onmogelijk voor mij.

”U moet trouwens ook weten dat problemen en misère op mij werken als een magneet. Ik voel mij verloren als ik niet elke dag en elk uur iemand kan helpen of verzorgen, als ik niet érgens kan bijspringen. Ik voel mij gewoon rot als ik niet gevraagd word, of als ik meen dat ik gepasseerd word. Maar zelfs al ben ik er bij, dan nog voel ik mij vaak eenzaam, ja, soms heb ik het gevoel dat ik niet besta voor de anderen. En dat wil ik niet. Ik heb dat van mijn moeder, en het schuurt, het doet pijn. Het is iets dat bijna constant in mijn borst knijpt. Het is pas echt aan het licht gekomen toen ik in het laatste jaar van de Technische School zat. Sindsdien is het alleen maar toegenomen, tot op het randje van het onhoudbare. Zelfs als ik verliefd was of zelfs gewoon maar verlangde naar een relatie, passioneel of niet, dan nog – of juist dan vooral – had ik die behoefte, die verzuchting naar gezelschap. Soms denk ik dat ik nooit tevreden zou kunnen zijn met de beperking van één partner, ja, ik vraag mij vaak af of ik eeuwig trouw zou kunnen blijven aan één en dezelfde persoon, zoals mijn ouders en iedereen van hun generatie. Ik heb zoveel warmte in mij, ik kan zoveel mensen gelukkig maken en bijstaan, dat weet ik zeker – waarom zou ik mij moeten beperken? En aan de andere kant kan *ik* zelf niet zonder mensen, zonder die affectie, die aandacht. Het moet allemaal leven en bewegen rondom mij. En ik wil meespelen, ik wil meedoen. Ik zou bijna durven te stellen, mijnheer, dat *mijn* kwaal nog erger is dan die van u, maar dan precies in omgekeerde zin, asymmetrisch als het ware. Wat u zogenaamd hebt, heb ik niet, en andersom. En wat u hartgrondig verlangt, verfoei ik. Ach, vriend, ik ben zo blij dat ik u ontmoet heb!"

Hij zegt: vriend? Ik kijk mijn rare snuiter een poos peinzend aan en zeg niets. Enerzijds vind ik het goed dat hij naar de dokter is gestapt om genezen te worden, maar anderzijds durf ik sterk in twijfel te trekken of die bezoeken aan zijne eminentie wel iets kunnen opleveren. En ik ontdek op dat eigenste moment dat ik zelf ook grote bedenkingen heb bij mijn therapie en de mogelijke resultaten. Dromen? Vreemde opdrachten? Freewheelen en associaties? Zou ik het allemaal niet beter gewoon stopzetten, denk ik, en proberen om zelf op een iets socialere en minder strenge manier verder te leven, zonder die Freudiaanse bemoeienis?

"Eigenlijk wil ik niet meer teruggaan naar de dokter," zegt de jonge gozer, precies op het moment dat ik net hetzelfde denk. "Het heeft geen zin. Ik denk dat ik meer baat vind bij het gesprek dat wij nu voeren. Ja, nu al. En voor u zou zo'n gewone babbel toch ook geen kwaad kunnen, niet? Weet je wat – je mag die mooie, verzilverde Leonidas hebben voor niets, je hoeft er niets voor te betalen. Je *krijgt* hem van mij. Maar kun je mij dan in ruil beloven dat je hier drie dinsdagen na elkaar met mij zult komen praten? In de ochtend. Het mag ook meer zijn, hoor, je mag hier zelfs maandenlang bij mij in dit hoekje komen zitten ..."

Ik hoef niet lang te overleggen met mijzelf en zeg al binnen de minuut dat hij gelijk heeft, en dat hij mij elke dinsdag zal zien en horen. Rond elf uur. Ja, ik zal van de partij zijn, met hart en ziel. En dat bedoel ik ook letterlijk, hoewel hij dat niet weet. Vermoedelijk niet.

De volgende dag telefoneer ik naar secretaresse Irmgard, die mij doorschakelt naar de dokter, die op zijn beurt contact opneemt met een functionaris van Justitie. Blijkbaar klinkt nergens een bezwaar en gaat het vlotter dan verwacht.

En wat het winkeltje van Anton Pieck en zijn opgeschoten, blozende eigenaar betreft ... Ik weet niet hoe het tussen ons zal aflopen, maar één ding weet ik zeker: ik hoop dit alles ooit aan mijn kinderen of kleinkinderen te kunnen vertellen, als een modern, waargebeurd sprookje – natuurlijk als ze al wat ouder zijn, adolescenten bij voorbeeld – en dan ga ik het een mooie poëtische titel geven.

Mijn ervaring met de Gedroomde Man – of zoiets.

Pirouette:
KLASSIEK VOOR DE KIDS

Vorige week heb ik weer eens hard gesteigerd. Dat gebeurt vaak tegenwoordig, te vaak. Zoals over het astronomische inkomen van onze voetbalhelden en het schamele schijntje belastingen dat ze moeten betalen. Over een beruchte maffioso die, tegen alle morele logica in, vrijgesproken is omwille van een procedurefout. Over mijn wijkagent die lullig blijft beweren dat hij de heer Zuiper van de overkant niet kan beletten zijn inboedel kort en klein te slaan. Over de Enkhuizer Almanak die weer eens voorstelt om zijn zo gesmaakte Hollandse stijl wat meer 'eigentijds' te maken. Ergernis en frustratie alom, jawel, en in toenemende mate. De laatste tijd steiger ik zelfs zo vaak dat sommige bijziende buren mij beginnen te verwarren met een losgeslagen mustang.

Ik zal u direct meegeven waarom ik vorige week zo woest op mijn achterpoten ging staan: het was de nieuwste jaarbrochure van *Klassiek Vlaanderen*, in het bijzonder de triomfantelijke vermelding dat er ook dit seizoen een speciaal weekend zou plaats hebben met 'klassieke muziek voor de kids'.

Nu heb ik al een broertje dood aan dat stereotiep eufemistisch gebruik van het woordje 'kids', waarmee wij eigenlijk gewoon 'onze kinderen' bedoelen. Maar wie wenst anno 2023 nog te spreken in de taal van Libelle-Rosita, in de aloude geest van het gezellige Vlaamse gezin waar men een stel ouders en een braaf kwartet *kinderen* voor de open haard ziet zitten? Hoe je het ook wendt of keert, het woord 'kinderen' heeft een bijklank gekregen van gebondenheid, zorg en opvoeding, van familiaal nestleven. Het is een woord dat niet meer thuishoort in het vocabularium van de moderne, uitwerkende pa en ma die ervoor gezorgd hebben dat elke *kid* een eigen kamer en een eigen tv-toestel heeft, en vooral: een eigen agenda en een eigen, aparte wereld. De term *kids* is dan niet alleen trendy, maar hij staat ook garant voor een andere en vlottere manier van samenleven, waar de taken en de plichten een andere betekenis en een andere plaats gekregen hebben.

Maar eerlijk gezegd, daar gaat het mij nu niet om. Wat mij wel in het bijzonder hindert, is dat die culturele jaarbrochure het wijd verbreide, onaantastbare standpunt verraadt dat kinderen niet op een gewone manier naar klassieke muziek kunnen luisteren, tenzij er diepgaande aanpassingen gebeurd zijn, ofwel in het repertoire, ofwel in de uitvoering. Ik vraag mij bezorgd – neen, geïrriteerd – af waarom kinderen alleen klassiek mogen beleven die door een filter en een mangel gedraaid is. Mooie, volmaakte muziek die herwerkt is tot iets kinderlijks – zelfs kinderachtigs.

Mijn mentale capriolen pretenderen gelukkig niet om te voldoen aan de wetten van de wetenschappelijke heuristiek, dus veroorloof ik mij om gratuit en intuïtief twee drogredenen te vermelden die dit abuis verklaren – want dat is het zeker, een abuis, een misverstand, een kronkel in de redenering.

Er is ten eerste het cliché dat kinderen alleen houden van lichtvoetige, vrolijke muziek, dat ze uitsluitend willen luisteren naar muziek die hen een opgewekt en onbezorgd gevoel geeft. De redenering (van muziekpedagogen en kinderpsychiaters) luidt immers: de wereld der volwassenen kent al genoeg *tristesse*, problemen en bittere ernst – laat ons onze kinderen hiervoor dan ook afschermen, en onderdompelen in een feestelijke roes van kinderlijke deuntjes. Maar denken die dames en heren dan werkelijk dat kinderen niet zwaarmoedig kunnen zijn, dat ze geen hartzeer kunnen hebben, dat ze geen vertroosting verlangen bij hun verdriet? In het leven van kinderen komt immers een hele toonladder van gevoelens voor, *ook* gevoelens van treurnis, spijt, onbehagen, isolement, angst en melancholie. Ook daarvoor kan de klassieke muziek een obligate *sparring partner* zijn. Het is niet al spel, blijdschap en amusement wat de klok slaat. Neen, wie dat gelooft, leeft met een manke hypothese, een wanklank. Wie de artistieke voorkeur van kinderen herleidt tot wat vrolijkheid en vermaak, die begrijpt niets van de kinderziel. Dat is een volwassene die denkt als een volwassene, iemand die weliswaar (hopelijk) geen oorkleppen draagt, maar wel uitgerust is met een stel dikke ooglappen. En die vooral *zelf* bang is van de grote emoties en de onverbiddelijke introspectie die doorklinken in het ernstiger werk.

Ten tweede hebben wij het niet te verklaren vooroordeel dat muziek – ook klassieke muziek – voor kinderen vooral simpel moet zijn, eenvoudig, ongecompliceerd, gemakkelijk om mee te zingen, te fluiten of te dansen. Het neerhalen van kwaliteit en schoonheid door het nastreven van simpelheid beperkt zich trouwens niet tot de groep van de kinderen; wij zien het armzalige niveau ook overal opdagen in de talloze verkrachtingen van *De Vier Seizoenen* (Vivaldi), *Für Elise* (Van Beethoven) of *Boléro* (Ravel), waarbij deze prachtwerken gestript zijn tot een louter deuntje, tot ordinaire meezingers. Zoals de antwoordtoon op ons mobieltje. Dan vergeten wij toch dat muziek veel meer is dan wat begeleiding bij het touwtjespringen, of een staplied op kamp, of aftelrijmpjes. Kinderen staan open voor klassieke muziek omdat het uiting geeft aan hun fijnere, diepere gevoelens, omdat het hun innerlijke 'verklankt' en leefbaar maakt. Niet alleen bij volwassenen heeft muziek een onschatbare waarde als ideaal kanaal tot introspectie, reflectie en communicatie. Ook kinderen hebben daar behoefte aan.

Vergeten wij ten andere vooral niet dat muziek méér dan melodie is, maar ook bestaat uit ritme, tempo en percussie, en dat elke uitvoering een interpretatie, een proces is die de klankkleur en de impact bepaalt. Het is een totaalgebeuren. Zeker bij klassieke muziek zitten de schoonheid, de emoties, de ontroering van het werk in de finesses en de nuances, zelfs in de stiltes. Ze komen uit het spel tussen evenwicht en onevenwicht, uit het conflict tussen voorspelbaarheid en verrassing. Misschien zing ik hier nu wel een paar maten te hoog, maar toch niet vals, want: waarom zouden wij deze heerlijke muziek afvlakken tot een soort van goedkope eenheidsworst, tot een 'leuk' melodietje? Voor de labeurende landbouwer misschien die achter zijn trekpaard stapt terwijl hij *Rosamunde* wil fluiten? Nee, toch? Voor kinderen dan wel?

Ik pleit ervoor om *Le Carnival des Animaux, Danse Macabre, Peer Gynt* of *Het Zwanenmeer* voor kinderen precies zo te spelen als voor een volwassen publiek. Onverkort, onbewerkt. Zoals de partituur het voorschrijft. Ook de ouvertures *Leichte Kavallerie* en *Dichter und Bauer* van Von Suppé, de koren van Verdi en de *Walkürenrit* van Wagner horen tot dit repertoire. En dit was nog maar een handgreep uit het grote aanbod van geschikte composities voor volwassenen én kinderen. Zonder beperkingen qua leeftijd, zonder enige noodzaak om een noot, een tempo of een *fioritura* te veranderen.

Nu, ik ben de eerste om toe te geven dat niet alle klassieke muziek bestemd is voor een tienjarig oor – niet alle werken zijn op slag toegankelijk, zoals dat heet. Het is waar, sommige vergen heel wat muzikale ervaring en rijpheid (hoewel theoretische kennis bijkomstig is). Men moet er geleidelijk inkomen, men moet zijn grenzen durven verleggen en blijven openstaan voor het andere, het nieuwe. Muziek begrijpen, interpreteren en waarderen is een vaardigheid die vraagt om *ontwikkeling*. Men gaat zijn kleuters uiteraard niet laten beginnen met de eerste symfonie van Sjostakovitsj, of met kamermuziek van Schönberg. Maar *Die Forelle* (Schubert) moet toch kunnen, en niet in een debiele bewerking. Ook al begrijpt mijn kleine oogappel geen barst van de tekst, de klank zal haar zeker bevallen. Het lied zelf houdt ook niet veel in, daarom juist moet het zonder enig compromis gebracht worden: pas dan kan het mijn peuter echt ontroeren.

Sta mij toe om nog even door te denken over dat laatste. Terwijl ik wel handig en moedwillig de muziekfilosofie en zijn esthetische categorieën uit de weg ga, wil ik duidelijk stellen dat schoonheid en eenvoud twee criteria zijn, maar wel aparte criteria. Dit geldt niet alleen voor de esthetische ervaring van kinderen, maar ook die van ouderen – er is geen onderscheid. Ik denk hier meteen aan de grote sopraan Cristina Deutekom die stelde dat pubers opvallend houden van Mahler – toch een zware en complexe componist. Voorts denk ik ook aan mijn lerares piano die eiste dat ik de simpele wijsjes uit La Méthode Rose met gevoel speelde, zodat het iets moois zou worden. Zelfs het kinderliedje *Frère Jacques* kan mooi en dreigend gebracht worden, denk maar aan de *Titan* van Mahler. Een andere meezinger, *Altijd is Kortjakje ziek*, heeft grote meesters als Mozart en Van Beethoven geïnspireerd. Ik bedoel hiermee niet dat op elke speelplaats een volwaardig symfonieorkest vereist is of dat er bij het hinkelen niet vals mag worden gezongen. Ik beweer gewoon dat eenvoud en schoonheid elkaar niet uitsluiten; bovendien is er voor het kleine grut absoluut niets mis met het beleven van klassieke muziek in de ongewijzigde, onvervalste vorm, als men tenminste persoonlijke ontroering beoogt, en niet zozeer spel of vermaak.

Zoals de eerder genoemde Gustav Mahler zei: "Das wichtigste in der Musik steht nicht in den Noten." Inderdaad, de essentie is de emotie, de beleving. Nogmaals, ook voor de jeugd. Ik zou zelfs zeggen: *zeker* voor de jeugd! Want als ik mijn oren richt naar de moderne, eigentijdse toepassing van wat ooit met de naam 'klassieke muziek' bestempeld werd, dan hoor ik nu *filmmuziek*. Heremijntijd, wat een weelde aan klanken en gevoelens wordt daarin geschonken! Ik heb het uiteraard niet over de pianola bij de stomme slapstick, of over het afhaspelen van Rossini bij elke achtervolging van de Flintstones of Woody Woodpecker – het doel heiligt de middelen, zou ik zeggen. Neen, ik heb het over ware symfonische kunstwerken als de muziek bij Harry Potter, Indiana Jones of *The Lord of the Rings*. En zovele andere heerlijke producties, ook feuilletons als *Perry Mason* of *Poirot*, waarvan de stijl volgens mij verwant is aan Bruckner.

Niet te vergeten: dit zijn allemaal ervaringen waar onze jeugd van houdt, belevingen die een blijvende inwerking hebben, ook op onze allerkleinsten. En niemand, ook deze 'kids' niet, niemand is gediend met een flauw, mager afgietsel van het voortreffelijke origineel. Ze verdienen beter dan het nerveuze gepiep van een gameboy, en ze kunnen ook meer en beter aan. Ook zij steigeren als zij onwaardig worden geacht voor het serieuze werk.

Ik merk tenslotte op dat schrijver dezes reeds als onnozel ukkie werd geconfronteerd met een aangrijpend *Land des Lächelns* in zwart-wit op televisie, en met een rauwe, maar hemels mooie

Cavalleria Rusticana in de huiskamer. En dat hij, ondanks dit alles, de volwassenheid heeft bereikt en zelfs nog steeds in leven is. Met niet één trauma.

Tenzij de ergernis die hij over de vorige bladzijden uitgestort heeft.

Pirouette:
DE CLOVIS REX

Onlangs kreeg ik een krantenartikel onder mijn neus geduwd over de diefstal van de Clovis Rex – u weet wel, die unieke, ongetande postzegel uit de tijd van Clovis, de eerste katholieke koning der Franken, en het absolute summum voor de verwoede verzamelaar. Dit nooit opgeloste misdrijf bracht mijn gedachten echter niet, zoals u ongetwijfeld verwacht, naar de Europese geschiedenis (tijdvak Merovingen en Karolingen), of naar de Koninklijke Nederlandse Bond van Filatelisten (KNBF), maar wel naar het universele fenomeen 'verzamelen'. Want, wie heeft in zijn leven nooit iets verzameld? Behoort deze hobby (of afwijking) niet tot het archetypisch gedrag van de *homo sapiens*? Vindt u het ook niet vreemd dat dit verschijnsel zo vergroeid is met onze socio-culturele eigenheid dat wij nooit eens stilstaan bij de vraag wat verzamelen nu werkelijk is, en wat het zo boeiend maakt?

"Verzamelen is het samenbrengen van objecten waarvan varianten bestaan; het is begeleid door een emotionele impuls."

Jawel, dit is de officiële omschrijving – klinkt wat theoretisch, maar ik kan mij best met deze definitie verzoenen. Die bepaalde emotionele factor moet er zeker bij, want waarom zouden verzamelaars anders overgaan tot ontsporingen zoals inbraak, diefstal, fraude, sabotage ...?

Eerste persoonlijke vaststelling: er zijn verzamelobjecten die evident zijn, en andere die niet evident zijn, die niet voor de hand liggen. De bekende klassiekers zijn: postzegels, etiketten, chromo's, bierviltjes, speelkaarten ... Maar er zijn ook interessantere objecten waarvan u denkt: wie wil dat nu verzamelen? Zoals cactussen, hotelzeepjes, wieldoppen, schrijfmachines, Barbiepoppen – of wat dacht u van navelpluis van beroemdheden? Wijlen Jean-Luc Dehaene verzamelde beelden van hanen. Billijk en begrijpelijk, maar moeilijk, toch? Zelf heb ik een stel gekend dat geobsedeerd was door het Belgische porselein van Royal Boch. Op den duur hadden ze twee en een halve kamer vol met hun collectie, en toch reisden ze nog naar Nice om een ontbrekend schoteltje uit de catalogus te gaan opzoeken!

Deze anekdote leidt mij tot de tweede vaststelling: er zijn eindige verzamelingen, en eindeloze, levende dus. Het verzameld werk van Proust is *eindig*, want de man schrijft niet meer en er worden geen nieuwe teksten meer ontdekt in een geheime lade of een zeemanskist. Ook *'s Lands Glorie*, de reeks vaderlandse prenten van Historia, eindigde medio 20ste eeuw. De classificatie *Premiers Grands Crus Classés* telt precies achttien Saint-Emilion-wijnen, punt. Dit is een eindige verzameling, ook als u niet alle flessen geproefd heeft.

Maar bij de *levende* verzamelingen kan er nooit sprake zijn van volledigheid: postzegels bijvoorbeeld worden constant bijgemaakt; je kunt ze nooit allemaal hebben, behalve als je je focust op een vergane periode, zoals *Belgisch Congo*. Of als ooit het moment komt dat de goede, oude postbode opgedoekt is. Het gamma van Royal Boch was ook levend ... tot de firma finaal over de kop ging! En een verzameling tropische vlinders is ook nog levend (sic!) omdat de kans groot is dat er volgende week wel weer een variant of mutant wordt ontdekt. De vlinderaar is nooit zeker.

Derde vaststelling: de gedrevenheid waarmee verzamelaars hun collectie opbouwen tart soms elke beschrijving. Bij een levende verzameling wil men steeds meer en neemt de honger exponentieel toe. Men heeft nooit genoeg. Bij een eindige verzameling is de ijver nochtans ook groot, zeker als men slechts één exemplaar verwijderd is van het complete oeuvre. Zo gaf de Freie Stadt Danzig ooit een reeks postzegels uit waarvan die van 8 Reichsmark onvindbaar blijkt. De waarde van dat specimen scoort thans vijfduizend dollar! En in het begin van de vorige eeuw werd bij een industrieel in Eindhoven (NL) brutaal ingebroken om aldaar het enige bestaande prototype van de elektrische strijkbout te ontvreemden ... die een kwarteeuw later in Duisburg werd teruggevonden.

Het klinkt wat vreemd, maar toch vind ik het niets ontziende animo waarmee de verzamelaar jaagt op de *Slag van Waterloo* (Historia) of op een originele druk van *Jommeke,* in zeker zin gezond. Het geeft een doel aan het leven. Ik beken dat de ontbrekende kleurrijke middenplaat in het album *Egypte* (Artis) jarenlang een doorn in mijn oog is geweest tot mijn pa ze bij een klant gevonden had. Hetzelfde moet zeker gelden voor de onbeschadigde eerste *Fairlane* van Dinky Toys, vervaardigd van gegoten zamak. En zoveel ander moois.

Kijk, precies daarom was het zo fout dat Ome Wies aan de kleine Sam de *complete* set Pokémon-kaarten zomaar cadeau gaf. Heel duur, dat wel, en een schitterend cadeau, maar niet prettig voor Sam. Want Sam hoefde nu niet meer te verzamelen, te onderhandelen of te ruilen. Weg waren de droom, de ambitie, de zoektocht, de afgunst, het verlangen. En de luxe dozen bleven, na een eerste inspectie, gewoon dicht. Waarom nog zoeken? *The fun was over.*

Ik durf het haast niet te vragen, lezer, maar als freelance enquêteur – verzamelaar van opinies, inderdaad – voel ik mij verplicht om mijn roeping te volgen en u dan toch maar de vraag te stellen: wat heeft *u* ooit verzameld – of wat verzamelt u nog steeds? Takszegels, autowrakken, handboeien, dagvaardingen, kusafdrukken of – om het toch nog een tikkeltje alledaags te houden – satijnen korsetten?

3.

DE MIST IN AVONDRUST

Marleen Vanhee, ambtenaar op rust, heeft de ongezonde ge-woonte om reeds tijdens haar ontbijt de krant te lezen. Op die manier kan zij er zeker van zijn dat niet een of andere oude aterling voortijdig met haar berichtgeving aan de haal is, zodat zij desgevallend weer hopeloos lang moet wachten op het ex-emplaar dat dan niet meer zo 'vers van de pers' is. Een of twee keer is haar dat overkomen – in het begin van haar verblijf, maar geen derde keer. Zoals altijd neemt ze vooral de pagina's rond moordzaken en de justitiële kwesties grondig door en het is evenzeer haar vaste gewoonte om achteraf in de zitkamer van het rusthuis nog wat meer tijd en aandacht uit te trekken voor haar reflecties – als ze zich kan beschermen tegen de verleidin-gen van het ochtenddutje. Soms zijn het vruchtbare reflecties, soms niet meer dan ijdele dagdromen.

Op een dag in oktober nu neemt zij weetgierig een recente statistiek door over de landelijke criminaliteit, en zij constateert enigszins verwonderd dat er meer onopgeloste moorden bestaan dan ze ooit vermoed had. Als zij deze gegevens achteraf herkauwt in haar eigen hoekje van de grote zitkamer, voegt zij hier graag een beetje ironisch haar persoonlijke mening aan toe dat er zelfs nog veel meer dergelijke onopgeloste moorden *beschreven* zijn in de literatuur, en dat men er het raden naar heeft wat in deze beschrijvingen waarheid is, en wat fictie. En dan denkt zij liever niet aan romancières als Agatha Christie, Dorothy L. Sayers of die Hedwig Courths-Mahler – schrijfsters die zij niet leest want bene-den haar waardigheid – maar eerder aan het eeuwige vraagstuk hoe moeilijk het is de echte feiten te scheiden van de vermoedens, de interpretaties, het *wishful thinking*, zeg maar de fantasietjes.

Ditmaal zijn haar reflecties veel meer dan wat vrijblijvende gedachten, en misschien ook minder onschuldig. Zij ziet opeens, totaal onverwacht, die rare figuur van Bastiaan Riet in haar geest verschijnen – die totaal vergeten collega van jaren geleden – en ze beseft dat dit beeld van vroeger op dit ochtendlijke moment niet zomaar een herinnering is. Met haar zo vrouwelijke intuïtie voelt ze dat er een verband moet bestaan tussen de statistieken over al die onopgeloste misdrijven die zonet vóór haar tussen de broodkruimels lagen, en haar eigen vreemde ervaringen met die man. De man van wie geen mens ooit de precieze omstandigheden noch de oorzaken van zijn dood gekend heeft. Geen mens, behalve zij. Althans niet met zekerheid. Tot op zekere hoogte, dus. Maar zij heeft er nooit over gesproken. Uiteraard niet.

Bastiaan Riet sprak haar aan, zo'n vijftien jaar geleden, toen ze allebei stilaan het einde van hun loopbaan voelden naderen en toen ze in de latere uurtjes van het jaarlijkse vriendenbal aan dezelfde tafel waren beland. Toevallig. Ze wisten van elkaars bestaan af – ze werkten op dezelfde afdeling van hetzelfde departement maar in een andere functie en op een andere locatie – dat was dan ook alles. Ze hadden gedurende die vele jaren van anonieme collegialiteit nooit met elkaar persoonlijk gesproken. Tot op dat nachtelijke uur, toen er niemand nog nuchter was en de directeur-generaal zijn jaarlijkse *Cogétama* opstak – een teken dat het feest voor hem afgelopen mocht zijn.

Natuurlijk was Bastiaan geen onbekende voor Marleen, Bastiaan was immers voor niemand een onbekende. Dat kwam door zijn lange, onverstoorde staat van dienst, door een opvallend gebrek aan hoogtepunten of markante gebeurtenissen, en door het feit dat hij een stille vrijgezel was, verstoken van een sociaal netwerk. Geen bijzondere prestaties dus, geen mijlpalen, zeker geen revolutionaire ideeën, maar toch een *reputatie*. Absoluut. Voor de ene was hij een grijze muis die altijd louter toevallig op de foto's terechtkwam, voor de andere de spreekwoordelijke nobele onbekende op wie je wel gegarandeerd kon rekenen, voor een derde collega was hij een capabele, schrandere en hoogst berekenbare functionaris die al deze talenten onvoldoende liet renderen. *Low profile*, dat zeker, maar ook plichtbewust, daarover was iedereen het eens.

Deze uitgesproken meningen waren veel meer dan louter vermoedens en geruchten, ze berustten op harde feiten. Ongeveer iedereen wist immers dat Bastiaan tweemaal met succes had meegedaan aan de periodieke bevorderingsproeven en dat hij desondanks nooit de verdiende promotie had gekregen, ook niet met een voortreffelijke rangschikking: de eerste keer ging het niet door omdat hij weigerde naar de hoofdstad te verkassen, de tweede keer werd het weer niets omdat de functie inhield dat hij een team zou moeten leiden, iets wat hij gewoon niet zag zitten. Teams interesseerden hem niet en leidinggeven evenmin, hij wilde gewoon zijn werk doen en met rust gelaten worden, zei hij. Vergeten wij ook niet dat zijn ongehuwde status en zijn verzorgde manieren heel goed lagen bij *de vrouwtjes* van zijn dienst – overigens bij alle vrouwen van het departement; ze wisten blijkbaar van de eerste tot de laatste dat hij nog vrij was, al was geen van hen in hun alledaagse conversaties verder geraakt dan een goedemorgen. Hartelijk bij de enen, bedeesd bij de anderen.

Hoe dan ook, iedereen vond Bastiaan Riet een aangename medewerker die echter even evident het etiket 'zonderling' verdiende – weliswaar met een veelheid aan diverse invullingen van dat begrip. Geheimzinnig, apart, ongewoon, verlokkelijk …

Marleen Vanhee kon trouwens ook min of meer bogen op al die genoemde kwaliteiten. Ofwel kwam dat doordat die behoorden tot de noodzakelijke algemene kwalificaties om in vaste dienst te komen, ofwel waren het kenmerken die men in de loop van een carrière nu eenmaal moest laten woekeren om op het werk te overleven. Alleen het bestaan als vrijgezel was haar vreemd. Maar voor de rest voelde ze in die late uurtjes van het bal niets dan tevredenheid, zelfs gelukzaligheid, over haar stabiele loopbaan, haar behoorlijk inkomen, een paar prettige collega's – en terzijde, twee prachtige opgroeiende kinderen en een lieve man die zich alleen te buiten ging als verdediger bij FC Verrehoek Boys. Met trots kon zij zeggen dat zij een goede moeder was, een goede echtgenote, een goede ambtenaar – én toch een moderne vrouw die nooit de kaas van haar brood liet eten.

Wat de precieze aanleiding was voor het festieve gebeuren, wie zal het zeggen? Mogelijk was er gewoon geen precieze aanleiding en was de samenkomst gevestigd op een naoorlogse jaarlijkse traditie, en niet meer dan dat. Iets dat gewoon gebeurt en dat pas opvalt en vragen oproept als het *niet* gebeurt. En het gebeurde altijd een paar weken na de overgang van oud naar nieuw, na die feestelijkheden.

In dit geval had het personeelsfeest plaats op de laatste zaterdag van januari, en er was geen bijzondere reden om iets anders te verwachten dan prettig en gezond vermaak. Er moest niets speciaals gevierd worden, er was geen enkele vip die een extra bloemetje verdiende, er was geen groots project afgesloten, alsook geen enkele aanwezige gepensioneerde die hoopte eindelijk verrast te zullen worden.

Dit gebeurde dan ook niet, tenzij men de zaken achteraf bekijkt, met kennis van *al* de feiten. Maar toen, op dat uur, toen was er geen vuiltje aan de lucht.

"Aha," zei Bastiaan, zonder te verbergen dat hij al te veel rode wijn gedronken had. "Jij bent dus Marleen Vanhee. Wel, wel! Mag ik even bij jou komen zitten? Ik ben geïnteresseerd."

Marleen was juist met zichzelf aan het overleggen of het niet stilaan tijd werd om aan het thuisfront te denken; deze brutale, ongewone poging om kennis te maken kwam voor haar echt uit de lucht vallen. Natuurlijk had zij er niets op tegen en loste het voorstel haar dubio van het moment in één klap op, maar zij was te zeer overvallen om te reageren. Bij haar binnenkomst in de feestzaal had zij, net als iedereen, een witte *badge* gekregen met vermelding van haar naam en afdeling, en zij had haar verse tafelgenoot er peinzend naar zien kijken. Hij droeg er trouwens ook een, en hij heette Bastiaan Riet. Daarvoor had zij trouwens dat plaatje niet nodig, zij wist het gewoon, hoewel zij over zijn familienaam normaal toch wat had moeten nadenken.

"Zit je dan niet in gezelschap?" vroeg Bastiaan, een en al onschuld en onbeholpenheid. "Je zit hier toch niet alleen?"

"Eigenlijk wel, nu toch. Ik denk dat mijn collega's juist naar de bar getrokken zijn. Dat is al jaren hun gewoonte, na het eten, na het dessert … Een beetje als echte mannen aan de tapkast hangen en stoere verhalen vertellen. Tot de zaak gesloten wordt. Dat is tenminste het verhaal dat dan nadien op het bureau doordringt. Met wat extra overdrijving."

Marleen zat een beetje verrast van zichzelf op haar stoel. Eigenlijk had ze haar persoonlijke mening over het gebeuren helemaal niet willen zeggen – neen, zij was zwijgzaam en afwachtend van aard, en normaal veel diplomatischer en discreter, maar de woorden waren eruit voor zij het goed en wel besefte. Maar het kon geen kwaad, het onverwachte gezelschap van Bastiaan Riet leek een interessante afsluiting te kunnen worden van haar avondje-uit.

"Ik was trouwens juist aan het twijfelen," voegde zij er eerlijk aan toe, "of ik nog lang zou blijven. Ik wil niet de eerste zijn om te vertrekken, maar anderzijds wil ik ook niet zomaar op de vlucht slaan samen met het gros van de kudde – dat is zo belachelijk, zo dom … Maar dat probleem is dus opgelost, nietwaar?"

Haar gesprekspartner lachte en deed zijn jasje uit.

"Dat heb je mooi gezegd, op zo'n heel eigen manier. Het bevalt mij wel. En ik voel dat ik vanavond de vraag zal kunnen stellen die al zo lang door mijn hoofd spookt. Ik heb eigenlijk nooit gedurfd. Angst voor het onbekende. Angst voor mijn eigen stuntelige verwoording. En voor het antwoord ook. Ik hoop dat je nog wat tijd hebt. Is dat rode wijn?"

Met een hoofdbeweging duidde hij op een fles die vlakbij stond. Die was nog voor meer dan de helft vol en je kon uit alles zien dat het inderdaad rode wijn was. De vraag was dus eerder bedoeld als een verzoek, en Marleen had het meteen door.

"Dat is dan mijn laatste glas," lachte zij, terwijl zij naar de fles reikte en zowel het glas van Bastiaan als dat van haar vulde. "Hoewel, je weet nooit. Het is een Chileense wijn. Hij valt best mee, geweldig zelfs. Zou hoofdig en gevaarlijk moeten zijn, maar ik merk er weinig of niets van. Ik heb nochtans al aardig wat gedronken."

"Ik ook. Proost, zou ik zeggen. Op een geslaagde avond, niet? Het was best gezellig, vond ik."

"Ja, dat vind ik ook. Ik denk dat bij mij thuis iedereen al in bed ligt."

Marleen nipte fijntjes en genoot. Bastiaan nam twee grote slokken na elkaar, alsof het zijn eerste glas van de avond was.

"Wel," fluisterde hij, terwijl hij aarzelend zijn glas ronddraaide, met dichtgeknepen lippen. "Mijn vraag. Hoe zal ik beginnen? Het is niet gemakkelijk. Dat zul je zo meteen wel begrijpen."

Haar antwoord was veelbelovend en heel gevat.

"Als je niets zegt, dan kan ik daar ook niet over oordelen. Probeer maar. Is het iets over het werk? Over gevoelens misschien?"

Zoals Marleen absoluut niet kon weten wat er in de gedachten van Bastiaan speelde, zo wist Bastiaan niet wat er in het hoofd van Marleen omging en wat zij op het eind eigenlijk bedoelde met die paar woorden. Maar in zekere zin had zij wel recht in de roos geschoten, en dat voor een quasionbekende die bovendien de grenzen van de intimiteit overschreden had. Misschien kwam dat door een louter sociale onhandigheid, misschien was zij de spreekwoordelijke olifant in de porseleinwinkel, misschien had zij gewoon geen gevoel voor *savoir faire*, voor discretie en privacy? Of speelde de wijn haar dan toch parten?

"Je had toch een broer die Lucas heette?" vroeg Bastiaan opeens, uit het niets.

"Ja, dat klopt. Hij leeft trouwens nog, hoor. Je doet het klinken alsof hij dood is. Neen, Lucas is nog springlevend. En de anderen ook. Maar mijn ouders niet. Die zijn kort na elkaar gestorven."

Bastiaan bleef een tijdje zwijgend naar het schommelen van de wijn in zijn glas kijken. Alsof hij het antwoord moest verwerken – of zijn volgende vraag moest voorkauwen. Toch bracht hij het botweg voor de dag.

"Ja, je hebt nog twee broers. Guido, de oudste. En Hugo, de jongste. Jij en Lucas zitten tussen deze twee, dat weet ik nog. En je vader was een smid, maar was met de tijd overgeschakeld naar een fietsenhandel. En fietsen onderhouden en herstellen, dat natuurlijk ook."

Nu pas keek Bastiaan naar zijn collega die hem met ongelovige ogen aanstaarde. Zij wist niet wat zij met deze informatie moest aanvangen, of liever met deze zonderling en zijn vreemde manier van handelen. Dit was toch niet normaal? Waar wilde hij eigenlijk heen? Was hij een detective?

"Zeg mij eens, Bastiaan," vroeg zij verwonderd, zonder al te streng te willen overkomen, "wat is eigenlijk de bedoeling? Heb jij een studie gemaakt van Verrehoek, of van ons roemrijke geslacht? En ja, het klopt allemaal, dat wel. Ik heb trouwens mijn echtgenoot leren kennen in het provinciale voetbalploegje waarin ook mijn oudste broer speelde. De *Verrehoek Boys*. Het jaar dat zij kampioen werden in die afdeling. Wist je dat ook misschien?"

Bastiaan liet een zwakke, ietwat pijnlijke glimlach zien. Hij geneerde zich, dat was duidelijk.

"Neen. Dat niet. Hoewel ik in die tijd het voetbal in onze provincie elke week zonder fout volgde, en dan vooral het klassement en de prestaties van de *Boys*. Zelfs nog jaren na hun overwinning. Vooral de *Boys*, ja. Te begrijpen, als je heel het verhaal kent. Maar ik denk niet dat je broer Lucas een voetballer was, wel?"

"Neen, dat klopt. Hij heeft het wel geprobeerd, geloof ik. Onder invloed van de oudste. Maar hij had andere ambities. Het is ook allemaal zo lang geleden. Veertig jaar. Of meer? Volgend jaar vraag ik mijn pensioen aan. Jij toch ook? Zeker niet vergeten, want je moet dat ruim op tijd doen. Vraag dat maar aan de vakbond."

Ze lachten allebei en dronken hun glas leeg, alsof een onzichtbaar iemand een teken gegeven had. Bastiaan nam de fles om nog eens bij te schenken, maar Marleen had genoeg, zei zij. Zij wilde morgen niet wakker worden met een kater en een vieze smaak in haar mond. Bastiaan knipoogde boosaardig en vulde zijn glas wel, bijna tot de rand.

"Zo," besloot Marleen terwijl zij met haar ogen de tafel controleerde op zoek naar spullen die in haar handtas hoorden. "Ik heb de indruk dat je mijn broer Lucas vrij goed gekend hebt. Van op school? Of later, maar in elk geval van jullie jonge jaren?"

"Zeg dat wel. Een deel van onze jeugd hebben wij met elkaar gedeeld – een klein deel slechts, achteraf bekeken, misschien een half jaar. Op school, op het college. Hier in Sint-Andreas.

Ik zat in het laatste jaar, hij in het vijfde. Voor mij lijkt het alsof het gisteren was, maar misschien is hij het allemaal vergeten. Misschien kent hij mij gewoon niet meer, hoewel ik dat wel vreemd zou vinden. Je moet het hem eens vragen. Zien jullie elkaar regelmatig, bij voorbeeld in het weekend?"

"Niet echt regelmatig, want hij woont nu in de verste deel-gemeente van Drecht, naast Verrehoek, en hij heeft een eigen gezin. Ik ook, natuurlijk. Maar wij zien elkaar toch meermaals per jaar, en gegarandeerd ook op onze verjaardagen en op feest-dagen. Dat zijn de familiefeesten."

"Dus ook op zeven februari?"

"Op zeven februari? Hoezo? Is dat niet zijn verjaardag?"

"Heel zeker. Over twee weken."

Bastiaan werd zenuwachtig, zijn handen trilden en begon-nen te zweten. Hij schaamde zich. En voor de tweede keer dat uur keek Marleen hem met grote ongelovige ogen aan. Zij vond deze man én zijn onthullingen op zijn minst merkwaardig. Curieus, zelfs.

"Als je Lucas dan toch ziet binnenkort," herpakte Bastiaan zich, met een wrange grijns, "dan moet je hem eens vragen of hij zich Bastiaan Riet nog herinnert. Van op het college. Meer moet je niet zeggen. Ik ben benieuwd."

"Ik ben ook benieuwd," lachte Marleen. "Wie weet wat jullie allemaal uitgespookt hebben. Het is vreemd, maar ook al heb je drie broers met wie je jarenlang samengeleefd hebt en van wie je het meeste lief en leed gedeeld hebt ... toch zijn en blijven het in zekere zin nog onbekenden voor je. Zeker als de tijd jaar na jaar voortschrijdt."

"Wij zullen zien, wij zullen zien ... Weet je, ik zal je iets toe-vertrouwen. Ik wist al zo lang dat een zekere Marleen Vanhee in ons departement werkte, en ik had al een hardnekkig vermoeden dat jij de zus moest zijn. En weet je, toen ik daarnet je labeltje zag én het gezicht dat erboven thuishoorde, toen was mijn eerste instinctieve gedachte: mieters, hoe is het toch mogelijk, zij heeft duidelijk de trekken van Lucas in haar gelaat, onmiskenbaar. Na zovele jaren, na veertig jaar, zag ik het meteen. Of laten wij zeggen: er was geen enkele contra-indicatie, ik bedoel dat ik nergens een teken zag dat je zijn zus *niet* kon zijn. Begrijp je?"

"Absoluut. Ik moest het alleen nog bevestigen, met je vragen?"

"Zo is dat. Het was moeilijk om het aan te kaarten, jawel. Mijn vermoeden is nu toch zekerheid, dat was belangrijk voor mij ... Maar vergeet het niet ter sprake te brengen, akkoord?"

"Ja ja, dat komt wel in orde. Véértig jaar! Niet te geloven, is onze jeugd dan al zo lang voorbij? Je maakt mij echt nieuwsgierig. Je moet het mij allemaal maar eens vertellen in geuren en kleuren."

"Wij zullen zien, maar vergeet toch maar niet je broer te interpelleren."

"Neen, neen. Ik doe het wel. Wees gerust."

Marleen voelde zich bijzonder fris en opgewekt. Het laatste uurtje van het personeelsbal was lang niet zo saai verlopen als de andere jaren, toen het meer geleek op een kampvuur dat maar niet wilde uitdoven. Zij nam hartelijk afscheid van Bastiaan, zonder de gebruikelijke collegiale kus te geven. Zoiets deed je nu eenmaal niet met Bastiaan Riet. Dat wist iedereen.

§

Marleen beseft dat zij wat ingedommeld is, maar niet echt ingeslapen. Zij heeft de indruk dat zij haar ogen niet langer dan vijf minuten gesloten heeft, maar waarschijnlijk is het veel meer geweest, dat weet zij onderhand wel uit ervaring. Zij voelt de vijandige blik van de bijna honderdjarige Aubin De Vreeze in de andere hoek, bij de elektrische kachel. Hij staat geërgerd naar haar te kijken met het oude gezicht van een prehistorische Balinese draak, want zoals elke ochtend wacht hij met toenemende wrevel het moment af dat zij haar gemakkelijke fauteuil in de beste hoek zal verlaten om naar de tuin te gaan. Blijkbaar heeft hij dit zalige moment vandaag te veel moeten uitstellen. Aubin De Vreeze is ooit een slager geweest en kan zijn gevoelens niet verbergen, ook zijn ergernis niet, en zij wordt soms bekropen door een aandrang om de man te jennen en te plagen.

67

De andere aanwezige, Guillaume de Herckenrode, is door zijn kinderen in het tehuis binnengebracht zodra de eerste tekenen van dementie tevoorschijn kwamen, maar Marleen vindt dat de man, ondanks zijn tachtig jaren, zich voortreffelijk weet te bewegen, ook op geestelijk gebied. Hij heeft blauw bloed in zijn aderen en is ongeveer heel zijn leven procureur geweest. Hij is zeer bemiddeld en geniet veel aanzien, zowel binnen als buiten het tehuis. Zoals Marleen pluist hij elke dag het justitiële katern van de krant tot op de laatste komma uit, maar dan wel in de Franstalige krant. Op die manier is een kortsluiting met haar onmogelijk en is een hoogstaande, aangename omgang gegarandeerd. Dat blijkt ook nu uit het feit dat de heer Procureur minzaam en sympathiek naar haar glimlacht – het is een uiting van begrip en medeleven omdat zij onder zijn alziend oog heeft zitten knikkebollen. Hij vergeeft het haar grootmoedig, dat ziet zij zo.

En dan is er nog de kleine, maar hautaine Simonne, die niet echt *vleselijk* aanwezig is, want zij ontbijt altijd op haar eigen kamer – als zij al überhaupt ontbijt, dat weet niemand – maar zij moet wel in de zitkamer *geweest* zijn, en nog niet zo lang geleden, want haar typische geur hangt er nog binnen, in de omgeving van de stapel oude *Libelles*. Het is de bijzonder sterke en onmiskenbare geur van *Charlie*, een parfum dat misschien de eerste maanden erg verleidelijk kan zijn, maar zeker niet na twee wereldoorlogen. Voor de meeste bewoners is het echt te zoet en overrompelend, en eigenlijk zitten ze al een tijdje met z'n allen te wachten tot de flacon leeg is, of, beter nog, tot Simonne hem laat vallen. Liefst in haar badkamer dan, en met het raam wagenwijd open. Neen, die vrouw is niet geliefd, en niet alleen omwille van haar stuitende geur.

Marleen Vanhee snuit haar neus en moet binnensmonds lachen om de lichtgeraaktheid die algemeen heerst in Huize Avondrust. Zij laat ook de ergernis van Aubin De Vreeze over zich heen glijden, en besluit om nog even te blijven zitten en haar overpeinzingen in alle rust voort te zetten – als het enigszins kan op de plaats waar de herinneringen om wat voor reden afgebroken waren.

Dat was het personeelsfeest. De merkwaardige, zeg maar grappige ontmoeting met Bastiaan Riet, die boven zijn theewater was en dat niet kon verbergen, maar ook niet probeerde. De belofte om broer Lucas aan te spreken ...

Dat laatste personeelsfeest ... Later, in de derde week van februari belde Bastiaan naar haar bureau met de vraag of ze 's middags niet samen een broodje konden eten in de *mess*, liefst in de *mess* van *haar* dienst omdat die groter en gezelliger was en omdat ze daar verse soep maakten en geen Royco, zoals bij hem. Het was zijn derde poging. Voor Marleens agenda was het geen probleem, zij was ditmaal niet gebonden aan een bepaald gezelschap of een bepaald uur en zij zou graag ook voor hem een broodje bestellen, met *Américain préparé* – die was wereldberoemd op het departement en daarbuiten. Geen soep echter, want het dagmenu vermeldde tomatensoep en die lustte Bastiaan niet omdat hij die thuis elke dag, tot zijn zesentwintigste, had moeten eten.

Bastiaan arriveerde in de *mess* precies om half een, het uur van hun afspraak. Marleen hoefde dus helemaal niet te wachten – waar zij een vreselijke hekel aan had – en zij stond juist bij de kassa om hun bestelde broodjes af te halen. Het deed haar veel genoegen dat Bastiaan haar meteen herkende in de rij en dat zijn entree een aantal medewerkers deed opkijken. Het was misschien de eerste keer dat hij in deze mess binnenkwam, en bovendien straalde de man iets sympathieks uit dat hoe dan ook indruk maakte op de menselijke omgeving – als was hij de gevierde presentator van een praatprogramma op de teevee. Gelukkig oogde hij weer volmaakt pretentieloos en *gesoigneerd*, dus veel frisser dan in die late uurtjes van het bal, een maand terug.

Ze hadden nauwelijks in hun koffie geroerd en de eerste grote hap van hun broodje genomen, of Bastiaan stak van wal. Het leek wel alsof hij de onderhandelingen rond een belangrijke politieke kwestie meteen wilde openen en daarbij zo weinig mogelijk tijd verliezen. Allebei – Marleen ook – voelden ze dat er weer behoorlijk wat afstand en reserve tussen hen gegroeid was, ook al was het laatste persoonlijke contact amper vier weken geleden.

Bij die gelegenheid hadden ze van elkaar afscheid genomen op de meest hartelijke manier, zonder enige verlegenheid. Dat moment was nu al lang voorbij, en sindsdien waren ze beiden weer op hun oude pootjes terechtgekomen, ieder in zijn milieu, ieder in zijn eigen dienst.

"Het zijn inderdaad lekkere broodjes," begon Bastiaan algemeen. "Ze doen hun reputatie eer aan."

"Dat is zo," beaamde Marleen. Zij was maar al te graag bereid de mening van haar tafelgenoot volmondig te delen. "Wist je dat onze keuken de *préparé* zelf maakt? Er zijn zelfs ambtenaren van de Belastingen die 's middags naar hier komen, speciaal voor hun broodje. En vorig jaar was er even sprake van om onze broodjes en soep uit te besteden aan een externe organisatie, maar dat is niet doorgegaan. De keuken heeft hiervoor zelfs een week lang gestaakt."

"En terecht, zou ik zo zeggen."

"Maar als je een volgende keer toch liever verse warme soep hebt, dan moet je onthouden dat het op donderdag altijd *tomatencrème* is. En op vrijdag uiensoep met toast en kaas. De andere dagen, dat weet ik zo niet. Waarschijnlijk allerhande groentesoepen, afhankelijk van het seizoen. En tegen de zomer kun je hier ook elke maand mosselen bestellen. Die zijn heel populair."

"Je bent goed op de hoogte?"

"Natuurlijk. Ik kom hier elke dag."

Ze glimlachten, eigenlijk zonder enige reden. Er viel een stilte. Die kwam als geroepen om weer een hap van het broodje te nemen en om van onderwerp te veranderen.

"Weet je nog wat ik vorige keer gevraagd heb?" vroeg Bastiaan terwijl hij nog volop aan het knabbelen was.

Marleen deed een teken dat hij nog even moest wachten tot zij haar hap goed had doorgeslikt. Daarna keek zij nogal bedrukt naar hem. En verward.

"Ja, dat weet ik nog. En ik heb het ook gedaan. Maar het zei hem niets. Totaal niets. Ik heb zelfs aangedrongen. Maar hij kende helemaal geen Bastiaan Riet of een naam die daarop geleek. En zijn collegetijd, dat was slechts een vage herinnering. Niet meer dan dat."

"Echt waar?"

"Echt waar. Wij spreken wel over meer dan veertig jaar, niet? Als je mij zou vragen hoe mijn leven eruitzag toen ik ongeveer twaalf jaar was? Ik zou het eerlijk gezegd niet weten. Zelfs mijn Plechtige Communie beweegt zich in een nevel. Een nevel van drukte en onbehagen. Maar weinig feiten, weinig tastbaars. Dit is wel een teleurstelling voor jou, niet?"

Bastiaan gaf niet direct een antwoord. Hij nam nog een hap van zijn broodje. Hij keek naar zijn bordje waarop het half vergane logo van het departement prijkte, en dacht zichtbaar na. Een beetje piekerend, een beetje weifelend. Eigenlijk wist hij niet zeker of Marleen het wel echt gevraagd had aan haar broer en of zij nu daar niet zat te liegen, gemakshalve. Ergens had hij van in het begin de kans opengelaten dat hij nooit de waarheid zou vernemen. Dat hij nooit iets zou vernemen dat hij nog niet wist. Zelfs op het bal had hij geaarzeld, toen hij haar de opdracht had gegeven ... Tenslotte was het niet evident dat deze dame, deze bereidwillige maar toch vreemde collega, zomaar iemand van haar familie zou lastig vallen met een onverwachte, onverklaarbare en indiscrete vraag.

En zelfs wanneer zij het wel ter sprake had gebracht, hoe groot was dan de kans dat Lucas haar een antwoord gegeven had – een eerlijk antwoord, wel te verstaan? En dat zij het nu wilde meedelen, of verzwijgen – om wat voor reden?

"Ik moet wel zeggen dat het een rare situatie is," vervolgde Marleen. "Ik bedoel die vraag, en die interesse voor Lucas. En ik merk echt de ontgoocheling op je gezicht. Dat is ook raar."

Zie je wel, dacht Bastiaan. Deze randbemerkingen waren koren op zijn molen. Het was inderdaad best mogelijk dat deze vrouw het zich niet te moeilijk had gemaakt en de vraag gewoon niet gesteld had. Uit een soort van schaamte, uit kiesheid – omdat zij zich gegeneerd had gevoeld.

"Wel, Marleen," peinsde Bastiaan hardop, blijkbaar in de knoop met zijn voornemens, "ik kan mij goed voorstellen dat het allemaal wat vreemd en raar moet overkomen. En ik zit nu te twijfelen of ik je niet beter heel het verhaal zou vertellen ..."

"O, maar dat mag je best. Ik heb tijd. Het is donderdag. En misschien kom ik zo nog een verborgen deuk in het blazoen van mijn broer te weten, een misstap of een akkefietje van vroeger?"

Bastiaan grijnsde kwaadaardig en keek haar aan.

"Kan ik je vertrouwen, collega? Kan ik je echt vertrouwen?"

"Natuurlijk. Kom ermee voor de dag, Bastiaan, en draai niet langer rond de pot."

Bastiaan had nog enkele seconden nodig om de situatie af te wegen. Hij keek naar haar gezicht in de hoop dat hij opnieuw de deugddoende gelijkenis zou zien met haar broer, maar zowel het gezicht als zijn herinnering lieten hem in de steek. Indien er een gelijkenis was, dan toch maar zwakjes. In haar ogen zag hij niets dan nieuwsgierigheid en goede wil. En dus stak hij van wal.

"Ja, ik ga het allemaal vertellen. Ik ben er zeker van dat ik je zal verbazen, misschien choqueren, maar ik realiseer mij dat dit gesprek, ons huidige gesprek, voor mij nog de enige kans is om een oud en zwerend probleem uit te leggen en, wie weet, op te lossen. Daarom – omdat ze zich wellicht niet meer zal voordoen – grijp ik deze kans nu aan. Misschien is het verhaal meer voor een psychiater bestemd, maar ik geloof niet zo erg in het meesterschap van deze heren, en ik denk dat ik net zo goed een competente, volwassen vrouw als jij kan aanspreken, zeker als jij dan nog het bijzondere voordeel biedt om de zus te zijn van de hoofdrolspeler."

Marleen glimlachte, maar bleef wel rechtop zitten, haar handen gedeeltelijk rond haar schoteltje. Voor hetzelfde geld was zij – zo te zien – met een collega overleg aan het plegen over het budget.

"Ik denk niet dat je mij zo gemakkelijk met verstomming zult slaan," grinnikte zij.

"Wel, om dan maar met de deur in huis te vallen: ik ben verliefd geweest, razend verliefd, op je broer. Hij was veertien, ik zeventien. Wij zaten allebei op het college. Let op: wij waren niet zomaar bevriend of dik bevriend, ik durf zelfs zeggen dat wij zelfs gewoon niet *bevriend* waren. Geen kameraden, geen boezemvrienden. Daarover mag geen misverstand bestaan, want dan gaat heel de geschiedenis de mist in. En als ik spreek van verliefdheid, dan zou ik ook willen ontkennen dat het een geval was van kalverliefde, of op hol geslagen sympathie en bewondering, of van een ontspoord libido. Neen, ik was verliefd op Lucas, die geweldige, adembenemende Lucas."

Nu deze onweerlegbare stelling eruit was, hield Bastiaan even op om ietwat verdoken te kijken hoe zijn tafelgenoot reageerde.

"Wel, wel," zei zij nadenkend, want zij wist dat de stilte om een persoonlijke mening vroeg. "Wel, wel. Het is toch wel een verrassing, en natuurlijk wil ik meer weten. Veel meer. Dat jij dus blijkbaar homo bent, verbaast mij niets. Het bevestigt gewoon wat ik en zovele anderen al lang vermoedden. Het kwam al ter sprake tijdens mijn eerste werkweek, toen ik kennismaakte met de verschillende diensten. Mijn gids destijds, de brave, schele Van Peteghem, keek veelbetekenend naar jou achter je bureau en deed een gebaar met zijn handen dat iedereen wel kent. Hij fluisterde ook iets in mijn oor, zo stil dat ik het niet verstond. Maar Lucas? Dit is echt wel raadselachtig, vind ik. Ik geloof het niet. En, was het wederzijds? Hoe kwamen die gevoelens, hoe kwam die verliefdheid tot uiting? Oké, ik geef toe dat ik met stomheid geslagen ben. Maar ik luister. Ik ben geheel en al oor."

Meer had Bastiaan niet nodig. Hij dronk het laatste slokje koffie, en boog licht voorover. De *mess* was zo goed als leeggelopen. Hij hoopte van harte dat hij het komende halfuur niet gestoord zou worden, want hij wist dat het moeilijk zou zijn.

"Eerst en vooral, Marleen, het blijft voor mij een probleem om gewoon over mijn 'andere' gevoelens te spreken, met de nodige warmte. Dat was ook toen al zo, en ik denk dat ik niet alleen sta. Zodra wij spreken van homofilie of homoseksualiteit of zelfs van geaardheid – en tegenwoordig gebeurt dat inderdaad met alle begrip en *understanding* –, gelukkig maar – dan klinkt het toch nog zo technisch, zo wetenschappelijk bijna. Als een onderwerp van studie. Terwijl het een van de mooiste ervaringen, een van de mooiste gevoelens is die een man kunnen overkomen. Iets heerlijks dat niet met het verstand te begrijpen is. Het *hart* doet een overslag, en je weet niet waarom, het is met onze eenvoudige menselijke logica niet te verklaren ...

"Kijk, ik vertel je heel het verhaal, dan ben je van elk detail op de hoogte en dan kun je misschien licht werpen op zaken die mij tot nog toe helemaal ontgaan zijn. Of niet, dat kan ook. Het is een verhaal met vraagtekens. Ik kan zeker niet beloven dat ik volledig zal zijn, ik moet wel samenvatten en inkorten, dat is evident. Ik kan ook niet beloven dat ik minutieus correct zal zijn, want het betreft veel meer bijzondere en amper te verwoorden gevoelens dan harde feiten, en bovendien is de geschiedenis dan nog veertig jaar geleden. Maar het vreemde is dat hij mij nog steeds niet met rust laat, ook niet na al die tijd. Misschien omdat het mijn allereerste verliefdheid betreft? Zegt men niet: eerste liefde vergeet je nooit?

"Goed. De feiten, dan toch. Wij gingen naar dezelfde school, Lucas en ik. Het college hier in Sint-Andreas. Hij zat in het vijfde jaar, ik in het eerste, dus eigenlijk het laatste. Ik wist nog maar een jaar, denk ik, dat ik homo was en ik had dit ontdekt doordat ik diepe, onverklaarbare vonken voelde overslaan naar een erg aantrekkelijke klasgenoot. Een waanzinnig gevoel dat evenwel van voorbijgaande aard was, ook omdat die klasgenoot mij negeerde. Opzettelijk, denk ik, want de afstand was te groot, de zee te diep. En er was ook geen enkele klik, begrijp je. Voeg daar nog bij dat men thuis vermoedens kreeg over mijn zogenoemde verboden imaginaire afwijking – zeker mijn moeder reageerde hatelijk – en je weet dan wel dat ik in de put zat en onmogelijk veel behoefte had aan een beetje begrip en genegenheid.

"Maar juist in die periode, laat ons zeggen tijdens het stilletjes uitdoven van die vonken, zag ik Lucas. Op de speelplaats. De herfst van mijn laatste jaar op het college. Oktober? Waarschijnlijk wel, vroeger wist ik dat allemaal nog, tot op de dag nauwkeurig. Zoals bij elke pauze liep ik met een of andere maat op de speelplaats rustig te praten, en opeens kruisten onze blikken elkaar. Dat weet ik nog zo goed, alsof het gisteren was. Zeker dat gevoel. Ook hij liep met een maatje te praten, en toen zij langs ons heen stapten, keek hij opvallend naar mij, pal *in* mijn ogen, en ik deed hetzelfde, op hetzelfde moment. Het vreemde was dat wij bleven kijken. Het was dus geen gewone blik van gewone mensen op hun gewone weg. En hij glimlachte. Geheimzinnig maar betekenisvol. En ik ben er zeker van dat ik hetzelfde deed. Ik weet ook dat ik hem een verschrikkelijk mooie jongen vond, adembenemend mooi, en dat ik mij afvroeg waarom hij mij nog niet eerder opgevallen was.

"De volgende pauzes en de volgende dagen herhaalde het gebeuren zich: schijnbaar onschuldig wandelen op de speelplaats, elkaar zoeken en ontdekken, de toevallig kruisende wegen, de nadrukkelijke blik, de glimlach ... Ik weet nog dat mijn hart telkens al heviger begon te kloppen als de bel ging – ik had maar één gedachte: zou hij weer met zijn maat wandelen en ons parcours nemen? Zou hij weer in mijn ogen blikken en lachen? De eerste keer was het een spel, maar al vlug werd het een obsessie die mij zenuwachtig maakte, gewoon van het bang hopen en afwachten of mijn god weer zou verschijnen ... En jawel, het gebeurde telkens weer, en mooier nog: vanaf de tweede dag bleef ons contact niet beperkt tot een volgehouden blik, neen, nadat wij elkaar gekruist waren, keken wij om en wij bleven omkijken en glimlachen. Naar elkaar.

"Dat duurde zo toch enkele weken. Het was een heerlijke tijd. Het was pure verliefdheid. Eerlijk gezegd, ik had het zelfs moeilijk om hem direct *en face* aan te kijken. Ik durfde niet. Hij was gewoon te mooi, en hij werd elke dag mooier. Hij was ook zo mooi gekleed. Het was de nasleep van de hippietijd en San Francisco en zo, en je broer droeg vaak een jas van omgekeerd schapenvel – zoals John Lennon en Al Stewart en zovele andere sterren – en een donkerblauwe broek met brede pijpen onderaan, want dat was toen hét van hét – noemde men dat geen matrozenbroek? En een opvallend hemdje, bijna een blouse, in knal oranje, met een opstaande kraag in zilver, ik vermoed zilverbrokaat of zoiets. Alsof hij zelf een superster was in de showbizz. Het had iets meisjesachtigs, maar zonder te vrouwelijk te zijn. Hij pronkte er ook niet mee, het was zo ... zo *evident* voor hem. Het stond hem allemaal zo beeldig."

Bastiaan hield even op in een poging om de herinnering maximaal voor de geest te halen. Marleen had goed geluisterd en wilde dit ook tonen, want het verhaal over haar broer boeide haar enorm.

"Ja," beaamde zij, "wij waren met z'n allen altijd mooi gekleed, ook al hadden wij het thuis niet te breed. Maar Lucas vooral, die wist wat hij wilde. En hij had een goede smaak. Maar die jas en die broek, daar herinner ik mij niets meer van. Natuurlijk niet. Hoewel, dat felgekleurde hemdje, dat geloof ik wel. Lucas wilde graag meedoen met de trends van de tijd, of liever: hij deed graag mee, maar kon het niet laten om toch af te wijken, om zijn eigen ding te doen en op te vallen. Hij was een erg aangename jongen, en toch ook weer op zichzelf. Maar, man, het is toch zo lang geleden!"

"Je zegt het, en toch weet ik sommige dingen nog zo goed. Terwijl ik andere zonder twijfel vergeten ben. Maar het is geweldig jammer dat ik het meeste niet meer vóór mij zie. Zijn kleding nog wel, zijn slanke figuur ook min of meer, maar zijn *facie*, neen, dat *zie* ik niet meer voor mij. Misschien omdat ik het niet goed durfde bekijken. Hoewel zijn gezicht juist het absolute einde was. Het was perfect. Het was goddelijk."

Marleen wilde reageren, maar ergens vanuit de keuken klonk het lawaai van brekend vaatwerk dat gevolgd werd door een uitbarsting van spottend gelach, en zij liet gewillig Bastiaan zijn verhaal verder zetten. Hij was echter ook even gestokt door de perikelen in de keuken.

"Maar de tijd loopt en ik heb nog zoveel te vertellen," lachte hij, met enige zelfspot. "Ik ga dus wel een paar dingen overslaan die minder belangrijk zijn. Zoals de herfstweken die volgden op ons eerste oogcontact, en waarin hoegenaamd niets gebeurde, tenzij de onrust diep van binnen. En een vreemde nieuwsgierigheid in mijn binnenste om hem te leren kennen, om elk detail, hoe klein ook, te weten te komen. Zo hield ik zijn klaslokaal in de gaten, zo wist ik waar normaal zijn jas hing, ja, ik ging zelfs stiekem en meer dan eens in zijn zwarte, versleten boekentas snuffelen, die tijdens de middagpauze op de rekken tussen de honderden andere stond. Dit was strafbaar, uiteraard, en had kunnen leiden tot mijn uitsluiting. Maar mijn nieuwsgierigheid was bereid om het risico te nemen. Veel leverde het mij niet op, het was een zwart, populair model zoals zovele andere, zowel van binnen als van buiten. Maar toch makkelijk herkenbaar omdat hij een sticker droeg met het logo STP – van de motorolie en de autoraces, vermoedde ik. Uit zijn schoolagenda kwam ik te weten dat hij in het vijfde jaar zat, dat hij tot dan toe weinig rode aantekeningen gekregen had en dat hij woonde in Verrehoek. En ondertussen bleven wij elke dag vertwijfeld en hartstochtelijk naar elkaar gluren en achterna kijken.

"Tot het mij in december na de examens te machtig werd en ik hem aansprak. Ja, ik durfde dat! Het moest wel, want na de examens begon de kerstvakantie, en dan zou ik mijn liefste oogappeltje twee weken lang niet kunnen zien, terwijl ik hem nu elke dag kon bewonderen. En veertien dagen, neen, dat was te veel. En dus sprak ik hem aan in de laatste schoolweek van december.

"Ik weet nog dat ik dit moment wekenlang voorbereid én uitgesteld had. Ik wist dat het moest, ik wist dat ik een poging moest wagen. Ik kon toch niet eeuwig mijn overspannen hart blijven opkroppen zoals nu, met niet meer dan het wisselen van enkele verliefde blikken? En dus moest er meer gebeuren, ja, dus moest ik dan toch ooit het risico durven nemen van een neen. En ik sprak hem aan in het midden van de laatste week, toen ik hem alleen aantrof. Met een perfect aantal woorden en zinnen die ik lang op voorhand had uitgedacht, voorgekauwd en van buiten geleerd. Ik sprak ze uit, precies zoals ik ze had klaargemaakt in mijn gedachten, en hij reageerde precies zoals ik had gehoopt – niet met de *njet* die ik had gevreesd. Gelukkig niet! Kortom: ik vroeg hem of hij de volgende zaterdag na het laatste uur met mij iets wilde gaan drinken. Ik sprak het duidelijk en ondubbelzinnig uit, misschien iets te *cool* – ik was gewoon gek van de zenuwen – zoals ik het zovele keren voordien in mijn geest had gedaan. En hij zei ja. Zonder twijfels. Zonder vragen. Zonder verwondering. Hij zei ja, voor hem was dat oké.

"Kon ik toch maar alle details van dat moment weer voor mij zien! De angsten én het geluk van heel die periode. Het

onwezenlijke geluid van zijn zachte stem die met de liefste
glimlach ter wereld akkoord ging ... Nu voel ik nog amper de
onbeschrijfelijke zaligheid die mij doorstroomde. Het leek wel
dat ik op wolken liep, dat ik zweefde – natuurlijk een versleten
cliché en een oeroud beeld – maar het was inderdaad zo. Toen hij
zonder blikken of blozen ja zei, was ik opeens een andere mens.
Een mens die elk moment als een gewichtloze engel de aarde en
al haar ellende kon ontstijgen ...

"Hoe het precies zat met de concrete details van de eigenlijke
afspraak – de plaats, het uur, de manier waarop ik het klaarspeelde – dat kan ik mij niet meer met zekerheid herinneren. Ik weet
wel dat het die fameuze zaterdagochtend de laatste lesdag was
vóór de kerstperiode, dat de school om elf uur afgelopen was,
en dat ik dat weekend helemaal alleen thuis zou zijn, aangezien
mijn ouders in de Ardennen vertoefden op hun pas aangekochte
buiten. En dat ik van plan was om met Lucas naar het fatsoen-
lijke, ietwat ongezellige café *Centrum* te trekken, waar heel veel
ruimte was, dus ook voor ons tweeën. Het was ook het enige café
dat ik ooit al persoonlijk bezocht had, namelijk enkele maanden
voordien ter gelegenheid van een koffietafel bij een sterfgeval.
Maar voor de rest had ik geen enkele kennis noch ervaring met
het herberggebeuren, in tegenstelling tot de meeste van mijn
klasgenoten. Bij mij was dat thuis gewoon niet aan de orde.

"En dan die zaterdag. Ik weet nog dat het een koude, druilerige
dag was, en dat de grote ramen van het café aan de marktkant
helemaal bedampt waren. Het café zat goed vol, er werd flink
wat gerookt en geroepen, maar toch was er nog één tafeltje vrij,
voor *ons* als het ware – een Goddelijke Voorziening. Overal, en
op alle mogelijke manieren was te merken dat thans de kerst-
dagen begonnen waren, de *jingle bells* kwamen uit alle hoeken,
het leek wel alsof er nooit meer moest gewerkt worden, alleen
nog gefeest en gelachen.

"Ik was zeer zenuwachtig, vooral omdat ik in *zijn* gezelschap
vertoefde en hoe dan ook een goede indruk wilde maken, maar
toch ook omdat dit een totaal onbekende wereld was en ik gewoon niet wist wat hier de gebruiken waren. Ik herinnerde mij

nog min of meer waar de toiletten waren, maar verder was ongeveer alles veranderd sinds mijn verplichte aanwezigheid op die koffietafel. Maar hoe moest er besteld worden? Wat mocht ik nemen? Op welk moment moest er betaald worden? En was er enige vorm van bediening en hoe moest je die bij je tafel krijgen?

"De ongerustheid bleek overbodig te zijn en door de feiten zelf beantwoord te worden. Een man van middelbare leeftijd met een theedoek in zijn riem – de enige herkenbare uitmonstering – kwam op het ideale moment zwijgend aan onze tafel staan. Hij keek met een vragende blik naar Lucas, en die zei zonder opkijken, als een volleerde kroegloper: 'Voor mij een gueuze.' Vervolgens knikte de man in mijn richting en ik zei: 'Voor mij ook.'

"Het verwonderde mij dat Lucas bier dronk, en dat hij het bestelde met een flair alsof hij het heel zijn jonge leven al zo gedaan had. Tenslotte was hij veertien en niet ouder. Misschien zag hij er ouder uit? Maar ook voor de ober (of zaakvoerder) had het niet meer dan normaal geleken, en die had gewoon onze wensen genoteerd. Als ik niet simpelweg het voorbeeld van Lucas had gevolgd, dan had ik het misschien moeilijker gehad om te beslissen.

"Lucas haalde een pakje sigaretten uit zijn zakken en presenteerde. Ik had in mijn leven nog nooit gerookt, ik had nog geen enkel trekje gedaan, niet omdat het door mijn ouders verboden was – dat zou juist een reden zijn – maar gewoon omdat het mij niet interesseerde. Toch nam ik er eentje uit, en hij gaf mij vuur. Het was *North Pole*, menthol. Let wel, dat ontdekte ik pas later, op het pakje. Ik nam een diepe haal, ik dacht dat ik stierf, dat ik ter plekke een fatale beroerte kreeg. Alles draaide om mij heen, en een ogenblik voelde ik ook mijzelf helemaal wegdraaien. En toch bleef ik op mijn stoel zitten. Ogenblikkelijk, in uiterste paniek, keek ik naar Lucas, maar ik zag dat hij niets merkte. Hij stak juist zelf een sigaret op en nam zijn eerste, diepe haal. Blijkbaar was mijn gedrag volkomen normaal, en ja, na enkele seconden voelde ik mij weer de volle honderd procent worden. Het was een vreemde, onaangename ervaring. Heel even had ik gedacht dat hij mij drugs had gepresenteerd, wat toen in de dagelijkse actualiteit stond. Het was gewoon een sigaret van een minder bekend merk, weliswaar een zware mentholsigaret.

”De gueuze arriveerde, en ik betaalde. *Simple comme bonjour.* Wij namen ons glas vast, lachten naar elkaar, en tikten. Wij dronken. Wij begonnen te praten. Een kwartier later zouden wij hetzelfde parcours afleggen, maar dan zou hij betalen. En ondertussen pijnigde ik mijn hersenen op zoek naar interessante onderwerpen. Onderwerpen die *hem* interesseerden, die hem konden boeien. Ook letterlijk, want dat was zeker: ik wilde hem hebben en houden, hoe dan ook. Ik wilde hem boeien, aan mij ketenen voor nu en altijd.

”Ik was ervan overtuigd dat mijn doel bereikt was: ik zat aan dezelfde tafel te drinken, te roken en te praten met de jongen van mijn dromen, met het mooiste wezen van vlees en bloed dat God geschapen had. Ik voelde dat het *nec plus ultra* bereikt was: meer kon mijn leven niet zijn. Dit was puur geluk, dit was de ultieme zaligheid. Af en toe waagde ik het om onopvallend naar zijn gezicht en zijn handen te kijken, naar zijn lippen: het was allemaal zo gaaf en zo perfect, zelfs het donkere vlekje tussen zijn voortanden droeg bij aan de perfectie. En zijn lach, die was innemend, verrukkelijk – en natuurlijk: hij paste bij zijn mond als een vlindertje dat rond de witte klaver danst. Lang keek ik niet, misschien was ik te bang dat ik verblind zou worden? Of dat mijn onomwonden bewondering zijn schoonheid zou aantasten en allengs allerlei foutjes zou onthullen? Maar neen, ik was tevreden, zo oneindig tevreden. Het gevoel om *samen* te zijn, bij elkaar.

”Het was inderdaad zo dat wij praatten, maar waarover? Ik weet het nauwelijks nog. Na al die tijd. Wij praatten over onze studies en de examens en ook een beetje over de toekomst, maar dan heel vaag. Wij praatten over het uitgeven van geld – dat wij allebei ons zakgeld voorzichtig beheerden, maar zeker niet gierig waren – en ook over muziek en over de hits van die dagen. Hij hield van de Nederlandse groep Shocking Blue, zei hij, en natuurlijk van hun zangeres Mariska Veres. Dat was een evidentie, want wie niet? Hij had het over zijn familie waarschijnlijk ook, dat zou normaal zijn, en over het leven in zijn dorp Verrehoek, over de fanfare Euterpia en de voetbalploeg waarin zijn broer meespeelde – hoe zou ik anders al die details nog weten, ook over jou en over je broers en je ouders? En dat jullie vader oorspronkelijk een smid was die met de jaren overgeschakeld was naar het herstellen en verhandelen van fietsen? Voor zijn communie had hij een prachtige fiets gekregen.

"En toch bleef het in mijn hoofd hameren dat het gesprek niet mocht stilvallen, dat het interessant en boeiend moest blijven, en dat ik van deze uitzonderlijke gelegenheid gebruik moest maken om ... Om wat? Ja, daar stootte ik op een probleem. Om wat? Wat wilde ik eigenlijk? Nu wij eindelijk samen waren? Ik was inderdaad tevreden en gelukkig – de tijd mocht eeuwig blijven stilstaan in dit café – maar ik hoorde niet wat ik wilde horen, en het gesprek gaf wel veel interessante informatie over alles en nog wat, maar niet over de dingen waar het allemaal om draaide. En ik durfde het niet vragen – neen, ik zou liegen: in de grond van de zaak wist ik zelfs totaal niet wat ik had moeten vragen, of wat ik wilde horen, en weten. Ik was er mij gewoon niet van bewust. Het leek wel alsof ik rijkelijk gegeten had, maar dat er heel diep in mij nog een lastig beestje woonde dat leeg en onvoldaan was. Ik was een warhoofd, zeker toen, met al die gevoelens, en eigenlijk ben ik dat nog altijd, of misschien zelfs nog meer?

"Hoe dan ook, er moet een moment geweest zijn dat ik hem mijn liefde verklaarde. Ik denk wel dat ik dit zeer stuntelig gedaan heb – of misschien geforceerd – en dat ik niet tevreden was over mijn woorden en de manier waarop ik ze uitgesproken heb. Waarschijnlijk heb ik zelfs nog een marge van vaagheid opengelaten uit vrees voor een negatieve reactie. Voor een neen. Zo ben ik, dat weet ik, zo ben ik altijd geweest. Ik meen mij te herinneren dat ik hem absoluut niet aankeek toen ik *daarover* sprak, en dat ik hem ook niet aanraakte, zeker niet, zelfs zijn hand niet, of een vinger. Ik maakte er ook geen vraag van, geen uitnodiging. En toen ik mijn paar zinnen haperend en zoekend naar buiten had gebracht, toen zweeg ik. En toen was er stilte, ook van zijn kant. Ik interpreteerde dat als een goed teken. Eerder had hij al gezegd dat zijn contact met meisjes beperkt was, en dat er nog niet veel meer gebeurd was dan wat vrolijk gescharrel en *geflodder* – hoewel hij daarvoor een ander woord gebruikte dat ik niet kende, iets uit zijn eigen woordenschat. Frutselen? Frottelen? Foefelen? Frullen? Ik weet het niet, maar ik deed alsof ik hem goed begreep. En natuurlijk ging ik achteraf in allerlei woordenboeken zoeken wat het woord wel had kunnen zijn."

Bastiaan keek Marleen vragend aan, een tikkeltje mistroostig, en blijkbaar had zij op dit moment gewacht.

"Ja, Bastiaan. Zo spannend allemaal, en dat over mijn eigen broer. Ik wist niet dat hij zo'n held in je leven geweest is. Het verwondert mij dat je dit nog allemaal weet, en hij blijkbaar niet. Helemaal niet. Vreemd toch? Maar sorry, collega, voor vandaag is het afgelopen. Hoogdringend afgelopen. Wij moeten allebei weer aan de slag. Er zijn grenzen, dat weet je."

"Wens je nog meer te horen, later? Het verhaal is nog niet halfweg. Er kwamen nog ontmoetingen. En zeker mijn vragen wil ik kwijt."

"Heel zeker wil ik meer horen, maar zoals je zelf zegt, later. En liefst op een donderdag. Bel mij maar, je hebt mijn nummer, toch?"

Marleen klonk heel oprecht toen zij haar *wild card* naar Bastiaan gooide, maar Bastiaan had veel mensenkennis én nog meer scepsis, en hij was dan ook bijzonder ontgoocheld dat hij had moeten ophouden in het vuur van zijn herinnering. Hij had zijn twijfels. Het was zeer de vraag of hij later nog in staat zou zijn de draad weer op te nemen, en of hij ooit nog het open einde zou mogen bereiken dat hij in gedachten had ...

Terecht, want ook Marleen had het onverhoeds moeilijk om meer dan een uur vrij te maken. In de praktijk liep het maken van een volgende afspraak niet van het verwachte leien dakje. Bastiaan deed twee pogingen aan de telefoon, maar telkens had zij het te druk: dat was geen smoes, want het was het tijdstip waarop haar overste, de algemene directeur, een nieuwe adjunct toegewezen kreeg, en die moest ingelicht en voorgelicht worden door Marleen, aangezien zij de langste staat van dienst had. Als derde poging stuurde Bastiaan haar via de interne post een intersectioneel dienstbericht waarin hij het initiatief voor een afspraak bij haar legde, maar ondanks dat toch hoopte op een positieve reactie. Het was waarschijnlijk toeval, maar deze alternatieve poging had succes: 's anderendaags reeds belde Marleen hem op met de mededeling dat zij de volgende dag, weer een donderdag, onder de middag ruim een uur vrij had en dat zij graag naar hem zou luisteren – de vrijdag daarop was trouwens een officiële feestdag, dus kon het geen kwaad als het verhaal wat langer zou uitvallen. Zij had ondertussen broer Lucas weer eens ontmoet, zei zij, maar er was niets nieuws uit de bus gekomen, en zij hoopte – als addendum, tussendoor – dat Bastiaan het ook over seks zou hebben. Hij hoefde niet bang of bedeesd te zijn, grapte zij, zij was een volwassen vrouw en minder kwezel dan haar ambt liet vermoeden.

Bastiaan lachte, want de indruk die hij van zijn collega had, werd bevestigd: ook al had zij een vormelijke, conventionele functie die weinig toeliet, en een ogenschijnlijk traditioneel privé leven zonder uitwassen, toch zaten er in deze dame een aantal kenmerken die hij graag pittig, progressief en gedurfd wilde noemen. En als het in werkelijkheid misschien niet zo was ... het *moest* zo zijn, want zij was de zus van zijn halfgod Lucas Vanhee. Intelligent was zij natuurlijk ook, dat was haast vanzelfsprekend, dat kon niet anders voor iemand in haar functie, en bovendien was zij een actief lid en secretaresse van de quizclub.

Wel zat de brutale verwijzing naar de seksuele kant van de zaak hem behoorlijk dwars, want zoals bij elke ontmoeting met een sympathiek wezen van het andere geslacht lag in het diepst van zijn gedachten altijd het vermoeden op de loer dat er wel eens meer dan gewone sympathie in het spel kon zijn. Hij *was* aantrekkelijk voor vrouwen, of hij het nu wilde of niet, en soms had dat zijn nadelen. Bovendien, die zogenoemde seksuele kant van de zaak ...

Toen Marleen donderdags volgens de afspraak stipt om kwart over één de *mess* binnenkwam, zag zij Bastiaan meteen zitten, want hij was erin geslaagd hetzelfde tafeltje in beslag te nemen van de vorige keer. Zij stapte zelfbewust naar hem toe, en haar gezicht zei maar één ding: vooruit, voor de dag ermee, ik ben benieuwd! Bastiaan zag haar met genoegen binnenkomen, al maakte zij op haar parcours eerst een ommetje langs de koffiebar.

"Wel, waar waren wij gebleven?" vroeg zij opgelucht. "Ik moet zeggen dat ik het met de installatie van Staf Helst heel druk gehad heb en dat ik eigenlijk niet veel meer aan ons vorige gesprek gedacht heb, maar toch zou ik het leuk vinden als ik Lucas op mijn beurt eens een kool kon stoven, of hem overvallen met een of ander bizar geheimpje, begrijp je? Gelukkig hebben wij nu meer tijd. Waar waren wij gebleven?"

Natuurlijk had Bastiaan zichzelf de laatste dagen al meermaals die vraag gesteld. Hij wist het nog perfect, en hij wist ook dat een korte samenvatting voor zijn gesprekspartner welkom zou zijn.

"Ik hoop dat ik vorige keer duidelijk genoeg geweest ben, maar voor alle zekerheid wil ik nogmaals zeggen dat ik in die dagen je broer verafgoodde. Zoals ze tegenwoordig zo mooi zeggen: *I had a crush on him, a terrible crush*. Ik was smoor op hem. In mijn ogen kon hij niets verkeerd doen. Ook niet dat hij als veertienjarige al sigaretten rookte of bier dronk. En uitging, dat ook. Hij was zo ... zo aantrekkelijk. En die eerste ontmoeting, dat eerste gesprek in *Centrum*, dat was voor mij het zaligste kerstgeschenk in jaren. Wat kon ik nog meer wensen? Neen, ik wenste niets meer, echt niet. Toen ik die zaterdag naar huis fietste, gebeurde dat in een droomland, in Fantasia. Ik leek op zachte witte wolkjes te bewegen, ik denk zelfs dat ik zonder handen reed en mij gewichtsloos voelde. Misschien zong ik luidkeels op weg naar huis? Dat zou best kunnen.

"Toch vreemd, niet, dat ik voor de rest bijna alles van die eerste zaterdag vergeten ben, maar dat ik mij dat heerlijke gevoel nog zo intens kan herinneren, alsof het gisteren was. Het is natuurlijk aan de ene kant meer dan veertig jaar geleden, maar anderzijds was dat *rendez-vous* er gekomen na vele weken van wanhoop en ongeloof, van heimelijk dromen en verlangen. Ik had nog nooit – nog nooit – van iemand gehouden. Het was dus voor mij iets als een onmogelijk mirakel dat toch geschiedde ... En dat hij en ik gedurende dat uurtje eens naar het toilet moesten om te gaan plassen, dat weet ik ook nog. Elk apart, uiteraard, niet samen! Samen had ik nooit gedurfd, om de drommel niet. Stel je voor, dan was ik zeker flauwgevallen, en niet van die sigaret of dat bier. Gewoon van de spanning. En dat moment in die toiletten was nodig voor mij, al was het maar om gewoon naar moeder aarde terug te keren, met de beide voetjes weer op de grond, om te beseffen hoe onbeschrijfelijk groot mijn geluk was. En al heb ik café *Centrum* sindsdien nooit meer bezocht en al heeft het gebouw meer dan één revolutie doorstaan, ik zou nog steeds blindelings de weg naar de toiletten weten. Vreemd, niet?

"Toen kwam de kerstvakantie, met toch wéér een heuglijk moment: het wenskaartje van Lucas. Ik moet toegeven dat het best mogelijk was dat ik eerst naar hem een kaartje had gestuurd – dat weet ik niet meer, wij hadden wel op die zaterdag onze adressen uitgewisseld en gecheckt – maar voor mij was dat kaartje niet meer of niet minder dan een heilig relikwie. Om eerlijk te zijn: het dunne kartonnen ding was de eenvoud zelve, iets uit een reeks van dertien in een dozijn, met als afbeelding het klassiekste kerstlandschap aller tijden en achteraan niet meer dan de naam van de afzender: Lucas Vanhee – twee woorden, maar dan wel in zijn allerliefste, kleine handschrift. Ik zie het kaartje en de woorden nog voor mij. Wel lokte het boze blikken en een scherpe opmerking uit van mijn moeder die in die periode een hevige strijd had aangebonden tegen mijn gevoelens – die zondige seksuele waanbeelden – maar voor mij was het kaartje een geschenk dat moest bemind en gekoesterd worden, als een fetisj. Wat ik inderdaad nog vele jaren nadien gedaan heb."

Marleen tuitte nadenkend haar lippen. Het kon zowel spot als bewondering betekenen. Of afkeuring.

"Je had het wel stevig te pakken, niet? Wie had dat gedacht, mijn broer die al zo jong betrokken was in een extravagante liefdesgeschiedenis ... Hoewel hij niet veel hoefde te doen, of wel? Ze zeggen wel eens dat verliefdheid – ware, authentieke verliefdheid – een vorm van waanzin is, van krankzinnigheid."

"Dat was Freud. Of Jung. Maar het klopt wel, zeker als je de rest van het verhaal hoort."

"En wat deed mijn broer toen eigenlijk? Hoe reageerde hij? Was hij kwaad? Beledigd? Hij deed toch *iets*, mag ik hopen?"

Het was een normale vraag die Marleen stelde, een vraag die waarschijnlijk elk meisje over de *flirt* van een broer zou stellen, maar zij bracht Bastiaan wel uit zijn evenwicht, alsof zij een totaal nieuw licht over zijn zaak had doen schijnen. Hij nam zijn kopje vast en dronk verstrooid, maar hij merkte niet dat het leeg was, tot op de bodem.

"O, jawel," hervatte hij. "Zeer zeker. Als ik mij goed herinner bestonden onze gesprekken vooral uit vragen en antwoorden, waarbij het eerste vooral door mij gebeurde en het tweede door Lucas. Ik weet nog goed dat ik wel tot elke prijs probeerde te vermijden om ons gesprek op een interview of een kruisverhoor te doen lijken. Maar alles bij elkaar denk ik toch niet dat hij aanvankelijk veel initiatieven genomen heeft, toch niet tijdens onze gesprekken. Hij was geen groot prater. Maar hij was het wel die de praktische ideeën leverde voor onze volgende ontmoetingen, na de feestdagen. Telkens in Verrehoek, of op de weg naar Verrehoek.

"Nogmaals, wat ben ik niet allemaal vergeten, na al die tijd! Na de kerstvakantie was opeens de winter ingetreden, het was koud geworden, het vroor overdag en er waren ook enkele sneeuwdagen – en dat gedurende de maanden januari en februari, denk ik. Lucas droeg zijn bleke hippiejas van omgekeerd schapenvel en hij nam de lijnbus om naar school te gaan. Ik herinner mij nog te goed de standplaats van de vele bussen op de Grote Markt – jij misschien toch ook? – waar het grote, maar smerige *buskot* dé schuilplaats was voor de wachtende reizigers. Ik geloof dat Lucas bus 76 of 79 moest hebben, richting grens, want Verrehoek ligt niet zo ver van Zeeuws-Vlaanderen. Ik zie hem daar nog staan, met de handen in de zakken van zijn winterjas en zijn zwarte lange haar tot op de kraag, als een echte popartiest. Zelfbewust. Soms met een sigaret in zijn mond. Alleen tussen de vele andere reizigers. Maar neen, dat was later. Een poosje later."

Bastiaan moest even slikken, en toen zei hij opeens, totaal onverwachts, met een triestige, wrange glimlach:

"Hebben ze hier geen whisky?"

Marleen kon haar oren niet geloven.

"Whisky? Bedoel je ... whisky? En waarom? Natuurlijk hebben ze dat niet, dit is een staatsdienst, dat weet je toch. Alcohol is verboden, zelfs in de keuken, zelfs voor *Irish Coffee* – dat zul je hier niet op de prijslijst vinden, hoor."

"Ik wist het wel. Ik vroeg het gewoon ... als metafoor. Als ik nu een glas whisky, of een fles whisky bij de hand zou hebben ... Het gaat hier werkelijk om de meest emotionele episode uit mijn leven, weet je, en als ik mijzelf nu alles hoor vertellen, zo koud, zo zakelijk, zo factueel ... Ik vind het verschrikkelijk, zo pijnlijk, dat ik ongewild zoveel onrecht doe aan het enige en mooiste sprookje van mijn jeugd, aan die enkele gelukkige weken, aan de droom die werkelijkheid geworden was, de stomende gevoelens, mijn eerste liefde. Voor Lucas. En terwijl die herinneringen beetje bij beetje terugkeren, zou een groot glas whisky mij kunnen helpen om het opnieuw te beleven, en om het echt te kunnen vertellen. Zoals ik het toentertijd beleefd heb. Als puber ...

"Dan maar terug naar de eerste weken na de kerstvakantie. Zonder whisky. In de maand januari van het nieuwe jaar zijn wij toen samen op woensdag een drietal keren naar een kroeg getrokken, aan de rand van Verrehoek. Eigenlijk was dat al op het grondgebied van dat andere dorp, Brasene – toen moest de grote fusering trouwens nog plaatsvinden. Het was een grote kroeg, één soliede ruimte, gewoon vier muren en een dak – misschien een gerenoveerde boerderij? Ze stond helemaal alleen tussen de velden en de weiden en je kon haar van ver al zien, zelfs van op de rijksweg. Ik geloof zelfs dat er in het weekend gedanst en gefeest werd, alsof het een geïmproviseerde dancing was – maar dat kan ook een fantasietje zijn. De tijden waren ook anders toen.

"Het was een idee van Lucas, dat is zeker. Waar wij precies afgesproken hadden, dat weet ik niet meer. Bij hem thuis op de hoek van de Schoolstraat, aan het standbeeld op het kerkplein? Ik moet in elk geval met de fiets vanuit Sint-Andreas naar hem toegekomen zijn, maar het tracé naar die herberghoeve deden wij te voet, een lang tracé. Dat weet ik nog te goed. In de ijzige kou, het vroor steenhard en de wind deed echt pijn in die vlakte. Niet dat de kou ons ook maar iets kon deren – het was een *zalige* wandeling, want wij stapten zij aan zij, en stevig ingeduffeld. Wij liepen daar samen, als een echt stel. In een landschap dat voor mij niet moest onderdoen voor zijn kerstkaartje.

"De eerste woensdag droeg hij dikke handschoenen en ik niet, ik had het niet voorzien. En opeens bood hij mij op het weggetje tussen de velden een van zijn handschoenen aan, met die glimlach. Want gedeelde smart is halve smart, of zoiets. Ik weet nog dat ik met moeite mijn knuist erin kreeg, maar het lukte mij toch. En toen zetten wij vrolijk de laatste honderd meter in, met elk één handschoen en met de andere hand in onze jaszak. Terwijl onze ellebogen bij bijna elke stap elkaar even aanstootten – ongewild, misschien, of juist niet, dat kan ook. Het lijkt niet veel, maar voor ons was het alles. Twee verliefde zielen, met elk één handschoen, zij aan zij, schouder aan schouder. Verkleumd van buiten, en warm van binnen. Onvoorstelbaar, toch? Wat konden wij nog meer wensen?

"Over de kroeg zelf weet ik nagenoeg niets meer. Het was een groot gebouw met van binnen slechts één ruime zaal, en ik denk dat wij ongeveer de enige klanten waren. Ik had de indruk dat het voor Lucas geen onbekend terrein was en dat men hem daar kende – hij was tenslotte pas veertien, met mogelijk het uiterlijk van een zestienjarige – maar onze binnenkomst wekte niet de minste argwaan, zelfs niet in die quasilege gelagzaal. Tegenwoordig zou het er wemelen van de toeristen en de wandelaars, winter en zomer, maar toen zeker niet. Toegegeven, misschien was er weleens een woensdag dat een of andere dronkenlap van het dorp aan de tap hing, maar wij hadden in elk geval een onopvallend tafeltje dat vrij was van pottenkijkers en luistervinken, en dat noodde tot intiemere gesprekken. Af en toe."

Als bij toverslag keek Marleen nu op, met toegeknepen, vragende ogen. Zonder het goed te beseffen likte zij met het puntje van haar tong over haar tuitmondje.

"Intiemere gesprekken," herhaalde Bastiaan in een poging om streng te klinken. "*Gesprekken*, en niets anders. Geen gemorrel of gefrutsel, hoor, dat kwam gewoon niet bij ons op, toch niet bij mij. Misschien is dat juist de verklaring voor het feit dat ik zo weinig weet over wat wij precies zegden – het is inderdaad bitter weinig als je beseft dat wij toch *uren* moeten gepraat hebben ... Maar ik was danig in beslag genomen door zijn loutere aanwezigheid, door het geluk en de warmte van het moment, dat ik nauwelijks aandacht besteedde – of toch te weinig – aan de inhoud van onze woorden, en meer aan de manier waarop hij ze uitsprak, en dan bedoel ik niet alleen zijn stem, de klanken, de taal, maar zijn totale persoonlijkheid: deze mooie, jonge man, deze halfgod, deze prins die op amper een halve meter van mij aan het halfduistere tafeltje zat en die ik doorlopend vanuit mijn ooghoeken kon bewonderen."

"Maar die je niet aanraakte, die je niet durfde aanraken – al zat hij binnen armbereik? En al verlangde je dat?"

"Nogmaals, Marleen, daar dacht ik niet aan. En zelfs al had ik er een ogenblik aan gedacht, dan had ik het nog niet gedaan. Daarvoor was de afstand te groot. Letterlijk natuurlijk niet, maar emotioneel heel zeker wel. Het kwam gewoon niet bij mij op. Ik was zo gelukkig met zijn gezelschap. Voor mijn part mocht het eeuwig blijven duren, de tijd mocht voorgoed stilstaan."

"Dat is intussen wel duidelijk. Ik denk dat je dit meer dan voldoende bewezen hebt. Echt heftig vind ik dat, hoe smoor moet je wel niet geweest zijn op hem? Waanzinnig verliefd, zoals ze zeggen. Misschien nu nog, in de ban van de herinnering?"

"Ik ontken dat niet," zuchtte Bastiaan. "Neen, het is best mogelijk. Maar dat Lucas er thans niets meer van weet, of dat althans beweert. Is dat geen mysterie?"

Marleen antwoordde niet. Voor haar was dat een retorische vraag. Zij was vooral benieuwd naar de feiten, en minder naar de afwegingen, de raadsels en de 'duiding' van de verteller. In haar ogen was dat niet meer dan drijfzand, het had eerder te maken met Bastiaan dan met haar broer Lucas. En om die laatste was het haar te doen. Hoofdzakelijk om hem.

"Ik denk wel dat wij gesproken hebben over onze nakende verjaardag, want wij verjaarden allebei in het begin van februari – hij op zeven februari, zoals je wel weet – en natuurlijk ook over school. Ja, ik herinner mij dat hij het vrij goed deed, zonder veel inspanning. En dat het hem niet echt interesseerde, de studies niet, de school niet. Dat hij wilde veranderen van richting.

"Hij gaf mij ook een foto van zichzelf. Ik had dat gevraagd, om zijn beeld constant bij mij te hebben. Het was een nogal vage zwart-wit foto van Lucas op zijn fiets, waarschijnlijk genomen toen hij die juist gekregen had. Zijn gezicht was onduidelijk, jammer genoeg, maar zijn mooie, lange benen maakten veel goed. Het was de enige die hij gevonden had, zei hij – iets wat ik zo onwaarschijnlijk vond. Maar ik weet nog dat ik tegelijk moest vaststellen dat ik zelf ook maar één of twee recente foto's van mijzelf had kunnen tonen.

"Soms kwam hij voor de dag met een grapje dat hij in zijn vriendenkring opgevangen had – hij was volgens mij trouwens door iedereen geliefd, hoewel hij maar twee echte kameraden had – en dat kon soms wel eens een vunzig grapje zijn, typisch voor die leeftijd. Over een jonge boer bijvoorbeeld die seks had met zijn vriendin maar geen kinderen wilde, en die dus een grote zakdoek met rode bolletjes tussen hun beiden had gelegd, als contraceptie. Toch werd de vriendin zwanger, en zij beviel van een zoon ... met overal rode pukkeltjes op zijn lichaam, van het hoofd tot de voeten. Grappig misschien, maar ik kon er niet echt om lachen. Ik was te zenuwachtig.

"En over muziek spraken wij natuurlijk ook. Ik weet nog dat ik van mijn ouders voor mijn verjaardag een plaatje mocht kopen – het budget thuis was erg krap – en dat ik hem de vraag voorlegde wat ik zou kopen: ofwel *Melting Pot* van Blue Mink, ofwel een andere hit die toen actueel was – als ik mij niet vergis *A Salty Dog* van Procol Harum. Hij was heel resoluut in zijn antwoord en gaf de voorkeur aan Blue Mink, ik denk zelfs dat hij het andere niet kende. Eerlijk gezegd, mijn keuze stond vooraf al vast en ik had hem mijn dilemma gewoon voorgelegd om ons gesprek aan de gang te houden en hem maximaal te betrekken bij mijn privéleven. Want ik kocht het plaatje van Procol Harum."

"Klinkt een beetje triest, niet?"

"Als je het plaatje bedoelt, heel zeker. *A Salty Dog* is een melancholisch nummer, geïnspireerd op klassieke muziek. Mijn moeder vond het zelfs plagiaat, maar dat vond zij van ongeveer elke plaat. Als je evenwel heel die geschiedenis bedoelt, dan heb je ook gelijk, en nog meer. Zeker als je het vervolg hoort."

"Wij hebben eigenlijk geen tijd meer, Bastiaan. Laat ik zeggen, hooguit een kwartier. Niet meer. Het is alweer bijna voorbij, deksels toch."

"Nu ja, het meeste is gezegd, op het einde na. En dat ik eigenlijk nooit mijn hart heb blootgegeven, dat ik hem waarschijnlijk nooit zo hartstochtelijk mijn liefde verklaard heb als ik tegenover jou nu tot in de details verteld heb. Allicht heb ik het hem gezegd die allereerste keer, in café *Centrum*, maar achteraf? Ik durfde niet meer. Ik was bang voor een neen. En nerveus. Ofwel ging ik er gewoon van uit dat hij na mijn eerste verklaring mijn gevoelens begrepen had en ronduit akkoord ging – want hij had toen nauwelijks gereageerd, en niets zeggen is ja zeggen. Mijzelf kennende lijkt mij dat waarschijnlijk. Maar hoe dan ook, dát, en niets anders, dat was de kern van de zaak. De liefde. En dat was nu juist het enige wat niet aan bod kwam in onze ontmoetingen. Ik draaide gewoon rond de pot, op een haast onmogelijke manier. Vandaar dat gevoel van onvolmaaktheid, van leegheid, dat ik toch steeds had na ons uurtje van samenzijn. Dat is nú wel duidelijk, maar toen besefte ik het niet. Ik besefte zelfs niet dat ik een onvolkomenheid voelde, dat ik de essentie over het hoofd zag. Wat een gebrek, onvergeeflijk! En zo kwam alles tot een eind."

"Sorry, dat ik nu op het laatst blijf hameren op dat ene punt, maar hoe zat het dan met seks? Was er geen seksueel kantje? Is er echt nooit iets gebeurd? Heb je hem nooit aangeraakt? Ik kan mij voorstellen als jullie daar zo samen, dicht bijeen, aan dat schemerige tafeltje zaten, of als jullie naar het toilet gingen ... En jij was toch verliefd? En Lucas was veertien, maar zag er blijkbaar flink wat ouder uit ..."

Nu was het aan Bastiaan om kritisch zijn lippen te tuiten.

"Kijk, Marleen, daar was geen denken aan. Niet één moment is een seksuele gedachte bij mij opgekomen. Ik zweer het. Ik bekeek Lucas zo niet. Hij was in mijn ogen geen seksueel menselijk wezen, hij was ... een soort van god, een onbereikbaar iemand. Noem onze relatie maar platonisch, waarom niet, maar dan niet denigrerend of met een bijklank van minderwaardigheid, wat men tegenwoordig maar te vaak doet. Seks was hier heiligschennis. *Wij stonden daar boven.* De gedachte alleen al was uit den boze. Lucas was gewoon het toppunt van mannelijke schoonheid, de perfecte adolescentie die absoluut niet mocht beschadigd worden door lage, vuige seksuele verlangens of fantasieën. Pas later kwam er een barst in dit ideaal, toen ik bij het jaarlijkse Medisch Onderzoek in mijn persoonlijke groene map eens nakeek wanneer de eerste puberale beharing bij mij begonnen was – ik spreek nu al van maanden later, in mei of zo, toen het afgelopen was tussen ons. Maar ten tijde van onze relatie had ik zoiets nooit gedaan. Nooit. *Out of the question.* Irrelevant. Totaal misplaatst. Maar om je nieuwsgierigheid te beantwoorden wil ik wel zeggen dat ik op mijn veertiende wel degelijk schaamhaar had, en Lucas met andere woorden dus ook. Niet dat dit mij een greintje interesseerde, dat is nu wel duidelijk, dacht ik. In die emotionele dagen was ik mij er gewoon niet van bewust dat er in die mooie hippe kleren van die jonge man een menselijk lichaam zat!

"Maar ja. Eind januari, na onze derde ontmoeting in Brasene, had ik een aanval van introspectie, zeg maar, en ik stelde mijzelf de vraag waar wij naartoe moesten met onze relatie. Had onze relatie een toekomst? Wat kon ik nog meer verlangen van onze ontmoetingen? Hadden wij niet alles bereikt wat mogelijk was? Ik wist het gewoon niet. Ik vond dat er te weinig initiatief kwam van Lucas, zeker als het over genegenheid en liefde ging, of over onze relatie. Hij moest uit zijn schulp komen, vond ik, zo kon het toch niet blijven duren? Konden wij nog een vierde of een vijfde keer naar die kroeg gaan zonder dat er iets veranderde, zonder dat er iets gebeurde?

"En let nu goed op, want toen deed ik iets wat grensde aan wanhoop en waanzin. Iets wat ik nooit begrepen heb en mijzelf ook nooit vergeven. Ik schreef een kort briefje waarin ik het uitmaakte 'omdat het geen zin meer had'. Ik schudde ook een kort verhaal uit mijn mouw van vijf bladzijden waarin *wij* de hoofdrol speelden en waarin ik wél mijn liefde openhartig durfde te verklaren, en ik kocht met mijn zakgeld een setje van vijf *Mon Chéri*-pralines. Dit alles verpakte ik mooi als één geheel, en ik gaf het aan Patrick VdV, die zijn schoolvriend en klasgenoot was, met het uitdrukkelijke verzoek om het pakje zeker te overhandigen aan zijn vriend Lucas Vanhee. Die Patrick beloofde het zonder fout te zullen doen, en ik ben ervan overtuigd dat hij het inderdaad gedaan heeft. Een korte brief, een suggestief verhaaltje, vijf pralines, en dit alles samen verpakt, maar niet speciaal als een cadeau.

"Wat bezielde mij? Ik vermoed dat het mijn bedoeling was om Lucas wakker te schudden, en om een reactie uit te lokken. Een reactie, om het even welke, maar hoe dan ook een reactie. Zoals boosheid? Ontgoocheling? Onbegrip? Een bekentenis? Verliefdheid? Maar neen. Neen, er gebeurde niets. Hij kwam *niet* naar mij toe. Er kwam geen woord over zijn lippen. Hij keek mij zelfs niet aan als wij op de speelplaats elkaar kruisten, en hij keek ook niet meer om naar mij, zoals vroeger. Ik wachtte, en verwachtte, elke godganse schooldag opnieuw. Maar de reactie was dat er geen reactie was. Niets. Wij waren weer volslagen onbekenden die nooit met elkaar gesproken hadden, die nooit dicht bij elkaar in de winterkou gewandeld hadden. Daardoor besefte ik ook dat het pakje en de brief wel degelijk bij hem terechtgekomen waren: want ik merkte dat hij *wist* dat het uit was, of liever: hij had inderdaad wel degelijk gelezen dat het voor mij afgelopen was. Zogezegd, weet je, niet echt, natuurlijk. Maar wel een vreemde attentie voor zijn verjaardag. En die van mij.

"En toen begon het. Tegenwoordig zou men het *stalking* noemen. Ik was nog steeds verliefd, zeker weten. Ik kon niet geloven dat het uit was. Het kon toch niet dat onze relatie met haar warme, vertrouwelijke gesprekken zomaar in rook was opgegaan? Ik had dit toch niet echt gewild – in weerwil van mijn brief, mijn pakje? Natuurlijk hield ik hem in de gaten, heimelijk. Als hij de eetzaal verliet en de speelplaats overstak, op weg naar zijn boekentas. Als hij op dinsdag zijn klaslokaal binnenging terwijl ik met mijn klas in het belendende lokaal moest zijn. Ook als hij stond te wachten op de bus, in weer en wind. En later, in de lente, als ik maar enigszins kon, achtervolgde ik hem na de schooluren – hij op zijn fiets naar Verrehoek, ik achter hem aan op mijn oud vehikel, en allebei trappend als bezeten, alsof het een etappe was in de Tour. Het leek alsof ik hem wilde pakken, het leek alsof hij wilde ontsnappen – maar noch hij noch ik slaagden in ons opzet. Het was telkens een *race* op leven en dood waarbij wij geen woord zegden, niet lachten, niet naar elkaar keken, ook niet vervloekend of zegevierend. Vergeet niet: de afstand van het college in Sint-Andreas naar Verrehoek bedraagt zeker tien kilometer, en daarna moest ik nog eens dezelfde rit ondernemen naar huis toe.

”In april, enkele maanden na de breuk, merkte ik dat hij een grote sticker op zijn boekentas geplakt had, een enorme blauw-witte bloem die ik hem ooit nog gegeven had en die een restant was van de voorbije flowerpowertijd. Die in de plaats gekomen was van de oude STP. In het hart van de bloem had hij nu met een zwarte viltstift geschreven: I LIKE SEX. Ik stond perplex en vroeg mij af wat dit te betekenen had? Dit was toch niets voor hem? Was het een brutaal signaal naar mij toe? Had ik hem beledigd en wilde hij mij op deze manier tot in het diepst van mijn ziel ergeren, wilde hij mij krenken? Ik kon die drie woorden absoluut niet plaatsen. Wat kon ik anders doen dan dit vraagteken verdringen?

”Dan kwam de laatste schooldag. Voor mij de allerlaatste. Ik weet nog dat ik moederziel alleen en gedurende lange tijd naar de verlaten zonnige speelplaats heb gestaard, de plek waar wij de vorige herfst elkaar gezien hadden. Ik was ongelukkig, doodongelukkig. Ik kon hem niet bannen uit mijn gedachten.

”Toen ik het volgende jaar begon met mijn universitaire studies, toen kon ik hem alleen, met een glimp, op zaterdag zien, want destijds was er in de middelbare school nog altijd les op zaterdagochtend. En dat volgende jaar, omstreeks zijn verjaardag, heb ik – opnieuw via Patrick VdV – hem een pakje laten overhandigen met weer wat zoets én een verguld exemplaar van *De Idioot*. Met waarschijnlijk weer een briefje, zonder twijfel. Ik weet niet meer wat ik eigenlijk met dit initiatief voor ogen had, ik weet wel dat ik destijds echt in de ban was van dat boek – misschien omdat ik toen al zwaar aan het dolen was. Maar dat zoets was evident, want Lucas was een snoeper. Hij had het ooit lachend toegegeven in café *Centrum*, en in die dagen dat ik hem nog van dichtbij kon bewonderen, had ik gezien dat hij toch een klein, donker vlekje had tussen zijn overigens mooie, witte snijtanden bovenaan. Het was deze keer echter geen *Mon Chéri*, maar een gouden pakje *Ferrero Rocher*. Stel je voor: ik weet dat nog allemaal ...

"Weer een jaar later ging hij naar een andere school, de Technische School, en het jaar daarop veranderde hij opnieuw en zag ik hem af en toe de weg afleggen van Sanderus, een privé-instituut in de Kalkstraat, naar de bushalte op de Markt. Nooit is hij helemaal uit mijn gedachten verdwenen, maar uiteindelijk werd het beeld wel vager, zo ook het verlangen, zo ook de herinnering ... en er kwamen andere dingen en mensen in de plaats. Maar het stalken ging toch nog een hele tijd door. Ik weet nog perfect dat ik drie jaar na de breuk logeerde met mijn ouders in het familiehuisje in de Ardennen, en dat ik op een slapeloze nacht met mijn vinger onzichtbaar op de houten wand schreef: *Lucas Vanhee, ik hou van jou*. Ik heb dat meer dan eens gedaan. Na drie jaar! Als een soort van bezwering, een toverformule.

"En nog steeds fietste ik af en toe op mijn vrije dagen naar zijn adres in Verrehoek, de Schoolstraat. Als een soort van bedevaart. Een straat waar weinig beweging was, zeker niet waar hij woonde. Maar de zon scheen er altijd, en dat was voldoende voor mij: dat ik er geweest was en even halt gehouden had bij zijn huis, het ouderlijke huis. Niet meer dan dat. Of toch: eenmaal heb ik een stapje verder gezet, letterlijk, toen ik de eenvoudige winkel durfde binnengaan en er een snelbinder kocht. Maar ik weet zelfs niet meer wie mij te woord stond. Ik denk zijn moeder.

"Bedevaart? Stalking? De laatste keer dat ik hem daadwerkelijk met mijn eigen ogen *gezien* heb, was toen hij in de menselijke drukte van de schooluren te voet op weg was naar de bushalte op de Grote Markt. Na een dag Sanderus, in die periode. Dat was de allerlaatste keer. Ik was toen al bezig met mijn academisch eindwerk."

"Ja, nu je het zegt, die school, Sanderus, dat herinner ik mij nog. Ik weet niet waarom. Wij waren dan ook al wat ouder. En daarna is hij in de verkoop begonnen, met een speciaal product, iets spiritueels. Echt iets voor hem. En hij heeft goed geboerd, zeker weten."

Bastiaan liet zich niet verstoren en sloot zijn verhaal nu af. Hij voelde zich immens vermoeid.

"En dan opeens kom ik af en toe de naam Vanhee tegen op allerlei lijsten en berichten. Ik ontdek dat het ene Marleen Vanhee betreft, zoals ook zijn zus heette. En in januari van dit jaar ontmoet ik je dan op het vriendenbal van het departement. Jij, Marleen Vanhee, blijkt inderdaad de zus te zijn van *hem*. Ongelooflijk."

§

MARLEEN Vanhee heeft niet echt geslapen of gedroomd, en als het dan toch zo was, dan met de ogen open. Bastiaan Riet, *wijlen* Bastiaan Riet. Wat een vreemde man toch, vreemd, maar aangenaam, en een groot verteller. Jeugdvriend van haar broer. Nu ja, *vriend* ...

Hoeveel keer hebben die gesprekken met hem plaats gehad? Twintig jaar geleden. Neen, vijftien jaar geleden, want niet veel later is Bastiaan met pensioen gegaan, en het jaar daarop zij ook. In die tijd is ook haar man gestorven doordat zijn appendicitis niet goed, of te laat, behandeld werd – hoewel er een hardnekkig gerucht de ronde doet dat hij leed aan darmkanker. Haar twee kinderen werken in het buitenland, de ene in Rome, de andere in Baskenland. Zij zelf zit in Huize Avondrust, in Sint-Andreas. Persoonlijk vindt zij dat zij daar veel te vroeg beland is, want zij is tenslotte niet zo oud of dement en nog erg bij de pinken – als je vergelijkt met het fossiel De Vreeze of met de tachtigjarige procureur is zij zelfs nog in de bloei van haar leven – maar het rusthuis biedt anderzijds een comfortabel bestaan en zij hoeft zich nergens zorgen om te maken, misschien zelfs te weinig. En de kinderen hebben alles in orde gebracht vóór ze vertrokken.

Vijftien jaar geleden. Achteraf hebben ze nooit meer zo vertrouwelijk met elkaar gepraat, zij en Bastiaan. Het lukte niet meer. Toen Staf Helst eenmaal goed ingeburgerd was, deed hij een nieuwe en strengere wind waaien doorheen de dienst. Alles werd helderder, alles stond beschreven in *manuals* en richtlijnen, er werd gemeten, becijferd en genormeerd, er werd geëvalueerd en bijgestuurd. Het management introduceerde dure Japanse systemen en doekte ze na een half jaar weer op. Om plaats te ruimen voor weer wat nieuws. Samenkomsten en gesprekken *à l'improviste* moesten achteraf steeds officieel verantwoord worden. Neen, haar pensioen kwam juist op tijd, en ongetwijfeld dacht Bastiaan er net zo over. Hoewel het voor haar duidelijk was dat zijn verhaal nog niet afgelopen was. Misschien wel wat de feiten betreft en de herinneringen, maar ergens dacht zij dat hij op meer medewerking van haar kant gerekend had. In de contacten met broer Lucas. Ja, zij was zeker tekortgeschoten, absoluut. Zij had veel meer kunnen doen. Maar waarom ook? Zij had destijds andere katten te geselen en die Bastiaan was nu ook weer niet dé centrale figuur in haar leven. Maar het ware leuk geweest als zij uit de mond van die collega een paar wilde verhalen had gehoord die haar kijk op *Mister Lucky* veranderd hadden. Lucas was altijd *lucky* geweest, hij was al heel zijn leven met zijn neus in de boter gevallen. *Lucky Luke!*

En dan het overlijden van Bastiaan, dat was meer dan één mysterie. Ook omdat Marleen het maar vernomen had uit tweede, of derde hand. Zij zat toen al in Avondrust en alleen al daardoor bleek het opeens veel moeilijker te zijn om in contact te komen met de mensen en om betrouwbare informatie te verkrijgen. Eerst en vooral: Bastiaan was gestorven in de gevangenis van Dendermonde. De bajes dus, hechtenis, opsluiting. Dat was iets wat zij normaal niet kon geloven, als zij zich zijn gedrag en zijn

97

persoonlijkheid voor de geest haalde. Zoals zij hem gekend had, was hij hoe dan ook een echte *gentleman*, een fatsoenlijk man die aandacht én respect afdwong. En zo dacht iedereen over hem. Op het werk. Maar het gerecht maakt geen fouten, dus ... Nog minder geloofwaardig (en nog minder bevestigd) was de bewering dat hij gearresteerd en veroordeeld was voor zedenfeiten, voor ontoelaatbaar seksueel overschrijdend gedrag of iets dergelijks. Ook moeilijk te geloven, zeker voor haar, want zij hoorde nog steeds, na vijftien jaar, hoe hij bijna preuts ontkende dat hij haar broer Lucas op enige wijze seksueel benaderd had, of had willen benaderen, of deze stap zelfs overwogen had. Was hij dan misschien later op een bepaald ogenblik dermate gefrustreerd geweest dat hij zich aan iemand vergrepen had, en strafbaar dan nog? Een frustratie die nog stamde uit zijn jeugdjaren, uit zijn onbeantwoorde *crush* op haar broer, een frustratie die een gewelddadige uitweg had gezocht? Een pure gok, voor wat het waard was.

En dan de derde brok 'informatie'. Dat Bastiaan zelfmoord had gepleegd, in zijn cel, en dat zijn oude celgenoot, een fraudeur, hem gevonden had in een plas bloed. Levenloos, of zo goed als. Neen, dit verhaal was te veel *horror* en *crime*, het was *too bad to be true*. Intuïtief had Marleen in Bastiaan nooit een suïcidaal type gezien.

Wie had dat toen ooit kunnen vermoeden, toen ze die paar middagen samen hadden gezeten in de cafetaria, als oude vrienden, zonder druk of stress, zonder controle van hogerhand? Met één kopje koffie en veel herinneringen en vraagtekens uit hun jeugd? Zij, en collega Bastiaan? Ze had het nieuws te horen gekregen op enkele dagen tijd uit verschillende bronnen, en zij had meer dan een week nodig gehad om het te verwerken. En er was niemand die de twijfels definitief kon oplossen, niet ten goede, niet ten kwade. Zij kon ze niet afdoen als fantasie en verzinsels, of, godbetert, zij kon ook niet bevestigen en bewijzen dat het de harde werkelijkheid was.

Bastiaan en zijn verliefdheid; zijn adembenemende verliefdheid. Op haar eigen broer, nota bene. Het is vreemd dat zij niet echt met verstomming had geluisterd toen Bastiaan zijn herinnering en zijn gevoelens zomaar op tafel had gegooid. Natuurlijk was het een voorval geweest uit zijn jeugd, en wel een ingrijpend voorval, maar niet abnormaal, toch? Natuurlijk waren hij en haar broer toen nog minderjarig, of beter, jongvolwassen. Allebei. Natuurlijk had zij het daarom ook niet fout gevonden, hooguit verwonderlijk, zeker voor haar broer. Maar als kalverliefde had zij het nooit bekeken, nooit. Of als een fase in de ontwikkeling van een jongen – van twee jongens. Neen! Zo had het zeker niet geklonken in het verhaal van Bastiaan, daar in de *mess*, en ook zijn *stalking* nadien bewees wel hoe ernstig hij zijn relatie met Lucas beschouwde, en hoe diep de sporen waren die de breuk had nagelaten ... Zij vond trouwens dat met oprechte gevoelens en met ware liefde nooit mocht gelachen of gespot worden, zelfs al was het kalverliefde. Integendeel.

De norse Aubin is tijdelijk uit haar gezichtsveld verdwenen, en dat is nu een extra reden om haar plaats te verlaten, haar kamer op te zoeken en een uurtje op bed te gaan liggen. Slapen, misschien, maar het kan ook gewoon wat rusten zijn. Dat heet tegenwoordig *freewheelen*, maar voor haar is het eenvoudig rusten en haar gedachten de vrije loop laten. Waarheen ze ook zouden gaan. En dan zonder de zoete bedwelming van Simonne haar overjarige *Charlie*.

Zij ligt amper twee minuten op haar bed of zij hoort het zachte gezoem van honderden menselijke stemmen, zo lijkt het wel. Alsof het uit een andere wereld komt, uit het onmetelijke heelal. Het is waarlijk rustgevend, ook al weet ze dat het eentonige geluid afkomstig is van de pastorale groep die tweemaal per week een soort van yoga of bezinning doet. Ze noemen het zen. Marleen gelooft wel in zen, maar dan de echte, die van de zen-boeddhisten, een totale filosofie van lichaam en geest waarover ze heel wat gehoord heeft via haar dochter in Rome. Wat deze oudjes in hun groep doen, is maar een flauw afgietsel. Marleen noemt het liever een soort van yoga of spirituele gymnastiek, maar ze kan zich er best mee verzoenen. Het geluid dat in haar kamer doordringt is als van engeltjes uit den hoge, maar dan wel gerimpelde engeltjes, met protheses en licht dementerend. Zij zal ze allemaal overleven, denkt zij vergenoegd. Zoals Aubin, die denkt dat ook.

Zij komt in het gebied terecht tussen slapen en waken, en zij is er zich van bewust dat de beelden van Lucas en Bastiaan en haar twee kinderen en zelfs de leden van de pastorale groep met elkaar wedijveren om haar aandacht, zoals dilettanten doen in een kerstspel om toch maar voor de spots te mogen staan. Het is doordat het menselijk gezoem ophoudt dat ze dan toch niet in een diepere slaap belandt.

Maar ze heeft wel een idee gekregen. Tijdens haar indommelen is zij even weer terechtgekomen op het familiefeest van Lucas, dat hij georganiseerd had om zijn zeventigste verjaardag te vieren. Met wel veertig gasten – maar zonder haar kinderen – en een beetje te veel speeches. En wijn. En een aantal onvermijdelijke wrijvingen die net niet ontaard waren in echte ruzie. Marleen had zich deskundig afzijdig kunnen houden, maar het had niet veel gescheeld of Lucas en Guido waren elkaar openlijk in de haren gevlogen. Vooral de aanleiding was interessant geweest voor Marleen: in een van zijn vrolijker toosts had broer Guido een allusie gemaakt op de muzikale interesses van het feestvarken en op het feit dat die zelfs 'als jonge knaap' ambities had gekoesterd in de richting van het 'populaire entertainment'. De grappen en de knipoogjes werden door iedereen begrepen en goed onthaald, maar achteraf hoorde Marleen toch dat de twee broers stevig in de clinch lagen over die vermeende muzikale ambities van de jarige. Lucas ontkende het gewoon in alle talen, Guido hield vol dat hij zich perfect kon herinneren hoe Lucas een aantal zaterdagen in een of andere tent in de omgeving de muziek ging verzorgen, piekfijn uitgedost als een popartiest, zelfs tot een eind over middernacht. Terwijl die toen amper veertien was. Waarop Lucas heftig zijn hoofd schudde en bleef schudden, en Guido zelfs bereid was om zijn woorden onder ede te herhalen, in aanwezigheid van heel het gezelschap. De discussie liep hoog op, maar toen draaide Lucas opeens bij, waarschijnlijk had het gezond verstand gezegevierd. Ja, zei hij, het klopte dat hij weleens als kleine melkmuil een oudere maat op zaterdagavond geholpen had bij zijn werk als disc-jockey, maar meer was dat niet, en hij wenste die geschiedenis voorts zo vlug mogelijk te vergeten. Hij zei dit zo ernstig en bitter, zelfs een beetje dreigend, dat het onderwerp direct werd afgevoerd. Guido gaf met een grijns aan dat hij zijn broer gewoon wat had willen jennen. En toen werd er gedanst alsof er niets gebeurd was.

Het was een klassiek en treurig gebeuren geweest dat normaal in de mist van de vergetelheid verdwijnt, maar Marleen vindt het toch vreemd dat zij zich al deze zaken opeens herinnert, alsof het zo moet zijn. De feiten zijn haar al lang bekend, maar waarom moet zij juist nu bepaalde eigenaardigheden in het verhaal ontdekken die haar nooit eerder opgevallen zijn? Kwam het door de zen-geest die daarnet nog beneden gezoemd had als een bijenkorf? Kwam het door de justitiële krantenpagina's, door de nieuwe statistieken van de landelijke criminaliteit?

Want waarom had Lucas zich zo vreselijk en onnodig opgewonden over de speech van Guido? Waarom had hij van een mug een olifant gemaakt? Waarom had hij die feiten eerst koppig ontkend, en daarna aarzelend toegegeven, maar dan wel sterk afgezwakt? Waarom wenste hij deze episode zo vlug mogelijk te vergeten? Het was een discussie op leven en dood geweest ... en eigenlijk om niets. Zij begrijpt er niets van en moet toegeven dat zij Lucas nooit goed begrepen heeft, ook niet toen ze nog met z'n allen thuis waren. Hij kon met iedereen goed opschieten, en anderzijds ... met niemand.

De vragen laten Marleen niet los, en 's avonds belt zij naar haar oudste broer. Niet overdag, want dan is Guido meestal opgeslorpt door al zijn hobby's, zoals de petanqueclub, het bestuur van de voetbalploeg, het moeizaam verzamelen van fondsen voor het Verrehoekse carnaval ... En bovenal de zorg voor de kleinkinderen.

"Broer," zegt zij vriendelijk aan de telefoon. "Ik zal maar meteen met de deur in huis vallen en ik kan je moeilijk alle details en achtergronden van mijn vraag meedelen, want dan zitten wij hier om middernacht nog, maar ik wilde iets weten over dat grootse verjaardagsfeest van onze Lucas. Je weet wel, toen hij zeventig werd. Weet je nog?"

"Normaal wel, ja. Hoe kan ik dat vergeten? Ik lijd niet aan Alzheimer, hoor."

"Goed, dat weet ik wel. Ga dan even terug in je herinnering, naar de laatste uurtjes. Vóór er gedanst werd. Toen jij onze Lucas op de hak nam over zijn muzikale ambities, weet je nog? Over zijn bezigheden toen hij nog een kwajongen was. Het mondde uit in een heftige discussie die niemand verwacht had, en die dan toch min of meer op het laatste bijgelegd werd. Ben je mee?"

"Ja, zus. Maar waar wil je naartoe?"

"Wel, het is heel eenvoudig. Ik heb onlangs in *Avondrust* een man leren kennen, en die moet een schoolvriend van Lucas geweest zijn, ze moeten als pubers zelfs in dezelfde klas gezeten hebben. En hij bevestigde dat Lucas toen met kop en schouders in de muziek zat. Het verhaal klopt dus."

Marleen weet absoluut niet hoe geloofwaardig haar leugen overgekomen is, maar het antwoord van Guido stelt haar gerust.

"Natuurlijk klopt het. Elk woord dat ik daarover op het feest gezegd heb, klopte. Maar ik heb toegegeven – of liever, ik heb mijn mond gehouden – omdat het tenslotte *zijn* feest was en omdat ik de vrede in de familie wilde bewaren. Het is zo al moeilijk genoeg sinds pa en ma gestorven zijn. Heel de discussie had trouwens weinig om het lijf. Ik weet niet wat hem bezielde."

"Maar wat bedoelde je ermee, dat hij 'in de muziek zat'?"

"Wel, even nadenken. Hij was zelfs nog geen veertien toen, hoewel hij nogal opgeschoten was voor zijn leeftijd. Later is dat veranderd, misschien door het roken, wie weet? In elk geval ging hij elke zaterdagavond een handje toesteken in *De Molen*, een grote zaak in Brasene die in het weekend dienst deed als dancing, een soort van feestpaleis. Hij werkte daar samen met een oudere kerel van ongeveer achttien die er disc-jockey was, of DJ, zoals het later genoemd werd. Die had zijn eigen disco-bar, ik geloof dat ze *Mamba* heette, een slangennaam. Lucas was zijn assistent, hij zocht de plaatjes op in de koffers, borg ze weg, hielp alles installeren. In die tijd waren er nog geen discotheken" zoals nu, en het beroep van DJ – sommigen probeerden het zelfs *platenruiter* te noemen – bestond nog niet lang, het zat in de lift. Een goede disc-jockey was erg populair en het kon behoorlijk wat kassa opleveren. Maar er waren goede en slechte. Een goede kon niet alleen het publiek bespelen, maar ook de smaak van het publiek vormen, vooruitlopen op de trends. Daartoe moest hij onophoudelijk naar de radio luisteren, vooral naar de buitenlandse zenders. En dan de nieuwste plaatjes kopen, of bestellen. Het meeste geld verdienden de discobars overigens in het begin met trouwfeesten, die voordien uitsluitend opgeluisterd werden door een *coverbandje*. Maar dat zal wel voor jouw tijd geweest zijn. Voor trouwfeesten had je geen nieuwe plaatjes nodig en je kon altijd terugvallen op de klassiekers. Een heel voorspelbaar repertoire. Maar ik herinner mij nog dat wij op school in onze klas een heftig debat hadden over de voor- en nadelen van een disc-jockey tegenover live muzikanten. Het was een actueel probleem. In die tijd."

"En onze Lucas was dus de rechterhand van die jongeman, die iets ouder was?"

"Ja. Hoe heette die nu ook weer? *Michel Orient*, dat was het. Dat was zijn artiestennaam, uiteraard. Zijn echte naam kende waarschijnlijk niemand behalve de baas van *De Molen*. Maar Lucas werd toch expliciet vermeld – en zonder pseudo – in de brochures en flyers van *Michel Orient*, als zijnde assistent Lucas Vanhee. Ik denk dat hij met twee officiële 'draaiers' dan ook een dubbel, of anderhalf tarief kon aanrekenen. Vandaar. Met de jaren groeiden discobars uit tot keiharde business."

"Maar hoe kon Lucas dat klaarspelen, als veertienjarige? Wat zegden pa en ma daarvan? Gingen die zo maar akkoord? Dat lijkt mij echt onwaarschijnlijk."

"Ik denk niet dat ze er erg moeilijk over deden. Tenslotte verdiende Lucas aardig wat extra zakgeld, en hij was de lieveling van moeder, dat weten wij allemaal – én de mooie jongen van het dorp. Moeder had trouwens een pracht van een blouse voor hem gemaakt, met een zilveren, opstaand kraagje, speciaal voor op het podium van *De Molen*. En het was natuurlijk leuk als je zoon kon meegenieten van de populariteit van een artiest. Lucas was rijp en handig genoeg om dat allemaal perfect uit te spelen. Hij was nog geen veertien, maar zeker geen kind meer. Wij kennen hem toch, *Mister Lucky*? En ik moet zeggen dat ik zelf, ruim zeventien toen, ook heel laat mocht opblijven – dank zij hem. Want daarvoor had ik wel gepleit: dat Lucas eerst thuis moest zijn eer ik naar bed ging. In die tijd begon men trouwens al te stappen om negen uur, en tegen één uur 's nachts was het feest meestal voorbij. Nu zijn het andere tijden. Maar weet je nu genoeg, meisje?"

Stilte. Marleen kan even geen antwoord geven. De grondige uitleg van Guido heeft haar sprakeloos gemaakt, en de bruuske vraag op het eind overvalt haar. Maar zij heeft bijzonder aandachtig geluisterd.

"Meer dan genoeg, *old boy*. Meer dan genoeg. Maar weet je dan ook wanneer en waarom Lucas met die job gestopt is? En waarom hij op zijn feest niet wilde dat er nog één woord over die beginnende carrière gezegd werd? Hij was daar heel bitter en radicaal over. Of misschien was hij al lazarus op dat moment?"

"Daar weet ik niets van. Besef je wel hoe lang dat allemaal geleden is? Meer dan vijftig jaar! Ik geloof dat die Michel Orient nadien nog veel succes gekend heeft, ook buiten onze streek, zelfs over de grens, tot in Zeeuws-Vlaanderen. Hij heeft ook nog voor de radio gewerkt, en voor illegale zenders. Was het Veronica? Of Radio Caroline? Mi Amigo? En ja, dat is ook waar: hij heeft een tijdje in de gevangenis gezeten. In voorarrest, dus in afwachting van ... En dat is nog niet zo heel lang geleden. Niet omwille van zijn illegale uitzendingen, maar wegens fraude. Zware fraude."

"Zou het kunnen dat ... dat Lucas er iets mee te maken had? Of dat hij zelf het slachtoffer was van bepaalde dubieuze praktijken?"

"Ik weet het niet, echt niet. Eigenlijk heb ik die man nooit gesproken, ik heb hem wel een paar keer bezig gezien, zelfs samen met onze Lucas. En ze deden het heel goed."

"Nu ja, bedankt. Je weet dat ik er ook altijd ben voor jou, kerel. Als je mij nodig hebt: één adres!"

"Absoluut. En nog veel geluk met je nieuwe vriend in het rusthuis, je weet wel, die nog met Lucas op de schoolbanken gezeten heeft."

Terwijl Marleen verstrooid de hoorn neerlegt, hoort zij Guido luidkeels lachen. Zij was gladweg vergeten dat zij het gesprek begonnen was met een smoes over die leergierige nieuwe bewoner. Natuurlijk heeft Guido zoiets meteen door, denkt zij beschaamd. Maar tenslotte heeft zij veel eieren voor haar geld gekregen. De smoes heeft veel opgeleverd, al was hij dan wat doorzichtig.

Er is iets in haar temperament dat haar nu aanport als een *teaser* van de politie op een betoger. Typisch. Zij voelt zich als een snuffelhond die op het goede spoor zit, als die oude boerin *Vera* van op de televisie die al haar kracht put uit een lijntje verkregen informatie. En hoe meer zij erover nadenkt, hoe meer zij beseft dat het onbeduidende brokje *human interest* van haar oudste broer bijzonder interessant is. Zij vraagt zich af of ex-collega Bastiaan hiervan op de hoogte was – eventueel gedeeltelijk. Niet dus, absoluut niet. Want als zij diens lang geleden verhaal, bedenkingen en verzuchtingen opnieuw de revue laat passeren, dan blijkt Guido juist de oplossing gepresenteerd te hebben voor enkele vraagtekens en grijze vlekken waar Bastiaan destijds mee worstelde. Véél vraagtekens, zoals waarom Lucas als veertienjarige naar het college ging in een gedurfde, hippe blouse die je alleen in *Tienerklanken* zag, dat blitse oranje overhemdje dat uitsluitend door popmuzikanten op de *Bühne* gedragen werd. Een ogenblik had zij nog gedacht, in het begin van Guido's verhaal, dat die iets oudere jongeman niemand minder was dan Bastiaan. Dat was absurd natuurlijk, en ook helemaal onwaar, zoals later bleek. Want dat was ene Michel Orient.

Het is toch vreemd met die herinneringen, niet alleen aan haar eigen jeugd, thuis in Verrehoek, maar ook herinneringen aan die gesprekken met collega Bastiaan die toch al van een recentere datum zijn. Er zijn momenten dat zij zich zijn uitspraken en overwegingen nog woord voor woord kan herinneren, alsof het niet langer geleden is dan gisteren, in die cafetaria. En dan weer is zij de volgende dag alles vergeten en moet zij zelfs haar geheugen pijnigen om zijn naam terug te vinden en om de *link* te leggen met haar broer Lucas. Maar zij herinnert zich wel altijd dat de geschiedenis van Bastiaan één groot melodrama was, met een open einde en dus eigenlijk geen einde, zeker geen *happy end*. Op dit moment, na het telefoontje met Guido, ziet zij volkomen klaar in dat verleden. Zij glimlacht terwijl zij haar hoofd schudt: neen, Bastiaan wist hier allemaal niets van. Het enige wat hij wist, was dat hij niets wist – zoals de oude filosoof zei. Had hij het maar geweten – dan hadden de zaken wellicht een andere draai gekend ... Maar ondanks dat blijven er nog voldoende raadsels en hiaten over, misschien nog meer dan vóór het telefoongesprek met Guido. Raadsels over de dode Bastiaan, maar nog meer over de levende Lucas.

Het is al vrij laat in de avond. Toch gaat zij naar beneden. Zij weet dat er nog wel enkele bewoners in de zitkamer zullen achtergebleven zijn, maar dat die allemaal voor de televisie zitten – het is volgens sommigen immers leuker om in een groepje naar de quiz te kijken dan alleen op de eigen kamer. Voor haar maakt dat weinig uit, zij is gewoon geen trouwe televisiefan. Hoewel zij er altijd graag bij zit als een zwijgende getuige: de soms hysterische commentaren van haar oude lotgenoten vermaken haar meer dan de beste *conférence*.

Zij ziet de kleine Simonne in het zaaltje zitten, zij slaapt. Een wonder. Waarschijnlijk heeft zij bezoek gehad en is zij met haar gezelschap naar de *tea-room* op de hoek van het plein geweest. Dan keert zij meestal zo uitgeput terug – met een glaasje teveel op – dat zij eerst nog wat wil pauzeren in de zitkamer van Avondrust. Alleen dan, want normaal is zij zo hautain en hovaardig dat zij haar eigen kamer nauwelijks verlaat, en zeker niet voor activiteiten zoals de pastorale zen-groep of het informele roddelgebeuren. Marleen kent de gangen van Simonne heel goed, want haar kamer ligt naast die van haar.

Aubin is niet meer te zien; dat is ook normaal. En maar goed ook, want vanavond heeft zij meer dan ooit lak aan zijn kritische, vijandige blikken. Zij kan niet in zijn hoofd kijken en weet dus niet wat daar allemaal omgaat, maar het moet daar volgens haar toch een zwarte zaak zijn, zelfs *bruin* – want hij doet geen moeite om zijn sympathie te verbergen voor mannen als El Caudillo – dictator Francisco Franco – of voor Léon Degrelle, de voorman van Rex. Ja, denkt zij soms venijnig, Aubin De Vreeze is ook slager geweest ...

En dan ziet zij wel nog haar kompaan zitten, de procureur met ambtsrust. Dat komt goed uit, daar had zij heimelijk op gerekend. Met Guillaume de Herckenrode schiet zij heel goed op. *Two of a kind.* Dank zij haar aangeboren intuïtie kan zij hem om haar duim draaien zoveel zij maar wil. En zij weet ook dat hij – misschien iets te veel – gevoelig is voor het vrouwelijke schoon. Hij is nog wakker, want als zij het zaaltje binnenkomt en de situatie aarzelend inschat, wenkt hij met een groots uitnodigend gebaar naar haar om plaats te nemen in de lege leunstoel vlakbij.

Marleen heeft een vraag voor hem. Een vraag die alleszins kies moet behandeld worden. Natuurlijk bestaat de kans dat hij om professionele – in zijn taaltje *deontologische* – redenen geen antwoord geeft, maar daarvoor heeft zij haar beproefde vrouwelijke charmes klaar. Gewoon door het feit alleen al dat zij haar vraag richt tot hem, en niet tot iemand anders, zal hij kneedbaar zijn. Zij moet hem – zonder overdrijven, hij is geen kind – erkennen als speciaal en belangrijk; hij moet voelen dat hij een bevoorrechte plaats bekleedt in haar kennissenkring. En bovendien is zij een zeer verzorgde weduwe die er tien jaar jonger uitziet dan haar werkelijke leeftijd en die iets olijks en jeugdigs bezit in haar gezicht – een familietrekje van heel de clan Vanhee. Ook van Lucas en Guido.

Wat veel mensen niet beseffen – ook de familieleden en de trouwe bezoekers niet – is dat er in de rusthuizen een constante strijd, een rivaliteit, heerst onder de bewoners. Je ondervindt dat maar als je er een tijdje verblijft. Het is de niet-aflatende strijd om macht, om het verkrijgen van rechten. In de gewone, gemeentelijke rusthuizen verloopt die strijd zichtbaar, manifest en waarlijk bewust. Wellicht daardoor veroorzaakt hij minder trauma's, minder blijvende letsels. In de 'betere' tehuizen echter komt het conflict zelden aan de oppervlakte – veel wordt bedekt door de mantel van het fatsoen – maar het bestaat evenzeer, het zit dieper en sluimert langer, het is onbarmhartig. Ondanks de schone schijn. Marleen merkt het in de onbuigbare drang van haar medebewoners om hun bezit af te schermen en te bewaren, of in hun driftig territoriumbehoud, zoals bij Aubin die vindt dat hij de beste plaats en het beste zitje verdient in de zaal. Met haar verdorven geest durft zij soms de vergelijking maken met het gedrag van wilde dieren – en beschaafde huisdieren – die hun terrein en hun eigendommen afbakenen met urine, uitwerpselen en andere vochten. Zij durft er eerlijk gezegd niet aan denken wat de versleten klieren van Aubin wel achterlaten op de stoelen en banken die zijn achterwerk opeist.

Op zijn minst even erg is de permanente, pijnlijke strijd om het behoud van erkenning en respect, en blijkbaar is het zo dat hoe ouder men wordt, hoe harder men naar dat verworven recht grijpt en op dat punt geen enkele toegeving wil doen. Men staat bitsig op zijn strepen. Er zijn bewoners met een schitterende staat van dienst, bewoners die het Paleis van Laken zelfs meermaals aan de binnenkant gezien hebben, bewoners die belangrijke beslissingen hebben mogen nemen en het ook deskundig in eer en geweten gedaan hebben ... maar voor wie die staat van dienst weliswaar voltooid verleden tijd is. Maar niet de erkenning, de status! En Procureur Guillaume de Herckenrode behoort zeker tot deze categorie. Marleen zou het nooit wagen om hier tegenin te gaan, beginnelingen misschien wel. Zij zal anderzijds nooit bereid zijn om zich hooghartig terug te trekken in haar eigen cocon – zoals de kleine Simonne wel moet doen, die niet één hoogtepunt te bieden heeft (behalve een lucratief weduwschap), die overleeft in haar eigen wereldje, haar eigen fantasie, met een zwakke gezondheid en een lichaam dat kraakt onder ontelbare kwalen. Neen, Marleen hoeft zich nergens voor te schamen, zij hoeft zich niet op te sluiten. Zij kent haar plaats in de maatschappij en in *Avondrust* perfect. Zij weet wat zij waard is en wat een ander waard is. Zo zal zij het nooit wagen om een adellijke Guillaume de Herckenrode amicaal met Pierre aan te spreken – één van zijn voornamen – maar anderzijds heeft zij ook nog niet de moeite gedaan om op te zoeken welke titulatuur bij een procureur normaal past. Irrelevant! In het begin zei zij Mijnheer, tegenwoordig zegt zij simpelweg Procureur.

"Procureur," begint zij dan ook, als zij zich als een *kitten* aan zijn rechterzijde geïnstalleerd heeft, "ik heb een probleem, en ik denk wel dat ik bij u aan het juiste adres ben voor een oplossing. Het houdt eigenlijk niet veel in, denk ik. Maar als ik mij niet vergis, hebt u nog steeds veel contacten met uw vroeger ambt op de rechtbank en hebt u eigenlijk nooit definitief afscheid genomen van die bijzondere wereld, niet? Ik vang ook af en toe op dat u nog veel collega-magistraten kent, en ik heb de indruk dat u zelfs nog lid bent van een half dozijn professionele verenigingen. Om de vinger aan de pols te houden, veronderstel ik? Eens procureur, altijd procureur?"

"Jazeker. Je zou er versteld van staan hoe intens die banden nog steeds zijn. Al mijn familieleden, al mijn vrienden en bekenden beweren trouwens dat ze nog steeds de eeuwige procureur herkennen in alles wat ik doe en alles wat ik zeg. Het is geen misvorming, hoor, maar ik draag het nu eenmaal mee, en met fierheid. Jawel, waarom niet? En wat is het precies waarmee ik u kan helpen, mevrouw Vanhee? Maar wees er u wel van bewust dat uw vraag koosjer moet zijn. Ik heb een vlekkeloze reputatie, en dat moet zo blijven."

"Het zal voor u geen moeite zijn, dat weet ik. Maar ik ben bezig met een familiekroniek, en ik heb daar een naam gevonden die waarschijnlijk belangrijk is, maar waarover ik geen gedetailleerde informatie kan terugvinden. Het is vreemd, hoe je in het verhaal van sommige mensen opeens voor een gesloten poort staat. De stilte als *fait accompli*. Alsof de brug voorgoed opgehaald is. Naast de vele doordeweekse feiten ben ik wel te weten gekomen dat hij in contact geweest is met justitie en dat hij een tijdje in de gevangenis gezeten heeft. Niet lang, denk ik. Dus het gaat niet over zware criminaliteit."

Marleen haalt even adem en kijkt ondertussen onderzoekend naar haar gesprekspartner. Zij ziet hem twijfelen. Hij zit vol argwaan. Het is alsof zij naar een apotheker kijkt die op een gouden schaaltje meticuleus het een tegen het ander afweegt.

"Het gaat om een zekere *Michel Orient,* een kunstenaar, maar dat is waarschijnlijk slechts zijn pseudoniem, een schuilnaam. Zijn echte naam ken ik niet."

De gepensioneerde magistraat kijkt opzij naar haar met een mengeling van vrolijkheid en ergernis – dacht dit ondeugend dametje nu echt dat hij niet wist wat een pseudoniem was?

"Is dat echt zo? Lijkt mij toch kinderspel? En waarvoor is hij veroordeeld?"

"Neen, neen. Hij is niet veroordeeld, geloof ik. Hij is vrijgesproken. Hij is *beschuldigd* van fraude en heeft een aantal maanden in voorhechtenis gezeten. Niet meer dan dat. Uiteraard ben ik niet zo vertrouwd met de geëigende gewoontes en denkpatronen van justitie. Zoals u."

De procureur grinnikt. Dat was ook zijn handelsmerk toen hij nog een gevreesd man was.

"*Niet meer dan dat?* Dat werpt natuurlijk een ander licht op de zaak. Hoewel ik zonder verpinken een handvol gevallen kan citeren waar de vrijspraak onterecht was en een veroordeling dubbel en dwars verdiend. Hoe ouder ik word, hoe lakser het gerecht wordt, volgens mij. In mijn gloriedagen was het anders. Maar wat wenst u precies te weten, mevrouw Vanhee?"

"Wel ja, ik zou zeggen: liefst zo veel mogelijk. Alles wat nog binnen de perken van de wet en de discretie valt, én wat tot uw mogelijkheden behoort. Ik weet ook wel dat er grenzen zijn, zelfs aan uw invloed en uw capaciteiten. Maar ik zou heel graag de echte naam kennen van die Michel Orient en eventueel een manier om contact met hem te hebben. Een adres is misschien te veel gevraagd?"

Guillaume de Herckenrode maakt een afwerend gebaar. Het kan alles en nog wat betekenen. Maar in de ogen van Marleen is het zeker geen neen.

"Wij zullen zien, wij zullen zien. Ik beloof niets, maar ik denk wel dat ik kan helpen. Deze week heb ik een contact in Gent, en in Brugge. Daar kan wel iets uit de boot vallen. Maar ik reken erop dat u dan ogenblikkelijk vergeet van wie u de informatie gekregen heeft. In elk geval niet van mij. Begrijpt u?

O-gen-blik-kelijk. En de kans bestaat nog steeds dat ik niets te weten kom, daar moet u toch ook rekening mee houden."

Marleen vermoedt dat zij fifty-fifty kans heeft om al dan niet nuttige informatie te verkrijgen en dat de waarschuwingen van de procureur louter gewichtigdoenerij zijn. Dat klopt, want twee dagen later reeds overhandigt de man haar een kaartje met enkele gegevens.

"Dit is de informatie die u vroeg," verklaart hij. "Dit moet voldoende zijn om door te gaan met uw werk. U moet mij wel beloven dat u nergens, maar dan ook nergens, mijn naam vermeldt of verwijzingen maakt naar Justitie. En ik wil inzage hebben in uw manuscript vóór het werk naar de drukker gaat. Ik ben van nature geïnteresseerd in historisch gefundeerde kronieken en biografieën. U vindt de naam en het adres van die artiest – het laatste officiële adres – op het kaartje, alsook het telefoonnummer dat hij vorig jaar nog gebruikte. Hij is blijkbaar nooit getrouwd geweest en heeft geen kinderen. Ik kan er nog aan toevoegen dat hij inderdaad drie maand voor fraude in voorarrest heeft gezeten en dat zijn celgenoot zelfmoord heeft gepleegd. In Dendermonde. Hij is kort daarop voorwaardelijk vrijgelaten. Mogelijk had de vrijlating met de zelfmoord te maken. Dat gebeurt. Op dit ogenblik moet hij negenenzeventig jaar zijn, bijna tachtig. Een flink pak ouder dan u, niet?"

Voor Marleen is dat laatste een puur retorische vraag en zij denkt er niet aan om te reageren. Wel is zij haar informant bijzonder dankbaar. Aangezien hij zelf nooit een supermarkt binnengaat, biedt zij aan om een volgende keer twee unieke flesjes Westvleteren voor hem te kopen. Een zeldzaam en beroemd bier dat niet alleen door fijnproevers op prijs wordt gesteld.

"Dat sla ik niet af!" lacht de procureur opgetogen.

"Dat is het minste dat ik kan doen," riposteert Marleen direct. "Maar ook het meeste."

In de bevredigende wetenschap dat zij haar adellijke vriend in haar macht heeft, gaat zij naar haar kamer om met zichzelf te overleggen wat haar nu te doen staat. Het lijkt wel alsof de te volgen piste zich volautomatisch voor haar ogen ontrolt.

Michel Orient blijkt in het werkelijke leven Michael Oosterlinck te heten. Marleen vindt dit leuk en grappig want tenslotte is de artiestennaam hier niet meer dan een vrije vertaling van de echte naam. Evident, dus. Hij woont volgens het kaartje in Drecht. Dat is ook niet zo onlogisch, aangezien Drecht een stadje is dat niet zo ver van Verrehoek en Brasene ligt, het is zelfs zo dat een kwarteeuw geleden die twee dorpjes gefuseerd zijn met het stadje, en sindsdien verder hebben geleefd onder de gemeenschappelijke naam Drecht.

Het enige probleem – als het ooit zo ver zou komen, denkt zij al – is hoe zij in vredesnaam Drecht zal kunnen bereiken. Een praktisch en niet te onderschatten probleem, want het spreekt voor zich dat zij deze Michael Oosterlinck persoonlijk wil bezoeken. Het valt immers niet te weerleggen dat deze tot voor kort onbekende man gefungeerd heeft – eventueel kan gefungeerd hebben – als een spilfiguur in de jeugdjaren van haar broer – een curieuze periode waar klaarblijkelijk een luchtje aan zit. En als het daarover gaat, over de enge beestjes die onder de tegel van het verleden liever in het duister leven, dan is het een *must* om elkaar te zien en recht in de ogen te kijken. Ontsnappen is dan niet mogelijk. Vindt zij.

Marleen hoeft niet lang na te denken. Het eerste wat zij moet doen is het adres van deze nestor lokaliseren, en de mogelijkheden nagaan van het openbaar vervoer. Als dat gebeurd is, kan zij een afspraak maken. Dat zal zij dan heel tactisch aan boord moeten leggen, want tenslotte zijn ze allebei volslagen onbekenden voor elkaar, en de centrale vraag zal zijn waarom deze man haar wel zou ontvangen? Zij zal zeker een heel snode reden moeten uitkienen, misschien weer dat verhaal van die kroniek – bij gebrek aan beter? En zij mag ook niet vergeten dat hij moeilijkheden heeft gehad met het gerecht. Dat zal hem zeker achterdochtig en weigerachtig maken. Misschien leeft de man erg teruggetrokken, als een kluizenaar. Tenslotte wist ook de procureur niet veel te vertellen over het vermeende misdrijf en het verdict. Over de vrijlating en de periode daarna …

Maar zij wenst Michael Oosterlinck nu eenmaal onder vier ogen te spreken, en niet zomaar aan de telefoon. Persoonlijk.

En als het dan toch, alles welbeschouwd, een onschuldige fase blijkt te zijn in de jeugd van haar broer, *tant mieux*. Dan is het toch leuk om uit eerste hand de verhalen en anekdotes te horen over de puberende Lucas als succesrijk assistent-platendraaier. Toen het andere tijden waren. Zoals in dat liedje van Boudewijn de Groot. Uit die tijd.

Maar Marleen is wat te tactisch, want zover komt het voorlopig allemaal niet. Nog diezelfde week sterft de kleine Simonne, haar eenhandige en bekakte buurvrouw. En de week daarop sterft ook de procureur, jawel, haar informant. Het eerste overlijden is verwacht – zelfs al vele jaren – het tweede overlijden komt totaal onverhoeds. Ook de reacties van de buitenwereld zijn merkbaar verschillend, en volgens Marleen onterecht en niet rechtvaardig. Het verdwijnen van Simonne, haar ingetogen afscheidsplechtigheid, het ontruimen van de kamer ... het verloopt allemaal onopvallend en geruisloos, het krijgt nauwelijks aandacht in de dagelijkse gesprekken. Het veroorzaakt ook weinig beroering of verandering, noch binnen noch buiten *Avondrust*. Wel wordt er nog stiekem gelachen om de zweem van te zwoele *cologne* die het dametje steeds omgaf. Voor Marleen echter betekent haar dood vooral dat zij haar intenties voor Drecht wel even moet opbergen, dat wel.

De commotie rond procureur Guillaume de Herckenrode anderzijds is fenomenaal, er wordt zelfs een rouwregister georganiseerd in de hal van het rusthuis en naast het boek zijn de twee vorstelijke onderscheidingen geëtaleerd die de jurist verdiend heeft. Er komen bezoekers over de vloer die hun eigen chauffeur hebben en die tot de *high society* behoren, want de directeur begeleidt hen *met de nodige egards* en zonder ophef door de nieuwe vleugel van het gebouw. Ook de herdenkingsdienst is iets speciaals en lang niet zo intiem als bij Simonne. Het is een grootse kerkelijke plechtigheid die plaats heeft in Gent, waar de procureur geboren is en lange tijd gewerkt heeft.

De ceremonie begint even over elf uur en neemt meer dan een uur in beslag. Er wordt zelfs speciaal een kleine autobus ingehuurd voor de bewoners van het rusthuis. De rit is kosteloos, maar toch maakt Marleen geen gebruik van deze service: zij krijgt immers een lift aangeboden van de bejaarde en altijd goedlachse professor Bolckman, een van de laatste 'aangespoelden' in *Avondrust*. Zij vermoedt – neen, zij *voelt* het met haar nooit falende voelhorens – dat deze gewiekste *pipo* in haar een interessante en aantrekkelijke weduwe ziet. De man is in elk geval een nieuw contact dat mooi meegenomen is en, wie weet, nuttig kan blijken. Dat is Marleen nu eenmaal ten voeten uit, en zij schaamt er zich niet voor: zij is er al lang van overtuigd dat zij, zoals overigens alle beschaafde West-Europese vrouwen, een waarlijk romantisch wezen is, dat echter ook altijd aandacht heeft voor de nuchtere, praktische kant van een relatie, zelfs als die evolueert naar het passionele. Op dat punt zijn volgens haar de mannen fundamenteel anders: die laten zich te vaak meeslepen door hun gevoelens, ze verliezen hun verstand en begaan in hun tijdelijke verdwazing soms ongelukken die ze zich achteraf beklagen. Ook op hogere leeftijd ... De meeste vrouwen daarentegen zijn gezonde opportunisten.

"Leeftijd en ouderdom," mijmert de professor beweterig, terwijl hij de auto door het oude centrum van Gent loodst, "zijn nu eenmaal begrippen die te vaak met elkaar verward worden. Ik heb het dan niet over de taalkundige kant van de zaak, maar eerder over de filosofische aspecten, wat wij de *semantiek* noemen, de *context*. Als je bijvoorbeeld aan een oude bewoner van ons rusthuis vraagt hoeveel tijd er ligt tussen de leeftijd van dertien en veertien jaar, dan zal die normaal antwoorden – als hij tenminste niet helemaal dement is: één jaar. En hij zal het waarschijnlijk een domme vraag vinden. Maar als je dezelfde vraag stelt aan een puber die in die leeftijd zit, dan zal die het ook wel een domme vraag vinden, maar hij zal zeggen: driehonderd vijfenzestig dagen. Een wijsneus zal misschien zeggen: tweeënvijftig weken, maar dat maakt niet uit. Voel je het verschil? Hoe verder een periode achter je ligt, hoe korter ze lijkt; en hoe dichter ze komt bij het heden, hoe meer ze begint te lijken op een eindeloze aaneenschakeling van gebeurtenissen."

Marleen is mee met de gedachtegang. Het is inderdaad een interessante overweging – en deskundig verwoord – maar zij vermoedt dat haar chauffeur eerder indruk wil maken op haar dan wel een principieel dispuut wil beginnen. Zij vindt het wel vreemd dat hij nu net als voorbeeld die leeftijd neemt, misschien is het louter toeval. Maar bestaat dat wel bij een wetenschapper, toeval?

De man orakelt nog een beetje door, maar Marleen luistert al niet meer. Zij heeft meer oog voor het verkeer en de gevaarlijke autobussen, en voor de Japanse toeristen die zich als echte waaghalzen overal tussen slingeren. Vlakbij hoort zij nu die ene, zware doodsklok slaan, zo langzaam en tergend dat zij huivert. En natuurlijk denkt zij aan de dode procureur en de leegte die hij ongetwijfeld achterlaat. Of neen, misschien is dat helemaal niet zo zeker. Want wanneer de professor haar weer keurig laat uitstappen aan de dubbele deur van Avondrust, is de herinnering aan de procureur al ver weg.

Twee sterfgevallen in evenzoveel weken. Dat is een klein drama voor het tehuis, zeker voor de directie. Eigenlijk komt zoiets slechts voor op het hoogtepunt van een griepepidemie of als grote uitzondering, als een ongelukkig, jammerlijk toeval. Zo luidt de officiële versie. Wat echter niet openlijk ter sprake komt, maar waar iedereen van de bewoners (én de bezoekers) aan denkt, is de vraag wie de volgende zal zijn. Zeker Aubin De Vreeze is daar mee bezig; hij nadert de honderd en zijn gezicht verraadt een cynisch binnenpretje wanneer hij beseft dat hij tot nu toe al heel wat jongere vrienden heeft zien komen ... en zien gaan. Voor hem is het een wedstrijd, niet meer of niet minder. Een wedstrijd die hij ooit zelf zal verliezen, maar nu nog niet. Hij heeft nog tijd. Hij heeft illustere voorgangers, zoals Jan Breydel, de middeleeuwse beenhouwer uit Brugge. Een man uit één stuk, geen schapenkop. En ook de *generalísimo* is oud geworden.

Het belooft niet gemakkelijk te zijn om een afspraak te maken met de Michel Orient van vlees en bloed, maar Marleen heeft jarenlang de stages van telefonistes en receptionistes gecoacht, dus weet zij goed wat mag en niet mag, wat af te raden en aan te raden is. Tenslotte is die disc-jockey op rust ook maar een mens – hoewel een beetje verbitterd, wie weet – en kan zij vanuit haar professionele achtergrond voor negentig procent voorspellen hoe hij zal reageren. Een *telefoonscript*, noemde men dat in haar tijd.

Zij heeft geluk. Haar gesprekspartner in Drecht neemt bijna direct op. Maar hij spreekt heel stil, dat is erger, want haar gehoor is niet meer zo perfect als pakweg twintig jaar geleden.

"Spreek ik met Michael Oosterlinck *persoonlijk*?" probeert zij, een trucje dat altijd helpt.

Zij hoort hem aarzelen, en het is nog maar de tweede zin. Dat belooft!

"Wel, mijnheer Oosterlinck, ik ben bezig met de kroniek van een familie uit Verrehoek, en uw naam is daarbij meermaals opgedoken, ook uw artiestennaam, Michel Orient. Ik zou graag eens langskomen om het over die kroniek te hebben en om een paar onduidelijke punten weg te werken."

Normaal zou Marleen nu – volgens de regels van haar kunst – meteen een datum voorstellen én een alternatief, maar reeds tijdens het uitspreken van haar ingestudeerde zinnetje heeft zij aan de andere kant al gemompel gehoord als teken van protest. Of is het gesakker?

"Ach, liever niet. Ik denk niet dat ik iets te vertellen heb. Het is allemaal zo lang geleden, en ik heb ondertussen wel de jaren van verstand bereikt. En van het geheugenverlies. Ik ben ouder dan Mick Jagger, weet u wel. Maar toch bedankt."

Ai, denkt zij, het zit fout, hij haakt af. Maar toch, het vleugje humor dat de bejaarde artiest in zijn afwijzing voorzichtig gebruikt, geeft haar de moed om de handdoek niet meteen in de ring te gooien. Haar geest werkt op volle toeren, als een geolied raderwerk. Humor, weet zij, is een teken van goede wil, van vriendelijkheid. Nog één poging.

"Ik zal echt niet veel tijd van u vragen, mijnheer Oosterlinck, maar er zitten een aantal hiaten, zeg maar leemtes, in de familiegeschiedenis die volgens mij alleen door u kunnen worden ingevuld. Het zal maar een kort interview zijn, een beetje vraag en antwoord, en wat doorvragen, om alles piekfijn te verduidelijken."

Dat laatste zegt zij om het gras voor zijn voeten te maaien indien hij zou voorstellen om het gesprek gewoon over de telefoon te doen zoals ze nu bezig zijn, en niet persoonlijk.

De man reageert niet, hij denkt blijkbaar na. Opeens verandert hij van toonaard.

"En hoe heet u? Hoe was uw naam nu ook weer?"

Mocht zij het gesprek voeren voor een spiegel, dan zou Marleen zien dat zij opeens een hoogrode kleur heeft gekregen: zij heeft immers een onvergeeflijke fout gemaakt, zij heeft de essentie van een geslaagde start over het hoofd gezien – haar eigen naam.

"Neem mij niet kwalijk, ik denk niet dat ik mij al heb bekendgemaakt. Ik ben Marleen Vanhee. Ik ben zelf afkomstig van Verrehoek."

"Vanhee? Marleen Vanhee? Bent u familie van Lucas Vanhee?"

Het gesprek flakkert ineens op als vuurwerk.

"Jazeker. Dat is mijn broer. Ik verzamel zo veel mogelijk materiaal voor onze familiegeschiedenis, ziet u."

Er valt weer een stilte, maar gelukkig klinkt daarna het verlossende antwoord.

"Dat verandert de zaak wel. Ik zal u graag te woord staan. Hoewel ik mij het recht voorbehoud om niet te antwoorden op bepaalde vragen. Ik beschouw dit als een wederzijdse vriendendienst waarbij u ook mij kunt helpen. En uiteraard zal ik ook niet altijd in staat zijn om alle leemtes in te vullen, ik heb de familie Vanhee – ik bedoel *uw* familie – niet zo goed gekend, hoor. Alleen Lucas, toen hij jong was, veertien."

"Precies, dat is de interessantste periode. Daar kunt u mij zeker helpen. Schitterend."

"En het is zo lang geleden. Ik ben bijna tachtig nu. Mijn geheugen is als een net, en elk jaar komen er wat mazen in het net bij, zeg ik wel eens. De laatste keer dat ik over dat deel van mijn verleden nog uitgebreid gesproken heb, was in de gevangenis, met mijn celgenoot destijds. Dat is wel tien jaar geleden. Let op, ik heb niet erg lang gezeten, hoor. Nauwelijks drie maand, en dan ben ik vrijgesproken. Over heel de lijn. De hechtenis was niet terecht. Maar het was wel een erg triestige zaak, want die man

117

heeft zich toen op een buitengemeen gruwelijke wijze van kant gemaakt. Hij was ongeveer even oud als ik. Hij heette Bastiaan. Arme Bastiaan! Hoe is het toch mogelijk?"

Het is een onverwachte lawine van informatie, maar daarna weer een stilte en veel gezucht. Een nare stilte, en een gezucht dat door merg en been gaat.

"Ik wil het daar zeker met u over hebben, als u dat wilt," vervolgt Marleen, veel koeler en zakelijker dan zij wenst. En amper een minuut later ligt de afspraak al vast.

Nochtans, het is net alsof zij door een bliksem getroffen is. Zij heeft maar één woord gehoord: Bastiaan. Met daarop, als een echo: 'Hoe is het mogelijk?' Zij had dat gevoel zelf niet beter kunnen formuleren, maar dan wel in een andere betekenis, een andere bedoeling. Ja, hoe is het mogelijk? Dat die naam nu valt, uit het niets, uit de quasi vergetelheid. Een figuur die uit de doden is opgestaan, een stoorzender. Terwijl al haar aandacht als een gier rond haar broer cirkelde. Kan het toeval zijn? Waarom heeft zij het verband niet eerder gezien, bijvoorbeeld toen wijlen de procureur sprak over de gevangenis van Dendermonde, de zelfmoord van de celgenoot en de voorwaardelijke vrijlating? Maar neen, zij was blind en dom geweest, zij had oogkleppen gedragen. Terwijl anderen, en zeker de betrokkenen, de link wel direct hadden kunnen leggen.

De volgende ochtend is zij weer gewoontegetrouw haar katern aan het lezen in de zitkamer, maar ditmaal is het maar schijn. In feite kan het nieuws haar momenteel geen barst schelen en dient de krant slechts als camouflage. Zij zit immers als een lynx op de loer, wachtend op de terugkomst van haar nieuwe vriend professor Bolckman. Een kwartier geleden heeft zij hem nog door de glazen tuindeur zien vertrekken, vermoedelijk om een boodschap te doen in de superette op het kerkplein. Tabak misschien, want zij heeft al gemerkt dat hij vaker dan gewenst zonder sigaretten zit. Toen hij vertrok, droeg hij geen das, waaruit zij afleidt dat het niet meer dan een boodschapje kan zijn. Maar desnoods blijft hij twee uur weg en koopt hij een encyclopedie over de Bijbelse Geschiedenis, toch zal zij haar plaats niet verlaten en de dubbele deur geen moment uit het oog verliezen, want zij heeft de man nodig voor de uitvoering van haar plannen. Een goddelijke ingeving als het ware, die haar bij het ontbijt te beurt gevallen is.

Zij hoeft maar een kwartier te wachten en haar professor verschijnt op het tuinpad. Zij gooit de krant achteloos opzij – iets waarover zij zich normaal vreselijk kan opwinden – veert zo kwiek als Pulcinella op, en roept luid, tot ver buiten de zitkamer: Professor! Mijnheer Bolckman!

De heer Bolckman is géén verstrooide professor – eerder een alerte, scherpzinnige wetenschapper – maar toch acht Marleen het nodig om haar roep te herhalen, en nog luider. Het is op het randje van het fatsoen, maar het heeft effect: zodra hij haar opmerkt, verandert zijn kille gezicht in een brede, geamuseerde glimlach – 'aanminnig' zouden de romanciers zeggen – en stapt hij naar haar toe.

"Mijnheer Bolckman," fluistert Marleen nu terwijl zij de mouw van zijn jas vastgrijpt, "mijnheer Bolckman, ik moet u om een gunst verzoeken. Ik kom er rond voor uit. Maar ik heb een vraag. Een akkefietje, eerlijk gezegd, maar het kan verdraaid moeilijk worden voor mij. Ik weet echter dat u mij zeker kunt helpen. Als u wilt. En natuurlijk wilt u dat, niet? Maar ik ben een ouder wordende vrouw, *slechts* een ouder wordende vrouw, en onlangs zijn wij samen met uw auto naar de dienst van procureur Guillaume de Herckenrode gereden, en u beschikt ook over een speciale parkeerkaart en zo ... Kortom, ik heb binnenkort een belangrijk bezoek in Drecht – belangrijk, maar niet te lang, hooguit een uur – en ik heb gemerkt dat het openbaar vervoer daar een probleem is. En dus ..."

De glimlach van de professor wordt zo mogelijk nog breder en aanminniger. Hij antwoordt niet meteen, hij vult haar laatste zin ook niet aan. Hij is op en top een echte, rustige academicus, denkt zij, maar ondertussen wordt zij toch hevig benauwd onder de opwinding en de spanning. Met grote, smekende ogen kijkt zij hem aan. Tot hij haar ongeduld niet langer op de proef stelt.

"En welke dag had u in gedachten, mevrouw Vanhie?"

"*Vanhee* is het. Maar zegt u maar gewoon Marleen, hoor. Wel, eigenlijk overmorgen. Dan moet ik om twee uur 's middags in Drecht zijn. Het uur kan ik nog enigszins veranderen, de datum echter – dat is iets moeilijker. Die ligt vast."

De professor laat een licht gegrom horen en kijkt over zijn partner in het ijle heen, ergens naar een onbepaald punt op de luchtfoto in de hal. Hij denkt zichtbaar na en overloopt in zijn geest zijn agenda, dat ziet zij zo.

"Goed," besluit hij krachtig. "Overmorgen, woensdag, zult u vóór veertien uur op uw adres in Drecht zijn. Terwijl u dan met uw zaken bezig bent, ga ik een kijkje nemen op de oude begraafplaats. Er bevinden zich daar enkele grafzerken uit de negentiende eeuw die ik wil fotograferen. Binnenkort blijft er waarschijnlijk niets meer van over dan brokken arduin en scherven. Ook moet daar ergens in de omgeving een herdenkingsplaat zijn van een Nederlandse wielrenner, ene Theo Middelkamp, een ex-wereldkampioen. Ook een foto waard. Normaal kom ik niet in Drecht, dus waarom niet van die gelegenheid gebruik maken? En na een uur sta ik dan weer met de auto in de straat van uw afspraak. Maar wel nog één punt, mevrouw: ik wacht niet graag!"

Zijn ogen boren in die van haar, en zij belooft wel drie keer dat hij niet zal hoeven te wachten. Wat kan zij anders?

Die woensdag vertrekken ze stipt om half twee aan het rusthuis. Marleen heeft haar afspraak niet aan de grote klok gehangen – wat zij normaliter wel gedaan had – omdat zij vermoedt dat de goede professor veel belang hecht aan zijn privacy. En vooral: zij wil absoluut niet dat andere bewoners het in hun hoofd zouden halen om ook gebruik te maken van deze bijzondere service van een bijzonder man.

Even vóór twee belt zij aan op het adres in de Velodroomstraat, aan de rand van het centrum van Drecht. Het is een groot bakstenen burgerhuis met flink wat ramen, vermoedelijk gaf het vroeger een onderkomen aan een kinderrijk gezin. Of aan bemiddelde burgers met eigen personeel. Zodra de voordeur opengaat, is haar emeritus gentleman-chauffeur gerustgesteld en vertrekt hij naar zijn eigen bestemmingen.

Het is een oude, kromme man die de deur opendoet. Hij is iets kleiner dan Marleen en kijkt haar aan met vinnige varkensoogjes. Een jonkheer op zijn retour. Hij heeft zich waarschijnlijk geschoren, maar niet goed. Als je op die manier moet verschijnen als de heer des huizes, denkt zij, dan is het beter dat je je helemaal niet scheert en zomaar rondloopt met een stoppelbaard – dat is toch erg in tegenwoordig. Maar ja, de man is ongeveer tachtig en dus heel waarschijnlijk bijziend. Dan kan scheren een probleem zijn. Haar overleden echtgenoot durfde ook regelmatig een grijs plukje laten staan, tot groot jolijt van hun twee bengels die geen blad voor de mond namen.

"Ik ben Michael Oosterlinck, alias Michel Orient," zegt de man met een opvallend heldere stem en een spottende ondertoon. "Ik heb uitgekeken naar uw komst want ik heb heel wat te vertellen. Ik hoop dat u voldoende tijd hebt uitgetrokken voor ons gesprek?"

"Ja, wij hebben al met elkaar gebeld, niet? Ik ben Marleen Vanhee, zus van Lucas Vanhee. Over een uurtje komt een vriend – een goede kennis van mij – mij weer ophalen. Zoals ik al gezegd heb, werk ik aan een kroniek van de familie. Dat kost enorm veel tijd en energie, maar ik ben nu toch met pensioen en breng de lange dagen door in het rusthuis. Maar dus niet in ledigheid."

"Aha! En mag ik vragen welk rusthuis? In de *Tuinen van de Havermaat*?"

"Neen, dat is trouwens geen rusthuis, als ik mij niet vergis, maar een complex van serviceflats. Neen, ik verblijf in *Avondrust*. Ook in Sint-Andreas. Dus niet zo geweldig ver van hier."

"Mogelijk, hoewel ik het niet precies kan plaatsen. Ikzelf woon in dit huis, het is mijn eigendom. Ik hoop dat het zo blijft. Het is tot op de draad versleten, afgeleefd en erg groot, kijk maar naar deze woonkamer: die is toch geschikt voor een ouderwets gezin met tien kinderen? Boven heb ik dan ook nog vier logeerkamers, die piekfijn in orde zijn, maar nooit gebruikt worden. Maar uw kroniek, mevrouw, hoe ver staat u daarmee?"

Marleen probeert het gesprek in de hand te houden, maar zij beseft dat zij vanaf deze vraag niet anders kan doen dan liegen – of knoeien met de waarheid, iets uit haar mouw schudden. Dat is zeer tegen haar haar principes, en zij hoopt dat haar gesprekspartner zo vlug mogelijk voor de dag komt met *zijn* gegevens. Daar is het haar om te doen.

"Wel, tot nu toe heb ik weliswaar geen tekst. Dat is nog te vroeg in heel het proces, eigenlijk is de redactie iets voor het einde. Zoals u ongetwijfeld weet. Wat ik wel al heb, is een structuur, een plan, en een lijst van alle beschikbare en te raadplegen bronnen. En een massa hiaten en twijfelachtige punten. Over Lucas, mijn broer, bijvoorbeeld."

"Mooi, mooi. Hoe gaat het met hem trouwens? Hij leeft toch nog, mag ik hopen?"

"Jazeker, hij is niet stuk te krijgen. Hij geniet van het leven. Wij noemen hem weleens *Mister Lucky*. Heeft een eigen landhuis, een gezin met kinderen en kleinkinderen, heeft zelfs een eigen zwembad en gaat toch elk jaar op reis naar een Grieks eiland, telkens een ander. Met enkele vrienden, want hij is gescheiden. Hij heeft ook heel zijn leven keihard gewerkt, als zelfstandige, of vrij beroep, dat weet ik niet zo goed, en hij is daarin heel succesvol geweest. Esoterische samenkomsten, spirituele producten. Maar ook sauna, massage en *wellness*. Een vreemde wereld, die helemaal in de lift zit. Met een eindeloze waaier van pakketten en tarieven die schommelen van best betaalbaar tot zeer prijzig. Maar dat is voorbij, want hij heeft alles van de hand gedaan. En zeer lucratief, met een perfecte *timing*."

"Maar, mevrouw, als je vragen hebt over zijn doen en laten, of over zijn verleden, dan stel je die toch vooral aan de man zelf? Dat ligt toch voor de hand?"

"Dat is waar, dat is absoluut waar. Maar eigenlijk ontmoeten wij elkaar niet zo vaak, al zou het best wat meer kunnen. Dat is nu eenmaal een familietrek. Wij zijn als de dood voor bemoeizucht, ieder doet zijn ding, en ieder is gelukkig op zijn manier. Maar aangaande de kroniek is het zo dat er een welbepaalde periode is, een bepaalde zone, waarover Lucas helemaal niet wil praten, waarover wij zelfs niet mogen nadenken. Onbegrijpelijk. Hij is daar heel streng en brutaal in. Als het ter sprake komt, wordt hij woedend. En dat maakt het juist interessant, natuurlijk. Hoewel hij dat in alle talen ontkent. Het klinkt als een tegenspraak, maar zo is het."

"Natuurlijk, eigenlijk begrijp ik dat wel. Maar dan vraag ik mij toch af of de informatie die ik je nu zal geven wel geschikt is om op papier te verschijnen. In een kroniek, en voor een groot publiek, of niet?"

"Het is inderdaad mogelijk dat het bij ons gesprek van vandaag blijft en niet opgenomen wordt in de eigenlijke tekst. Ik zal daar zelf over moeten oordelen, en u ook, natuurlijk. En ook Lucas moet hierin gekend worden, dat spreekt. Maar ik geef toe dat ik extra gemotiveerd ben, dat ik extra gedreven wordt door mijn nieuwsgierigheid sinds ik weet dat er duistere vlekken zijn in het familieverhaal, en zeker in die periode van de jeugd van mijn broer."

"Over welke periode gaat het, trouwens? Over welke feiten mag er volgens Lucas dan niet gepraat of gedacht worden?"

"Wel, eigenlijk over de jaren dat hij samen met u aan de start stond van die discobar, *Mamba*. Toen hij een jonge puber was en u een adolescent. De tijd dat u samen optrok en zoveel succes had in *De Molen*. Maar meer weet ik niet. Zelfs niet of het waar is. Ikzelf was nog te jong."

"Dat had ik wel gedacht en, eerlijk gezegd, het verwondert mij niet. Maar weet je, eigenlijk ben ik bijzonder blij dat ik mijn verhaal kwijt kan. Ik wil dat al zo lang. Er zijn soms pijnlijke zaken in een mens zijn herinnering, zaken die blijven knagen, woelen, zelfs kwellen ... Dat kan een opgekropte frustratie zijn, een onbeantwoorde of onuitgesproken verliefdheid, een eenzijdige kritiek die geen wederwoord gekregen heeft, een nooit verklaard schuldbewustzijn, je begrijpt wel. Ook bij mij is er zo'n bijtend gevoel, over iets wat nooit had mogen gebeuren, maar toch gebeurd is, over een reactie die anders, zo anders had kunnen verlopen ... Maar je kunt de tijd niet terugdraaien. Je kunt alleen nog het verhaal doen. Over die periode in mijn leven, ja. Voor de ultieme genezing. Als therapie. De antieke Grieken hadden er zelfs een term voor ..."

Marleen is geweldig opgetogen dat ze met haar kennis van op school en ook van de quizclub iets kan bijdragen.

"Was dat niet *mimesis*?"

"Neen, niet echt."

"Of *catharsis*?"

"Dat is het: catharsis door mimesis. Dat doet goed voor een mens. Inkeer. Maar de enige kans die ik hiertoe gekregen heb, was in de gevangenis van Dendermonde – nogmaals, ik heb daar maar enkele maanden gezeten – toen ik een geïnteresseerd oor vond in die kerel die zich van kant heeft gemaakt. Een gedetineerde. Hij deelde zijn cel met mij. Normaal hadden wij nooit samen in één cel gezeten. Onze dossiers waren te verschillend, ook de aard van het proces. Maar wij spraken allebei Nederlands, wij waren allebei rokers en wij hadden dezelfde geaardheid, begrijpt u. De cipiers vonden het toen nog grappig. En op dat moment werd de gevangenis ineens overbevolkt doordat een twaalfkoppige Albanese bende was gearresteerd, dus ... Sommige gevangenen moesten toen op de grond slapen, op een matras. Het was een jammerlijke zaak met die jongen. Bastiaan. Maar misschien goed voor mij. *Enfin* ... Maar wens je misschien een kopje thee? Hij is zeker goed getrokken, al vanaf twee uur, hij is waarschijnlijk al veel te sterk."

Terwijl haar gesprekspartner in de open keuken bezig is met schotels, kopjes en lepeltjes – en blijkbaar op zoek is naar het busje *Candarel* – bekijkt Marleen de man aandachtig, en met een zekere bewondering. Ik hoop dat ik mij ook nog even kwiek zal kunnen behelpen als ik ooit zo oud zal zijn, en dan zo helemaal alleen, denkt zij, terwijl zij vergeet dat zij slechts een vijftal jaren jonger is. Hij is wel al wat gekrompen en zijn schouders zijn gekromd, maar voor de rest ziet hij er als een pezig kereltje uit dat nog goed weet wat er in de wereld rondom hem gebeurt, en gebeurd is. Taai en mager, met een rimpelige, grijze huid en een onverzorgd gezicht, minder imposant en iets kleiner dan zij zich eerst aan de telefoon had voorgesteld – maar niet klein te krijgen, zeker weten. En hij gebruikt gel in zijn kortgeknipte, zilvergrijze haar, waardoor het lijkt alsof er *meches* of *highlights* in verwerkt zijn. Het is modern en jongens-achtig, ondanks zijn leeftijd.

Ondertussen vertelt hij over zijn fraudedossier, hoe hij er een gewoonte van placht te maken om prestaties te leveren die hij dan systematisch officieel niet aangaf, zodat hij en de klant konden ontsnappen aan de BTW en dergelijke. Zoals reclamespots: zeker een kwart gebeurde in het zwart, geheel of gedeeltelijk. Hij was er stilaan een specialist in geworden, op aanstichten van zijn boekhouder. Tot hij door iemand verraden werd. Hij weet wel door wie. Maar het eindigde op een minnelijke schikking. Neen, zegt hij, hij voelt zich geen sikkepit schuldig, maar hij zou het wel anders en slimmer aanpakken indien hij nog de kans zou krijgen.

Marleen hoort het niet allemaal en is vooral in beslag ge-nomen door haar verwachtingen. Zij roert peinzend in haar kopje en drinkt er voorzichtig van. De thee is inderdaad veel te sterk, hij ruikt beter dan hij smaakt. Zij meent de essences van *bergamot* op te vangen, dus zou het wel eens Earl Grey kunnen zijn. Dat is een pluspunt, want er zijn theesoorten waarvan zij maagkrampen krijgt, en andere die haar hartkloppingen bezor-gen. Met een welgemeende, vriendelijke glimlach neemt zij haar notitieboekje uit haar handtas, en ook de zilveren Parker die zij misschien al tien jaar bij zich draagt, maar nog nooit gebruikt heeft. Haar blik is vol verwachting voor de bejaarde, sympathieke fraudeur op de andere stoel. Zij moet inderdaad toegeven dat zij de man erg lief en sympathiek vindt – maar niet als levensgezel, verbetert zij zichzelf meteen, niet als levensgezel, zeker niet. Maar waarom vertelt hij nu zoveel persoonlijke dingen, dingen die zij niet speciaal wil weten en die haar aandacht alleen maar afleiden? Niet voor de eerste keer komt zij tot de slotsom dat mannen bizarre wezens zijn, en zeker wanneer ze in het gezel-schap vertoeven van een lid van het andere geslacht. Hetzelfde geldt voor haar chauffeur, de rustige, intelligente professor – hoewel ze die toch wel een hogere score zou geven als postulant voor vast gezelschap.

Zij begint te vrezen dat deze achterhaalde vedette haar niets nieuws zal bijbrengen, dat zij niets zal te horen krijgen wat zij niet al weet, bijvoorbeeld via haar overleden ex-collega van vroeger. Of het gesprek met broer Guido, of gewoon via haar eigen waarnemingen. Het is inderdaad niet onmogelijk dat haar bezoek vruchteloos zal zijn en dat deze eenzame vrijgezel gewoon al zelf ruimschoots tevreden is met haar gewaardeerd gezelschap. Trouwens, wat wenst zij eigenlijk nog te weten? Het is op dit moment opeens allemaal niet zo helder meer, het is als een mist die in de grote kamer komt opzetten en alles vertroebelt – zowel haar geheugen, als het onderwerp van hun gesprek, als de reden van haar bezoek. Zouden het dan toch de jaren zijn, de ouderdom? Zou dementie in het rusthuis rondwaren als een besmettelijk virus? Maar dan toch niet voor de professor, en niet voor wijlen de procureur.

"Ik wil het kort en overzichtelijk houden," stelt Michael Oosterlinck ernstig, "want onze tijd loopt, en ik kan mij voorstellen dat uw chauffeur niet wenst te wachten. Maar bovenal wil ik *eerlijk* zijn, doodeerlijk, ook al plaats ik mijzelf zo in een slecht daglicht. Onterecht, vind ik. Toch ga ik niet stilstaan bij de vraag van schuld of onschuld omdat die volgens mij minder ter zake is en omdat *u* maar daarover moet beslissen, later."

Als bij wonder brengt de kordate stem van de verteller Marleen weer helemaal bij de zaak. De man is heel zelfbewust en haalt haar zonder moeite uit de mist van vertwijfeling. Als een beslagen leraar, of een volksmenner die elke luisteraar in zijn ban brengt. Zij krijgt hoop. Het klinkt goed.

"Ik zou willen beginnen met de kennismaking met Lucas, maar toch sla ik dat over omdat ik daar geen absolute zekerheid over heb. Niet meer. Wel is het zo – zonder enige twijfel – dat Lucas al van vóór zijn veertiende verjaardag bij mij in dienst was als hulpje, zeg maar assistent, en dat hij dit graag deed, en ook bijzonder knap. Ik heb het over mijn werk op zaterdagavond als disc-jockey in danscafé *De Molen* in Brasene. Hij selecteerde de plaatjes, reikte ze aan, borg ze systematisch op en leefde zich zichtbaar uit, kortom, ik hoefde alleen nog de muziek te starten, bij te stellen, en indien nodig te voorzien van een grapje of een *jingle*. Al vlug hadden wij elke zaterdagavond een volle tent. Echt,

Lucas *genoot* ervan, en het leek voor mij – en het publiek – gewoon niet te geloven dat hij amper veertien was en nog naar school ging. Hij sprak er ook nooit over, hoewel ik wel wist dat hij naar het college in de stad ging. Mogelijk tegen zijn meug – neen, nu overdrijf ik, het is correcter om te zeggen dat het hem koud liet. Wel zijn twee van zijn klasgenoten eens op een zaterdag komen kijken. Eenmaal. Twee van zijn spitsbroeders, waaronder een zekere Patrick, en de andere was de opgeschoten, rosse zoon van een bekende *patissier*. Ook gezellige jongens. Maar niet als Lucas.

"Want ik moet zeggen: Lucas was perfect. En niet alleen als piepjonge medewerker, maar ook als knul, als jongmens – hoe zal ik het zeggen? Kijk, ik was toen bijna negentien en ik wist al een tijdje dat ik mij evenzeer aangetrokken voelde tot mannen als tot vrouwen – later sloeg de balans zelfs helemaal over naar mijn eigen soort – en ik vond Lucas een echte, leuke snoeshaan. Hij was al vlug mijn maatje, méér dan mijn maatje. Hij zag mij roken aan de discobar, en dus leerde ik hem roken – ik weet nog dat ik het was die zijn eerste sigaret aanstak, het was *Zemir*, later schakelde hij over op *North Pole*, want dat was menthol en die geur zouden ze thuis niet zo makkelijk herkennen, redeneerde hij. Natuurlijk dronk ik ook bier, veel bier, want het was zater-dagavond, en dan nog in een feestpaleis, dus liet ik graag toe dat hij ook bier dronk – kriek of gueuze, óók omdat dat minder stonk dan pils. Ik denk wel dat ik het aangemoedigd heb, niet alleen toegelaten ... En al vlug rookte Lucas als een turk en dronk hij als een tempelier – neen, dat is overdreven, mijn oude fout. Maar hij dronk en rookte toch als een volwassene, en hij vond opvallend vlot overal zijn weg. Hij was heel bijdehand. Als je het allemaal zo samen bekijkt, kun je dus ergens wel zeggen dat ik veel heb bijgedragen aan zijn ontwikkeling, aan zijn inlijving in de grote, wijde wereld.

"Sorry, ik ben aan het ontsporen. Ik kan nog honderden dingen opnoemen die allemaal op hetzelfde wijzen. Maar wat ik eigenlijk wilde zeggen, was dat ik na enkele zaterdagen razend verliefd op hem geworden was. Misschien al op de eerste zaterdag, tijdens het eerste wervelende optreden met ons beiden aan de draaitafel op dat grote podium? En zoveel ervaring in de liefde had ik nog niet, maar ik wist wel wat ik wilde. Stel je voor, negentien jaar jong, met een peloton hormonen dat constant in *overdrive* reed ... een gezonde kerel die al vanaf zijn twaalfde overal seks zag en seks hoorde, die in elke mannenbroek een keiharde pik meende te zien en onder elk minirokje een natte vagina. Die maar aan één beeld dacht als hij het woordje *klaarkomen* hoorde – zelfs *komen* was al genoeg. En ik had het wel zwaarder te pakken dan de gemiddelde puber of adolescent. Dat is zo."

Even blikt de oude disc-jockey met zijn kleine oogjes op naar Marleen. Peilend, en een tikkeltje schuldig. Zij lachen allebei. Ze voelen geen gêne, ze weten tenslotte wat er in de wereld rondom gebeurt, en ze zijn allebei jong geweest. Lang geleden.

"A propos, mevrouw, ik hoop dat ik toch niet te veel wrevel losmaak met mijn verhaal, of ergernis. Of dat het beledigend overkomt. Ik besef wel dat het tenslotte gaat over een naaste familielid, over uw eigen broer. Het is in elk geval de waarheid, en het is bovenal niet kwaad bedoeld, zeker niet. Maar Lucas was niet zomaar de eerste de beste, en die uitdrukking heeft zowel zijn goede kanten als zijn minder goede kanten, nietwaar?"

"O, maar gaat u vooral verder. Het is boeiend. U heeft wel gemerkt dat ik goed kan luisteren. En echt verrast ben ik niet. Nog niet. Van belediging of ergernis is geen sprake, hoor."

"Goed dan. Wel, ik herinner mij dat het ergens in de weken vóór zijn verjaardag was, zijn veertiende verjaardag. In elk geval na de drukte van het eindejaar, ik vermoed in januari dus. Wij hadden in de vooravond alle apparatuur geïnstalleerd en gecheckt, wij hadden een biertje gedronken – dat was trouwens altijd op kosten van de zaak – en wij hadden wat friet gegeten. In een kamertje opzij, dat soms dienst deed als een extra vestiaire. Het was rustig en stil, er was nog geen kat in *De Molen* te zien. Lucas was in de wolken over het nieuwe plaatje van Shocking Blue – was het niet *Ink Pot*, met die dubbelzinnige, aangebrande tekst? – en zo kwamen wij automatisch terecht bij Mariska Veres, bij knappe vrouwen en mooie borsten en uiteraard ook bij seks. En dat je als man helemaal geen vrouw nodig had om bevredigd te worden. Ik had de indruk dat Lucas nog lang niet alle finesses van de erotiek kende, hij was tenslotte nog net geen veertien en het klimaat van vrije, onbeperkte seks en losbandigheid was slechts als een verre echo doorgedrongen in deze streek. Een echo uit Amerika en Woodstock. Hoe dan ook, in het vuur van ons gesprek heb ik mijn hand toen argeloos op zijn been gelegd, op die donkerblauwe matrozenbroek die zijn moeder elke zaterdag streek, en zonder het goed te beseffen was ik bezig met hem te strelen en te kneden. Hoef ik nog meer te zeggen? Wij hebben toen elkaar gekust, en het eindigde met de vervulling van de onmogelijke droom die ik al een paar weken koesterde: ik trok zijn broek omlaag, haalde zijn gespierde, warme toren uit het slipje en begon die liefdevol te bewerken. Hij protesteerde helemaal niet, integendeel, ik voelde in mijn ervaren hand dat hij uiterst opgewonden was en erg opgezet met deze gang van zaken. Hij kwam verrassend vlug klaar, ik ben er zeker van dat het zijn eerste keer was dat het op die manier gebeurde. Met andere woorden: ik heb het hem geleerd, ik heb hem leren masturberen. Hij was erg trots op zijn prestatie. En ik ook. Het leek wel alsof wij allebei onze slag hadden gewonnen. Ik voelde mij dus absoluut niet schuldig, en nog steeds niet. Geen beetje. Ik had niets verkeerds gedaan, integendeel, ik had de *Goede Daad* verricht. Letterlijk.

"En eigenlijk, dat was het dan. Het is achteraf misschien nog vijfmaal gebeurd, elke zaterdag. Steevast. Het was bijna een routine geworden, maar opeens had hij geen zin meer en de volgende week zei hij dat het voor hem afgelopen was. Hij bedoelde dus ook de muzikale samenwerking. Misschien had hij een meisje ontmoet? Ik weet het niet. Ik dankte hem oprecht, ik wenste hem veel geluk in zijn verdere leven, maar voor de rest lag ik er niet één nacht wakker van. Ik was negentien, ik wist dat er nog massa's andere vissen in de zee zwommen, en ja, ik heb dit jarenlang aan den lijve ondervonden. Op dat punt heb ik in mijn leven veel geluk gehad. Het is waar, Lucas was bijzonder aantrekkelijk, hij had een sterk karakter en moest zelfs nog ten volle openbloeien, maar het gevoel van verliefdheid dat in mij eerst zo heftig gebrand had, dat was toen al flink verzwakt tot een laag pitje toen hij vertrok. Vreemd, heel vreemd, hoe dit op die manier evolueerde. Bij hem, maar ook bij mij. Misschien direct na onze eerste seksuele ervaring, na dat hoogtepunt? Of had hij inderdaad iemand anders leren kennen?

"Lucas Vanhee verliet zonder problemen mijn wereld en hij werd wonderlijk genoeg opgevolgd door een hele reeks bekwame kandidaten. Ook goede jongens, met een hart voor muziek en een oor voor het gepaste plaatje. Emotioneel was het echter anders, die band van kameraadschap zoals met Lucas, die was er nooit. Dat moet ik toegeven. Maar eerlijk gezegd, het kon mij geen barst schelen. Want geleidelijk aan kwamen er grotere problemen in de *business*. Jaloersheid, rivaliteit, de arm der wet ... En niet één keer is zijn naam nog opgedoken, niet één keer, tot die dag in de gevangenis, tot ik zijn naam vermeldde in dat gesprek met die Bastiaan, met Bastiaan Riet. Ik zie zijn vragende ogen nog voor mij, alsof ik een profeet was, een oude magiër. Hij hing werkelijk aan mijn lippen, geen woord ontsnapte aan zijn aandacht. Heb ik toen iets verkeerds gezegd? Ik weet het niet. Neen, echt niet. Maar je weet hoe het afgelopen is ... En tot vandaag, uiteraard, tot u met die vraag kwam rond Lucas, voor uw familiekroniek. Vandaag is dan toch weer zijn naam gevallen. Eindelijk. Het was geleden van mijn gesprek met die vreemde snuiter, daar in Dendermonde. Maar hoe dan ook, ik hoop dat ik meer dan mijn steentje heb kunnen bijdragen."

Marleen komt compleet uit de lucht vallen, want weer eens is zij vergeten dat zij daar bij die man zit in de hoedanigheid van schrijver, van *chroniqueur*. Bezorgd om de familiegeschiedenis. Terwijl zij in werkelijkheid een halve detective is, een koppige speurneus, en een te nieuwsgierig dametje dat alles wil weten over de vreemde jeugdjaren van haar broer, over zijn misstappen, wie weet?

"Daar kunt u van overtuigd zijn," antwoordt zij, wat verstrooid. "Ik moet u werkelijk nu al van harte danken voor uw bijdrage. Ik ben echt benieuwd naar de reactie. Maar kunt u in het kort toch nog eens vertellen wat er dan precies in de gevangenis gebeurd is? Wat er gezegd is? Want blijkbaar had u daar op een of andere manier de aandacht getrokken van uw celgenoot, of niet?"

"Toch wel, toch wel. Maar dat wordt moeilijker, veronderstel ik. De pijnlijke emoties zijn er nog altijd, jammer genoeg. Ik heb het ook nooit eerder tegen iemand verteld, ook niet tegen de politie en het parket destijds. Het had de verklaringen toch maar complexer gemaakt, zeker voor de gewone sterveling. Maar toen ik door de onderzoeksrechter naar de gevangenis werd gestuurd, kwam ik dus in de cel terecht van Bastiaan Riet. Dat moet nu zo'n acht jaar geleden zijn, en hijzelf zat er zeker al een jaar, want hij had een dagelijkse bajesjob als schoonmaker op de *Medic* – de medische dienst – die in Dendermonde eerder klein was. Niet meteen, maar na een tijdje, kwamen wij tot een gesprek over onze misdrijven en onze straf. Over het proces, de rechters, de advocaten, ook over de nor en het geboefte. Geloof het of niet, als je samen in één cel leeft, dan komt alles vroeg of laat wel aan bod, zowel de futiliteiten als de zware kost. Maar het laatste wat uiteindelijk besproken wordt – en dan nog alleen in een goede cel, met goede kerels – dat zijn altijd de eigenlijke feiten, het misdrijf. Met soms details en extra feiten die niemand weet, ook de rechtbank niet. De gevangene is dan een soort van boeteling die bij zijn biechtvader komt, bij zijn vertrouwensman, en die weet dat elk woord dat hij zegt toch binnen de muren van de cel zal blijven. Natuurlijk is er geen enkel bewijs dat zijn woorden honderd procent te vertrouwen zijn, of de waarheid – hij kan inderdaad liegen en verzinnen alsof het gedrukt staat – maar toch is die absolute geheimhouding een moeilijk te weerstane kans om het 'er eens allemaal uit te gooien'. Bovendien was het een publiek geheim dat het verboden was om binnen de inrichting over de gepleegde feiten te praten.

"Maar goed, ik wist natuurlijk al dat Bastiaan homo was, en hij wist het van mij, en alle bewakers waren ook op de hoogte en vonden het grappig. En ik zal ook niet ontkennen dat wij een paar keer samen in zo'n klein bedje gelegen hebben, Bastiaan en ik. Maar dat is bijzaak. Over zijn misdrijf vertelde hij – zonder één naam te noemen en met flink wat camouflage, uit respect voor zijn slachtoffer – dat hij veroordeeld was omdat hij het vorige jaar diverse seksuele handelingen en experimenten had verricht met een minderjarige jongen. Nochtans, verzekerde hij mij, was hij volstrekt geen pedofiel, want alle handelingen waren gebeurd met de instemming, zelfs op aanstichten van de jongen, en ze hadden plaatsgevonden binnen de context van een relatie, want hij zag die kerel dolgraag – wat hij met enkele romantische anekdotes kon illustreren. De relatie was dus *consensueel*, zoals dat heet. Nu, tot dan toe dacht ik bij mijzelf: dat zijn niet meer dan fabeltjes, excuses die elke pedofiel je wel zal vertellen, of het nu waar is of niet. Maar toen stelde hij mij de vraag – ik hoor het hem nog vragen: weet jij wat *copycat* is? En op mijn beurt, mevrouw Vanhee, stel ik jou die vraag: weet jij wat *copycat* is?"

Marleen fronst haar wenkbrauwen, al heeft zij het verhaal tot de laatste letter gevolgd. Natuurlijk heeft zij die vraag niet verwacht.

"Wel, *Copycat* – dat is toch die film met Sigourney Weaver? Toch al wat jaartjes geleden?"

"Precies, dat zei ik hem ook. Maar hij wilde eigenlijk weten wat het begrip *copycat* betekende."

"Wel, ik weet het toch ongeveer. Is het niet het exact kopiëren van een misdaad? Voor de *fun*?"

"Dat is het, correct. Hoewel ik mijn twijfels heb over dat laatste. Voor de *fun*? Ik weet het niet. Maar ik moest Bastiaan wel het antwoord schuldig blijven, dus gaf hij zelf het antwoord. En nu pas werd het echt interessant. Hij vertelde dat hij op zijn zeventiende ooit verliefd geworden was op een bloedmooie jongen, een minderjarige scholier, dat ze een verhouding begonnen waren, dat het enkele weken rozengeur en maneschijn geweest was, een ware hemel op aarde, iets wat maar éénmaal om de honderdduizend jaar voorkomt – ja, hij werd echt lyrisch als hij daarover sprak – maar dat het dan opeens afgelopen was. Boem, gedaan! Als een auto die uit elkaar viel, als een raket die in de lucht ontplofte. Zomaar, om een onverklaarbare, onbekende reden. Jaren heeft hij hierover getreurd, jaren heeft hij zich afgevraagd waarom die volmaakte relatie van twee engelen zomaar afgebroken was.

Hij vertelde ook dat hij zelf haar als eerste stopgezet had, stel je voor, *hij* had het zelf uitgemaakt – maar dat deel van het verhaal begreep ik niet, en hij vermoedelijk ook niet.

"Maar nu komt de *copycat*, let op. De vragen en het verdriet blijven aan hem knagen, tot hij na meer dan veertig jaar opnieuw verliefd wordt, weer op een scholier, weer op een mooie, minderjarige jongen – na een groot aantal avonturen en mislukkingen die hij met volwassenen had beleefd. Weer wordt het een hemel op aarde, een hemel die zelfs enkele jaren duurt, want Bastiaan doet er ditmaal alles aan, werkelijk alles, om het deze keer tot een waarachtig, en blijvend succes te maken. Hij wil niet meer de fouten maken van die prille relatie van veertig jaar terug, hij wil er gewoon hartstochtelijk voor zorgen dat die tijd van vroeger terugkeert in alle aspecten, in zijn geluk, in al zijn zalige momenten, in zijn perfectie. En met niet één hobbeltje of barricade onderweg. Dus deze keer ook met inbegrip van seks, want hij voelt al vlug dat zijn jonge partner gewoon *kickt* op seks. En dat was wel een verschil met zijn eerdere, lang vervlogen verliefdheid, die puur platonisch was, omdat ze het samen zo wilden. Trouwens, ditmaal is het niet zo zeker of er wel sprake is van echte verliefdheid, van dat vurige, onbeheersbare gevoel, zoals de eerste keer. Wil hij door zijn nieuwe relatie niet eerder het verleden begrijpen door het op te wekken?

"Want wat voor hem op dat moment doorslaggevend blijkt te zijn – ook na al die jaren – is dat hij via deze *repeat* hoopt te ontdekken wat er de eerste keer fout gelopen is, ja, wat hij destijds fout gedaan heeft. Het kon immers toch niet dat slechts één woord van hem toen al tot de finale breuk leidde, dat één blijk van stuurloosheid van zijn kant meteen eindigde in een onherstelbare scheur?

"Tot zover Bastiaans hersenspinsels rond die scholier en zijn vruchteloze pogingen om daarmee het mysterie van die eerste jongen te begrijpen. Natuurlijk komt het onbetwiste misbruik van die scholier aan het licht, Bastiaan krijgt vijf jaar en belandt achter de tralies. Maar heel dat verhaal van die *copycat* houdt hij voor zichzelf. Wie zal het trouwens geloven? Het parket en de rechter zullen in lachen uitbarsten en hem voor gek verklaren. En misschien zou zelfs zijn idyllische relatie van vijfenveertig jaar voordien opgerakeld worden en zouden ze alzo de herinnering onherroepelijk beschadigen? Dat toch nooit?

"Ik ben de enige die dus het ware verhaal en zijn ware motivatie te horen krijgt. *Zijn* versie, althans. Daar achter de tralies, in onze gedeelde cel. Wat mij opvalt, maar wat ik op dat moment wel voor mijzelf houd, is dat die man volgens mij lijdt aan een zware obsessie: sinds dat heilige hoogtepunt in zijn jeugd én de onverklaarbare breuk is er maar één ding dat hem nog interesseert, en dat is precies dat heilige moment ten volle begrijpen en uiteindelijk voorgoed afkappen.

"En daarop begin ik dan met *mijn* verhaal, want ik wil dit ook kwijt. Ik vind dat er trouwens best wat overeenkomsten te vinden zijn in onze beide ervaringen, maar ook verschillen. Zo weet ik dat Bastiaan geboren, getogen en opgeleid is in Sint-Andreas, terwijl ik altijd in Drecht heb gewoond en naar de Broederschool ben gegaan. Zo ver liggen die plaatsen nu ook weer niet van elkaar, maar toch voel je meteen het verschil tussen de mentaliteit van de stad en van het dorp. Ik moet ook mijn verhaal kwijt omdat ik er zeker van ben dat mijn geschiedenis als jonge baas van discobar *Mamba*, geflankeerd door een knappe knul, ook diepere inzichten kan geven aan mijn ongelukkige celgenoot. Zelfs om zijn obsessie op te lossen of binnen de perken te houden. Want ik voel ook wel dat die *copycat* hem niet geholpen heeft, integendeel. Ik voel dat hij in zijn adolescente verleden blijft spitten met een nooit geziene hardnekkigheid.

"Ik zeg dus, vooral ter geruststelling, dat alles wat hij verteld heeft eigenlijk niet zo uitzonderlijk is, ja, dat het *des mensen* is, zeker voor mensen met een gevoelige inborst en een zoekende geest. Dat iedereen van het betere soort wel een vergelijkbaar verhaal te vertellen heeft, en ik ook. Ja, ik heb ook wel iets dergelijks meegemaakt in mijn jonge jaren, verzeker ik hem. Nu, dit was bijzonder lomp van mij – in het licht van de latere gebeurtenissen – maar ja, ik vond dat ik die aanzet nodig had om mijzelf aan het woord te laten, want dat wilde ik absoluut.

"Ik begin dus met mijn verhaal, eerst over de kennismaking met die jonge, geestdriftige Lucas Vanhee – een episode die ik toen nog perfect kon beschrijven, maar die ik vandaag blijkbaar compleet vergeten ben. En dan heel het vervolg; van de eerste show in *De Molen* tot mijn begeleide oefening in zelfbevrediging en zijn onverhoeds vertrek. Het verhaal zoals ik het je verteld heb. Ik maak het wel niet zo lang als vandaag, ook al zie ik dat mijn kompaan met maximale aandacht luistert en dat zijn ogen soms als een meteoor oplichten, zeker als ik het heb over Lucas, mijn fervente assistent. Ik vermoed dat het voor hem lang geleden moet zijn dat hij nog eens een *gay* verhaal heeft gehoord dat uit het werkelijke leven gegrepen is, hoewel het qua *story* eigenlijk weinig om het lijf heeft. Na mijn bijdrage verwacht ik natuurlijk een overvloed van vragen en commentaren, maar er komt niets. Helemaal niets, vreemd. Ik zie hem nog naast mij aan dat tafeltje zitten, eerst met kolossale ogen als walnoten, dan met een peinzende blik en een lijkbleek gezicht. Bijna versteend. Maar het is goed te zien dat het *in* zijn brein een drukte van jewelste is. Maar een reactie? *Nada!"*

"En dan?"

"Wel, ik had mijn verhaal bewust niet te uitgebreid gebracht, want ik wist dat de bewaker mij zou komen uithalen voor een gesprek met mijn advocaat. Dat gebeurde. Ik was ruim twee uur weg. Toen ik terugkwam zag ik Bastiaan voor dood op de vloer liggen in een plas bloed. Ik dacht dat ik hem nog zag bewegen. Ik sloeg direct alarm. Ik werd onmiddellijk uit de cel verwijderd en tien minuten later kwam de kwartiermeester mij zeggen dat mijn celgenoot ondertussen gestorven was en dat ik *stante pede* verwacht werd op het bureau van de directie. Ik kreeg daar enkele vragen voorgeschoteld waaruit ik kon afleiden dat er nogal wat pijnstillers in onze cel gevonden waren en dat hij met een oude *bistouri* zichzelf dodelijk verwond had. De aanwezige dokter zei dat het geen bistouri maar een *lancet* was. Te oordelen naar de littekens had de gevangene blijkbaar geprobeerd om in een vlaag van waanzin heel zijn geslacht weg te snijden, maar aangezien dit mislukte had hij driemaal in zijn onderbuik gestoken en vervolgens zijn linkerpols overgesneden. Hij was net geen zeventig, denk ik. En dat is het. Punt."

"Zelfmoord dus. Geen twijfel?"

"Neen, niet de minste twijfel. Hij had een job in de *Medic* en had weliswaar officieel geen toegang tot het medische materiaal, maar je weet hoe dat gaat. En iedereen kende hem als betrouwbaar en braaf. Geen echte misdadiger, ook niet in de ogen van de chefs die sowieso een onderscheid maken tussen enerzijds de habitués, recidivisten, de zogeheten bajesklanten – en anderzijds gevangenen als Bastiaan, de pechvogels. Toen de dokter trouwens zijn pupillen van heel nabij onderzocht, heeft die zelfs nog een paar woorden uit de mond van de stumperd opgevangen, heel duidelijk: *If only ... if only*. Herhaaldelijk, in het Engels, terwijl hij stervende was. *If only* ... En ik, ik mocht niet meer in die cel binnen. Maar uiteraard bleef de tragedie van die middag urenlang in mijn hoofd spoken, en uiteraard stelde ik mij duizend-en-één vragen over het gebeuren. Had hij zijn zelfmoord al lang gepland? Was het een directe reactie geweest op ons gesprek? Had ik het zelf ongewild uitgelokt? Had ik iets verkeerds gezegd? Ik was erg aangegrepen, niet alleen die middag, maar ook nog de dagen erna."

Marleen wenst nu niets meer te horen. Voor haar is het duidelijk dat zowel het verhaal van Bastiaan als het verhaal van Michael Oosterlinck over één en dezelfde persoon gaan: haar broer Lucas. De verschillen waarnaar Michael verwees, zijn immers te verwaarlozen, het zijn geen echte verschillen. Wat maakt het trouwens uit dat Bastiaan in Sint-Andreas woonde, Michael in Drecht en de familie Vanhee in Verrehoek? Niets, toch? Zij kan zich overigens moeilijk voorstellen dat Michael, die toch een man van de wereld is, bij het verwerken van de twee verhalen nooit heeft doorgehad wat de verrassende werkelijkheid wel was die erachter schuilging: dat hij en Bastiaan ongeveer terzelfder tijd een *crush* hadden voor de mooie Lucas, in de dagen dat die veertien werd? En dat ze het niet van elkaar wisten, elkaar zelfs niet kenden? Jazeker, *op het moment zelf* was geen van beiden er zich van bewust, dat is duidelijk, maar jaren later, die fatale middag in de gevangenis, het uur van de bekentenissen, toen Michael zijn eigen verhaal deed, direct na het aanhoren van dat van zijn compagnon ... toen *moet* hij het toch doorgehad hebben? En indien hij het in al zijn naïviteit toen niet begreep, dan nu toch wel, op deze eigenste woensdag in Drecht, terwijl hij het allemaal zo deskundig en ordelijk uitgelegd heeft? Maar zonder enig risico. Natuurlijk.

Zij ziet in dit heerschap nu vooral een slimme man, een erg innemend gezelschap ook ... maar ondanks dat ook een kolossale komediant, iemand die eieren voor zijn geld kiest en uit zelfbehoud slechts dat zegt wat hij wil zeggen, en met de inkleuring die hij zelf wenst. Iemand die tot elke prijs een nieuwe confrontatie met het gerecht wil vermijden, uiteraard. Zoals haar kleinzoon in Bilbao, die al na een halve dag Baskische justitie totaal overstuur uitriep: *never more*, nooit meer! Neen, niemand houdt van rechters, niemand houdt van de gevangenis. Zij heeft niet veel tijd nodig om ten volle te begrijpen dat deze Michael Oosterlinck, intussen een hoogbejaarde man, altijd op zijn hoede zal blijven, al is het haast onmogelijk dat hij toen, tijdens dat laatste gesprek in de gevangenis, niet doorhad dat zijn verhaal en dat van zijn maat één en hetzelfde waren. Bastiaan Riet *had het opeens wel door*, jammer genoeg.

Marleen dankt haar gesprekspartner van harte en belooft binnenkort opnieuw contact op te nemen. Wel driemaal herhaalt zij hoe waardevol de bijdrage van deze middag voor haar werk is geweest, en zij ziet de versleten *dandy* glunderen. Hij voelt zich nu helemaal op zijn gemak, dat ziet zij ook. Als hij hoffelijk de voordeur voor haar opent en haar nogmaals de hand schudt, valt het brute, stralende zonlicht op haar gezicht. Zij is even verblind, maar ziet toch aan de overkant de auto van de professor staan. Zij hoort dat hij de motor al start.

Haar gedachten zijn echter op een andere plaats, een andere tijd. Op dat personeelsfeest van jaren geleden, op de bekentenissen van wijlen Bastiaan Riet in de cafetaria van het departement. De informatie van Guido. Het valt allemaal mooi op zijn plaats. Met als sluitstuk het openhartige, dodelijke verhaal dat de celgenoot die bepaalde middag ooit aan zijn maat vertelde en waardoor Bastiaan als in een flits begon te begrijpen wat hij destijds over het hoofd gezien had, waar het precies verkeerd gelopen was met zijn oogappel Lucas, zovele jaren eerder, toen ze nog zo jong waren. Het moet een vreselijke openbaring geweest zijn voor hem, een shock. Na al die jaren van sluimerende vragen en gedachten ... Had Bastiaan het toentertijd maar geweten, had hij toentertijd dat fundamentele inzicht maar gehad, dan had hij het niet hoeven uit te maken met Lucas en was hun relatie wellicht opgefleurd. En veel duurzamer geweest. En dan had hij haar misschien nooit aangesproken op dat personeelsfeest, dan had hij haar waarschijnlijk ook nooit in vertrouwen genomen. En dan was hij vele jaren later niet met die *copycat* hoeven te beginnen, met het experiment, de strafbare zedenfeiten, als volwassene. Járen na hun gesprekken in de cafetaria. Zelfs toen hij al een tijdje met pensioen was.

If only ... if only!

Misschien had zij toch beter haar broer Lucas geconfronteerd met dat verleden, onder vier ogen weliswaar, en hem de vraag gesteld of de naam Bastiaan Riet hem bekend voorkwam? Want, eerlijk gezegd, zij had het wel beloofd, maar eigenlijk had zij de vraag nooit zo letterlijk gesteld aan haar broer als zij achteraf tegen haar collega Bastiaan beweerd had. Het was wel ter sprake gekomen, maar eerder terloops. Neen, zij had de naam eigenlijk nauwelijks vernoemd. Zij had zeker niet aangedrongen. Maar *als* zij het had gedaan ... Misschien had zij haar collega toen kunnen bevrijden van zijn hoofdbrekens, en hem zodoende ook indirect kunnen redden van de latere zelfdoding?

Maar anderzijds, de kans was niet denkbeeldig dat Lucas die vreemde figuur van Bastiaan Riet uit het laatste jaar volslagen vergeten was. Echt vergeten – dat kon toch ook? Hoewel het omgekeerde zeker niet het geval was. Hoegenaamd niet. Slechts één levende persoon kon dit weten ...

Wanneer je dat alles op een rijtje plaatste ... Dan lag het toch voor de hand dat Lucas nooit meer wilde terugdenken aan die grillige periode in zijn jeugd, aan zijn veertiende verjaardag, aan zijn saaie minnaar Bastiaan Riet, die potelende disc-jockey Michel Orient en het kortstondige succes op het podium? Broer Lucas ... vader, grootvader, *Mister Lucky*?

Marleen Vanhee voelt dat Professor Bolckman haar van achter zijn stuur nogal pedant in de gaten houdt, waarschijnlijk met dat doorzichtige, zuinige lachje waarin hij al zijn trots en eigendunk pleegt te leggen. Professor Veroveraar.

Marleen doet alsof zij het niet merkt. Zij heeft het bijzonder moeilijk met het heden en is boos op zichzelf. Zij is zo'n vreselijk domme geit geweest, denkt zij.

Er is niemand die haar tegenspreekt.

If, my God, if ...

If only ...

Pirouette:
HET ONTBIJT EN ZIJN GELUIDEN

Is het niet zalig? Het gesmoorde pruttelen van de koffiezet dat klinkt als het langverwachte sein om met nog één laatste geeuw aan tafel te gaan? Het *out of nowhere* onverstoord en eentonig kabbelen van het radionieuws dat net niet verstaanbaar is? De droge knal van twee sneetjes brood die uit de toaster springen? Buurman Gio die stipt om vijf over zes zijn zware motor start om naar de hoofdstad te rijden? En boven dat alles, de haast hoorbare stilte die in de ochtendlijke huiskamer rond mij zweeft, die heerlijke zachte rust bij het nog lege schoteltje van eenvoudig aardewerk, na de opwinding van een woelige nacht en een zweterige droom? Hemels, toch?

Zo was het ooit bij mij thuis, elke dageraad. Het ontbijt verheven tot een aubade van gaandeweg ontwaken, tot een dagelijks weerkerend moment van huiselijke zen.

Zo was het ooit, inderdaad. Tot ik mijn vriend Finn (30) rond Driekoningen voor enige tijd in mijn flat opnam. Zijn vriendin had hem aan de deur gezet en dus was hij maar bij mij komen aanbellen. Het was door zijn komst dat ik ervoer, met schade en schande, dat het ochtendlijke uur niet zomaar een van de vierentwintig anonieme uren was, maar dat het uit een heilzaam resem van strenge gewoontes en vaste rituelen bestond, en vooral: dat Finn er een totaal andere praktijk op nahield dan ik.

Finn ontwaakte steevast humeurig, maar na een kwartier ontdooien op het bed was zijn stemming al omgeslagen in totale vrolijkheid en levenslust. *Mijn* vroegste minuten verliepen normaal net andersom: na het ijverig wegwrijven van de slapers uit mijn ogen en het hoopvol aanschouwen van een verse dageraad, veranderde mijn eerste luimige blik al na een seconde in morbide introspectie – zeker nadat ik met mijn blote, klamme voeten de koude vloer had geraakt op mijn weg naar de keuken en de koffiezet. Het was een echte anticlimax. Het klonk ook zo: eng, onaangenaam, en storend. En tot dan toe had ik altijd troost en genoegen kunnen vinden in het helende vooruitzicht van een rustig ontbijt. Ja, u leest het goed: tot dan toe.

Het eerste wat mijn logé deed om echt wakker te worden, was een sigaret roken op het balkon. *Mijn* eerste prestatie was dan weer die levensnoodzakelijke mok koffie te ledigen tot op de bodem. Ik deed dat in stilte. Finn evenwel slaagde erin om tussen het roken door onhebbelijk luid te fluiten naar de vroege vogels in het park. Zowel naar de gevederde specimens, de vertrouwde duiven en eksters, als naar het sporadisch pendelende pluimage op de fiets of op de brommer. Deze gewoonte was mij totaal vreemd, noch op het balkon, noch elders, en het bracht mij er allengs toe om nog een tweede mok koffie uit te schenken.

Al de tijd dat hij dan aan tafel zat, placht Finn een gamma scheten ten beste te geven die een onvoorstelbare variatie kenden aan duur, volume, timbre en geur. Verbieden of afremmen had bij hem geen enkele zin, dus amuseerden wij ons maar met het technisch beschrijven van de diverse soorten: zo hadden wij billendrijvers, knijpers, stiekemerds, klakkebussen, choco-mousses, beerputjes ... Ik moet zeggen dat hij zich in deze niet onbetuigd liet, noch in de kunst van het creatief beschrijven, noch in de praktische toepassing, waarin hij trouwens steeds nieuwe composities ontwikkelde.

Tussendoor, en zonder enige reden, liet Finn soms een oerkreet horen die deed vermoeden dat hij zich Tarzan voelde en dat ik eigenlijk niet Jane, maar een dove chimpansee was. Toegegeven, hij was altijd gemanierd en beleefd, want nooit heb ik hem één boer horen laten of hardop horen smakken. Anderzijds leed ook hij aan de grote pest van onze jeugd, en was de onmisbare smartphone altijd binnen oog- en hoorbereik. Jammer genoeg lag dat ding vaak al om zes uur naast zijn bord zenuwslopend te trillen en te piepen alsof de wereld niet zonder jongeheer Finn kon. En meer dan eens hield hij in zijn ene hand de aardbeien-jam en in zijn andere het mobieltje. Om naar Tiktok te kijken, te lachen ... en zich te verslikken.

Meesterlijk waren zijn imitaties van de komische typetjes van Chris Van den Durpel van de televisie, vooral dan van Firmin Crets, de *boxeur* met de rauwe stem. Zelfs aan de ontbijttafel, ja. Vriend Finn droeg nooit meer dan een sportshort met losjes daarover mijn afgedankte kamerjas, en het gebeurde dat hij onverhoeds in één beweging het elastiek van de short naar voren trok, zijn verborgen lid bekeek en zei, op dezelfde toon als die Firmin Crets: "Hé daar, mooie jongen, alles goed? Goed geslapen vannacht? Klaar voor de uppercut?" Jezus, het was gewoon hilarisch, behalve als je deze pantomime voor de tiende keer moest meemaken. Zo zie je maar, elke medaille heeft twee kanten. Aan de ene kant was mijn zo geliefde rust en halve slaperigheid van het vroege uur brutaal weggewerkt, aan de andere kant had ik er wel veel ambiance en levenslust voor in de plaats gekregen.

Het logement bleef uiteraard niet duren. Toen Finn na twee maand introk bij een nieuwe vriendin – een gepatenteerde scharrel, niet meer of niet minder – en ik opnieuw in mijn eentje zat te ontbijten bij elk krieken van de dag, toen realiseerde ik mij dat hij mijn leven flink overhoop had gehaald, en dat mijn oude vaste gewoontes grotendeels verdwenen waren ... om vervangen te worden door nieuwe vaste gewoontes. De rust is weliswaar weergekeerd, maar nu ga ik toch al eens eerst een gezonde, frisse neus halen op het balkon, tot het pruttelen van de koffiezet afgelopen is. De radio staat ook veel harder dan weleer, en dan nog op die illegale lokale zender Calypso, niet op Brussel. Ik blijf tegenwoordig ook langer aan tafel zitten, tot ruim acht uur, tot na het nieuws. Met de geest van de herinnering, gezeten op de lege stoel aan de overkant. En dan durf ik wel eens hardop lachen. Compleet alleen, maar met een gevoel dat de voldoening benadert.

Misschien kent u toevallig dat dubbelalbum 'Ummagumma' van Pink Floyd? De kans is klein, want het was destijds in 1969 een grote flop, zeker als je het vergelijkt met hun eerdere kaskrakers. Het album bestaat uit twee nogal ondefinieerbare platen, en op de vierde kant is zelfs niet één noot muziek te horen – wel een aaneenschakeling van allerlei banale keukengeluiden, zoals sissende worstjes in een pan, geroep en geruzie, toiletgebruik, gestommel ergens op de trap, een slaande deur ... Wat ik echter onlangs met Finn meemaakte, was een hoogst vermakelijke superlatief hiervan. En thans ook definitief verleden tijd.

Gelukkig maar, denk ik dan. Of misschien toch niet?

Pirouette:
IN JAGERSHEEM

Dat was dan Finn, maar ik kende ook nog andere interessante mensen, ondanks mijn ziekte. Zoals Kurt.

Mijn nooddruftige vriend Kurt was na jarenlang procederen eindelijk in het bezit gekomen van zijn rechtmatig deel van een erfenis. 't Is te zeggen: zijn overleden pa had aan elk van zijn kinderen een bedrag nagelaten van 80.000 € – zodat Kurt, na aftrek van de onkosten, nog een slordige 45.000 € overhield. Voor onze jonge vlerk betekende dit evenveel als de bodemloze Ringelingschat.

"En wat ga je nu met je kapitaal uitrichten?" vroeg ik meelevend en naïef, zonder enige bijbedoeling: "Als ik jou was, dan zou ik die som alvast op een spaarboekje zetten, om te beginnen."

Kurt lachte mij echter vierkant uit, zelfs met een tikkeltje deernis.

"Ben je gek, man? Ik ga dat mooie geld niet laten verkommeren op een rekening met een opbrengst van amper één eurocent. Neen, eindelijk ben ik eens goed voorzien in de *pecunia*, en ik wil er ten volle van genieten. Ik ga naar Jagersheem, zeker weten. En jij mag meegaan. De bloemetjes buiten zetten."

"Jagersheem? Mij onbekend. Is dat een kroeg? Een recreatieoord?"

"Zoiets, ja. Ik wil gewoon wijlen mijn pa honoreren. Zoals je weet was hij een voortreffelijke creatieve glazenier, een echte artiest met gebrandschilderd glas. Qua karakter was hij bot, zelfbewust, zelfs eigengereid – de appel valt niet ver van de boom, nietwaar? En hij zei altijd: 'De dag dat ik aan de kapel een glas-in-loodraam verkoop tegen het drievoudige van de gemaakte kosten, breng ik een bezoek aan Jagersheem, dat zweer ik!' Dat heeft hij zeker tienmaal gezegd, maar het is bij mijn weten nooit gebeurd. Nu, *ik* ga dus wel."

En zo stonden wij op een late, warme juni-avond voor de deur van Villa Jagersheem, ergens aan de Bosweg die eindigt bij de grenspaal van 1831 en die na de oorlog populair was bij smokkelaars.

Deze 'villa' bleek een diffuus verlichte, maar vooral vervallen herberg te zijn. Zelfs het magenta van de voordeur schilferde overal af. Binnenin was het al even donker. Wij waren blijkbaar de enige klanten. Een goed geschapen, galante dame kwam naar ons toe. Volgens mij was zij de bazin, en dat klopte, want ze suggereerde dat wij een piccolo zouden drinken, liefst in het gezelschap van een van haar meisjes, zoals zij het personeel met een warme blik noemde. De jonge Kurt zei meteen ja, waarop een exotisch poppetje als bij toverslag verscheen en hem meenam achter een gordijn. Ik zelf bestelde een *ice tea* en geen dure piccolo, want dat scheen een kleintje champagne te zijn – ook niet toen vriend Kurt mij nog kwam zeggen dat er voordelige tarieven waren voor twee personen. Neen, ik bleef bij mijn *ice tea* en bij de imposante matrone vooraan. Ik had de indruk dat zij oprecht blij was dat ik ook niet achter de coulissen verdween, zoals Kurt.

"Ach," zuchtte zij na een minuutje op z'n Hollands, "het is niet meer als vroeger. Neen. Ik heb mooie tijden gehad, heel mooie, maar die zijn definitief voorbij. Tegenwoordig mag ik al *content* zijn als elk meisje een uur per avond haalt. Het is nochtans zo'n mooi beroep, weet je ..."

Bij deze ongevraagde bekentenis van haar begon mijn binnenste op slag zacht te jubelen. Want terwijl ik eerst bloednerveus en met een zwetend kontje had zitten draaien op mijn barkruk, niet goed wetend wat te beginnen zonder Kurt, vond ik nu hier recht tegenover mij een rondborstige dame die zomaar haar levensverhaal wilde doen! Ik was niet langer blode Jan, neen, ik was één gigantisch oor en oog.

Want wat voor een verhaal was het! Zij vertelde over haar hoogdagen toen ze nog met acht meisjes werkte, over haar favoriete minnaar – *de vader van Kurt, stel je voor!* – over het genot van seks en de kunst van het flirten, maar ook over de opkomst van de videotheken en van porno op het internet – waar geen etablissement tegen bestand was. En dan de wetgeving. En de taksen. En de dreiging van aids ... De enige meerwaarde die zij nog kon geven was haar hartelijkheid, het creatieve spel van de meisjes, de onnavolgbare massage en de etherische oliën ...

Ik was geboeid door haar verhaal dat tegelijk sappig en tragisch was, maar desondanks kon ik het niet laten om zo nu en dan met mijn gedachten af te dwalen naar Kurt die waarschijnlijk heel druk bezig was ... en naar zijn levenslustige vader die hier in Jagersrust meer dan eens de hoofdvogel afgeschoten had. Even steels en kloekmoedig destijds als zijn zoon nu, dacht ik – de frisse appel die inderdaad niet ver van de boom gevallen was.

Jezusmina, uiteindelijk sprak deze aardige, gastvrije *madame* meer dan een half uur over haar persoonlijke zorgen en vreugdes, alsof wij broer en zus waren. En ja, ik voelde mij zo *bleu* en zo aangedaan dat ik begon te overwegen om samen met haar dan toch een piccolo te consumeren. Waarom ook niet?

Maar toen verscheen Kurt weer op het toneel met een grijns van Sluis tot in Tokio, en ik liet mijn plan varen. Integendeel, ik kreeg van mijn Hollandse vriendin nog een *ice tea* op kosten van het huis.

4.

DE AFGHAANSE TWEELING

Een vader leefde een teruggetrokken bestaan in het woeste bergland van Afghanistan, samen met zijn twee jonge kinderen. Het godvergeten oord lag ergens noordwaarts, in de streek van Wakhan, ver weg van de onveilige, beschaafde wereld.

De kinderen waren een tweeling, een meisje en een jongen. Ze moeten officieel wel een naam gehad hebben, maar die werd nooit gebruikt. Meestal werden ze gewoon aangesproken met "hé, jij daar!", en uitzonderlijk, als het echt nodig was, zei men *Qiz* en *Yigit* tegen de kinderen, wat zoveel betekende als 'meisje' en 'jongen'. Het was een echte tweeling, een span dat veel van elkaar begreep zonder het uit te spreken. Anderzijds waren er ook verschillen: het meisje was eigenzinnig, wat ruw en niet verfijnd, maar zij bezat wel een verborgen schoonheid die met de jaren zeker zou openbloeien; de jongen was trouw en braaf, een eenvoudig kind van de grond zonder veel gedoe, zonder veel talent – maar met misschien wel wat deining van binnen.

Nu moet u weten dat de vader al lang aan melaatsheid leed, en dat een jaar na de geboorte van de tweeling dan ook nog zijn vrouw onverwachts was weggevallen. Dit verlies had zijn zinnen toen zo aangetast dat hij bij momenten alleen nog wartaal sprak en zelfs de Profeet durfde te verwensen. Mede door de grillen van het weder en de plagerijen van de natuur zag hij er dan ook veel ouder uit dan hij in werkelijkheid was.

Met enkele geiten en een armtierige akker tussen twee heuvels was het voor het kleine gezin moeilijk om te overleven, en hoewel hij zijn kinderen veel meer beminde dan wat de Wet voorschreef, slaagde de vader er niet in om zijn lievelingen een deugdelijke opvoeding te geven. Het enige wat hij hun vermocht te leren – en dan nog in zeldzame vlagen van helderheid – was de simpele maar veeleisende kunst van het overleven, ondanks alles. In leven blijven met het weinige wat het land hun bood, en met een zucht gezond verstand. Zonder enig contact met de buitenwereld, zodat men in de groezelige drukte van Kunduz de weduwnaar al lang uit het collectieve geheugen had gewist. Die grote stad had trouwens andere zorgen, zoals de aanslepende dreiging van de extreme moedjahedien en de steeds toenemende schermutselingen.

Normaal gebeurde er in hun bestaan nagenoeg niets en was er gewoon geen verschil tussen de dagen. Ook hun beperkte leefgebied veranderde niet – alleen de geiten hadden een vrije loop. En toch, toch was er af en toe wel een merkwaardige uitzondering, even merkwaardig en fascinerend als een vallende ster in het zwarte fluweel van de nacht: ik doel op het nooit te voorspellen bezoek van de dolende Wijze.

Deze vreemde had geen leeftijd noch afkomst of erkende identiteit; eigenlijk was er niets over hem met zekerheid bekend. Maar het bleef een hardnekkig gerucht dat hij een rondtrekkende, bekeerde zondaar moest zijn, ja, zelfs een eenzame grijze goeroe, een geleerde die sinds zijn bekering nooit meer het eindeloze bergland verlaten had. En zoals men kan verwachten had deze dolende Wijze bij de lokale gelovige massa's al gauw en zonder moeite de status bereikt van de fabel of de mythe – op dezelfde wazige hoogte als de *yeti*, *bigfoot* of de zoon van de sjah van Chorazan. Men zei zelfs dat hij als een kluizenaar in een grot leefde en slangen at, en daardoor zo mager was. Maar dat waren slechts praatjes voor de stoute kinderen. Evenwel, niet voor de weduwnaar en zijn tweeling, want die waren hem immers al meermaals persoonlijk op zijn pad tegengekomen, toevallig weliswaar, en zonder aankondiging, maar wel degelijk van aangezicht tot aangezicht.

Veel gebeurde er tijdens dat contact telkens niet, er werd ook niet veel gepraat. Maar toen de kinderen ongeveer een jaar of negen waren, liet de magere Wijze bij een van die korte ontmoetingen een beduimeld boekje vol prentjes achter, wetende dat dit de zieke vader zou kunnen helpen bij de opvoeding van zijn kinderen. Nu, eigenlijk was het geen echt boekje, en zeker geen leerboek; het was een brochure met onnoemelijk veel bladzijden die prachtige, levensechte afbeeldingen toonde van vreemde oorden, blanke stranden, weelderige banketten en lachende, geoliede mensen met nauwelijks kleren aan. En aangezien dit boek werkelijk het enige object was dat vreemd was aan de gesloten, vertrouwde wereld van de vader en zijn twee kinderen, was het in hun ogen dan ook een heel bijzonder iets. Het was niet zomaar een boek maar *het* boek, het was een fetisj die veel meer waarde had dan de vergeelde reisprospectus (een onbekend begrip overigens) die het ding in feite toch maar was. En dus vormde de vreemde gift van de Wijze al gauw een centrale plaats in hun leven van alledag. Zoals een zweetdruppel van de Profeet door de domme *dalits* in een heilig schrijn geprezen wordt, of zoals een verroest conservenblikje voor de drenkeling op een onbewoond eiland geen afval is maar een unieke relikwie.

Ook in onze geschiedenis zal de reisbrochure cruciaal blijken te zijn.

Het spreekt vanzelf dat er sinds dat bezoek van de dolende Wijze geen dag voorbijging of het boek werd bekeken en doorbladerd. Gelukkig waren de eindeloze saaie regels van donkere tekentjes louter illustratief en overbodig (dachten ze) en dat was maar goed ook, want geen van de drie kon behoorlijk lezen, en zeker geen volzinnen die dan nog klein gedrukt waren.

In het begin werden de kleurrijke foto's en suggestieve tekeningen met alle mogelijke aandacht en tot in de kleinste details bestudeerd, besproken en bewonderd. Dat was zeker het geval bij de jongen en het meisje. Doordat de feitelijke inhoud en de verklarende context door hun aangeboren onwetendheid per definitie wegvielen, kreeg de fantasie vrij spel en begonnen ze allebei de sterren van de hemel te dromen. Elk deed dit op zijn eigen manier, in zijn eigen wereld, en elk had zijn favoriete afbeeldingen: de jongen bleef altijd met grote, verlangende ogen naar steden, paviljoenen en wonderlijke bouwwerken gapen – en in het bijzonder naar de stoere torens, de wolkenkrabbers en de gigantische bruggen; voor hem was dit een hemelse, maar onbereikbare wereld, want onmogelijk en onbestaand. Het was niet meer dan een verleidelijk fantasma, even werkelijk (of onwerkelijk) als de verhalen over Sjeherazade en de talloze mooie maagden die zijn vader al zo vaak verteld had.

Het meisje, anderzijds, kon zich onwijs lang verliezen in de stranden, de palmbomen, de weidse horizonten boven het azuur van de oceanen, maar vooral in de enkele vrolijke kinderen die blijkbaar zonder ophouden speelden op de schuimkopjes van de golven – kortom, het paradijs! Zij wist helemaal niet wie de afbeeldingen gemaakt had – zij kende zelfs de begrippen foto of reisbrochure niet – en evenmin kon ze een naam of herkomst plakken op die zalige taferelen, maar wat zij wel met quasi zekerheid aanvoelde, was dat deze paradijzen wel degelijk bestonden. Ergens op de wereld, ergens in de tastbare werkelijkheid van haar bestaan waren deze oorden van het eeuwige geluk echt. Dat moest wel, want hoe konden er anders zo'n mooie afbeeldingen van dat geluk voorkomen? Naar een schim, een illusie kon je toch niet kijken en blijven kijken?

Eén gift dus, maar twee verschillende, dankbare ontvangers. Al waren de jongen en het meisje een tweeling en al waren ze samen opgegroeid, elk had zijn eigen droom, zijn eigen karakter, zijn eigen wil, en zijn eigen verlangen naar ... een eigen geluk.

"Ik ben weg," fluisterde het meisje 's nachts tegen haar broer die vlakbij lag. Van hun peuterjaren af sliepen ze immers samen in hetzelfde lemen vertrek dat amper de naam 'kamer' verdiende, maar wel elk op zijn eigen baal van onverslijtbare Kunduz-jute. Zij hoorde de vader regelmatig kreunen in het belendende vertrek. Dat deed hij altijd, ook als hij geen pijn had, ook in zijn slaap. Het was een manier van leven.

"Neen, ik voel dat ik hier niet kan blijven," herhaalde zij. "Ik moet weg."

"Weg? Waar ga je dan naartoe?" spotte de jongen klaarwakker. "En wat zal vader zeggen? Hij zal je zeker tegenhouden. Desnoods hardhandig, dat weet je toch?"

"Dat weet ik nog niet," zuchtte zijn zus. "Ik geloof dat niet. Dat is niet zijn aard. Hij is goed, en zacht, en hij is ziek bovendien."

"Daar heb je gelijk in. Hij zou je nooit pijn doen, mij ook niet, trouwens. Hij zou het je wel afraden, precies zoals ik het ook zou doen – zoals ik het nu doe. Want waar ga je dan naartoe? Je weet niet goed wat er achter de bergen ligt. Het is een wereld van verschrikkingen, met duizenden mensen en duizenden dieren. Die allemaal vechten om te leven en te overleven. En om te bezitten, steeds meer, om te veroveren, om af te pakken. Het is ellende en pijn – elke dag en elke maand en elk jaar wordt er gevochten, zonder ophouden, ze weten daar niet wat vrede en geluk betekenen."

"Hoe weet je dat? Er is toch nog nooit iemand van hier vertrokken – of naar hier teruggekeerd?"

"Vader heeft het ons altijd verteld. En moeder zei tegen hem hetzelfde. Naar het schijnt ..."

Het meisje zuchtte weer, maar het was een andere zucht. Ditmaal was er geen bijklank van twijfel en onzekerheid, maar bijna het tegendeel: het was de intense opluchting die uit haar ziel ontsnapte, want haar broer had ongewild de bevestiging gebracht die zij tot dan toe gemist had.

"En ik hoef het vader zelfs niet te zeggen," zei ze resoluut. "Jij zult dat doen, jij kunt dat zoveel beter. Want jij blijft toch hier, bij hem, veronderstel ik?"

"Heel zeker, daar is geen twijfel aan. Omwille van hem, natuurlijk, maar hij is ziek en ziet soms al een schijn van het paradijs. Neen, ik blijf hier omwille van mijzelf. Geen haar op mijn hoofd dat eraan denkt om jou te volgen en ook die stap te zetten. Voor mij is het een stap op de rand van de ravijn van Khorog, met een blinddoek voor de ogen en harde was in de oren.

"En je weet toch hoe slecht de mensen zijn, daarbuiten? Zeker de mannen, zeker voor jonge, lieve meisjes zoals jij. Zij kennen geen genade, zij zullen spelletjes met je spelen, wrede spelletjes, helemaal anders dan de dingen die wij soms doen over de heuvel, je weet wel, achter de berberis en de haagdoorn."

Qiz ging hier niet op in. Zij hield vol, en met nog meer overtuiging dan tevoren.

"Neen, broer, ik ga in elk geval. Heel binnenkort. Ik wil dat land zien, die eindeloze blauwe zee, dat heerlijke blanke zand.

151

Ik wil die mooie mensen zien, die goddelijk mooie en volmaakte mensen, ik wil hen zelf ontmoeten, met hen spreken ..."

Broer grinnikte.

"Maar dat bestaat allemaal niet, dat is allemaal fantasie. Dat zijn de dromen van een doorgedraaide artiest die misschien nu al lang achter de tralies zit weg te teren."

"Denk je dat? Maar het staat toch in het boek? Jij hebt die prenten toch al zelf kunnen zien? Weet je, er gaat geen dag voorbij of ik kijk ernaar en ik laat het dan in mijn gedachten zweven als de wolkjes in de lucht. Elke dag. En elke dag wordt het mooier. Het paradijs bestáát, daar ben ik zeker van."

"Het boek? Bedrog is dat! Dat is toch helemaal geen bewijs? Beduimelde plaatjes en praatjes om de kinderen zoet te houden? Ik zeg je: dat land bestaat niet. Er is alleen ons huis en onze akker, en de heuvel. En wat daarachter ligt. En Kunduz bestaat ook, natuurlijk, want daar is een groot huis voor zieken en zwangere vrouwen waar vader ooit nog geweest is. En ook het kale land en de grote bergen en de valleien met bloemen waar de Wijze van verteld heeft. Ja, dat bestaat wel. Maar er is niet zoiets als een paradijs of een toverland. Ik geloof het niet!"

Yigit had zich in de loop van zijn antwoord opgewonden, misschien ook om zichzelf te overtuigen en de laatste twijfel weg te nemen.

"Trouwens," siste hij, eerder droevig dan boosaardig, "trouwens, je zou toch moeten weten dat het enige Paradijs dat echt bestaat, niet van deze wereld is? Vader heeft het altijd gezegd, en onze Wijze heeft het nooit weerlegd of willen weerleggen. Schoonheid en goedheid zijn niet van deze wereld, ze horen toe aan het paradijs, dat in de handen is van Allah. Maar, eerlijk gezegd, wat hierna komt, dat is toch een groot vraagteken? Ik geloof er niets van. Van die zogenaamde hemel na dit leven, die beloning na de dood? Wat moeder ooit ten deel gevallen is, en vader binnenkort ook, allicht? Geloof het niet! Neen, nu moeten wij gewoon ons hoofd in deemoed buigen, en aanvaarden wat ons overkomt, het kwade en het goede, het mooie en het minder mooie. En dankbaar zijn, en gelukkig. Het heden is in onze hand, het is hier, in onze woonst. Onze toekomst en onze dromen zijn bekend aan Allah, en aan hem alleen, maar toch niet in een versleten boek vol verleidingen en ... leugens? Een *aards* paradijs waar het altijd zomer en vrede is? Zus, dat bestaat gewoon niet. En mocht het bestaan, dan ligt het toch zo ver dat het onbereikbaar is."

Er kwam geen reactie. De jongen veronderstelde dat hij zijn zus in slaap had gepraat. Dat was niet moeilijk, zeker niet met het monotone gezoem van insecten dat elke nacht van vóór zonsondergang de sferen van het bergland indrong, en dat als het geluid van een verre, dreinende dynamo tot in hun lemen kamer hoorbaar was. Maar had hij geen gelijk, het was toch waar? Vertrekken in het onbekende, met een onbestaand doel? Hoe dom ... De gevaren van de buitenwereld, over de heuvelrug. Het vreselijke bedrog van het boek, dat tegelijk zo'n aantrekkelijke illusie was. De menselijke lotsbestemming in de almachtige greep van Allah ...

Het meisje sliep niet, toch niet echt. Ze dacht na. Ja, het was allemaal wel waar wat hij gezegd had, zeker. Maar toch waren geen tien broers (of twintig vaders, of honderd goeroes) enigerlei in staat om haar te doen afzien van haar plannen. Zij was vastbesloten. Zij zou zo vlug mogelijk vertrekken uit die harde, oude wereld, en zij zou niet rusten vooraleer zij in die nieuwe wereld, die van haar betoverende boek met de betoverende platjes, zou leven.

"Ja," fluisterde zij, met nauwelijks merkbaar sarcasme, en vooral tegen zichzelf. "Wij moeten inderdaad in alle nederigheid ons hoofd buigen voor Allah en voor ons lot, maar ook voor onze jute zak, want ik ben nu echt moe en ik wil slapen. Welterusten, broer."

Het meisje viel in slaap, ook al had zij tijdens het nachtelijke overleg steeds meer de gedachte gekoesterd om nog diezelfde nacht te vertrekken, nog vóór de zon over het veld kwam. Maar het was een geluk – of liever: haar lot – dat zij zich versliep en het dus niet deed, want zij was veel te moe en had toch niet meer dan honderd stappen kunnen doen – en dan nog in de verkeerde richting. Want tot dan toe lag de horizon van haar leven aan de rand van de heuvel, bij het bosje van de kattendoorn. Het overige – echt niet veel – was zij slechts te weten gekomen langs haar vader om, op momenten dat zijn geest helder en de stemming goed was. Neen, haar jeugdige onbezonnenheid zou haar zeker niet verder gebracht hebben dan de dolle mieren waarop zij en haar broer soms met een zool klopjacht maakten.

Toch hoefde Qiz geen etmaal te wachten. 's Anderendaags kwam de dolende Wijze weer langs, onaangekondigd als altijd, en toen zij de oude bezoeker bij valavond zag vertrekken, aarzelde zij geen ogenblik en verwijderde zich onopgemerkt. Zij volgde de man stiekem van op een veilige afstand, zonder hem evenwel uit het oog te verliezen, en zij hield dit vol gedurende vele uren en langs smalle, soms pijnlijke paden. Haar doel was haar wens, en omgekeerd, en dat geloof dreef haar onverbiddelijk verder. Tot het helemaal donker was geworden, tot zij de kou door haar linnen voelde, maar vooral tot zij zeker wist dat zij niet meer terug kon. Toen pas haalde zij haar grijze metgezel in en maakte zich bekend.

Zij vertelde hem dat zij de laatste tijd in haar binnenste een toenemend onbehagen had gevoeld, een groeiende ontevredenheid met haar leven, én daarbij een vreemde, onweerstaanbare drang naar … naar een andere horizon? Zij wist het niet precies, fabuleerde zij zonder verpinken, maar hoe dan ook, zij was thuis vertrokken, en voorgoed. En dat was het, niet meer dan dat. Maar dat zij naar het heerlijke land van het boek wilde gaan, dat hield zij voor zich.

Onderhand vertraagde de oude goeroe zijn pas helemaal niet. Hij reageerde amper, gaf eerst geen commentaar en keurde haar zelfs geen blik waardig. Maar terwijl hij onverstoord doorstapte met het meisje achter hem aan, dacht hij wel diep na. Het was duidelijk dat hij een en ander afwoog, en niet doof of stom zou blijven.

Eindelijk – het moet al na middernacht geweest zijn – hield hij halt bij een soort van houten keet die tegen een rotswand aanleunde. Hij richtte zijn blik omhoog, naar het zwarte uitspansel dat majestueus opgelicht werd door myriaden sterren. Het leek alsof hij daar naar de gepaste woorden voor zijn gedachten zocht. Toen pas keek hij naar het meisje dat vlak bij hem stond.

"Ik zal je de weg tonen," zei hij zacht en geruststellend. "Tot in Kunduz. Tot in die stad kun je bij mij blijven, maar niet verder. In Kunduz is het al jaren woelig; daar smeult iets dat vroeg of laat zal uitbarsten. Maar wees gerust: ik zal je toevertrouwen aan enkele bevriende meedenkers, en zij zullen je verder helpen. Tot dan verwacht ik van jou dat je zonder misbaar en zonder verzet bij mij blijft en gehoorzaam doet wat ik je opdraag. Wij hebben nog drie volle dagen voor de boeg, en het is een moeilijke weg. Als je een ander pad kiest, ben je verloren."

Doe het niet, klonk ergens van heel ver de stem van haar tweelingbroer in haar hoofd. Maar het meisje luisterde niet en beloofde met de hand op het hart aan de oude dat zij hem zou volgen. Zij dankte hem zelfs ontroerd. Dan gingen ze samen het schuurtje binnen. Een streep maanlicht zorgde ervoor dat ze genoeg konden zien om niet tegen elkaar aan te lopen. Zij merkte dat de Wijze erg vertrouwd was met het armzalige onderkomen en dat dit niet zijn eerste visite was: er lagen twee reusachtige balen op de grond die bijna heel de ruimte vulden en veel groter en malser waren dan thuis. De grijsaard ging meteen op de dikste liggen met een ingehouden vergenoegd gebrom. Het meisje deed hetzelfde en ging op de baal ernaast liggen. Het was niet warm, maar toch beter dan buiten in de kille wind.

Zij zou spoedig in slaap vallen, want zij was doodop en voelde zich zalig en tevreden. Tenslotte had zij vandaag veel geluk gehad en kon zij in eer en geweten zeggen dat het een verstandige beslissing was geweest. Maar zij hoorde de magere goeroe naast haar op zijn baal ritselen als een hagedis of een agame – even had zij zelfs gemeend dat het een schorpioen was – en de volgende tel wist zij dat het de man zelf was, en dat hij naar haar lichaam zocht. Zij kon zijn duffe adem al ruiken bij haar oor, zij voelde hoe hij met heel zijn lichaam tegen haar drukte en hoe zijn grote verweerde hand haar begon te betasten. Haar borsten, haar buik, haar smalle lenden, tot nog dieper, tot tussen haar benen. En opnieuw, en steeds weer. Een beetje zoals vader vroeger haar huid placht te strelen wanneer zij rilde van de kou. Of ook wel, dacht zij, zoals haar broer altijd deed als zij hun spelletje speelden, verborgen achter de berberis en de haagdoorn.

Maar dit was anders. De Wijze ging voorzichtig maar toch helemaal op haar liggen en drukte daadkrachtig met zijn beide knieën haar benen wijd open. Zij protesteerde niet, integendeel, zij gaf gewillig mee en deed geen enkele poging om hem af te weren. In heel haar lichaam, van top tot teen, werd zij een trillende intense opwinding gewaar, die steeds maar toenam als een oplaaiend vuur. Ook toen de oude gids zwaarder en brutaler werd en met harde stoten in haar drong – zij voelde zich gekoesterd en bijzonder overweldigd.

Drie dagen en drie nachten waren ze samen op weg, van de ene schamele pleisterplaats naar de andere, en elke nacht lagen ze samen en gebeurde het. Soms ook nog als de zon aan het opkomen was. De oude kende het onherbergzame parcours als geen ander en hij wist ook hoe en waar hij het nodige voedsel kon vinden. Elk normaal Afghaans jong kind had deze harde tocht in het onbekende en eentonige bergland eng gevonden, maar niet ons moedige, dertienjarige meisje: zij beschouwde het leven onder de veilige mantel van haar grote voorman als een aangenaam avontuur. Bovendien *wist* zij dat elke stap naar de verre grote stad – hoe moeizaam ook – tegelijk een stap was naar haar bestemming, het land van het boek, het land van de mooie mensen, het azuurblauwe paradijs. Wat haar broer ook moge beweren, of beweerd hebben. Het land bestond, het *moest* bestaan.

In de loop van de ochtend van de vierde dag zagen ze beneden in de verte Kunduz liggen. Ze waren juist over de top van een heuvelrug gekomen. Het meisje was in één woord verbijsterd. Het was de eerste keer in haar leven dat zij met haar eigen ogen iets als een omvangrijke nederzetting, als een groep van duizenden woningen kon zien, een schouwspel dat op slag haar stoutste verwachtingen overtrof, zelfs die enkele vage weergaven die ze ook ergens in het boek had gezien.

Het was al stad wat zij zag. Woningen, allerhande, groot en klein, bijna allemaal stralend wit of een verwante tint daarvan – zoals van oud ivoor, van leem, van geitenmelk, maar toch blank – en enkele hadden zelfs een glanzende koepel als dak. De kleinste woningen stonden onwaarschijnlijk dicht bij elkaar, alsof ze gewoonweg aaneengeplakt waren, maar er waren ook een aantal grotere bij – gebedshuizen, paleizen, of misschien de fameuze gouvernementscentra – die meestal perfect ingeplant in een park stonden, te midden van talrijke groene bomen. Hier en daar ontwaarde ze ook heel hoge bouwsels die eigenlijk bestonden uit vele *op* elkaar geplaatste huizen, soms wel acht, of tien. Van op de heuvelrug leken dit massieve torens die uit de onmetelijke anonieme huizenvlakte priemden als acaciabomen in de woestenij. Zij herinnerde zich dat haar vader die ooit eens vernoemd had, ja, dat hij daar zelfs eens met moeder geweest was toen er problemen waren. Maar deze woontorens waren zeker niet zo hoog en zo indrukwekkend als de reuzegebouwen die in het boek waren afgebeeld en die vader zo grappig *wolkenkrabbers* genoemd had. Maar neen, gebouwen die tot in de hemel krabden? Dat geloofde niemand toch? Haar broer zeker niet, die geloofde niets – maar ook zij niet, neen, dat was een fantasie uit Duizend-en-één-nacht.

Het duurde toch nog meer dan een halve dag eer zij op hun bestemming waren aangekomen: een soort van landgoed met een opzichtige woning, een magazijn zonder ramen of vensters, en een zeer uitgestrekte tuin met olijfbomen. Het domein lag nogal geïsoleerd aan de rand van de stadskern, en om die plek te bereiken moesten ze natuurlijk eerst de heuvel afdalen, beneden een korte controle ondergaan bij mannen met een uniform, en dan zeker nog een uur stappen op een brede, rechte boulevard die onmiskenbaar toebehoorde aan machtige, welstellende mannen. Het was duidelijk: wie hier verbleef, moest beschikken over een imposante, alleenstaande woning met een ruime, ingebouwde garage voor op z'n minst twee auto's, en met een goed onderhouden bloeiende tuin aan de zijkant.

Het was de eerste keer in haar leven dat het meisje de blinkende metalen voertuigen van dichtbij kon zien, want heel wat van die vehikels stonden niet in hun garage, maar eenvoudig aan de kant van de weg. Zij had al veel ongewoons te verwerken gekregen – te veel eigenlijk – maar bij de aanblik van de auto's in diverse kleuren en modellen, sommige nog glimmend, de meeste mat van het stof, had zij eigenlijk een dubbel gevoel: enerzijds keek zij ernaar met veel tegenzin en argwaan, want al dat ijzer en metaal vond zij intuïtief niet thuishoren in haar land, maar anderzijds liet het haar zeker niet onberoerd als zij die rijdende mirakels zo gemakkelijk en zelfgenoegzaam in de laan zag voorbijvliegen.

En dan zag zij daar ook voor de eerste keer die jonge mannen in hun speciale gevlekte kledij, sommigen stonden in kleine groepjes te praten aan de hoek van een gebouw, anderen scheerden gevaarlijk in kleine, open rijtuigen voorbij. Later zou ze vernemen dat dit soldaten of militairen waren die een kaki gevechtsuniform droegen, dodelijke wapens hadden en met 'jeeps' reden waarvan de banden altijd vreselijk piepten als ze op de boulevard hun roekeloze manoeuvres uitvoerden.

De dolende Wijze had tot dan toe amper enkele woorden tegen haar gezegd. Hij had wel vaak binnensmonds geglimlacht en wat gemonkeld, nog vaker had hij met een curieuze blik naar haar gekeken, alsof hij zelf persoonlijk verantwoordelijk was voor al de wonderen van deze wereld, die hem blijkbaar tot en met vertrouwd was. Hij wist goed dat het meisje bijna bij elke stap door nieuwe dingen en onbekende verschijnselen overweldigd werd, en hij genoot ervan.

Tijdens hun tocht langs de barre wegen, over de kale heuvels en vlaktes, had hij zijn kleine metgezel al vlug leren zien als een edelsteentje dat nog ontdekt moest worden – neen, dat *hij* ontdekt had – en dat slechts met de de gepaste behandeling naar zijn volle waarde zou geschat worden. Hij was ervan overtuigd dat dit meisje geen dom wicht was – zeker, zij had potentieel, er zat wat in, er viel wat van te maken. Natuurlijk had hij onderweg het nuttige aan het aangename gekoppeld (dat was zijn goed recht) en mede hierdoor hadden zijn eerst vage, ongewisse plannen geleidelijk aan een vastere vorm gekregen. Na die drie dagtochten en vier nachten samen had zijn scherp verstand alles voor elkaar. Elke volgende stap.

Op een bepaald moment nam de oude het meisje bij de arm en leidde haar in een zijstraat, weg van de brede boulevard.

"Vanaf nu wordt het verwarrend," zei hij ongewoon luimig en welbespraakt. "Blijf dicht bij mij, hou de zoom van mijn kleed vast, of mijn mouw, dat is ook goed, want het wordt echt druk nu en niet minder gevaarlijk. Wij komen in de *bazaars*. Ik zeg je: je zult verstomd staan, je zult met open mond gapen naar een andere wereld en je zult overrompeld worden door honderden onbekende gezichten. Je zult heel veel mooie dingen zien, waarlijk verleidelijke, aantrekkelijke dingen. Overal waar wij ons bewegen – en dat kan moeizaam zijn – aan elke kant, links en rechts. Op de grond op de tapijten, in de hoogte tegen de muren en zelfs in sierlijke kransen over de straat gehangen, van kraam naar kraam. Ook in elk donker hoekje, in elk achterafje, en in de schaduw van de erkers en de doorgezakte luifels. Je zult niet weten wat je ziet, en ik bedoel dat heel letterlijk. Heerlijke geuren van kamperfoelie en wilde perzik zullen in slierten op je afkomen en men zal uitbundig naar je roepen en je uitnodigen om even naar binnen te gaan, maar ik vraag je, voor je eigen veiligheid en geluk: blijf dicht bij mij. Als je hier verdwijnt, ben je *echt* verdwenen."

Hij voelde dat zijn metgezel zijn wijze raad ter harte nam en het loshangende uiteinde van zijn gordel vast had. Maar als hij naar haar keek, dan zag hij ook wel hoe zij totaal in beslag genomen werd door de overvloed van schatten die de bazaar aan de gemeenschap te bieden had. Zij had van nature al mooie grote ogen, maar nu stonden zij zo wijd als van een gekko in de nacht. Alleen – zij was niet zo schuw. Zij kon haar belangstelling en nieuwsgierigheid gewoon niet verbergen, en het leed geen twijfel dat zij zich in andere omstandigheden, zonder haar herder, zeker had laten meeslepen door de enthousiaste praatjes en de gesticulaties van de heren handelaars die, het zij gezegd, soms jonger en stouter waren dan het opgeschoten kind zelf.

Het was een van deze handige boefjes die het meisje op een bepaald ogenblik deed stilstaan. Een sprietige en toch uit de kluiten gewassen jongeman, waarschijnlijk van haar leeftijd. Hij zei niets, hij riep niets, hij lonkte gewoon naar haar, onbeschaamd, met de ogen van een hertenjong en een fijne mond waarin een rij van parelwitte tanden haar breed toelachten. Ogenblikkelijk moest zij aan haar broer denken, de gelijkenis was treffend ... hoewel? Zij begon te twijfelen, ook al had zij Yigit amper vier dagen geleden nog gezien en ook al hadden ze dertien jaren lang hun lief en leed met elkaar gedeeld. En zij hoorde zijn stem met aandrang zeggen: "Geloof die onzin toch niet, dat zijn slechts domme hersenspinsels!" Alsof hij vlak bij haar stond, nog dichter dan die lonkende snotaap, terwijl hij zijn broederlijke woorden helder in haar oor fluisterde. Niet voor de eerste keer, maar nu was het met nog meer spot dan toen.

"Kom mee, blijf daar niet staan. Laat je toch niet afleiden door die schelm!" vermaande de oude gids haar kortaf. Zij zag dat de snotaap zich op dat moment bezorgd omdraaide naar een vrouw die wat ineengedoken opzij zat. Neen, dit was haar broer niet. Toch niet. Natuurlijk niet. Die stem kwam van elders, van hoger.

Het volgende uur nam de Wijze haar mee door ontelbare smalle straten, een wirwar van stoffige steegjes en gangetjes die godvergeten leeg in de middagzon lagen te zuchten. Kort na de vreemde ontmoeting met 'die schelm' hadden ze de bazaar achter zich gelaten, én het drukke gewoel van de massa voor wie het ongedwongen pingelen en kwanselen een dagelijks feest was.

Uiteindelijk, na meer dan een uur, stonden ze voor hun bestemming, aan de rand van het centrum. Haar grijze gids keek goedkeurend naar het landgoed alsof het zijn eigendom was. Terzelfder tijd kwam een gezette man van middelbare leeftijd uit de poort van het grote witte huis naar buiten. Hij lachte breed, en stapte opgewekt en met wijd open armen naar de bezoekers, alsof het oude bekenden waren. Ze werden verwacht en ze waren welkom, dat was zeker.

"Dit is Qiz," zei de gids gaaf, maar met enige trots. "Zij is bijna veertien, hoewel zij er jonger uitziet."

Het meisje werd toevertrouwd aan Parwana, een mooie, jonge vrouw, die haar het aangrenzende magazijn zou voorstellen. Ondertussen, zo hoorde zij, zou de Wijze met zijn gastheer thee gaan drinken in het ontvangstkamertje om daar nog enkele zaken definitief af te handelen. Als de bespreking afgelopen was, zou hij afscheid komen nemen, beloofde hij haar erg opgeruimd. Het leek wel alsof hij een gouden zaak gedaan had. In de bazaar misschien?

Het magazijn bleek een soort van atelier te zijn, een afgesloten werkplaats waar een twintigtal jonge mensen druk zat te werken aan grote, lawaaierige machines. Allemaal meisjes van de provincie, de jongste was hooguit tien jaar, en de oudste, de sympathieke Parwana die voorzag in de rondleiding en de uitleg, was misschien vijfentwintig. Zij vertelde dat zij ooit als kind in een baksteenfabriek was begonnen, en dat zij nu al een jaar oefenmeester en chef was in dit tapijtenatelier. Zij zorgde voor de opvang en de instructie van nieuwelingen. Zij werkte wel nog volop mee met de anderen, maar de zwaarte viel niet te vergelijken met de fabriek van haar jeugd. Dit was echt prettig werken, zei zij, hoewel er geen tijd was voor spelletjes of praatjes. Zij moest streng zijn. Iedereen moest zich houden aan het strikte dagschema. En als er iets haperde aan een machine, dan was zij meestal wel in staat om het probleem op te lossen. Zij had veel geleerd met haar ogen. En, o ja, zij aten altijd samen en sliepen ook samen, in de ruimte op de eerste verdieping. En de bazen kwamen regelmatig een kijkje nemen. Ze waren helemaal niet moeilijk, als je zelf niet moeilijk deed.

Na de uitleg – die door de machines vaak overstemd werd – toonde Parwana aan haar pupil het kraantje met koel water waar men om het uur een plastieken beker mocht komen vullen. Iedereen had een eigen beker en die mocht je absoluut niet kwijtraken, voegde zij er moederlijk aan toe, terwijl zij aan haar compagnon een beker in fluo paars overhandigde. Zij vulde haar eigen beker, die citroengeel was, en keek vervolgens met een bemoedigende knik naar het kraantje.

Toen kwam de gezette man luid lachend binnen, met in zijn kielzog de Wijze. Die nam het meisje even terzijde. Weer werd zij gestoord door de muffe geur die uit zijn mond kwam.

"Ik ben er zeker van dat je hier goed opgevangen wordt," zei hij welgezind. "Je zult al vlug merken dat dit een ander leven is dan de woestenij die achter je ligt. Een beter leven. Iedereen is hier tevreden. Je hebt een moedige en verstandige beslissing genomen. En je zult hier ook heel veel bijleren, dat weet ik zeker. En vrienden maken. Hier ben je geen kind meer, maar een echte vrouw. Zoals Parwana."

Het meisje keek schichtig naar de genoemde 'echte vrouw', die een beetje verder met neergeslagen ogen de opmerkingen van de gezette man aanhoorde, een soort van baas. Zijn stem klonk hoog en opgewonden, maar zij kon het gesprek helemaal niet verstaan en keerde zich naar haar vertrouwde goeroe.

"Ga je mijn broer op de hoogte brengen?" vroeg zij aarzelend. "En hem groeten? En hem zeggen dat ik er bijna ben?"

De oude begreep dat laatste niet goed. Dat zij *er bijna was*? Hij fronste zijn wenkbrauwen die zodoende meer dan ooit leken op grove witte borstels, en lachte welwillend.

"Dat zal ik doen," beloofde hij. "Maar ik weet nog niet wanneer. Ik weet immers niet hoe mijn tochten verlopen. Ik heb geen vaste bestemming, ik heb geen bepaald doel. Maar als ik bij je broer en je vader langskom, ginder aan de rand van het bergland, dan doe ik het wel. En je zult mij hier zeker ook af en toe zien opdagen. Niet te vaak, maar toch. Ik ken hier meer dan één meisje, en ik ben goed bevriend met de heer des huizes – of liever: de heren des huizes."

Nooit zou Qiz deze dag vergeten, een dag die barstte van de verrassingen en de verleidingen, een dag met een overvloed aan ervaringen en indrukken. De eerste dag van een nieuw leven, daar in de grote stad Kunduz, op dat landgoed. De eerste dag van vier jaar, en eigenlijk van – alles bij elkaar genomen – vier gelukkige jaren. Met name in dat altijd nijvere, gesloten atelier.

Het was zoals de oude Wijze op het laatst gezegd had: er was op dat domein niet één heer des huizes, of niet één baas, maar drie. Drie broers wier leeftijd tegen de vijftig aanliep, die alle drie baas waren en wonderwel met elkaar samenleefden in een perfecte verstandhouding. Als iemand haar verteld had dat de heren des huizes eigenlijk een drieling waren van geboorte, dan had zij het meteen geloofd. In het begin althans, want na enkele weken, en nadat elke broer al meermaals zogenaamd toevallig was komen rondscharrelen in de werkplaats, merkte zij toch enkele verschillen tussen de 'oudere' baas, een 'jongere' baas, en een baas 'tussenin'. Na een tijdje kon zij ook zien dat de jongste (in haar ogen) duidelijk de knapste was en ook de enige met moderne, vooruitstrevende opvattingen. Volgens chef en vriendin Parwana waren de drie broers ongetwijfeld getrouwd, hoewel zij nog nooit met haar eigen ogen een echtgenote één voet in het atelier had zien zetten.

Het was hard werken, maar niet echt pezen. De dagen telden wel altijd meer dan tien uur en elke taak was na verloop van tijd al gauw verworden tot een routine die zelfs een slaapwandelend kind kon doen, maar toch waren er veel aangename kanten aan de arbeid. Zo was de sfeer uitstekend, en leek het alsof de groep meisjes één groot gezin was. 's Avonds werd er veel gebabbeld, er was ook een doos met twee versleten bordspelen (waaronder een intacte *Go* en een originele Indische versie van *Pachisi*[1]), en na de werkuren konden ze luisteren naar een Bell-radiotoestel met lampen, tot het tijd was voor de matrassen.

Ogenschijnlijk moest die routine van de werkplaats al vlug leiden tot verveling en hopeloosheid, maar dat was niet het geval. Dat hoeft niemand te verwonderen na de kleurloze jaren die het meisje in haar bergland had meegemaakt met alleen haar

---

1 Een latere variant hiervan was het universeel bekende Mens-erger-je-niet!

zieke vader en haar eigenzinnige broer, en bij wijze van enige uitzondering het bezoek van de dolende Wijze. Neen, dan was er in haar nieuwe leven veel meer afwisseling. Elke vrijdag kwam een gedrongen, baardige man met op zijn hoofd een soort van tulband langs – men noemde hem de moellah.

Het meisje vond het eigenlijk wel grappig dat de twee vrome mannen die ze kende zo verschillend waren: enerzijds de dolende Wijze die opvallend bleek, mager en lang was, en anderzijds deze gezonde, gedrongen dikkerd. Die moellah was helemaal niet streng, hij had een goedige blik en er speelde altijd een lach om zijn mond. Zij verklaarde dit verschijnsel door zijn geloof, want hij was zeer ontwikkeld en zeer belezen. Hij maakte altijd een leerrijk praatje met de groep – dat kon over alles en nog wat gaan – en hij eindigde ook altijd met een gebed. Dat was voor iedereen het teken dat zijn bezoek afgelopen was.

Daarna mochten ze vrij wandelen en spelletjes doen op de ruime, verharde binnenplaats achter het witte huis, tot aan de bloementuin, maar uit het zicht van de straat. Ergens in de omgeving moest wel een ziekenhuis of een brandweerkazerne gelegen hebben, want af en toe hoorden ze in de verte het bangelijke geluid van voorbijrijdende sirenes en piepende banden. Ook dat bracht afwisseling.

En dan waren er nog enkele bijzondere aangelegenheden. Zoals de les in lezen en schrijven die de slimme Parwana tweemaal per week 's avonds organiseerde. Niet iedereen was geïnteresseerd of bereid, en niet iedereen had voldoende leervermogen. Maar uiteraard behoorde Qiz tot het kleine groepje dat in een hoek van het atelier onderwezen werd, en uiteraard had zij de meeste wilskracht en de beste resultaten. Want al vanaf het eerste uur besefte zij dat de kennis van de geschreven taal beslist in haar voordeel zou spelen als zij het paradijs wenste te bereiken.

Eerlijk gezegd, die kennis liet een tijdje op zich wachten. Zij had de bazen bij hun bezoek soms zien discussiëren met een boek geopend in de hand – ogenschijnlijk saai, want zij zag alleen tekens en krullen, en geen prenten. Elke vrijdag had zij ook de dikke, gouden bundel van de moellah kunnen bewonderen.

Maar de vaardigheid van het lezen kwam toch niet van vandaag of morgen (schrijven was nog het moeilijkste) en het was pas na meer dan een jaar van trouw meewerken in de lessen van Parwana dat zij het grote geluk ervoer om de boodschap achter de tekens te begrijpen. En nog groter was haar geluk toen zij eindelijk het woordje *Ceylon* herkende en begreep, het was iets wat zij ooit boven de afbeelding van haar droomland in het grote boek gezien had, iets wat zij al die tijd ergens in haar geheugen opgeslagen had. Het was duidelijk: dat droomland *moest* bestaan, want het had een naam en die naam was Ceylon[2]. Zij geloofde meer dan ooit.

Eigenlijk sprak zij lange tijd met niemand over haar fantastische bestemming, toch niet in ernst. Niet met de andere meisjes, niet met Parwana, ook niet met de dokter die haar na ongeveer een maand kwam onderzoeken en op het eerste gezicht erg te vertrouwen was. Misschien was zij bang dat haar ideaal zou gebroken worden, dat een volwassen, menselijke redenering haar wil zou ondermijnen? Zij had al éénmaal moeten horen – uit de mond van de geleerde moellah nog wel – dat het fout is om hartstochtelijk te verlangen, zeker naar 'wereldse' zaken en bestemmingen, omdat die een broze *fata morgana* waren, en niet meer. Dat er maar één verlangen, één bestemming mocht zijn. En dat was zeker geen volmaakt zonnig strand met een volmaakte zee en volmaakte mensen ...

Hoe dan ook, zij verklapte niets, zelfs niet tegen die arts.

Het bezoek van de man uit het ziekenhuis was trouwens een gangbaar gebruik, zo bleek. Elk nieuw meisje werd kort na haar inwerking één keer grondig onderzocht en vriendelijk bevraagd. Vooral over pijnen, ziektes, ongemakken, de *periodes* en de opvoeding, voor wat die waard was. Eventuele, frequent voorkomende rug- of buikpijn kreeg extra aandacht. Maar het was een heel informeel en geruststellend gesprek, gelukkig maar, want elk meisje was uiteraard nerveus en bang voor deze

---

2 Na 1972 veranderde de naam Ceylon in Sri Lanka.

onbekende gang van zaken. Maar als dat voorbij was, dan pas kon men zeggen dat je echt tot de familie behoorde. Ook Qiz, die trouwens over heel de lijn kerngezond bleek te zijn.

Het meisje was ongevoelig voor de sleur – zij wist niet beter, eerlijk gezegd – maar elke afwisseling was welkom, en dat gold voor al haar soortgenoten. Zo was het de gewoonte dat op de dag die volgde op het gebed enkele meisjes 's avonds bij de broers werden uitgenodigd om samen met de drie een copieuze – zeg maar exuberante – maaltijd te gebruiken. Ook dit festijn, met al die heerlijke gerechten en vreemde smaken, was weer een rijke ervaring voor Qiz, zoals bijna alles in haar nieuwe leven. Het was temeer overrompelend omdat zij door de bazen al heel vroeg was uitverkoren – zelfs nog vóór het onderzoek van de dokter. Zij was dan wel mager en opgeschoten, maar zij was ook erg aantrekkelijk en uitdagend. Het leek wel dat haar schoonheid toenam in overeenstemming met de verbetenheid van haar geloof, haar ideaal. Zij had ontegenzeglijk grote, donkere ogen en kende nauwelijks remmingen of scrupules. Een meisje van het bergland, dat was zij, uitermate geschikt als intiem gezelschap bij het eten, en als vertier en verstrooiing achteraf.

De afspraak bleef immers niet beperkt tot de overvloedige maaltijd. Nooit. Toen de jongetjes van de bediening geruisloos begonnen met het afruimen en het schoonmaken van het gelag, nam elke broer zijn meisje van de avond mee naar de eigen vertrekken waar zij dan zonder veel aanloop of omhaal gebruikt werd. Voor Qiz was dit niet echt een verrassing, ook niet toen het haar de eerste keer daar overkwam. De enige mannen die ze tot dan toe immers persoonlijk gekend had, waren haar tweelingbroer en de oude goeroe, en beiden hadden onbeschaamd hun interesse in haar jonge lichaam getoond, de ene al meer dan de andere. De dolende Wijze had zijn lust destijds meermaals metterdaad en zonder omwegen bewezen. Zelfs de vrome moellah keek haar elke vrijdag aan met een blik die zijn verboden begeerte amper kon verbergen. En natuurlijk waren er onder de meisjes al van in het begin vaak mistige toespelingen geweest.

Verwonderlijk was wel dat het onopgevoede meisje uit het bergland duidelijk de voorkeur genoot van de drie broers, boven alle andere kandidaten van het atelier. Zeker voor de jongste van de drie was zij een nog ongerepte, wilde bloem die hij kon koesteren zo veel en zo lang hij wilde en die hij kon bewerken en temmen zoals het hem zinde. En zij gaf hem telkens, onderdanig en gehoorzaam, de verlangde bevrediging – zelfs meer dan dat, want hij was niet alleen de jongste en de knapste van de bazen, maar ook een man met een goed hart en een open geest. Ja, zij vond het prettig als zij met hem samen was en zijn diepmenselijke warmte voelde. Zijn rauwe passie was weliswaar zo hard en zo groot als de donder, maar daarnaast werd zij ook steeds vaker het kiemen van de liefde in zijn ziel gewaar, en daar genoot zij intens van.

En dan had je ook nog, als welgekomen afwisseling, de visites van de dolende Wijze aan de villa. Hij had het haar ooit beloofd en hij hield woord, maar op zijn eigen manier. Hij verscheen altijd op het ogenblik dat zij hem zo goed als helemaal vergeten was. Soms na enkele maanden, soms na een klein jaar. Wanneer hij binnenkwam, was het altijd in het gezelschap van een van de broers met wie hij dan druk in gesprek leek te zijn. Soms was dit ernstig en gewichtig: zij zag dan dat zijn bleke voorhoofd talloze lelijke rimpels droeg en dat zijn dunne lippen kritisch tuitten. Maar als hij vervolgens alleen en op zijn dooie gemak langs de meisjes en de machines kwam, dan was hij opeens de minzame herder, en hij deed dat met zo'n zelfverzekerde allure dat *hij* de ware leider van het etablissement leek te zijn, en niet de broers.

Bij elke tafel en bij elk meisje bleef hij stilstaan, soms zonder één woord te zeggen maar altijd met oprechte, niet-gehuichelde belangstelling. Zij kon er niets aan doen, maar zodra Qiz zijn grote gestalte in de zaal zag verschijnen, kwam de herinnering levendig terug aan hun lange, moeizame voettocht in de woestenij, aan zijn duffe adem en andere onprettige geuren die zij naar binnen kreeg als hij op haar lag, met zijn kleed omhoog, en aan zijn naakte, magere lichaam waarin halverwege die harde, dikke paal trillend en begerig uitgetoornd had. Ze kon er niets aan doen, het was een krachtig beeld, en zij vroeg zich af of de herinnering ook bij hem zo sterk was. Wel had zij beslist de indruk dat zij in zijn ogen toch iets meer moest betekenen dan de anderen, dat merkte zij intuïtief aan zijn gezicht en vooral: dat *hoorde* zij, want als hij bij haar werkplek halt hield dan had hij altijd wel een woordje of een vraag voor haar.

Op die manier vernam zij al bij zijn eerste bezoek (na een half jaar) dat haar vader een zware val gemaakt had, dat hij hierdoor een zekere tijd bewusteloos was geweest en uiteindelijk dan toch vrij abrupt overleden was. Hij had – zo vertelde de Wijze – nauwelijks gereageerd op haar verdwijning. Hij had gewoon wat binnensmonds gebromd dat de huishouding nu nog meer in de war zou lopen en dat het geloof ten strengste verbood dat jonge meisjes een zelfstandig leven leidden, een eigen mening hadden of naar school gingen om zich te bekwamen. Was de rol van de vrouw niet duidelijk bepaald in de geschriften? Mocht die ooit betwijfeld worden? Meer had hij niet gezegd, en enkele maanden later was hij dan plots aan zijn einde gekomen door die val.

Verder vernam het meisje dat hun kleinvee met een derde geit was uitgebreid, dat het weder uitzonderlijk zacht was geweest en dat het heuvelland hierdoor onverwacht veel opbrengst gegeven had. En dat haar tweelingbroer de gebeurtenissen zonder veel problemen onderging en zich toch goed wist te redden, gezien de bijzondere omstandigheden en de onvermijdelijke eenzaamheid, en ondanks de ergerlijke verzuchtingen van hun vader.

Het was dit soort van nieuws dat het meisje van de oude goeroe verlangde. Niet over haar vader, het huis, de natuur, de teelt, het klimaat en zo – maar elk bericht van en over broer Yigit hoorde en verwerkte zij met verdubbelde aandacht. Ook al kwam haar geliefde 'tweede ik' soms zo echt in haar dromen spoken alsof het werkelijkheid was, en ook al hoorde zij zijn hoge schimpende stem veelvuldig in haar hoofd klinken alsof hij vlak bij haar stond.

Neen, het leven in de werkplaats en in het witte huis viel best mee. Temeer omdat zij op elk moment in haar binnenste de stellige overtuiging was toegedaan dat Kunduz gewoon niet het einde kon zijn, en dat zij hoe dan ook op weg was naar haar zonovergoten eindbestemming, naar het droomland uit het boek. Naar *Ceylon*. Ondanks – of misschien dank zij – de afwijzende manoeuvres van Yigit in haar hoofd. Het maakte niet uit of haar enige bloedverwant daar in zijn afgelegen, oude wereld spotte met het bestaan van haar volmaakte, nieuwe wereld. Leven en laten leven, dacht zij slim en ervaren. Haar stille ambitie werd er alleen maar sterker van.

Uiteindelijk kwam er toch een en ander aan het licht van haar heimelijke verlangens, en nog wel door het ongewilde, argeloze toedoen van haar broer. Die had aan de dolende Wijze tijdens diens omzwerving in de noordelijke regio zijn vermoedens toevertrouwd.

"Ik vrees," had hij gezucht, "ik vrees dat mijn dwaze zus op zoek is naar dat paradijs dat zo kleurrijk en verleidelijk in ons boek is afgebeeld. Zij kon er uren naar kijken en uren over dromen. Hoe dom! Zij is niet veel slimmer dan onze geiten. Dat paradijs bestaat niet en die afbeelding is natuurlijk bedrog. Ik denk dat zij de rest van haar dagen gewoon zal doorbrengen in de grote stad, in die werkplaats waarvan u gesproken hebt. En ik hoop van harte dat ze er gelukkig is en niet te veel aan haar luchtkastelen bouwt. En dat zij terugkeert naar de werkelijke wereld, naar het leven hier bij mij."

Daarop liet de jonge man het beduimelde boek zien met de foto van het zonnige strand en de azuren zee, met bovenaan in het groot de naam Ceylon. De Wijze keek aandachtig, ook naar de kleine lettertjes van de tekst. Hij kon zich eigenlijk niet meer herinneren dat hij die brochure daar ooit achtergelaten had. Maar dan schudde hij grijnzend zijn hoofd en scheurde het blad met het plaatje uit het boek, ongevraagd, in één beweging.

"Interessant," zei hij, "heel interessant, die fantasie van haar. Maar ik kan je geruststellen: zij is heel gelukkig met haar huidige leven in de grote stad en zij heeft ook veel vriendinnen. Zij is veilig. Ik denk niet dat zij nog lang in dat fabeltje zal geloven, want het is tenslotte niet meer dan een fabeltje. U heeft helemaal gelijk. Dat oord bestaat niet. Zij zal dit wel zelf met de tijd ontdekken. Maak u daarover maar geen zorgen."

Het was slechts voor een deel de waarheid wat de oude aan de jonge man geantwoord had, en pas later zou blijken wat hem vermoedelijk bezield had met zijn leugens. Hoe dan ook, meteen na dit gesprek veranderde hij de normale route van zijn tocht en ging hij rechtstreeks naar Kunduz, naar het witte huis van de drie heren, met wie hij lange tijd overleg pleegde.

De volgende dag werd ook de dikke moellah erbij gehaald die tijdens die vergadering enige internationale telefoongesprekken moest voeren. Toen de thee geschonken werd, kwam ook Parwana erbij zitten, maar dat nam minder tijd in beslag.

Wij hebben ons leven slechts voor een klein deel in eigen hand. Het is de Onnoembare, wiens wegen ondoorgrondelijk zijn, die beslist over de kronkels, de kruispunten en de capriolen van eenieders bestaan. Over wat wij noemen geluk en ongeluk, over lot en noodlot, over geboren worden, vallen en opstaan, en nogmaals vallen, en sterven.

Dat gold ook voor de gescheiden tweeling met hun gescheiden ambities. Ook voor de dolende Wijze, de gedrongen moellah, de rijke, machtige broers, de werkende meisjes, en zovele anderen. En zelfs wat zij achter de schermen verrichten of in het donkerste uur van de nacht, zelfs wat zij heimelijk menen te kunnen vergeten, of toedekken, of camoufleren – niets blijft verborgen voor het alziend oog van de Hogere. Wij zijn allen mensen, kleine mensen die overgeleverd zijn aan het pad en de bestemming die voorzien is. Hoe onwaarschijnlijk en hoe onvoorspelbaar ook.

Enige maanden na de gesprekken in het witte huis voerde de jongste en knapste baas een vreemde conversatie met Qiz. Dat gebeurde op de avond van de dag na het gebed, in de kleine kamer die direct naast zijn privévertrekken lag. Het meisje had die kamer in haar gedachten *speelkamer* genoemd, omdat hun bedrijvigheid daar haar altijd deed terugdenken aan de vroegere spelletjes met haar tweelingbroer, achter de struiken, of over de top van de heuvel.

Het was stilaan een gewoonte geworden dat zij, en geen ander, door de jongste meester werd uitgenodigd om hem gezelschap te houden, soms meer dan één avond per week en soms tot een stuk in de nacht. Wat zo belangrijk was aan haar gezelschap, dat kan men slechts vermoeden, en het meisje was blij en zelfs trots dat zij van dit voorrecht kon genieten – tenslotte bleek hij een erg aangename en lieve man te zijn. Misschien was er wel iets meer in het spel, misschien gloeide er in het binnenste van de man een vonk van liefde – zij hoedde zich er echter wel voor om hieraan toe te geven want zij had al lang een andere hemel in gedachten.

Maar op deze welbepaalde avond was zij in één woord stomverbaasd toen de *shahzoda* (wat zo veel betekent als 'prins') na zijn geurige kamperfoeliebad weer bij haar op het bed kwam liggen, met alleen zijn witte kamerjas aan. Het duurde een tijdje eer hij begon te praten, maar wat hij zei, na veel aarzelende pogingen, was bijzonder ernstig. En doordacht. Zij hoorde het, zij voelde het. Dit was nog nooit eerder gebeurd.

"Kijk," zei hij, met zijn gezicht heel dicht bij dat van haar, "er gaat iets veranderen binnenkort. Voor jou, vooral voor jou. Iets heel belangrijks ... Weet je nog, toen onze dokter op bezoek kwam en toen hij jou helemaal onderzocht, samen met enkele andere meisjes van de groep?"

Het meisje zei niets, maar de korte beweging in haar gezicht sprak boekdelen. Ja, zij wist het nog heel goed, al was het schijnbaar al lang geleden. Het was nu eenmaal iets dat iedereen moest ondergaan, had men gezegd.

"En je weet toch wat een vliegtuig is? Ja, toch?"

Weer zei zij niets, zij keek hem ook niet rechtstreeks aan – dat was zeer onbeleefd, overigens – maar zij knikte met haar hoofd, en deze keer iets heftiger dan de eerste keer.

"Wel, meisje," vervolgde de machtige bedgenoot, "er is iets niet in orde met je lichaam. Iets dat erger kan worden, zelfs heel hinderlijk en zelfs fataal. Als wij tenminste niets ondernemen. Je vader leed er ook aan, en die is gestorven, zoals je wel weet. Er zijn trouwens nog twee meisjes in de groep die eraan lijden, iets minder weliswaar, en die gaan ook mee. Ik zeg niet wie, je zult het wel zien. De dag na morgen, wanneer wij vertrekken.

Met het vliegtuig. Naar een speciale ... naar een ziekenhuis. Het is wel kleiner dan dat van ons hier in Kunduz, maar het is daar veel beter. Met slimme dokters. En achteraf zul je voorgoed verlost zijn van dat probleem."

Waarschijnlijk dacht de man er nu pas aan dat hij wel heel veel informatie ineens gegeven had, te veel eigenlijk, en hij zweeg terwijl hij zijn lippen afwachtend opeenperste. Zo kon de boodschap tot het meisje doordringen, en zo kon hij ook nadenken over zijn volgende woorden. Want, hoe moeilijk het voor hem ook was, hij moest toch nog een en ander vertellen over de praktische kant van de zaak. Dat was zo afgesproken met de anderen.

Natuurlijk zei het meisje niets. Het nieuws had haar helemaal overrompeld, zeker in deze vreemde situatie, met haar vertrouwde meester, in zijn bed, en na al zijn gedurfde spelletjes en fantasietjes ... De dokter, het onderzoek, het ziekenhuis, de tocht met een vliegtuig, haar vader ... En zo vlug. Was het dan zo erg met haar gesteld, zo dringend? Terwijl zij nooit gedacht had dat er iets met haar aan de hand was, terwijl zij zich eigenlijk al zo lang gezond voelde. Als een vis. Een probleem? Met haar? Neen, zij was er zich absoluut niet van bewust. Maar je wist natuurlijk nooit ...

"Het ziekenhuis is in Ceylon," zei de man opeens, met zijn gezicht naar de ventilator in het plafond gekeerd. "In *Ceylon*," herhaalde hij dan, met grote nadruk. "Het is een korte behandeling, ze duurt niet langer dan een week, denk ik."

Normaal had het meisje spontaan gejubeld en gedanst bij het horen noemen van dat land, maar nu kostte het haar onvoorstelbaar veel tijd om een verband te leggen met dat oord van haar dromen, die zonnige wereld uit het boek. Zij had immers nog maar pas gehoord dat er fysiek iets niet in orde was met haar en dat de bazen van het witte huis het probleem zouden laten behandelen – heel binnenkort zelfs. Voor haar ultieme droom zou er later wel meer tijd zijn.

"Kom ik nog terug?" vroeg zij nu zelf, met een bange stem. "Kom ik daarna dan terug?"

"Ja. Natuurlijk."

Het was een duidelijk antwoord, maar zo kort dat zij onzeker werd. In de stilte die volgde, begon zij koortsachtig te peinzen en te piekeren, wat bijna meteen uitliep op een web van vragen, twijfels, herinneringen, conclusies en tegenwerpingen, veronderstellingen en vermoedens ... Zo schoot het haar opeens te binnen dat er al eerder een meisje uit de groep was weggehaald – zelfs meer dan één, meende zij – en dat die bij haar weten nooit was teruggekeerd. Maar dat wist zij niet zo goed meer. En ook had een meisje, een ander meisje – zij was er nog geen half jaar – haar in de avondpauze toevertrouwd dat zij met de oudste baas een vliegtuigreis ging maken, maar dat niemand, absoluut niemand dit mocht weten. En was die ook niet weggebleven? Voorgoed? Maar ook dat was alweer zo lang geleden ...

"En heb jij misschien nog een vraag, vóór ik afsluit met wat kleine praktische dingen?"

Zij zweeg. Zij keek alleen met een schichtige blik over hem heen naar de witte muur.

"Goed dan. Het is trouwens een klein vliegtuigje waarmee je zult reizen, niet zo'n gevaarlijke, lawaaierige kanjer die je soms hoog in de lucht boven het speelplein kunt zien. En je zult ook niet alleen zijn. Ik zelf ga niet mee, maar de moellah wel, en die zal de zaakjes wel verder regelen voor jou. Dus geen reden tot paniek of ongerustheid. En dan gaan er ook nog twee andere meisjes van het werk met je mee, ook naar die kliniek. Jullie zullen daar echter gescheiden worden en gescheiden blijven. Het is de bedoeling dat jullie niet onderling met elkaar praten, maar ook dat je straks niets zegt tegen de anderen. Niets! Lippen op mekaar dus. Ook de twee andere meisjes zullen niets zeggen. Je zult niet weten wie zij zijn tot jullie op het vliegtuig zitten. En dan nog hebben jullie zwijgplicht. De moellah is er heel de tijd bij. Die is uiteraard volledig te vertrouwen. Met hem mag je praten als het nodig is, of als je een belangrijke vraag hebt. Heb je dat begrepen? Kan ik op je rekenen, meisje? Beloof je dat? Zul je zwijgen, in alle talen?"

Het meisje had een droge keel en kon amper spreken, maar toch zei zij duidelijk ja. Zij waagde het zelfs om in alle nederigheid de vraag toe te voegen of haar broer in het heuvelland op de hoogte was van dat alles? Van haar ziekte, van de reis, van de behandeling in het kleine ziekenhuis?

”Je broer – in het heuvelland?”

Zij beaamde dat met een stevige knik.

”Wel ... dat weet ik niet. Maar ik zal het vragen aan sjeik Ahmadi. Dat is die eerbiedwaardige oude man met wie je naar hier gekomen bent en die op een eeuwige geestelijke missie in de regio van Wakhan doolt. Ik zal het aan hem vragen, en hij kan dan zelf oordelen wat hij noodzakelijk acht om aan je broer mee te delen. Je tweelingbroer, is het niet?”

”Jawel, Yigit, mijn tweelingbroer,” antwoordde zij hees. ”En mag ik nog zo stout zijn om u ook te verzoeken – als het u schikt – dat de dolende sjeik aan mijn broer zeker de boodschap overmaakt *dat de vooruitzichten veelbelovend zijn*. Is dat mogelijk?”

”Dat de vooruitzichten veelbelovend zijn? Ja, dat kan. Ik zal het aan sjeik Ahmadi zeggen.”

”Heer, ik ben u duizendmaal dank verschuldigd.”

”Dat weet ik, meisje. Maar denk om je belofte. Zwijgen, dat is de boodschap. Mondje dicht!”

Vervolgens gaf de machtige minnaar haar nog enkele praktische instructies voor de volgende dag en de dag van het vertrek. Hij kweet zich kort en vergenoegd van deze taak. Dan hield hij op met praten en liet alle verdere bedrijvigheid weer over aan zijn lichaam.

Toen het meisje in de vroege ochtend terugkwam in het atelier droeg haar schaduw een heerlijk geurende nevel van kamperfoelie en jasmijn.

De vlucht naar Ceylon gebeurde in een kleine Cessna, een vliegtuigje met zo'n tien zitplaatsen. Ze waren slechts met zijn vieren: de drie meisjes, de moellah, en verder niemand – behalve de piloot natuurlijk. Het was een ongehoord lange vlucht die maar blééf duren – een lijntoestel zou er slechts een paar uur over gedaan hebben – en de Cessna landde een eind na de middag, na een barbaarse overtocht die iedereen misselijk maakte. Ook

Qiz, die zich bij het uitstappen zo ziek voelde dat zij hoopte om zo vlug mogelijk in het ziekenhuis te zijn. De moellah was de enige die zich op de oude tarmac goed overeind hield – de meisjes strompelden en hobbelden in zijn spoor als verwaarloosde schooiertjes. Dat kwam natuurlijk ook door de verschrikkelijk vochtige zwoelte die hen bij het oversteken als een donderwolk neerdrukte. De wandeling naar de hangar duurde gelukkig niet lang. Zo te zien was het maar een kleine, primitieve luchthaven, zeker niet de grote internationale van Colombo. Mogelijk was zij ooit op een afgelegen terrein opgezet en thans uitgebaat door een gefortuneerde tycoon voor privédoeleinden.

Qiz had op geen enkele manier afscheid kunnen nemen van de stad, de werkplaats of haar vriendinnen. Dat was ook niet nodig, aangezien ze volgens de jongste baas vlug terug zou zijn en zij geen sikkepit mocht verklappen. Pas in het vliegtuig had zij haar twee collega's gezien en herkend, maar meer dan een glimlach en een angstige blik hadden ze niet met elkaar gewisseld. Blijkbaar waren ze allen goed doordrongen van hun zwijgplicht, en Qiz vermoedde bovendien dat elkeen door zijn eigen situatie en zijn eigen zorgen in beslag genomen was. Terecht.

In de enige hangar werden zij opgewacht door een uiterst verzorgde man in een perfect maatpak met wie de moellah een tijd bleef praten en zelfs luidruchtige grapjes maakte, iets wat men van hem niet gewoon was. Het werd nog vreemder toen het keurige heerschap een blinkende sigarettenkoker opdiepte en samen met de moellah een sigaret rookte, zelfs meer dan één. Precies zoals het meisje zo vaak had gezien bij de broers in het witte huis. Maar nooit bij de moellah.

Zij kreeg samen met de twee anderen al vlug een fris flesje cola aangeboden dat de deftige man uit een witte metalen bak haalde. Die bak stond tegen de muur, in een rij van wel vijf soortgelijke grote bakken. Ondertussen praatte de man onophoudelijk door met zijn geestelijke vriend zonder nog veel aandacht te geven aan de jongeren. Het meisje wachtte verstrooid en gelaten het verdere verloop af. Zij voelde zich erg onzeker en om dan toch wat houvast te krijgen, hield zij de moellah stiekem in het oog.

Zij zag dat hij nog steeds dezelfde tulband droeg als bij zijn allereerste bezoek, en in een spottend binnenpretje vroeg zij zich af of die opgerolde doek misschien vastgegroeid was aan zijn hoofdhuid – en hoe die gezette man eruit zou zien zonder dat 'ding' op zijn hoofd. Misschien was hij wel kaal en had zijn schedel bobbels als de maan?

Er kwam een geblindeerde slee aangereden en de twee vrienden namen afscheid van elkaar met heel wat drukdoenerij. De deftige man verdween in een deur opzij, naast de bakken. De moellah en zijn drie meisjes stapten in de limousine, hij vooraan naast de chauffeur, de meisjes op de achterbank – maar ze zagen heel goed in het spiegeltje van de zonneklep dat hij hen waakzaam in de gaten hield. Ze deden hun mond dus wijselijk niet open en keken elkaar zelfs niet één keer aan – ook al verliep de tocht van de zogenoemde luchthaven naar hun bestemming weer onhebbelijk lang en moeizaam. En pijnlijk, als de wagen over oneffen terrein of over een bobbelige landweg scheurde.

Het was een geluk dat Qiz in het midden zat en dat zij gedurig over de schouder van de chauffeur naar buiten kon kijken. Wat zij toen door de stoffige voorruit bij die allereerste aanblik zag, deed haar hart op slag een sprong maken tot tegen haar gehemelte: want ook al begon het daglicht al geleidelijk af te nemen, zij kon heel goed de zee zien, die prachtige blauwe, uitgestrekte zee en ook op sommige plaatsen een strook van wit zand en van tropische bomen. Het was enig, het was nog meer betoverend dan de afbeelding die zij zo vaak bekeken en bewonderd had. En pas nu drong het helemaal tot haar door dat zij in Ceylon *was*. Haar droom.

Het was al halfdonker toen ze bij het ziekenhuis aankwamen. Bij het uitstappen zag Qiz meteen dat het een vrij nieuw, houten gebouw was met twee verdiepingen, en daarnaast, apart, een kleine keet met twee gammele deuren, waarvan een het bordje LAB droeg en de andere PHARMACY. Verder was er ook nog een overdekte stalling en een dubbele garage (zoals zij er veel gezien had langs de uitgestrekte boulevard van Kunduz). Dit alles bevond zich binnen een stevige omheining van ijzerdraad. Maar niet ver aan de andere kant, aan de overkant van de kliniek en op zo'n tweehonderd stappen van de omheining, zag zij weer de eindeloze zee liggen. Over de bomen en het struikgewas. Nog steeds dezelfde wonderlijke zee als onderweg, een zee tot aan de horizon. Ze hadden dus heel de tijd langs een kustweg gereden, en daar, vlakbij de kust, lag nu ook hun ziekenhuis.

"Zie je wel?" fluisterde zij. "Zie je wel?"

De moellah die enkele stappen vóór haar liep, keek met boze, gefronste wenkbrauwen naar haar om, maar aangezien hij niets meer hoorde, veronderstelde hij dat zij gewoon tegen zichzelf had lopen praten. En ook de twee meisjes gaapten naar haar, maar dan eerder ontsteld en beschuldigend alsof zij een onvergeeflijke misdaad had gepleegd.

De werkelijkheid was dat zij bij het aanschouwen van de tropische zee en van het kleine glooiende strand – in het licht van die onbeschrijfelijke zonsondergang – bijna lijfelijk de aanwezigheid van haar tweelingbroer gevoeld had, alsof hij vlak bij haar stond, alsof ze weer heftig met elkaar aan het kissebissen waren.

"Zie je wel?" had zij tegen hem gefluisterd. "Zie je wel dat mijn droomland echt bestaat? Dat je erin moet geloven, en moet volhouden?"

"Onzin," hoorde zij hem lachen. "Het is een droomland, *jouw* droomland, zoals je zelf zegt. Maar het bestaat niet. Ik geloof er niets van. Kom maar terug. Hier is het goed."

Zij werd ondergebracht in een klein kamertje dat zij niet mocht verlaten. Maar het eten en de verzorging lieten niets te wensen over. De moellah kwam elke ochtend een kwartiertje met haar praten. Om poolshoogte te nemen, dacht zij met enige argwaan. Hij bleek echter nog vriendelijker te zijn dan zij gedacht had en zijn bezoeken waren erg geruststellend, zelfs belangrijk. Het was wel jammer dat de man een stank meedroeg die zij niet kon verklaren. Misschien was het de dienaars van Allah verboden om zich dagelijks te wassen? Hoe dan ook, hij vertelde haar dat de twee andere meisjes ook zo'n kamertje hadden en dat die eerst zouden behandeld worden. Zij zou als laatste aan de beurt komen, over een kleine week. En vóór dat gebeurde, zou zij nog eens extra onderzocht worden door een speciale chirurg van Sri Lanka die gestudeerd had in Engeland.

Toen zij bij deze woorden niet-begrijpend opkeek, voelde hij dat hij wat meer uitleg moest geven.

"Een chirurg is een dokter die met de fijnste methodes en de allerbeste apparaten allerlei ziektes binnen in je lichaam kan genezen. Hij kan ook foute dingen verwijderen, dingen die je gezondheid aantasten. Hij doet dat geheel pijnloos, maar dat zal hij zelf wel verduidelijken. Hij kan dat beter uitleggen. Deze dokter is echt een specialist in zijn vak. Hij is wel nog jong, maar hij heeft heel lang gestudeerd en geoefend in Engeland. Dat is een land dat aan de andere kant van de wereld ligt, ver weg van Sri Lanka."

Nu stelde zij de vraag die zij al zo lang had willen stellen, al van het moment dat zij met het kleine gezelschap in Kunduz vertrokken was. Zij klonk geprikkeld, en dat was niet haar gewoonte.

"Maar zijn wij dan niet in Ceylon? Ik heb wel hier en daar de naam Sri Lanka gelezen, maar van Ceylon is nergens sprake. Dat was ook zo in de luchthaven, dat was ook zo met de kartonnen dozen en de metalen bakken waarop ik alleen een etiket van Sri Lanka kon zien. En op de papieren toen ik hier op de kamer kwam. Wij zijn toch in Ceylon, of niet?"

Een ogenblik keek de moellah haar met vorsende, toegeknepen ogen aan. Dan bulderde hij het opeens uit met een lach die tot buiten het gebouw te horen was. Niet echt prettig.

"Ceylon, meisje? Ceylon?" vroeg hij, terwijl hij weer zijn oude, bewuste zelf werd. "Jawel, wij zijn hier in Ceylon. Dat klopt. Of liever: dat klopt niet meer. Dat was de naam van dit land in vroegere tijden. Nu heet het al enige jaren Sri Lanka. Neen, je zult nergens nog de naam Ceylon zien of lezen, hoewel hij nog hier en daar gebruikt wordt. Maar dan niet officieel. Mensen passen zich zo moeilijk aan. Maar Ceylon is Sri Lanka geworden, sinds het begin van de jaren zeventig. En de vroegere hoofdstad Colombo is toen ook veranderd in Kotte. Er zijn destijds heel wat onmenselijke, bloedige dingen gebeurd die niemand nu nog kan verantwoorden – je kent dat wel: oog om oog, tand om tand, maar daar kom je nergens mee ... En eerlijk gezegd, ik durf niet zweren dat dit land momenteel helemaal rustig is. Het blijft woelig. Er wordt nog gevochten. Met soms vele doden. En allemaal door de terreur van een groepje Tamils tegen de Singalezen ..."

Op het laatst was de man meer met zichzelf aan het redeneren dan met de patiënte, en die maakte gebruik van haar onwetendheid om iets te vragen dat zij eigenlijk nooit van plan was geweest.

"Zou mijn broer niet mogen overkomen?" vroeg zij toen de oude zweeg.

"Je broer?"

Verrast zag zij dat zij met haar alledaagse vraag de man opeens bijzonder nerveus gemaakt had. Hij gaf zijn antwoord kortaf en korzelig; het was duidelijk dat hij tijd wilde winnen terwijl zijn gedachten onrustig in alle richtingen joegen.

"Ja, Yigit, mijn tweelingbroer," verduidelijkte zij. "Waarschijnlijk weet hij nog helemaal niets van mijn toestand of van mijn verblijf hier. Of van dit land. Hij zou het ook niet kunnen geloven, denk ik. Maar als hij mij met zijn ogen kan zien ... Of als sjeik Ahmadi hem op de hoogte brengt, zoals mij door een baas beloofd werd, dan ook natuurlijk, maar dat kan nog lang duren want dat is een dolende goeroe. Tegen dan ben ik misschien al maanden terug aan het werk in Kunduz."

De moellah had zich al herpakt.

"Ja zeker, ik ken sjeik Ahmadi heel goed. En van je broer heb ik ook al gehoord. Ik ben ervan overtuigd dat de goeroe zal uitvoeren wat de jonge *shahzoda* hem opdraagt, maar, zoals je zegt, dat kan tijd kosten. Hoe dan ook, hij wordt wel op de hoogte gebracht, vroeg of laat."

Het meisje had nooit een degelijke opvoeding en zeker geen scholing gekregen, maar zij was van nature intelligent en zij was ook flink wereldwijs geworden door toedoen van die lieve Parwani. Daardoor voelde zij haast intuïtief dat de moellah dingen verborgen hield en dat hij meer wist dan hij wel voorgaf. Met zijn laatste zinnen was zij hem intens beginnen wantrouwen. En eigenlijk alle mannen van zijn allooi en zijn generatie. Alsof een profetische lichtflits haar was ingegeven, veronderstelde zij opeens met een aan zekerheid grenzend vermoeden dat bijna iedereen in Kunduz achter haar rug spelletjes had gespeeld, dat er buiten haar weten dingen op het getouw waren gezet die het daglicht niet mochten zien. Opeens vroeg zij zich af waarom haar meester destijds na het eerste vrijen zo duidelijk en zelfs herhaaldelijk gesproken had van *Ceylon*, met een opvallende klemtoon? Terwijl hij toch geweten had dat die naam verleden tijd was? Neen, zij vertrouwde niemand meer. Daar niet, en ook in de kliniek niet. Behalve Parwani, natuurlijk. Hoewel ...

"Ik denk zelfs niet dat het praktisch haalbaar is," vervolgde de goedmoedige moellah, na nog wat met zichzelf in stilte overlegd te hebben. "Per slot van rekening zul je hier niet zo lang blijven. Nog een paar dagen voorbereiding en onderzoek, dan een volledig etmaal vasten en water drinken, waarop dan 's anderendaags de ingreep volgt. Ook nog een paar dagen voor het herstel – de revalidatie. Dat is wel korter dan bij de anderen, maar jij bent de sterkste van de drie en op die manier kunnen wij weer samen met een en hetzelfde vliegtuig naar Kunduz vertrekken.

"Trouwens, wat je mij vraagt, houdt geen steek. Als alles meezit, zou je je broer hier misschien één dag kunnen zien, en wat dan? Ga je hem hier achterlaten? Hoe zal hij naar hier komen, hoe zal hij terugkeren? Ik ben wel een beetje op de hoogte van zijn leven daar in het bergland ... En wat meer is: als hij je slechts gelooft wanneer hij de situatie met zijn eigen ogen gezien heeft, dan noem ik dat maar een mager geloof. Met zo'n geloof kom je niet ver. Dat valt mij erg tegen van hem. Ook al is het je tweelingbroer."

Na een paar saaie dagen in die kamer dus en de voorspelde dag van totale onthouding – als voorbereiding op de ingreep – was het zover. 's Avonds kwam de chirurg die in het verre Engeland gestudeerd had nog een praatje maken met de patiënte, vooral over hoe zij zich voelde en of zij bang was, en na hem zag zij nog een andere man in een losse witte werkjas, die zich voorstelde als de *anesthesist*. Dat was echt een heel knappe jonge man – een Indiër, verklaarde hij zelf, uit Sagar – en hij verstrekte graag alle gewenste informatie over zijn werk en over het normale verloop van de operatie. Vóór hij vertrok gaf hij haar nog een kleine inspuiting zodat zij de nacht rustig zou kunnen doorbrengen, zonder stress en zonder gepieker. Het gebeurde zo vlug en zo vanzelfsprekend dat zij zelfs geen tijd had om te protesteren of om meer uitleg te vragen.

Het was een doeltreffend medicijn want zij sliep bijna direct in zodra de jonge Indiër vertrokken was. Maar na een paar uur, vermoedelijk rond middernacht, werd zij toch abrupt gewekt door een onvoorstelbare herrie. Het gebouw schudde op zijn grondvesten alsof het gebombardeerd werd door wel honderd donderslagen. Zij hoorde mensen rennen, deuren openbreken en dichtslaan. Zij hoorde het angstaanjagende, dreigende geluid van voeten en zware laarzen die haastig door de gang draafden – voorbij haar kamer, gelukkig – er werd van alle kanten geroepen en gegild met daarboven sporadisch de barse commando's van een opgewonden mannenstem. Er waren ook geluiden die zij helemaal niet kon thuisbrengen, als van bomen of palen die krakend omvielen, ook iets als wild startende motoren en gierende voertuigen – het deed haar denken aan die fameuze 'jeeps' van op de boulevard.

Opeens klonk er geweervuur, dan het geratel van ontelbare schoten op een rij. Het was eerst in de verte, dan dichtbij, zelfs niet ver van haar raam dat gelukkig goed afgesloten was met een houten luik. Het leek wel alsof alle duivels van de hel tegelijk losgelaten waren. De chaos was overal, binnen en buiten, het lawaai was oorverdovend, de paniek was totaal. Een vrouw schreeuwde om hulp, en dan nog een. En dan zelfs een jong meisje. In een van de belendende kamers of op de gang. Het was om gek te worden.

Het kalmeringsmiddel was nog volop aan het werk waardoor zij nauwelijks de kans had om ten volle te beseffen wat er gebeurde. Een van de volgende seconden vloog de deur van haar kamer zo brutaal open dat het wel leek alsof zij werd ingetrapt. De Indische anesthesist verscheen – niet in zijn witte werkjas, maar in een verschoten plunje – liep naar haar bed en greep haar in één beweging vast. Het volgende ogenblik rende hij met het meisje in zijn armen door de gang naar buiten, terwijl hij de wirwar van schreeuwende mannen en vrouwen probeerde te vermijden. Een minuut later zat hij met haar weggedoken in een kleine donkere keet – zij had in een glimp kunnen zien dat op de deur het bordje PHARMACY hing.

"Hier hebben wij nog het meeste kans," fluisterde hij met een stem die oversloeg van de angst en wanhoop. "Hier en hiernaast, maar vooral hier. Hiernaast staan nogal wat dingen die kunnen ontploffen, en dat is dus ook gevaarlijk."

Nu pas begon het meisje goed wakker te worden.

"Het zijn de Tijgers, de Tamil Tijgers," voegde hij er bevend aan toe, alsof zij wist wie precies dat moesten wezen en wat het betekende. "Gevaarlijk, heel gevaarlijk! Hou je dus stil, zo stil mogelijk. Verroer niet. Ik kan mij niet voorstellen wat zij zullen uitrichten als zij mij of jou hier vinden. Ik verwacht dan het ergste."

Een kwartier lang zweeg hij. Soms wisselde hij een nerveuze, bange blik met haar. Ondertussen ging zij op een kist zitten en wachtte lijdzaam af. De verdoving werkte nog na en ze zweefde in het randgebied van slaap en werkelijkheid. Een tijdje nog hoorde zij met een benepen hart het tumult in al zijn hevigheid buiten de keet, op den duur begon het al wat minder door te dringen, maar toen klonk opeens een daverende slag als van een bom. Haar gehoor viel helemaal uit, ze voelde alleen nog een verschrikkelijke, kloppende druk in haar beide oren. Instinctief begon zij herhaaldelijk te slikken en zo kwam het geluid geleidelijk weer. Pas toen merkte zij dat het in de omgeving veel rustiger geworden was.

"Kijk," hernam de anesthesist, nog steeds trillend en fluisterend. "Ik denk dat wij het ergste gehad hebben. Er is hoop dat wij hier levend uitkomen. Ik zie nog één moeilijkheid: mijn auto staat in de bosjes bij het strand, dat is op zo'n vijfhonderd meter van hier. Die moeten wij bereiken, dan zijn wij gered. Dan pas. Normaal toch. Ik hoor nu niets meer van de milities, ik denk dat zij vertrokken zijn. Dat doen wij zo meteen ook. Ik hoop dat wij het overleefd hebben. Zo te horen staat de kliniek in brand. Dat is aan de ene kant wel verschrikkelijk – er moeten weer doden en gewonden gevallen zijn – maar anderzijds is het goed om ongemerkt te vluchten. Het dekt onze aftocht, zeker als wij voorzichtig zijn. Ik probeer gebruik te maken van de duisternis. Hou je nog even gedeisd en volg straks mijn bevelen letterlijk op. Geen vragen, geen opmerkingen, ja? Gewoon volgen, meisje. Als wij dit overleven, dan zien wij wel verder."

Het was inderdaad zo dat ze het kleine ziekenhuis vlakbij nog volop zagen branden toen ze hun keet verlieten en onopvallend naar buiten slopen. Allerlei mensen liepen nog steeds in de grootste verwarring door elkaar, ze renden van hot naar her, er was maar één brandslang in werking en de vlammen flakkerden nog in alle hevigheid uit de ramen en van onder het dak. Het lichtschijnsel was verraderlijk en onvoorspelbaar, het was gewoon onmogelijk om op een of andere manier gebruik te maken van de verhoopte flarden duisternis – er wás daar gewoon geen duisternis, alleen het alomtegenwoordige licht van de gloed.

Het meisje hield alleen de rug van de gekromde man vóór haar in de gaten, die traag maar zeker, als een omzichtig sluipend nachtdier, vooruit stapte. Voetje voor voetje. Het leek oneindig lang, de afstand leek onoverbrugbaar, maar bij elke pas verminderde toch het licht en de hitte, en na enkele minuten kropen ze samen onder de ijzerdraad en hadden ze de struiken van het bosje bereikt. Nu waren ze minder zichtbaar en konden ze opschieten. Het duurde dan ook niet lang eer ze veilig hun rug konden strekken bij de auto van de anesthesist, een gedeukte Ford Taunus. Zij stonden met hun voeten aan de rand van het kleine, opgaande strand, daarachter lag de eindeloze zee. Het meisje hoorde de zachte golfslag aangenaam in het donker ruisen, als een satijnen dekmantel over de harde ellende die nog in de verte achter hen te horen was.

"Kom, stap in," zei de Indische medicus, "wij zijn weg. Hoe vlugger en hoe verder, hoe beter."

Voor het eerst toonde hij met een brede glimlach ook zijn mond vol prachtige, kleine witte tanden.

Het meisje stapte in terwijl hij de motor al startte. Het was moeilijk manoeuvreren in het zand, maar het lukte. Blijkbaar was de jonge chauffeur goed vertrouwd met zijn vehikel én met de omgeving, want ondanks de duisternis en de verwilderde plantengroei kwamen ze al heel vlug terecht op een soort van officiële verharde weg die op haar eerste aanvoelen landinwaarts voerde. Zij wist niet waarheen ze reden, zij wist ook niet wat de bedoeling was. Bovendien durfde zij nog steeds haar mond niet opendoen, en de jonge chauffeur zei ook geen woord. Dat duurde zeker een kwartier tot hij bij een kruispunt bruusk een afslag nam en zo weer op de kustweg uitkwam.

"Ik denk dat het nu wel veilig is," lachte hij behoedzaam, "en dat wij aan een groot gevaar ontsnapt zijn. Wij mogen blij zijn dat wij nog leven. Ik weet ook wel dat volgens sommigen de Tijgers een goede strijd voeren, dat het rabiate vrijheidsstrijders zijn en misschien geen monsters, maar voor de mensen hier zijn het boosdoeners, gewetenloze rebellen. Hun blinde haat maakt hen tot vreselijke, onverbiddelijke moordenaars, die wel constant opgejaagd worden, maar zelden gegrepen en jammer genoeg nooit uitgeroeid. Ze zijn als kevers: als ze ergens vertrapt worden, verdwijnen ze voor een tijdje, maar even later duiken ze toch weer op – op een andere plaats. Boktorren, cicades ... zo zijn die Tamils ... Niet mijn beste vrienden, eerlijk gezegd."

Qiz was nu wel weer bij haar volle bewustzijn, maar zij had het echt nog moeilijk om alles te verwerken wat zij het laatste halfuur had moeten doorstaan, zelfs alles van de laatste dagen. Er was zoveel gebeurd ... Eigenlijk had zij maar de helft gehoord van wat de chauffeur gezegd had, maar ze genoot intens van zijn aanwezigheid en van zijn warme stem. Het was een mooie jonge man, een fijne vent. En zo anders dan wat zij tot nu gezien of meegemaakt had.

"Ja, voor mij is dit ook een beetje revolutie," hernam hij, hardop peinzend. "Een revolutie in mijn binnenste, bedoel ik. In mijn ziel. Zo kan het niet langer. Ik denk dat ik terug naar India ga. Dat is voor mij wel een risico, maar alles samengenomen is het daar toch iets veiliger dan dit immer woelige Sri Lanka. Het

184

houdt hier niet op. Nooit. Maar ik ga niets overhaast doen, ik moet de zaken eerst op een rijtje zetten alvorens ik een beslissing neem. Gelukkig is geld geen probleem. Maar hier is het toch wel afgelopen voor mij. Hoe meer ik erover praat, hoe duidelijker het allemaal wordt. Ja, India biedt toch wel veel voordelen, als je het goed afweegt."

Er viel weer een stilte, een lange stilte. Alsof de Indiër in zijn hoofd de plannen al aan het uitvoeren was. Veel van zijn woorden hadden als raadsels geklonken in haar oren. Zij wilde hem de vraag stellen wat hij nu in gedachten had voor *haar*, maar zij twijfelde eraan of dit wel gepast was. Zij vreesde dat hij opeens kwaad zou worden – hoewel zij niet de minste reden hiertoe had – en eigenlijk hoopte zij, ook zonder enige reden, dat hij haar zou meenemen naar zijn verblijfadres. Hier ergens aan de kust in Ceylon, maar liever niet naar India. Want dat land had hij toch ook een 'risico' genoemd? En als dokter *moest* hij hier in deze regio toch een vast en veilig onderkomen gehad hebben, al was het maar om te slapen en te rusten? Naar Kunduz en de werkplaats wilde zij eigenlijk ook niet meer. Tenslotte was dit oord, dit zonnige land, haar gedroomde bestemming. Maar zij durfde niet vragen wat hij met haar van plan was omdat zij bang was voor het antwoord. Voor iets wat zij niet wilde horen.

"Wat zou er met de anderen gebeurd zijn?" waagde zij dan toch, met een schorre stem. "Met de twee andere meisjes, en met de moellah? Waar zouden die zijn?"

Zij keek zijdelings naar haar chauffeur, maar die gaf geen krimp en er kwam ook niet meteen een antwoord. Het leek wel of de man al zijn aandacht nodig had om de gammele Taunus langs het donkere struikgewas te sturen en op de rechte weg te blijven – ze reden immers in het holst van de nacht. Maar hij had het wel gehoord.

"Ik zal eerlijk zijn," begon hij nogal afwezig. "En misschien ook harteloos. Maar ik vrees dat je de meisjes niet meer zult zien. Ik raad je aan om ze gewoon te vergeten. Dat is het beste. Ze waren nog maar pas geopereerd en ze konden onmogelijk uit eigen beweging hun bed verlaten. Eentje moet zelfs nog wat hinder gehad hebben van de narcose, dat kan moeilijk anders. En wetende hoe de Tamils te werk gaan, hoe ongenadig ... Neen, geen schijn van kans, denk ik. Maar jou heb ik gered, het gebeurde haast instinctief. Ik had 's avonds nog met jou gesproken, je was vriendelijk en verstandig, en aantrekkelijk. En je kon nog op je eigen benen staan. De operatie was immers maar voor morgen. Je had nog geen infuus. Je was de laatste van de week. Dat speelde allemaal mee. Gelukkig voor jou! Maar veel heb ik niet nagedacht, dat kon ik niet. Je hebt het zelf gezien. De chaos was totaal. Als je het cru stelt, ben je eigenlijk dank zij de inval van de Tijgers ontsnapt aan de operatie.

"En de moellah ... Daar hebben wij het raden naar. Al met al heb ik hem niet zo vaak gezien of gesproken, ik ken hem eigenlijk niet goed – de chirurg kent hem veel beter en al veel langer. Ik zie in hem meer een gewiekste zakenman dan een vrome man van God. Er kunnen twee dingen gebeurd zijn. Ofwel is hij ook gewelddadig van kant gemaakt in de overval, samen met zovele anderen van het ziekenhuis. Ofwel ... Weet je, in mijn ogen kwam hij over als een opportunist, en misschien stond hij in werkelijkheid aan de kant van de rebellen, van de Tijgers. Hij was even fanatiek en hardleers, en bovendien was hij volgens mij iemand die absoluut wilde overleven, iemand met een enorm dwingend lijfbehoud – tegen de religieuze schijn in. Dus misschien heeft hij wel een rol gespeeld in die raid, wie zal het zeggen? Dit zijn echter allemaal slechts gissingen, zonder tastbaar bewijs ... Maar één ding staat voor mij vast: hij hield zich met zaken bezig die beter geheim bleven en die hem veel persoonlijk voordeel opleverden. Geloof mij, onder die dikke tulband ging een verdacht individu schuil die ik voor geen haar zou vertrouwen. Neen!"

Het meisje was uitermate geïnteresseerd. Zij liet zijn verhaal nog even doordringen.

"Een opporto- of zo, wat is dat precies?"

"Een opportunist? Dat is moeilijk om uit te leggen. Ik zou zeggen, dat is iemand die handig gebruik en misbruik maakt van mensen en situaties, en altijd in zijn eigen belang; iemand die geen principes heeft of zijn principes te gemakkelijk opoffert aan het voordeel dat hij ruikt. En zonder enig schuldgevoel of rancune. Iemand die van twee walletjes eet als dat hem het beste uitkomt. Nu, wat die moellah betreft, dat leek mij dus een echte opportunist: een geestelijke die slechts gelovig was zolang het hem kon dienen, maar die zijn god opzijzette – of voor een tijdje opzijzette – zodra die in de weg stond van zijn ambities. Duidelijker kan ik echt niet zijn. "

"Als dat zo is," dacht het meisje hardop, "dan hoop ik dat ik hem nooit meer hoef te ontmoeten en dat hij in de aanval vannacht is ten onder gegaan. Uw verhaal klopt wel, want bij momenten vond ik die man overdreven vriendelijk en soms heb ik inderdaad gedacht dat hij komedie speelde en ervan genoot. Bovendien hing er altijd een onhebbelijke stank in zijn mantel."

"Meisje, ik deel je mening meer dan je wel denkt. En ik heb mijn eigen redenen daarvoor."

Na weer wat bruuske manoeuvres met het stuur ging de Indiër door met zijn bedenkingen. Het was duidelijk dat hij zich elke minuut veiliger en beter voelde. En dat het gesprek hem beviel.

"Trouwens, met die chirurg was er ook iets aan de hand, ik weet niet wat. Heel vreemd. Maar zoals gezegd kende hij de moellah veel beter. Soms leken ze onderling akkoordjes te maken. Ik dacht eerst dat ze bezig waren met weddenschappen, maar naderhand, zeker nu, begin ik een en ander te begrijpen. Die chirurg was nog niet zo slecht, en een echte specialist, een vakman. Een van de beste. Maakte bij mijn weten geen enkele fout. Maar zonder karakter, vrees ik, zonder ruggengraat. En wat ben je met je kennis en je kunde, wat ben je met je diploma's en buitenlandse *masters* als je geweten afhaakt en de moraal ontbreekt? Genieën kunnen beesten zijn. Maar laat ons in elk geval hopen en bidden dat althans die akelige gedrongen vent met zijn vuile tulband voorgoed verdwenen is. Hopelijk."

Het meisje keek slaperig naar het hobbelende licht van de koplampen op de grindweg en naar het gedierte dat verschrikt verscheen en verdween. Veel insecten, muggen en andere vliegende beesten, maar ook af en toe een rat en een slang, en zelfs een schuw aapje ... Zij keek nog even opzij naar haar chauffeur, sloot dan haar ogen en luisterde zo naar het eindeloze geronk van de motor ... En naar *zijn* stem, naar dat gezellige accent en die vloeiende intonatie. Er kwam een heerlijke rust over haar, zij voelde de spanning van de voorbije uren als amandelolie van zich afglijden.

Die typische zangerige stem ... Bestond zoiets als liefde op het eerste gezicht, die wonderlijke kwaal waarover ze 's avonds in het atelier zo vaak met haar vriendinnen gelachen had? Het was toch zo dat zij in het gezelschap van deze jongeman een brandende opwinding gewaar werd, dat zij zo onmiskenbaar graag naast hem in de auto zat? Dat zij uren naar zijn stem kon luisteren, ja, dat deze rit nog vele uren mocht duren? Dat zij zo bang was om hem dé vraag te stellen, omdat zij vreesde voor ... zij durfde er niet aan denken. Het was al begonnen tijdens dat eerste gesprek, dat uurtje in het ziekenhuis ... Was dat nu ver-liefdheid – op het eerste gezicht? Hij deed haar pardoes denken aan Yigit, haar broer. Natuurlijk was die helemaal anders van gezicht en van uiterlijk en van gestalte – dat was dan ook geen Indiër – maar toch, datzelfde gevoel van veiligheid, van hou-vast, van volmaakt vertrouwen, die gelukzalige omhelzing in hun gedachten, die ... *teasing*, zoals de jongste meester dat in het witte huis genoemd had. Tasten en plagen ...

Hoe lang was dat geleden, die tijd met haar broer? Zij was nu zeventien of achttien jaar – zij wist het zelf niet goed meer – en dat stille afscheid thuis leek nu van een andere wereld te zijn. Wie had gedacht dat zij zo lang zou wegblijven van het rustige heuvelland, van hun kleine huis met haar zieke vader en haar broer, en de onvoorspelbare bezoeken van de dolende Wijze? Hoe zou Yigit er nu na al die tijd uitzien, dacht zij, met een zweem van een glimlach. Zonder twijfel moest hij wel erg veranderd zijn, terwijl zij nog steeds het beeld van de magere pestkop en kameraad van dertien voor zich zag. Wellicht was hij ook al een jonge man, zoals de chauffeur. Maar groter en forser natuurlijk.

Zij moest bekennen dat zij zelf ondertussen ook geen klein meisje meer was, geen andere helft van een tweeling, geen schaduw van haar broer, maar een verstandige, jonge vrouw, en dat voelde zij heel goed. Elke dag. En dat *wist* zij ook, want zij had al zo veel geleerd over dat andere geslacht, over de mannen. Met woord en daad. Jong en oud. Maar deze man, deze lieve vreemde achter het stuur, neen, daar kon zij niet goed hoogte van nemen.

"Nog een klein kwartiertje," zei hij, terwijl hij geamuseerd naar haar glunderde. "Je was wat ingedommeld, maar het is goed dat je wakker bent, want nu wordt het toch weer allemaal belangrijk. En nieuw. Maar niet gevaarlijk, helemaal niet gevaarlijk. Hoewel je in dit land en in deze tijden nooit weet ... Maar wij naderen onze bestemming."

Het meisje hield haar hart vast toen zij hem hoorde spreken van 'onze bestemming' – en niet toen hij tweemaal het woord 'gevaarlijk' gebruikte. Enerzijds zou zij nu meer weten, zelfs zonder het te vragen, maar anderzijds ... kon het iets anders zijn dan onheil en slechte tijdingen wat hij haar over een kwartier zou brengen? Besefte hij wel goed hoe belangrijk dit moment voor haar was?

"Je hebt het misschien gemerkt," vervolgde hij opgewekt, "maar wij zitten al een tijdje terug op de kustweg. Nadat wij uit dat rampengebied ontsnapt waren, heb ik toch maar gekozen voor een route die landinwaarts ging, zeker een uur lang, omdat ik vreesde voor barricades of hinderlagen van de Tamil Tijgers. Ik weet hoe ze redeneren. Nu zijn wij vijftig kilometer verder en rijden wij in rustige, vredige wateren, bij wijze van spreken. Hier is het een kalm kabbelende zee. Ook de weg is veel beter, dat voel je wel. Hij is aangelegd voor de toeristen, voor mensen die van heinde en ver naar hier komen, van overal ter wereld. Ze zoeken hier de ontspanning, de verwenning, het niets-doen, en ook wel het avontuur – kortom, het paradijs – en dat kunnen ze hier volop krijgen. Nog nooit is iemand ontgoocheld naar huis teruggekeerd."

Tot haar genoegen merkte zij dat haar redder tijdens zijn verhaal heel de tijd pogingen deed om haar aan te kijken. Dat was goed. Maar ondertussen maakte zijn beschrijving een beeld in haar los dat zo direct en zo intens was, dat zij er echt koud van werd. Het was alsof zij één moment in een andere wereld stapte, in de wereld van het plaatje uit dat versleten reisboek van de dolende Wijze. Het betoverende plaatje van de eeuwig zonnige stranden en de altijd blauwe zee. En dat zij samen met haar broer ernaar zat te kijken terwijl hij spottend zei dat het allemaal pure fantasie was en zij dit hardnekkig tegensprak – waarop ze weer begonnen te kiften. Eén seconde slechts duurde deze terugkeer naar de kindertijd, en dan was het voorbij – net op het moment dat zij tegen haar broer riep: "En toch is het waar, het bestaat echt!" Na één seconde was het beeld compleet weg, en zat zij weer gewoon in de auto, naast haar Indische compagnon. Zij was sprakeloos en moest even bekomen van wat volgens haar een visioen geweest was. In het westen noemen wij dat echter een *déjà vu*. Pijnlijk in zijn echtheid.

"Ik laat je niet in de steek," zei de jongeman, toen hij weer oogcontact bekomen had. "Ik ga je onderbrengen op het adres waar ik zelf de laatste zes maand gelogeerd heb, bij het echtpaar Kulatunga. Het zijn gegoede mensen die hier al generaties lang wonen, ik weet zeker dat je er welkom bent. Ze wonen in een behoorlijk huis, niet in een houten barak of een schuur van fruitkisten of zo, en ze bezitten enkele strandbars en shops voor de toeristen die hier in het seizoen hun vakantie doorbrengen. Het kan hier dan onmenselijk druk zijn. Ze hebben ook een klein hotel met zestien bedden. Ik denk dat ze zeker ook werk voor je hebben, waarvoor ze je standaard zullen betalen. Ik heb het zes maanden meegemaakt en vind dat ze het voortreffelijk doen. Het zijn nuchtere, vredelievende mensen, en erg betrouwbaar. Ik zou niet weten waarom je er niet voorgoed zou blijven. Je verleden ligt achter je, ik denk dat je het ook best daar laat. Zo ver mogelijk."

Tot nu toe was het vooral rozengeur en maneschijn wat zij hoorde. Het voorstel was aanlokkelijk en zij zou het graag aannemen. Maar zijn verhaal was nog niet afgelopen.

"En ikzelf neem zo vlug mogelijk het vliegtuig naar India. Dat heb ik besloten tijdens onze rit. Het heeft geen zin om mijn moederland te blijven ontvluchten. Dat komt uiteindelijk wel goed. Wanneer ik precies vertrek, hangt af van de vluchtschema's.

Ondertussen blijf ik nog even bij de Kulatunga's. Hooguit een paar dagen, er zijn regelmatig vluchten naar Bangalore en New Delhi, dus dat kan geen probleem zijn. En wie weet kom ik elk jaar een maandje terug om hier mijn vakantie door te brengen? Dan kun jij mijn gastvrouw zijn?"

De hersenen van de verstandige Qiz werkten op volle toeren. Dat de Indiër weldra zou vertrekken, dat hij haar zou verlaten, dat zij alleen zou achterblijven in dit vreemde land ... dat zette een kolossale domper op de vreugde die ze eerst gevoeld had. Het was dat wat zij al die tijd gevreesd had en wat zij niet had durven uitspreken. Want zij moest niet lang in haar binnenste zoeken om te ontdekken dat de kiemen van een grote verliefdheid aan het ontluiken waren. Zeker nu zij uit zijn eigen mond het slechte nieuws vernam, nu wist zij ook ineens wat verliefdheid was en hoe het voelde om al meteen een barst in haar hart te voelen. Maar anderzijds moest zij toegeven dat hij eerst aan haar gedacht had en dan pas aan zichzelf, dat hij haar inderdaad niet in de steek liet, dat de toekomst toch nog mooi kon zijn – want zij was wel verliefd, zei haar verstand, maar nog niet over-verliefd of hopeloos verliefd. Het zat nog maar in de kiem, en het was beter dat er nu een eind aan kwam voor het te laat was. Temeer omdat de naïeve jonge Indiër zich nog van geen kwaad bewust was. Of wel? Zo naïef was hij dan ook weer niet. En dan was er nog de vraag of hij haar gevoelens wel zou willen beantwoorden. En hij had andere prioriteiten.

En toen kwam zij op haar nieuwe bestemming aan. De jonge anesthesist werd door de familie Kulatunga met open armen en grote bezorgdheid ontvangen, en ze gingen graag in op zijn vraag om als gastouders te zorgen voor het meisje uit Afghanistan. Ze konden zeker een paar extra handen gebruiken, zeiden ze. In het seizoen was er veel werk in de strandbars, en daarbuiten kon zij werken als dienstmeisje in het hotel, want dat was nooit gesloten.

Haar chauffeur met de mooie tanden en de zachte stem bleef nog twee keer overnachten bij de Kulatunga's alvorens zijn vliegtuig vertrok. Ze hadden aan het meisje bij haar aankomst al direct zijn oorspronkelijke kamer toegewezen, dus moest zij haar ruimte nog een paar dagen met haar oogappel delen. Dat was zeker niet 'noodgedwongen', integendeel. Ze deelden het bed (én ook de oude Chesterfield) en hij bedreef meermaals de liefde met haar, die eigenlijk geen liefde was. Hij deed het vlug, eigenlijk te vlug. Maar zij was zeer tevreden, en die eerste dagen op haar nieuwe adres waren werkelijk de hemel op aarde. Een betere bestemming had zij niet durven dromen. Toen niet, en ook later niet.

Op de ochtend dat de heer Kulatunga zijn Indische logé naar de luchthaven zou brengen, sprak de jongen het meisje aan. Hij was bijzonder zenuwachtig en onhandig. Ze stonden allebei voor het huis, en de ontroering hing in de lucht vanwege zijn vertrek.

"Kijk, Qiz," probeerde hij, terwijl hij haar hand vastnam. Het was de eerste keer dat hij haar naam uitsprak, en dat gebeurde niet zomaar: hij had iets belangrijks te vertellen. "Ik had eigenlijk op mijnheer gerekend om dit gesprek met jou te voeren, want het gaat over delicate zaken die ook hij weet, en ik dacht dat ik niet uit mijn woorden zou geraken. Maar vannacht, terwijl jij in de douche stond, dacht ik na en ik realiseerde mij dat ik niet wilde vertrekken als een geniepige lafaard die een vervelende klus eenvoudig door een ander laat opknappen. Neen, ik moet het nu eenmaal zelf zeggen. Er zijn dingen die ik tot nu toe verzwegen heb en die je *moet* weten, vind ik. Het zijn kwalijke zaken die alleen maar erger kunnen worden als ik ze verborgen hou. Straks zal ik op het vliegtuig zitten en dan is het te laat. En als ik dan toch volgend jaar wil terugkomen, als ik dan toch mijn vakanties hier bij jou in Sri Lanka wil doorbrengen, dan wil ik dat met opgeheven hoofd doen – en met recht aanspraak maken op je vriendschap. Of misschien wel meer."

Eigenlijk had de jongeman nog niets echt meegedeeld, en het meisje had al tranen in de ogen. Zij wachtte aandachtig af wat komen zou, maar die laatste drie woorden van hem waren voor haar al ruim voldoende. Het was nu ook wel duidelijk dat hij zeker zou terugkomen.

"Misschien spring ik van de hak op de tak," ging hij door, terwijl hij stevig kneep in haar hand, "maar het moet er nu eenmaal uit. Eerst en vooral moet ik je zeggen dat er heel veel gelogen en bedrogen is, jammer genoeg. Misschien vermoedde je dit al? Zo ben ik wel anesthesist en een geboren Indiër, maar ik heb dat beroep hier in Sri Lanka niet wettelijk uitgeoefend. Ik had geen enkel officieel *permit* om actief aanwezig te zijn bij chirurgische ingrepen. Niet in een erkend ziekenhuis. De instelling waar jij onlangs voor een week ondergebracht was, was geen officieel ziekenhuis, maar een honderd procent privé *coterie*, beheerd en gebruikt door een bende malafide kerels. Ook die chirurg zat er niet helemaal op zijn plaats. Maar hij was wel een beroeps, zoals ik ook een beroeps ben, alsook de enkele anderen van de medische staf.

"Wat je zeker ook zal verrassen, is dat alle ingrepen die men daar deed van dezelfde aard en hetzelfde kaliber waren: het waren commerciële orgaantransplantaties, met andere woorden organenroof en lucratieve orgaanhandel – met dien verstande dat het hier ging om gezonde organen die doelbewust besteld en verkocht werden, en die weggenomen waren bij onschuldige, gezonde jonge mensen onder valse voorwendsels, zoals bij jou, of onder dwang zoals bij boefjes. Jij en je vriendinnen waren kerngezond en hoefden helemaal niet naar de operatiekamer, maar jullie waren drager van een waardevolle nier of milt of kostbaar weefsel en jullie werden geselecteerd als donor, zonder dat jullie op de hoogte waren of een toelating gegeven hadden. Het was een hele handel en het bracht handenvol geld op. Maar jij hebt tenminste je twee nieren nog. Intact. Het toeval – of het lot – heeft je geholpen, eigenlijk door toedoen van de rebellen.

"Nu zul je ook beter begrijpen waarom elke nieuwe kracht in het atelier vrij vroeg een medisch onderzoek moest ondergaan. Vandaar ook dat de dokter speciale aandacht had voor bepaalde pijnen, in de rug bijvoorbeeld. De goede kandidaten kwamen dan op een wachtlijst terecht tot het moment gekomen was. Sjeik Ahmadi, je zogenoemde dolende Wijze, was permanent op bezoek naar geschikte kanshebbers met een bepaald profiel, zodat die zo weinig mogelijk deining zouden veroorzaken; en de heren van het witte huis stonden eigenlijk aan het hoofd van heel de organisatie en streken het grootste deel van de inkomsten op.

Het waren geen echte broers, maar ze hielden wel zo veel mogelijk de touwtjes in handen, ook op het gebied van geheimhouding, discretie en logistieke steun, zelfs politieke lobbying. Die moellah was ook een sleutelfiguur en zijn geestelijke status was maar een dekmantel voor het gros van zijn activiteiten. Hij probeerde greep te krijgen en te behouden op de kandidaat-slachtoffers en vooral: hij had een immens netwerk. Overal in Afghanistan had hij zijn mannetjes zitten, maar ook daarbuiten. Nu, veel van wat ik je nu vertel, waren aanvankelijk slechts vermoedens, maar hoe meer contacten ik met hen had, hoe duidelijker hun doortrapte spel voor mij werd, maar toen was het te laat en moest ik verdomd erg voorzichtig zijn met wat ik zei – ook tegen jou, onlangs daar in dat schuurtje.

"Wat moet ik je nog vertellen? Wel, de hele familie Kulatunga hier is echt te vertrouwen en ik durf te zweren dat in heel deze regio alles echt veilig is, vrij van die orgaanmaffia. Voor zover ik weet, tenminste. Maar die sympathieke chef van jullie, Parwana, die moest ook meespelen omdat zij ooit een illegale abortus had ondergaan. Men confronteerde haar heel gemeen met hun geheime kennis: als zij niet meedeed, dan werd het gewoon publiek gemaakt en dan was het gedaan met haar. Punt. Hoewel haar rol in heel de organisatie miniem was; zij was een simpele pion die voor de rust moest zorgen en moest nagaan hoe stevig de meisjes in hun schoenen stonden, of ze al dan niet een moeilijk karakter hadden. Aan de meisjes werd ook veel larie en kletskoek verteld, gewoon om hen te manipuleren, en Parwana moest garant staan voor de geloofwaardigheid.

"En dan had je ook nog de verplaatsingen en bewegingen: die kleine luchthaven waarop jullie geland zijn, die was ook helemaal in hun handen. Ze werd bijna constant gebruikt, en de twee Cessna's waren ook hun eigendom. De algemene leiding daar berustte bij een topcrimineel die kettingroker was en steevast maatpakken van Armani droeg. Je kunt je wel voorstellen welke enorme kapitalen er in omloop waren."

Het meisje zweeg en stond met open mond en grote ogen te luisteren. Zij knikte zelfs niet. Haar tranen van zijn eerste woorden waren al lang opgedroogd. Zij keek hem gewoon star aan, alsof het allemaal nog moest doordringen. Ze wachtte, hoewel ze niet goed wist op wat – op nog meer verrassingen, misschien? De onthullingen waren zo verrassend geweest dat zij zelfs haar warme gevoelens voor hem vergeten was. En hij had blijkbaar nog meer te vertellen.

"Ikzelf – en dit moet ik zeker kwijt, want het vreet aan mij als salpeter – ikzelf ben ook niet zuiver op de graat. Hoewel ik onschuldig pleit. Over heel de lijn. Maar je moet weten dat ik als student getuige was van een massaverkrachting in Sagar, mijn woonplaats. Ik was *getuige*, ik deed zeker niet mee, dat zweer ik. Maar ik kwam ook niet tussenbeide. De vrouw overleefde het niet, en heel de zaak kreeg zo'n grote ruchtbaarheid in het journaal dat er straatmanifestaties plaatsvonden en de politie eindelijk een groot onderzoek moest starten. Ik werd verhoord, zoals zovele anderen, en ik kreeg het gevoel dat ik medeplichtig was, op de een of andere manier. Maar niet schuldig. Mijn stage van twee jaar in Raipur liep toen op haar laatste benen. Ik had veel kans om daar in het ziekenhuis in vaste dienst te beginnen. Maar toen kwam er een man naar mij – een medewerker van de moellah, bleek later – die mij een job 'aanbood' in Sri Lanka. Als anesthesist. Ik zou een zeer behoorlijke *fee* krijgen, zelfs vanaf de eerste ingreep. Het klonk wel als een vrijblijvend aanbod, maar ik kon er niet onderuit. Want ze zegden dat ze genoeg materiaal en verklaringen in hun bezit hadden om mij als een van de verkrachters erin te luizen. Ik mocht geen vragen stellen en ik moest zweren dat ik over alles wat er gebeurde mijn mond zou houden. Dus begon ik mee te werken met hun instelling hier in Sri Lanka. Het was pure afpersing. Chantage. Hun favoriete, onverbiddelijke wapen. Ik háát het ...

"Ik kende gelukkig één meevaller: de familie Kulatunga. Ze zijn niet rijk, maar ook niet arm, ze zijn afkerig van politiek en vooral van elke vorm van geweld. Singalees of Tamil, het is hen al gelijk. Het zijn eenvoudige, kleine zelfstandigen, zoals bijna elke Ceylonees, en ze willen gewoon zonder problemen overleven. Hun 'grijze' onschuldige profiel was ideaal, het geeft aan elke bezoeker en elke medewerker de garantie van veiligheid. Tot op grote hoogte. Ik voelde mij goed op dit adres omdat ik wist dat ze mij daar tenminste met rust zouden laten. Een ander groot voordeel was dat ik de auto mocht gebruiken van de overleden papa."

Terwijl hij zijn verhaal vertelde, trilde hij van kop tot teen, en dat hield niet op toen het gezegd was. Hij keek naar haar met zijn diepbruine ogen waarin een wereld van heftige maar strijdige gevoelens lag – van spijt, verdriet, woede, maar ook van warmte en hoop. Hoop op begrip en affectie, al was het maar een beetje. Als zij toch maar alles gehoord en begrepen had ...

Een reactie kwam niet meteen, en dat maakte hem verschrikkelijk ongerust.

"En te laat," hakkelde hij opnieuw, in een laatste poging om duidelijk te zijn, "te laat besefte ik in welk wespennest ik gevallen was. Ik was meer slachtoffer dan dader. Geloof mij, elke dag hoorde en zag ik dingen die mij er steeds meer van overtuigden dat het van begin tot eind een louche onderneming was. Wat ik eerst vermoedde, werd stilaan een zekerheid ... Maar ik kan je verzekeren dat ik mijn werk altijd perfect gedaan heb, ook bij hen, ook bij deze criminelen ... Als het eens fout liep, dan was het niet door mijn toedoen, absoluut niet."

Nog vóór er weer een stilte viel, kwam de Ford Taunus met de heer Kulatunga aangereden tot vlak bij het plantsoentje waar ze stonden.

"Alles zit erin," riep hij stralend, "ook je documenten. Die zitten opzij in de deur. Vergeet je vliegtuig niet! Er is nu eenmaal een tijd van komen en een tijd van gaan."

Het meisje stond op het punt om nu toch een vraag te stellen. Over mijnheer Kulatunga, of die inderdaad van alles op de hoogte was. Maar haar vriend greep haar vast en omhelsde haar. Kort en krachtig.

"Begrijp je het allemaal?" vroeg hij, terwijl hij haar ogen weer vochtig zag worden. "Begrijp je mij, en vergeef je mij?"

Zij keek hem aan en knikte, terwijl zij in een tranende lach schoot.

"Dat is goed. Meer moet ik niet weten. Ik beloof je, ik schrijf een brief en volgend jaar kom ik zeker terug. Niets of niemand zal mij tegenhouden."

Toen stapte hij in en vertrokken ze. Hij bleef vanuit het open raampje wild naar haar zwaaien tot ze in de bocht achter het reclamepaneel van *Piz Buin* verdwenen.

Maar de jonge Indische anesthesist kwam niet terug. En hij liet ook niets meer van zich horen. Zelfs geen brief.

Qiz paste zich onvoorstelbaar vlug aan. Zij was leerzaam, bij de pinken, en helemaal niet moeilijk. Zij kreeg na een tijdje een vaste betrekking in het familiehotel van de Kulatunga's en behield daar de kamer die zij ooit een paar nachten gedeeld had met haar *boy* uit Sagar. Nu deelde zij die kamer soms ook nog wel, maar dan voor enkele uurtjes, en vooral met rijke Amerikanen en kalende gepensioneerde Nederlanders. En zij kon niet genoeg krijgen van de schoonheid van het land, de rust van de zee en de zaligheid van de zon. Zij genoot elke dag van haar hemel. En niets herinnerde haar nog aan het bestaan van een boosaardige kliniek van misdadigers. Na drie jaar leek het alsof dat deel van haar leven in een andere wereld, of althans in een andere eeuw gebeurd was.

Ondanks de grote veranderingen in haar bestaan, en ondanks de strubbelingen die zij destijds aan den lijve ondervonden had, vergat zij haar broer niet. Nooit. Natuurlijk hoorde zij nog af en toe – occasioneel, dat is waar – zijn stem klinken in haar hoofd, die plagerige knapenstem, al was het jongetje dan ongetwijfeld al een volwassen, baardige man. Het zat allicht in haar hoofd, ja, maar het geluid bleef zo onwezenlijk echt, alsof hij vlak bij haar zat en voor de zoveelste keer spotte: "Stop je fantasie, zusje, stop met dromen. Het leven is hier, op onze grond". Of iets dergelijks. Soms gaf haar omgeving aanleiding hiertoe – als er bij voorbeeld een echtpaar logeerde met een nukkige, opgroeiende zoon – maar even vaak hoorde zij hem als zij het niet verwachtte.

Op een dag keek zij wat aandachtiger dan anders naar de rijen ansichtkaartjes die aan de kleine receptie van het hotel geëtaleerd waren, en haar oog viel op één bijzonder kaartje: het toonde tot in het kleinste detail een afbeelding van Sri Lanka – de azuren zee, het strand, de zonnende toeristen – precies zoals ze het ooit ook als negenjarig kind in het versleten boek van de dolende Wijze gezien had. In die oude reisprospectus, iets wat zij toen nog niet kende ... op die ene bladzijde over Ceylon, wat toen al Sri Lanka geworden was ... Zij nam een kaartje uit het rek mee en schreef er een korte tekst op voor haar broer. Uitgeslapen als zij was, besefte zij ook wel dat zij helemaal niet beschikte over een exact adres van hem; daar kwam nog bij dat zij het raadzaam vond om zo lang mogelijk incognito te blijven voor de buitenwereld. Dus schakelde zij enkele weken later een Russische militair in die daar in het hotel met verlof was. Hij kende het noorden van Afghanistan vrij goed en beloofde het kaartje persoonlijk te overhandigen aan tweelingbroer Yigit die in een sober huisje moest wonen, daar ergens aan de rand van het vertrouwde heuvelland van Wakhan. Dit alles wilde de krijgsman graag doen in ruil voor *her favours*.

Het contact met deze soldaat die normaal gelegerd was in Afghanistan betekende een opportuniteit die zij niet mocht laten voorbijgaan. Zij wist ook wel dat het een kans was van één op honderd dat de Rus effectief zijn opdracht zou uitvoeren, maar voor haar was het essentieel dat zij iets positiefs gedaan had voor de familie, en dat zij zelf het initiatief genomen had om haar broer te bereiken en van antwoord te dienen. Want op het kaartje had zij geschreven: "Ik heb het altijd geloofd en de droom bestaat!". Onder haar naam had zij nog een lachend zonnetje getekend.

Niemand kan met zekerheid zeggen wat er met het ansichtkaartje gebeurd is, maar in de loop van het vierde jaar van haar verblijf aan de kust ontmoette zij een bekende van vroeger. Zij was op weg van de hotelbar naar het strand met enkele cocktails, en op een bank tussen de reuze-agaven zag zij hem zitten. Zij twijfelde nog even en bracht de drankjes vliegensvlug naar hun bestemming op het strand. Dan stapte zij resoluut, maar met een waanzinnig bonzend hart naar de bank: hij was het inderdaad!

Daar zat hij in levenden lijve, in een bleek flanellen zomerpak: de *shahzoda*, de jongste van de bazen van Kunduz, de man met wie ze zovele keren het bed gedeeld had, de man die haar zovele dingen geleerd had, en veel verkeerde dingen.

Die periode was meer dan vier jaren geleden, maar de mooie minnaar van toen was nu een vrij oude man geworden, met alleen nog wat haar, grijs haar, aan zijn slapen. Hij herkende haar meteen en vroeg met een hoffelijk gebaar of zij niet naast hem op de bank wilde zitten. Waarom niet? Dacht zij, maar zij behield toch een veilige afstand en nam zich voor om moedig te blijven. Zij bekeek hem nu met totaal andere ogen dan toen, en zij vond niet dat hij op een of andere manier nog aanspraak kon maken op de vroegere kwaliteiten 'charmant' en 'vooruitstrevend'. Zij kon niet geloven dat zij ooit iets voor deze oplichter gevoeld had, die praatjesmaker.

Hij bracht een triest verhaal, en toch speelde er constant een glimlach om zijn lippen. Misschien omdat hij met zijn gedachten voortdurend terugvloog naar hun zaterdagavonden in het witte huis? Misschien omdat zijn relaas een illustratie was van de onvermijdelijke lotsbestemming van elke mens, van het fatum, de *kadar*, de goddelijke voorbeschikking waaraan men niet kan ontkomen, hoe rijk en hoe machtig men ook moge zijn? De zelfspot was onmiskenbaar.

Afghanistan leefde momenteel in een burgeroorlog, vertelde hij emotieloos. Het hing al een hele tijd in de lucht, en de onverkwikkelijke religieuze ruzies en misverstanden van het verleden waren dan toch als een bom opengebarsten. Ook in het noorden, ook in de streek van Kunduz. Er waren zelfs vreemde troepen komen 'helpen' en de baas spelen. Ze waren ook binnengevallen in de wijk van het witte huis en dat hadden ze met de grond gelijk gemaakt. Het atelier en de stallingen erachter ook. Twee bazen hadden het hazenpad gekozen naar het zuiden, hij was verdoken achtergebleven in Kunduz waar hij zonder probleem kon verder leven van zijn bezittingen. Alle activiteiten in het buitenland waren drastisch teruggedraaid, ja, in Sri Lanka waren ze helemaal stopgezet door de onophoudelijke raids en sabotagedaden van de Tamils. Hij was hier nu 'op rust', grijnsde hij, omdat de gevechten in Kunduz met de dag heviger en bloediger werden. De volgende week had hij wel een ontmoeting met een relatie in Colombo die hem daar dan voor een tijdje zou onderbrengen en die dagelijks in contact stond met de regering in Kaboel. Maar zodra het wat rustiger werd, keerde hij zeker terug naar Kunduz. Hij had teveel belangen in die stad. Allerlei belangen ...

Hoe eer hij vertrekt, hoe beter, dacht Qiz. Zijn verhaal had haar sterker gemaakt, niet zwakker.

"Maar wat is er van het atelier geworden? En van Parwana? Leven ze nog?"

"Ik weet het niet. Ik was toen al vertrokken. Ik heb de soldaten en hun zwaar materieel wel nog aan de rand van de wijk zien arriveren, maar dan was ik weg. Naar mijn schuiloord, een onopvallend huis ergens achteraf in de bazaar. De verhalen die ik echter nadien opgevangen heb, die waren in één woord gruwelijk. Zoals alle gebouwen vernield zijn, zo zijn waarschijnlijk ook onze mensen weggeveegd. Gedood, mishandeld, verkracht. De jongens van de bediening waren trouwens toen al gevlucht. Het land ligt binnenkort in puin, denk ik ..."

"En de moellah? En sjeik Ahmadi? Zijn die nog in leven?"

Dit waren eigenlijk de enige vragen die voor het meisje echt belangrijk waren. Ergens had zij verwacht dat de machtige profiteur nu zou aarzelen en in de rats zou zitten, dat hij verwoed naar aanvaardbare leugens en smoezen zou zoeken – uit gewoonte misschien. Maar zijn antwoord kwam bijna direct.

"De moellah heb ik al jaren niet meer gezien, echt. Ik heb ooit het gerucht opgevangen dat hij hier in Sri Lanka zou gedood zijn, terechtgesteld door de Tamils. Terwijl hij poogde te vluchten naar zijn vrienden via onze kleine luchthaven – maar die was toen ook al bezet door de rebellen.

"En sjeik Ahmadi, vraag je? Een vreemde kerel, altijd geweest. Ik heb die achteraf nog een paar keer gesproken. Die overleeft alles, denk ik. Hem zie je overal, en nergens. Soms komt hij mij zelfs opzoeken in de bazaar. Het kan hem trouwens allemaal niet schelen. Hij zal leven en sterven zoals het voorbeschikt is, zegt hij. Als hij niet in de stad dwaalt, dan zit hij ergens in de heuvels van Wakhan, maar wie weet waar?"

"Heer, een detail misschien. Je weet dat ik een tweelingbroer heb – dat was algemeen geweten in het witte huis – maar heeft sjeik Ahmadi ooit nog iets gezegd over hem, dat hij bijvoorbeeld Yigit nog gezien of gesproken had?"

"Zeer zeker. Merkwaardig dat je het vraagt, en nog merkwaardiger dat ik mij zo goed de woorden van de sjeik kan herinneren. Het was het jaar dat de revolutie op uitbarsten stond. Eerlijk gezegd, je broer dreef naar het schijnt vaak de spot met jou, ook en zeker na je vertrek. Erg slim was hij niet, jij daarentegen wel. Maar hij was wel een harde realist, hij bleef altijd met zijn voeten op de grond. Hij zei dat jij geloofde in een droom, een fantasie die nooit zou uitkomen, een onwerkelijk land dat alleen in een boek te zien was, terwijl voor hem het enige bestaande land het bergland was, de grond die hij met zijn eigen ogen kon zien als hij op de top van de verste heuvel stond. Zo heeft de Wijze mij dat ooit bijna letterlijk verteld."

"Heeft Yigit verder nog iets over mij gezegd? En hoe ging het trouwens met hem?"

Nu aarzelde de *shahzoda* toch een beetje.

"Wel, wij moeten in de verleden tijd spreken, want hij is niet meer. Hij is gestorven, zelfs nog dit jaar. In de nasleep van de laatste, harde winter. Volgens de Wijze komt het door de melaatsheid. Hij moet er al lang aan geleden hebben."

"Melaatsheid. Net zoals onze vader?"

"Ik vermoed het."

Qiz liet het even doordringen, maar zij voelde geen rouw. Zij had altijd al sterk geloofd.

"Je broer," vervolgde het heerschap ongevraagd, "je broer hield er toch een vreemde levenswijze op na. En dat zegt de Sjeik, die toch ook niet zo alledaags is! Hij leefde van dag tot dag, met vaste gewoontes, deed niets speciaals en was tevreden met het weinige dat hij had. Zijn huisje, dat weet je, was primitief en nederig. Waarschijnlijk werd zijn leven steeds meer bepaald door zijn ziekte. Toch was hij een mens en geen ding of een halve wilde. De Wijze heeft hem ooit eens betrapt toen hij bezig was met de geslachtelijke hand-en-spandiensten die door elke religie verketterd worden, maar die aan elke sterveling bekend zijn. En hij deed gewoon verder tot hij bevredigd was, stel je voor. Tegen de Wijze heeft hij ooit eens gezegd dat hij soms zelfs zijn zinnen kon zetten op een van de geitjes, en de Wijze vond dat niet erg. Wie zal hem tegenhouden, vroeg hij zich af – hij neemt gewoon wat het land hem geeft. Dat kan voor de Onnoembare geen probleem zijn ... Ik moet zeggen dat de sjeik toch raar uit de hoek kon komen, net als je broer."

Het werd stil op de bank. Het meisje had het nodig om alles eens grondig te overwegen. Haar vroegere gebieder in het flanellen zomerpak schoof voorzichtig een beetje naar rechts, in haar richting. En dan nog een beetje. Maar zij sprong overeind alsof zij een kever in haar hals voelde en zei dat ze al te lang gepraat hadden en dat zij dringend weer aan de slag moest. Toch bedankte zij hem. Ze spraken zelfs af om elkaar opnieuw te ontmoeten, op dezelfde plaats, dezelfde bank, zodra zij klaar was met haar shift, dus omstreeks elf uur 's avonds. Zijn gezicht klaarde op, hij ging direct akkoord. Opeens zag zij weer het gezicht voor zich van de jongere, perverse baas van vroeger die met haar kon spelen naar believen. Zij rilde.

Toen zij achter de receptie kwam, vroeg mijnheer Kulatunga met wie zij zo lang gesproken had op de bank bij de agave – hij had het wel gezien.

"Is dat dan een van die drie zogenoemde broers die aan het hoofd stonden van die *big business*?" informeerde hij. Hij was van alles op de hoogte en kon met moeite zijn boosheid verbergen.

"Dat klopt. Die man heeft heel wat op zijn kerfstok en hij beseft het nog niet half, de engerd ..."

"Wij zullen zien, wij zullen zien," klonk het nogal lauw.

Qiz ging die avond niet naar de afspraak. Zij had trouwens gelogen, want haar shift duurde maar tot half tien en niet tot elf uur. Iets (of iemand?) had haar belet om de waarheid te zeggen.

De volgende dag sijpelde bij de toeristen het nieuws binnen dat een man van middelbare leeftijd en met de Afghaanse nationaliteit dood was aangetroffen langs de hoofdweg naar Colombo, op een tiental kilometers landinwaarts. De man droeg een bleek zomerpak. Hij hing aan een oude tamarinde en was gelyncht. Vermoedelijk door de Tamil rebellen.

§

Is het meisje Qiz tegenwoordig gelukkig, zult u vragen?

Ik zou zeggen: wis en waarachtig, dat is ze! Zij heeft haar gedroomde land gevonden en zij zal er blijven tot zij naar het andere Gedroomde Land vertrekt. En zij is verstandig genoeg om sterk te staan in de herinneringen aan het verleden en overeind te blijven in het heden – tegenslagen, revoluties, onrecht en misbruiken ten spijt.

Eén ding zal het meisje eeuwig jammer vinden: dat haar broer niet meer leeft en niet voor even kan overkomen naar het hotel van de Kulatunga's, naar het zalige leven aan de zee en het strand. Dan zou zij hem op haar beurt kunnen plagen en met onweerlegbare feiten tonen dat zij toch gelijk had – wat kon er heerlijker zijn?

Mijnheer Kulatunga ziet haar in haar eentje bij de grote agaven zitten en vraagt wat er scheelt.

"Ik denk aan mijn tweelingbroer," zegt zij. "Ik vraag mij af waar hij nu is. Of hij ... je weet wel ... daar is, dáár ..."

Zij kijkt met opgetrokken wenkbrauwen naar de blauwe lucht, waarin maar één klein wolkje hangt, onbeweeglijk.

Ze zwijgt, hij ook. Hij denkt zichtbaar na, maar blijft intussen rustig in haar gezicht speuren tot zij zijn blik beantwoordt.

"Meisje," zegt hij dan, langzaam en gemoedelijk, alsof hij nog niet alle woorden klaar heeft. "Ik weet het niet. Neen, ik weet het niet. Volgens mij is hij momenteel nergens. En overal. Dus eigenlijk nergens. Maar zeker niet in de hemel, want dan moet je *geloven* ... geloven met dezelfde kracht en overtuiging als het *weten*. Ja, volgens mij bestaat de hemel, maar echt en tastbaar op voorwaarde ... dat je er eerst in gelooft. Maar hij bestáát. Hoe harder je gelooft, hoe vaster en echter de vorm is die hij krijgt.

En omgekeerd, als je er niet in gelooft, dan *kan* hij nu eenmaal nooit bestaan ... En aangezien je broer niet geloofde – zelfs niet geloofde dat dit prachtige oord met zijn volmaakte zee bestaat ..."

Het meisje glimlacht en kijkt in het oneindige van de blauwe horizon.

"Zo waar," prevelt zij voor zich uit. "Zo waar is dat. Maar overbodig. Want voor de oren van een dode ... Een ongelovige."

Pirouette:
EEN NIEUWE GOD IS ONS GEBOREN!

Een vriend van mij – hij heeft hier al eens eerder zijn opwachting gemaakt – kon prat gaan op een bijzonder mooi lichaam, atletisch bijna, met de ideale klassieke proporties, als de betere beelden van Praxiteles. Onze Hermes hoefde hiervoor niets speciaals te doen, hij had deze gift meegekregen bij zijn geboorte en die had zich gewoon verder ontwikkeld. Dat hij aantrekkelijk gebouwd was, met een magisch *appeal* op allen – van beider kunne – vond hij niet meer dan vanzelfsprekend. Zo was hij nu eenmaal, en hij genoot ervan. Want het kwam goed van pas in het leven dat hij leidde, zeker vanaf zijn prille puberteit, toen hij zich liet meeslepen door foute, rijke vrienden in hun nachten van lust en losbandigheid. Als hij wilde, had hij een liefje aan elke vinger, en in de disco of aan het strand kwamen de kandidaten op hem af als vliegen op een pot stroop.

Bovendien – wellicht in het verlengde van deze natuurlijke gave – had onze atleet al heel jong een bijzonder gevoel voor schoonheid, zeker de menselijke schoonheid. Als een estheet van de straat was hij meer dan anderen gevoelig voor het mooie rondom hem, weliswaar voor het zichtbare, het uiterlijke. Kleding bijvoorbeeld, of haarsnit. Chique auto's. Dure sneakers. Luxe gadgets. Verzorgde manieren, volmaakte, ronde nagels. Hij was een estheet, maar dan zonder het artistiek gezwijmel van de academie. Geen onecht, artificieel model dus, wel een 'metroseksueel' *avant la lettre* en *pur sang*. En ijdel – hij was zo ijdel dat hij een gevaar was voor zijn spiegelbeeld.

En toch, toch was hij niet perfect. Hij had één handicap die hem mateloos frustreerde: de huid van zijn gezicht. Sommigen beweerden dat hij een normaal, gezond jongensgezicht had, toch? Neen, *zijn* norm was te streng om gewoon tevreden te zijn: als hij in de spiegel keek, dan zag hij rode vlekken aan zijn slapen, mee-eters rond zijn neus, en puistjes zelfs tot in zijn nek. En de haartjes van zijn jonge, krachtige baard groeiden volgens hem ook niet zoals hij wenste, niet gelijkmatig. Overdreef hij? Absoluut. Maar zo was hij. Hij kon geen spiegel voorbijgaan, noch bij mij thuis, noch in het stationstoilet, zonder minutenlang en van heel dichtbij zijn gezicht te visiteren.

Op internet speurde hij ijverig naar remedies en *skin care*. Niets was hem te veel. Hij kocht bij de apotheker een speciaal apparaat om zijn pukkeltjes uit te knijpen nog voor hij hun witte kop zag. Zijn kast puilde uit van de dermatologische crèmes, van Nivea tot Eucerin. Twee avonden per week gebruikte hij een reinigend gezichtsmasker. Hij gehoorzaamde welwillend toen ik hem aanried om geen *fast food* meer te eten ... Maar niets gebaat. Al besteedde hij zelfs heel zijn vakantiebonus aan zijn huid, al vermeed hij de felle zon als de pest, al dronk hij geen bier meer tijdens het nachtbraken, het hielp niet. Integendeel, de rode vlekken hielden aan, de puistjes en pukkeltjes bleven maar komen. Je kon zeggen dat het erger werd hoe meer hij ze verzorgde en hoe dichter hij bij de spiegel stond. Het was zo! En ik kan het weten, want er ging geen dag voorbij of hij kwam langs om zich door een eerlijke, openhartige vriend te laten keuren.

Toen kwam de ommezwaai. Ongewild, maar niet *par hasard*. Naast uitgaan had hij maar één hobby, *free fighting*, een mix van diverse vechtkunsten. Ook daarin was hij extreem: tijdens een nachtelijk handgemeen verwondde hij (onder invloed) een maat en een agent. De rechtbank veroordeelde hem tot veertig maanden effectieve opsluiting, gevolgd door een residentiële anti-agressie therapie.

Al is het gevangenisleven voor sommigen best doenbaar, niet voor onze kampioen. Hij moest eten wat men hem gaf, hij moest buigen voor de tucht. Tweemaal kreeg hij cachot. Erger nog: hij had maar één spiegel, en dat was de wazige, onbreekbare spiegel van zijn cel. Evenmin stonden er deugdelijke balsems en lotions op de bestellijst voor gedetineerden. De lucht was te muf en ongezond, en de hygiëne slechter dan in Buchenwald. De dokter grijnsde dat deppen met lauw water ook hielp. En uiteraard keerden de foute vrienden onze jonge god de rug toe toen ze van het verdict hoorden.

Maar! Einde straf kon het Hermes geen donder meer schelen of hij pukkels had of niet. Het liet hem koud. En, deksels, hij vertrok uit het anti-agressiecentrum zowaar met een gave huid en een ongerept gezicht! Wel was ooit een tand afgebroken in de douches. *So what?*

Hermes was blij dat hij nu vrij kon ademen en genieten. Want zonder spiegels, complexen of frustraties. Meer moest dat toch niet zijn?

Pirouette:
LORRE EN HET INCIDENT

Mensen vragen mij wel eens, als ervaringsdeskundige flatbewoner (EDFB), welke etage de aangenaamste is om te bewonen. Mijn antwoord is consistent, na al die jaren in de hoogte: de tweede verdieping. Terwijl het huidige gebouw zeven verdiepingen telt.

De reden is eenvoudig: het uitzicht is naar mijn smaak ideaal. Vanop het balkon van de tweede etage heb ik een heerlijk overzicht over het park voor mij, ik kan de bankjes en de wandelaars ongestoord bekijken terwijl ze toch nog normale proporties hebben, want enkele verdiepingen hoger zijn ze veel te klein, en wat lager is het contact te direct. Ik kan ook van op die plaats makkelijk *over* de struiken kijken, maar ook *in* de kruin van de grotere bomen – waar overigens veel vogels nesten. Dat is iets wat je niet hebt als je op de eerste verdieping woont, overigens zo bereikbaar voor muggen als het warm en vochtig is. En ga je hoger dan de vierde, dan krijgt de zeewind te vaak de allure van een kleine storm en voel je het gebouw bewegen. Bovendien kan *ik* bij valavond de drugdealers stiekem bezig zien, schuw en leep, terwijl ze helemaal niet vermoeden dat een nieuwsgierige man ergens op zijn balkon hen gadeslaat.

Neen, de tweede etage is voor mij oké.

Een andere reden werd mij aan de hand gedaan door Lorre, de vorige bewoner van mijn flat, een jonge man die daar min of meer weg gepusht is. Hij placht immers elke nacht van op het balkon over de balustrade te plassen, onstuimiger dan de Niagara Falls.

Lorre haalde dus grappen uit vanop het balkon. Soms hilarische, soms beschamende. Zo durfde hij tegen oudjes achter hun rollator wel eens roepen: "Zeg, heb je niet te veel haar tussen je tanden?" Of tegen een man op de fiets: "Mijnheer, u verliest iets!" En wanneer de man dan de remmen dicht gooide, voegde Lorre eraan toe: "Uw snelheid, mijnheer, uw snelheid!" En zo meer.

Op het moment dat ik de huur zou overnemen, zaten wij tegen de middag voor het laatst samen op het balkon. Ik was toen getuige van een gedenkwaardig incident waarbij grapjas Lorre de *fons originae* was, de bron.

In de nabije verte, op zo'n vijftig meter, zien wij een jong koppeltje flaneren, waarschijnlijk van Turkse afkomst. Lorre richt zich op, fluit loeiend hard in hun richting en steekt enthousiast zijn hand omhoog alsof het oude bekenden zijn. Wat dan gebeurt, maakt ons echter allebei sprakeloos. De Turkse man kijkt één ogenblik in de richting van Lorre, en zet het dan op een lopen, blijkbaar totaal verschrikt. Let wel: zonder iets te zeggen tegen zijn dame met de hoofddoek! Wij zien hem steeds sneller weglopen, tot hij helemaal verdwenen is. Hij kijkt ook niet één keer om, en zijn dame wandelt rustig verder.

De vraag die ons de volgende minuten bezighoudt, is natuurlijk: wat is hier aan de hand? Waarom ging de man in kwestie zo ijlings aan de haal? Was hij in overtreding, of wat?

Uiteindelijk was dit een mooie oefening voor de verbeelding en het afwegen van gissingen.

Was hier wel sprake van een stel? Hoe zat het tussen die twee? Was er iets gaande wat volgens de Turkse of de Islamitische cultuur niet kon? Had de man een stiekeme affaire met de allochtone schone? Was hij een gezochte vluchteling die meende herkend te zijn? Associeerde hij op een of andere manier het harde gefluit van Lorre met de politie? Was hij een lid van de Grijze Wolven? Een Koerd? Of hadden wij hier te maken met een handtassendief die door ons van op het balkon betrapt was? Een dealer misschien? Trouwens, was er wel degelijk een oorzakelijk verband tussen de zogenaamde vlucht van de jonge man en het optreden van onze plaatselijke onverlaat Lorre? Was de Turk misschien niet gewoon gestoken door een verdwaalde bij of een overjarige wesp?

Tot daar ons spel. Mogelijk was het gewoon 'iets van de Moslims', want ooit had ik een Turkse vriend gehad, Kamal, die maar wat graag met mij een Vlaamse pint ging drinken – zolang het buiten zijn eigen dorp was en buiten de controle van zijn vader en familie ...

Een week later kwam ik bij toeval de simpele waarheid te weten: het gefluit van Lorre had de man eraan doen twijfelen of zijn auto wel goed gesloten was, wat hij dan ook *linea recta* was gaan checken. Pas na de verhuizing van Lorre schoot het 'incident' mij te binnen, en kreeg ik van de man zelf – een onlangs ingeweken Iraniër – de verklaring te horen.

5.

VIRGINIE, OF VIERENZESTIG MAANDEN BLIJ

Als ik in gedachten terugga naar de gebeurtenissen met Virginie, Mikey V., Seba Teeuw, pappie en zijn vrouw Margriet ... dan weet ik niet goed wat ik moet voelen. Berusting? Verdriet? Begrip en medeleven – met een schepje cynisch leedvermaak? Ik weet het niet. Voor sommigen is het niet meer dan een bizar verhaal, een oprisping van het lot. Volgens anderen een bewijs van *nemesis*, de eeuwige gerechtigheid. Neen, nogmaals: ik weet het echt niet, het is zo'n vreemde geschiedenis, bijna als een moderne opera. En dan zie ik figuren als Soeur Marie-Fernande, Jenna, en de rijzige Theofiel nog over het hoofd. Kortom, ik kan hierover zonder moeite vijfhonderd bladzijden vullen, zodat ik waarschijnlijk ook een even gevierd en lucratief schrijver word als mijn dorpsgenoot Herman B. Maar ik kan ook *sec* de feiten en de omstandigheden weergeven, summier, als een vlot leesbaar verslag. Ik kies voor dat laatste, om de lezer niet nodeloos te ergeren en te vervelen. Op die manier trouwens kan hij dan ook zelf zijn conclusies trekken.

§

Eerst was Virginie Katz smoor op Leonardo Dicaprio. Wie niet? Zij was toen een bakvis van net geen veertien, en zij hield dit een half jaartje vol tot zij na een dozijn onbeantwoorde fanbrieven – waarvan twee nooit verstuurd – de moed opgaf. Het meisje was zeker niet wat men noemt 'moeders mooiste', evenmin kon ze met haar volslanke 'sappige' figuur wedijveren met sterren als Kate Beckinsale. Nu, dit euvel komt wel meer voor bij meisjes in hun puberteit, en eerlijkheidshalve denk ik niet dat het uiterlijk een rol speelde in het einde van deze relatie die geen relatie was, in de echte zin van het woord.

Maar Virginie was jong, onschuldig en ambitieus, en zij wilde veel, heel veel. Toen haar fantasie Hollywood eenmaal de rug had toegekeerd, gaf zij zich helemaal over aan een hogere, goddelijke roeping in de persoon van de eerbiedwaardige Soeur Marie-Fernande. Deze non, altijd zichtbaar in het volle werkhabijt van de Zusters Ursulinen, was niet alleen een toonbeeld van kuise vroomheid, maar ook tweemaal per week haar lerares biologie en natuurkunde.

Al bij de eerste les maakte de religieuze dame een diepe indruk op Virginie. Zij had geen bepaalde leeftijd, ook weinig of geen borsten. Zij had wel heilige ogen, een zachte, zalvende stem, en een beginnend snorretje op de bovenlip. En zodra de temperatuur in het lokaal met één graad steeg, begonnen haar bleke varkenswangetjes hevig te blozen en liep het zweet in kleine druppeltjes van onder haar dichtgesnoerde kap. Ja, dat gezicht had iets betoverends en mystieks, het was het gezicht van een martelares dat ondanks het striemen van de beul toch onaangetast gebleven was.

Zou Virginie ooit de weg van dit gezegende voorbeeld volgen? Niemand weet het, want om meer dan één reden verdween ook deze ambitie even vlug als ze opgekomen was. Het leek wel alsof Onze-Lieve-Vrouw Visitatie – wijl onderweg van haar hemels verblijf naar het ondermaanse schoolgebouw – zich opeens voorgenomen had om haar bezielende missie in te korten tot een blitzbezoek. Nog korter dan de Grote Boodschap die de Aartsengel Gabriël ooit bij haar zelf in een prachtige stralenkrans afgeleverd had. Magnificat!

Toen het meisje Virginie vijftien was en er elke dag anders begon uit te zien, viel haar oog op Mikey V., een jonge, opgeschoten voetballer die in de eredivisie speelde en reeds hoge internationale ogen gooide. Het was mooi meegenomen dat deze slungel centrumspits was bij de club waarvoor haar vader al jarenlang supporterde, en dat zij af en toe samen met pappie gebruik kon maken van diens lidmaatschap. Alzo maakte zij dat seizoen drie wedstrijden in levende lijve mee.

Het was precies na een van de grootste overwinningen – met een forfaitscore – dat zij haar knappe atleet rakelings langs haar zitje op de tribune zag hoppen. Eén moment lachte hij breed en ongedwongen naar haar met zijn mond vol perfecte parelwitte tanden. Bijna als een kwajongen, bijna als een cupido tegen wil en dank. Weliswaar was het ontiegelijk jammer dat hij net iets te ver van haar voorbijvloog – het scheelde misschien een duim of zo – waardoor zij zijn natte gele shirt net niet had kunnen aanraken, maar zij was er wel zeker van dat zij de geur van zijn noeste zweet even opgesnoven had. Even, ja, maar heel diep, tot zij er vol van was. Het was *zijn* zweet, zonder twijfel, en lekkerder dan wierook of patchoeli. Want Mikey was volmaakt, Mikey was *hot*.

De goddelijke uitstraling van de jonge held reikte al vlug tot over de grenzen, en hij en zijn familie kozen eieren voor hun geld, zodat hij voor onbepaalde tijd vertrok naar de Italiaanse Serie A, naar Genua. Uit de ogen, uit het hart, zegt men dan, en inderdaad, nog tijdens de *zomermercato* maakte Virginie een kruis over haar Mikey en ging ze nooit meer naar het voetbal.

Het sportieve verhaal kreeg evenwel nog een staartje. Tijdens de officiële kampioenviering in de hoofdstad was pappie Katz zo opgewonden dat hij op de parking over een betonnen richel struikelde. Aanvankelijk leek het niet erg: er was nauwelijks enig letsel te zien aan zijn been of aan zijn knie, en hij voelde ook geen pijn. Maar toen hij eenmaal thuisgekomen was en de sloten goedkope pils uitgewerkt waren, toen kwam er rond de wonde een enorme zwelling tevoorschijn die bij elke aanraking zeer deed, en elke dag een beetje meer. Er bleken complicaties te zijn, de wonde genas moeilijk en pappie had gespecialiseerde hulp nodig.

Via het ziekenfonds kwam toen elke dag een verpleger aan huis voor een grondige behandeling met Isobetadine. Deze man was een koele, maar deskundige kikker die wonderen verrichtte, want na een week al kon hij zijn opdracht zonder verpinken doorgeven aan een betrouwbare aspirant die in het voorjaar bij hem vier weken stage gelopen had. Deze jongen wilde kortweg Seba genoemd worden – en niet Sebastiaan of Sébastien, stelde hij, om alle latere discussies voor te zijn – en hij deed echt zijn best, ondanks zijn gebrekkige ervaring. Veel werd echter gecompenseerd door zijn eindeloze inzet en door het warme vertrouwen dat zijn verschijning inboezemde. Bijgevolg had hij al vanaf de eerste dag de patiënt helemaal aan zijn kant, en het moet gezegd dat ook mammie hem meteen sympathiek vond, want ze noemde hem steevast 'onze Seba' en zelfs 'dat jochie'.

Deze gevoelens werden helemaal gedeeld door Virginie, zelfs tot de derde macht, en zij keek naar de jeugdige hulpverlener met grote, verwonderde ogen alsof zij in hem een soort van alvermogende wonderdokter, een magische medicijnman zag. Het is uiteraard ook goed mogelijk dat zij haar donkere kijkers doelbewust zo wagenwijd openzette om haar gezicht te flatteren, misschien zelfs om de innemende jongeman stiekem te overweldigen met haar gevoelens. Want had zij op school niet een gedicht geleerd over de hartstocht die verleidelijk oogde *als donkere poelen*?

Ja, dank zij Seba leken al haar vorige verliefdheden kinderachtig en belachelijk. Telkens als hij zijn dagelijkse taak ter harte kwam nemen, zorgde zij ervoor dat zij wel zelf iets om handen had in die kamer, en liefst in de onmiddellijke omgeving van de bank waarop pappie Katz met zijn gestrekte been lag. Zij zei dan niets – zij *kon* gewoon niets zeggen – maar zij luisterde wel, als een hongerige, gretige vleermuis, naar zijn ingehouden ademen, naar de korte, droge kuchjes, of naar het geruststellend fluisteren waarmee hij zijn helende bewegingen begeleidde. Over het weer, over het voetbal, het werk en de tijden van vroeger. Ook over zijn interesse voor hoevedieren, en dat hij van zijn ouders nooit voor veearts had mogen studeren. Of andere hogere studies.

Wanneer zij eens niet lijfelijk aanwezig kon zijn, dan glipte Virginie vlug naar buiten om in extase naar zijn fiets te staren, bijna als in gedurige aanbidding. Hoeft het gezegd dat in het bijzonder zijn glimmende, lederen zadel haar aandacht genoot? Als zij eraan dacht hoe hij met zijn kontje, met zijn kruis ... als zij hem in gedachten zonder handen zag rijden terwijl zijn bips, zijn sportieve billen ... als zij met haar hand nu zachtjes heen en weer gleed over die heerlijke zitting, als zij die *Selle Gazelle* nu dromerig masseerde als een geisha, en steeds weer ... Neen, dat waren niet echt christelijke beelden! En soms bukte zij zich zelfs voorover om daar ergens op die speciale plaats een geur op te vangen, een geur van *hem*, van *zijn* lichaam, *zijn* huid ... maar neen, dat viel tegen. Het was dan ook geen echt leder, maar een of andere kunststof. Degelijk, dat wel. Allicht.

Seba wist direct waar de klepel hing, dat was zijn tweede aard. Sommige mensen zijn zo naïef dat ze de passie nog niet herkennen als ze van voor naar achter en met bloed gespeld wordt. Seba niet. Hij had misschien weinig paramedische ervaring, maar op het vlak van gevoelens en verliefdheid kon elke leeftijdsgenoot bij hem in de leer gaan. Hij had een aangeboren mensenkennis en had altijd veel contacten gehad. Hij had ze ook nooit hoeven te zoeken. Zonder het ten volle te beseffen was hij de gelukkige bezitter van een speciale intuïtie, een zeldzame neus die al van verre geprikkeld werd door het dansen van iemands hormonen. Hij wist het, hij voelde het, hij hoefde geen bijzondere inspanning te doen, geen antenne in te schakelen of zo. Zodra er seksuele spanning in de lucht hing, begon zijn verklikkerlampje van binnen automatisch te flikkeren, zeker wanneer hij zelf de aanleiding was. Hij had het ooit persoonlijk ondervonden bij die excentrieke docent aan de hogeschool, die oude vrijgezel die hem persoonlijk heel wat extra zakgeld toegeschoven had en die achteraf geschorst werd.

De liefde, de lust en het avontuur waren hem sinds zijn twaalfde in de schoot gevallen als rijp fruit. En daar scheen nog steeds geen verandering in te komen, ook niet na tien jaar, integendeel. Hoewel hij het meisje Virginie helemaal geen 'rijp fruit' kon noemen, al gingen haar hormonen blijkbaar te keer als een wervelwind. Zoals ze met haar ogen kon lonken, als kolossale karbonkels. Het was niet mooi meer. Of zoals ze haar borsten steeds naar voren duwde, met de jonge tepels stevig tegen het topje. Of zoals ze – iets te vaak en zeker overdreven – met haar tong uitdagend over haar lippen ging, bijna als een ... een vrouw van lichte zeden. Zoals een hunneponnie voor de spiegel, of in een vitrine. Zou zij ook nymfomane trekjes hebben, zou zij narcistisch zijn? Ja, met zijn amper tweeëntwintig jaar had Seba zelfs met dit verschijnsel al kunnen kennismaken.

Het jonge kind was niet bijzonder aantrekkelijk, eigenlijk was zij *buiten categorie* voor Seba, die toch in de klasse zat van de knapkoppen en de kanjers, de toffe binken die kunnen prat gaan op een getraind lichaam en een leuk gezicht, en die daarenboven nog *'het'* hebben, dat ondefinieerbare toemaatje. Hij zag er jeugdig, welopgevoed en verstandig uit, de ideale schoonzoon volgens de normen van *Rosita*. En toch, ondanks al deze kwaliteiten, was hij niet kieskeurig en nooit kieskeurig geweest, want voor de ware liefde en een vaste relatie lag er volgens hem nog een heel leven open, dat was iets voor later, als de tijd daarvoor rijp was.

Maar anderzijds, deze dochter des huizes was jong en onervaren, een bloem in de knop, wachtend op de eerste lenteprikkel om open te bloeien. Waarom ook niet? Tenslotte was zij al op haar zestiende, dus zeker geen kind meer, en daarenboven stuurde zij een zee van signalen uit die hem een gevoel gaven dat slingerde tussen onbehagen en puur genot. En bij elk bezoek aan haar pappie nam dat gevoel nog toe omdat zij … omdat zij zelf zo haar best deed om hem te behagen. Om open te bloeien, inderdaad. Om te verkennen en verkend te worden. Zo waande hij zich soms een toerist in het Bijbelse Aards Paradijs, waarin *hij* de naakte en perfecte Adam was, en het meisje de verleidende slang – hoewel veel onhandiger en doorzichtiger dan in het origineel.

Zijn speelse fantasie uit Genesis deed de werkelijkheid geweld aan, want wat in het diepste ik van Virginie gebeurde, was heel wat meer, en heel wat mooier. Het duurde niet langer dan de eerste argeloze kennismaking eer het punt van *no return* bereikt was. Sinds ze elkaar gewoon toevallig gezien hadden bij de ligbank van hun gedeelde patiënt, kende haar blik maar één richting meer, één doelwit: de onbekende, mooie verzorger. In het begin was het geen obsessie, later wel, en eigenlijk had dat niet zoveel tijd nodig.

Zodra ze bij haar thuis wisten wanneer de jonge man ongeveer verwacht werd, stond zij al op de uitkijk in de erker om hem te zien komen aanfietsen. De eerste keer kraaide zij nog, opgetogen als een kuiken: "Hij is daar, hij is daar!" – haar hart beukend tot in haar keel, en een stem die oversloeg. Maar toen mammie haar daarop zeer bedenkelijk en argwanend aankeek, wist zij dat ze zich in het vervolg wat beter moest beheersen. En hoe meer zij zich beheerste, ja, hoe meer zij haar hart en haar stem en de spanning onderdrukte, hoe heviger het verborgen spel van de emoties werd, het vechten van de begeerte, van het onvervulde verlangen. Een verlangen dat praktisch binnen handbereik lag, en toch zo ver weg. Het was niet normaal.

Research rond het fenomeen 'verliefdheid' spreekt van een 'kritisch kantelmoment' wanneer het subject begint te ervaren dat het leven geen zin meer heeft zonder de geliefde. Wel, dit was zeker het geval bij Virginie: elke minuut zonder Seba was voor haar een verloren minuut. Wanneer zij in zijn omgeving was, ergens in de kamer, liefst op de achtergrond, dan voelde zij zich veilig. En gelukkig. Maar zodra hij de restjes en de verpakkingen van zijn behandeling begon op te ruimen, zodra hij zijn zwarte jekker aantrok en een goeie dag zegde tegen de patiënt, ook tegen mammie, zodra de deur achter hem dichtviel en zij hem als een *racer* zag vertrekken, recht op de pedalen staand – toen begon zij hem al te missen. Hij had haar dan wel eerst vluchtig aangekeken, of naar haar gelachen, of zelfs even geknipoogd. Dat maakte haar immens gelukkig, ja – *als* het gebeurde. Maar meteen daarop voelde zij dan weer de leegte zonder hem, met alleen dat laatste beeld als souvenir. En als zelfs die laatste blik er eens niet geweest was, dan was het leven voor haar niet meer te genieten. Integendeel, dan vrat zij als een kwaadaardige bacterie zichzelf op – tot hij de volgende dag weer op het appel verscheen, en rust bracht.

Het was een vreemd gevoel waarvoor zij geen woorden vond. Niet in haar *Poésie*, niet in haar praatjes met de vriendinnen, ook niet met Heidi, haar boezemvriendin sinds de kleuterschool. Spanning, verwachting, hoogspanning. Zij werd ermee wakker en ging ermee slapen. Zij droomde ervan, ook overdag, ook tijdens de les. Het was een hunkering die tegelijk

217

pijn deed en toch hemels was. Het was een alles doordringend verlangen om hem te *bezitten*, om hem te dragen en mee te dragen. Overal en altijd. Als een levensgrote teddybeer. Of als een warme schaduw die zij dag en nacht kon koesteren en liefhebben. En dat terwijl de pater tijdens de godsdienstles nog had beweerd dat een medemens nooit een bezit mocht zijn, dat elke mens recht had op zijn eigen stukje vrijheid. De man had zeker gelijk, vond zij, maar het gold niet voor haar en haar fantastische vriend.

Toen kwam de laatste behandeling eraan. Seba had het in het begin van de week al aangekondigd en hij had hierbij voor één keer duidelijk en nadrukkelijk in haar richting gekeken. Als dat geen teken was! Zij beschouwde de situatie als een extreem noodgeval en nam enkele initiatieven die ze normaal onbeschaamd of zelfs gevaarlijk zou noemen. Maar nood breekt wet, en op die laatste vrijdag kon ze haar mammie overhalen om drie foto's te nemen, met als thema: het einde van een succesrijke therapie. Uiteraard stonden haar vader en de geliefde verpleger hierbij centraal, maar op één kiekje was zij ook te zien, en zelfs aan *zijn* rechterzijde, dicht bij *hem*. Meer was niet mogelijk, het mocht geen fotosessie lijken met een gevierde *star* en zijn paparazzi. Bovendien wilde zij haar diepere, intieme beweegreden voor zichzelf houden.

Maar toen de jongeman voor de laatste keer naar buiten kwam, stond zij daar. Ze draaide onophoudelijk en nerveus op haar hielen, zoals kleine meisjes het soms spelen als zij een extra lolly willen en het niet durven vragen. Het kón toch niet dat hij zou vertrekken zonder ook maar één woordje met haar te wisselen, zonder hoe dan ook persoonlijk afscheid te nemen? Dat ze tot dan toe geen moment openlijk met elkaar gesproken hadden, dat had geen belang. Neen, het moest, en het moest *nu*. Later was het te laat. Onmogelijk. Zij moest alleen de gepaste woorden vinden. Maar welke? Het mocht niet te duidelijk, niet te gepassioneerd zijn – hoewel zij eerder vreesde dat haar stem uiteindelijk te kil en emotieloos zou klinken. Ongewild, weliswaar ...

"Je gaat wel al eens een avondje stappen, niet?" begon Seba echter zelf, totaal onverwachts. "In het weekend, bedoel ik. Met vrienden?"

De verpleger wist niet wat hem bezielde, maar de woorden waren eruit voor hij het goed besefte. Reageerde hij misschien instinctmatig op het onbesliste gedraai van het meisje, op de obscure blik in haar troebele ogen? Toen hij zichzelf de vraag hoorde stellen, leek het wel alsof niet hij, maar een of andere vrolijke plaaggeest bezit genomen had van zijn mond. Graag had hij geloofd dat het de menslievende Seba was die gesproken had, de sociale hulpverlener, de begrijpende raadsman, ieders vriend en vertrouweling – tenslotte had hij altijd die ambities gehad en daar ook voor gestudeerd – en hij had ook wel de aangeboren gewoonte om zich populair te maken. Nu, dat was niet moeilijk met zijn voorkomen.

Maar eerlijkheidshalve moest hij toegeven dat zijn onderliggende drijfveren minder zuiver of onschuldig waren. In zijn hoofd was opeens geen plaats meer voor de grote agogische idealen, neen, daar woekerde nu een koppig beestje dat veel aardser was, zelfs duivelser. En tegelijk zag hij weer dat beeld verschijnen uit het verleden, het sproeterige gezichtje van de verliefde scholier Jenna die hem smeekte om haar te ontmaagden zodat ze aldus voor altijd een stel zouden zijn. Dat was voor hem uiteraard geen probleem geweest – *sex was free, wasn't it?* – het bleek zelfs een bijzonder opwindende nieuwe ervaring te zijn. Maar de nasmaak was heel wat minder prikkelend geweest, want het had een jaar geduurd eer hij die kleine Jenna van zich had kunnen afschudden. In zijn ogen was zij niet meer geweest dan een erg geslaagd en aangenaam avontuurtje, een seksuele notitie, terwijl *zij* hem beschouwde als de trouwe, perfecte man die ze zou liefhebben voor eeuwig en een dag. Zelfs onlangs nog aan de kassa van *Albert Heijn* had hij haar nog voelen kijken met een blik die zwalpte tussen bewondering, hoop en heimwee. Na al die tijd ... En ondertussen niet zo klein meer, en zeker niet meer zo onschuldig. Het kind was een jonge vrouw geworden ...

Het was het jonge wicht Virginie die abrupt een eind maakte aan de herinnering, en zeker aan de bittere nasmaak. Seba keek haar verwonderd aan, hij zag nu iets in het meisje dat hij nog niet eerder had gezien: toen zij haar antwoord gaf, herkende hij opeens in heel haar houding – ook in haar aftastende blik, haar flemend timbre en gespeelde branie – dat verbazingwekkende begeren dat hij ooit in Jenna gezien had. Dezelfde honger, dezelfde verzuchting naar ... En *sex was free* – nog steeds, of niet?

"Ach ja, wel af en toe," loog Virginie. Op het moment dat Seba haar zo onverhoeds aangesproken had, was zij een paar tellen van de kaart geweest, maar al vlug had zij de nodige koelbloedigheid gevonden. Nu of nooit, klonk de vermetele aansporing in haar hoofd. Seba zou zijn vraag geen tweede keer stellen. Misschien bedoelde hij zelfs iets totaal anders dan wat zij letterlijk gehoord en begrepen had, maar zij kon dat risico niet lopen. Zij nam het zekere voor het onzekere, het was nu vooral zaak om direct en ad rem te antwoorden, niet om in eer en geweten de waarheid te vertellen. Moest zij misschien vol schaamte bekennen dat zij nog niet meer gedaan had dan een driedaagse bosklas, samen met de andere meisjes? Of dat zij vorige zomer eenmaal naar een kampvuur-met-fuif van de Brabantse Padvindsters was geweest? Welke knappe, alom begeerde vrijgezel zou zich in een dergelijke fletse reactie kunnen vinden?

"Af en toe," herhaalde Virginie, terwijl zij haar ogen dichtkneep tot twee ondeugende streepjes, "maar ik maak er geen gewoonte van. Als het aan mijn vader lag, dan zou ik moeten wachten tot mijn achttiende, en mammie steunt hem natuurlijk daarin, zoals in alles. Maar echt streng zijn ze niet, hoor, dat heb je zelf al ondervonden, toch? Ze zien mij graag en hebben het beste met mij voor, maar ze zullen mij nooit opsluiten, ook niet in een gouden kooi. Daarvoor heeft pappie zelf te veel en te lang aan de leiband gelopen, zoals hij altijd zegt. Maar ik moet wel toegeven dat ik geen vaste stek heb, geen adres waar ik in het weekend niet weg te slaan ben."

Virginie was erg ingenomen met alles wat zij gezegd had, ook met de manier waarop. Reeds in haar eerste zin had zij aangegeven dat er geen belangrijke belemmeringen waren, en zij had ook tussen de regels haar welwillendheid getoond. De rest was niet meer dan wat opvulling, wat praat om de nodige kleur en overtuiging te geven aan haar ... leugen, want dat was het toch? Eén grote leugen, maar wel een leugen om bestwil, absoluut. Wat kon zij anders? Dat amechtige verlangen om hem te bezitten, dat verlangen om hem voor eeuwig onder haar huid te bewaren en te koesteren – het was opeens sterker dan ooit, zeker nu hij op nauwelijks enkele passen van haar daar als een kwajongen voor het huis stond te grijnzen. *Once in a lifetime* ... Het was nu of nooit, inderdaad. En ondanks die overrompelende golfslag van gevoelens had ze het toch maar bestaan om ook nog naar het piepstemmetje van haar verstand te luisteren, ja, zij had zich aardig ingedekt: wat de toekomst ook mocht brengen, het bedrog zou nooit ontmaskerd worden.

Met het beeld van Jenna nog ergens in zijn achterhoofd was Seba nu helemaal in de stemming. Het antwoord van Virginie had de sprankelende vonk in hem flink aangewakkerd. Ja, hij had de vraag gesteld om ... ja, waarom eigenlijk? Hij wist het gewoon niet meer, waarschijnlijk had hij geloofd dat hij *iets* tegen haar moest zeggen, *whatever*, maar hij had zeker niet geloofd dat zij in alle ernst naar hem zou luisteren, nog minder dat zij zo vlot zou instemmen. Hij had gewoon een visje uitgegooid – baat het niet, dan schaadt het niet – en hij had nu een veelbelovend menu voor zich. Hier zat zeker weer een aardige belevenis in.

"Heb je zin om zaterdag iets te gaan drinken met mij, in de *Piaf*?" lachte hij. "Ik ben dan met de auto, en wij kunnen daarna nog een paar uurtjes doorbrengen in de *Versailles*, dat is natuurlijk een heel eindje verder. Maar ik vind het altijd een geweldige ervaring om op te gaan in de anonieme massa terwijl de schichten van de spots en de lasers in alle kleuren over je heen bliksemen. Het heeft wel iets."

Nog voor hij meer reclame kon maken voor zijn plannen, kwam Virginie al voor de dag met haar mening.

"Dat is pech, maar zaterdag lukt het niet voor mij. Maar misschien volgende week vrijdag? Of zaterdag, dat kan ook. Maar niet dit weekend."

Zij moest op haar tong bijten om geen verdere verantwoording te geven, want dat was dan toch maar – alweer – een leugen geweest, en liegen wilde zij liever vermijden. Niet uit principe of uit gewetensnood, maar gewoon omdat het zo vermoeiend was om een leugen vol te houden en om er consequent naar te leven, zeker na een tijdje. Dat had zij al meermaals ondervonden. Nu, de enige reden voor haar uitstel was dat zij tijd nodig had om thuis iets te regelen met haar ouders, want het was echt niet zo vanzelfsprekend als die jongeman wel dacht. Misschien zou ze zelfs iets moeten afspreken met vriendinnen. Hoe dan ook, een dergelijke kinderachtige uitleg, ook al was het de waarheid, kon zij toch moeilijk geven? Dat was beneden haar waardigheid.

"O, maar voor mij is dat ook goed," hapte Seba gewillig toe. Hij had een ja gehoord en zag verder geen enkele reden om van 'pech' te spreken. "Volgende week vrijdag dan. Je kent de *Piaf*, op de Heldenmarkt? Er staan nieuwe uitbaters. De vorige waren twee homo's. Die zijn gaan rentenieren in Salzburg, heb ik gehoord. Vrijdag is goed, dan kan ik mijn planning zo opmaken dat ik er zeker om half acht zal zijn. Past dit voor jou, of heb je het liever wat later? Of vroeger?"

"Neen, neen, half acht is perfect. Ik kom te voet."

"Dat is uitstekend. Ik kan er toch op rekenen, Virginie? Je zal er toch zijn?"

Het was de allereerste keer dat hij haar voornaam gebruikte, en dat bracht haar een ogenblik weer totaal van de kaart.

"Natuurlijk," antwoordde zij, niet zo enthousiast als zij wel gewenst had, "natuurlijk zal ik er zijn. Je kunt op je twee oren slapen. Vrijdag, half acht. Vandaag over een week."

Bij de laatste woorden lachte zij weer, maar zij slaagde er niet in om er 'Seba' aan toe te voegen. Zij wilde wel, zij wilde het dolgraag – ja, het ware *super* geweest – maar zij kreeg zijn naam nog niet over haar lippen.

Seba sprong op zijn fiets, keek even achterom en spurtte dan weg terwijl zij zijn versnellingen hoorde knarsen. Het leek alsof hij Sven Nijs was met de Wereldbeker in het vizier.

§

"Wel, wat denk je? Zullen wij eens een kijkje gaan nemen in de *Versailles*? Het is nog vroeg, ja, maar het is wel een eind rijden en ik moet ook mijn auto ergens kwijt kunnen, liefst op een veilige plaats. Hij is nieuw. De *Berlingo* van Citroën, weet je wel. Want als wij later aankomen, dan kun je over de koppen lopen. Niet echt prettig, toch?"

Virginie keek hem verwonderd aan. Zij was even met haar gedachten in een andere wereld geweest, zij had tijdloos gedroomd over een hemel waarin zij en haar geliefde jongen van wolk naar wolk zweefden, hand in hand, en waarin ze als uitgelaten kinderen samen dansten op een romantische wals van Johann Strauss. Het was pas na enkele tellen dat zij terug in de werkelijkheid tuimelde en dat zijn woorden tot haar doordrongen. En uit een hoek van de *Piaf* klonk inderdaad *An der schönen blauen Donau*.

"Sorry, ik was even aan het dromen. Die Martini werkt al, stel je voor! Ik ben het niet gewoon. Bij mijn vader ligt dat helemaal anders, die kan alles aan, hoewel hij op het voetbal zweert bij pils. En voor de televisie drinkt hij elke avond één Heineken Oud Bruin. Maar ach, wat bazel ik nu toch? Ik was gewoon even weg met mijn gedachten. Sorry."

"Geen probleem. Als je wilt, bestel ik er nog eentje. Het is Martini Fiero, en die is misschien iets sterker dan gewone vermout. Maar ik stelde net voor om rustig te vertrekken en de *Versailles* te gaan opzoeken. Dan zijn wij er nog vóór de grote drukte."

Zij lachte, deels bij wijze van instemming, deels als excuus.

"Heel goed, want dat zitten maakt mij moe. En dan die drank – het hangt in mijn knieën, weet je. Ik denk dat ik toch eerst eens naar het toilet ga. Dat is het veiligste, niet?"

"Ga je gang, ik wacht wel. Ik vraag ondertussen de rekening."

Virginie stond op, maar het gebeurde heel langzaam, bijna als in een vertraagde film. Niet vanwege de drank – zo erg was het effect ook weer niet – maar omdat zij het tafeltje slechts met tegenzin verliet: haar ogen zaten vast aan haar jonge gastheer, aan zijn schoonheid, zijn ganse *attitude*, zijn voortreffelijke manieren, dingen die alles samengenomen zo normaal en tegelijk zo perfect waren. Hun eerste uurtje was gewoon voorbij gevlogen.

Zij was stipt op tijd gearriveerd bij de *Piaf*, hij stond buiten te wachten. Zij had hem al gezien zodra ze voorbij de Rabobank op de hoek gekomen was. Losjes gekleed, maar verzorgd. Iemand met stijl, met persoonlijkheid. Een sportief overhemd, geel gevlamd. Niet klassiek, niet burgerlijk, maar ook geen parvenu of een nozem. Precies zoals zij zich hem in haar geest voorgesteld had, op dat moment, op die plaats. Want de laatste dagen – eigenlijk sinds hun afspraak voor het huis – had zij eigenlijk niets anders gedaan dan gefantaseerd over hun eerste ontmoeting als vrije jonge mensen in een vrije wereld.

Zij had niet alleen diep nagedacht en heerlijke voorstellingen gemaakt. Zonder het ten volle te beseffen had zij ook haar gevoelens tomeloos laten woekeren tot die de vreemdste bokkensprongen hadden gemaakt. Het waren acht lange dagen en nachten geweest die ogenschijnlijk nooit zouden leiden tot die ene, heuglijke vrijdagavond, soms had het geleken dat de tijd onbarmhartig achteruitliep en niet vooruit, maar uiteindelijk was het dan toch zover: zij stond nu beneden in de onfrisse kelder van de *Piaf* waar de toiletten waren, en zij wist dat haar vriendje in de gelagzaal op haar zat te wachten. Met dezelfde gedachten, dezelfde *mood*. Is het niet allemaal ongelooflijk *hartverrukkend*, mijmerde zij voor de spiegel terwijl zij haar ogen bestudeerde, eerst wijd opengesperd, dan fijntjes dichtgeknepen. Hartverrukkend, die uitdrukking van de pater die echter veel beter paste bij het ware, hemelse heden van hun samenzijn dan voor zijn onbestemde hiernamaals. Zo was Seba toch, zo was hun contact, hun blik, hun wederzijds gevoel ... en zo was eigenlijk ook die schijnbaar eindeloze periode van afwachten geweest. Hartverrukkend.

Hun gesprek aan het tafeltje in de hoek was niet spectaculair geweest, gewoon wat nader kennis maken, wat voorzichtig en argeloos aftasten, wat plagen en lachen – en daardoor was het voor haar toch bijzonder geweest, want dan hoefde zij niet te veel te focussen. Haar compagnon had een beetje uitgeweid over de bingo-avond met zijn tante Alida in het rusthuis, wat hem een dom boek over kippen opgeleverd had. Zij had op haar beurt wat verteld over de school en haar vriendinnen die soms nog zo dazig en achterlijk konden doen – behalve Heidi, maar die was dan ook altijd de beste van de klas en had ambities om de eerste vrouwelijke astronaut te worden. En telkens hadden ze gelachen, ja, ze hadden heel de tijd gelachen. Niet omdat het allemaal zo grappig was, maar omdat ze zich goed voelden in hun vel, omdat hun samenzijn zo zalig was. De verhalen verdwenen even vlug als ze verteld werden, de vragen en de antwoorden werden nauwelijks echt gehoord, ze waren ook helemaal niet belangrijk. Wat werkelijk telde, waren de zalige *vibes* die overal in het café rond hen trilden, de zweem van *love in the air.* Leven en meeleven op de bedwelmende stroom van eenvoudig geluk, van de warme liefde tussen twee jonge mensen. Of kwam het dan toch door de vermout, die Martini Fiero? Neen, dacht Virginie opeens, de pater van de godsdienstles zou dit nooit kunnen begrijpen, nooit, hoe modern en progressief hij ook was – en zij schoot in een lach terwijl zij nog één keer naar de spiegel in het toilet knipoogde.

Seba vond dat hij ook meer dan tevreden mocht zijn. Virginie was niet direct een pin-up meisje dat de cover van Playboy of Penthouse kon versieren, maar zij was wel erg aangenaam en gemakkelijk, en zij had geen kapsones. Zij gedroeg zich ook ouder en rijper dan zij in werkelijkheid was, en dat kon alleen maar positief zijn, toch? Maar anderzijds kon het meisje hem zo roerloos aankijken met die open, donkere blik waar hij geen blijf mee wist, alsof zij diep in hem wilde dringen, erger nog: alsof zij hem wilde opvreten, in één gulzige hap naar binnen werken. Zeker als hij aan het woord was. Het maakte hem niet echt ongemakkelijk, maar toch ... Het was niet ideaal, hij had liever dat zij *normaal* deed.

Bij het buitengaan had hij wel een merkwaardige ervaring. Het was de tweede week van oktober en de avond was al gevallen over de Heldenmarkt. Ze liepen dicht bij elkaar over het terras van het café, en hij dacht er juist over om zijn arm beschermend over haar schouders te slaan, toen hij op nauwelijks twintig meter een silhouet meende te herkennen: een meisje in het gezelschap van een jonge man. Blijkbaar had het meisje hem ook herkend, want zij keek even opzij in zijn richting. Zo leek het althans: een ogenblik, in zijn richting, maar wel nadrukkelijk. Het meisje was het evenbeeld van Jenna, niet de jonge, maagdelijke Jenna van enige jaren geleden, maar de opgegroeide Jenna die hij onlangs nog gezien had in de rij bij *Albert Heijn*. De gelijkenis was treffend, maar toch was hij niet zeker. Het was al donker, en in een oogwenk was het stel verdwenen in de anonimiteit van de oude kerkhofwijk. Hij wist niet of hij verrast moest zijn, of opgetogen, of ongerust. En hij legde zijn arm toch maar niet over de schouders van zijn vriendin.

"Heb je een spook gezien?" giechelde Virginie die zijn blik gevolgd had.

"Neen, neen!" repliceerde Seba, duidelijk verstrooid.

"Of een van je liefjes?" probeerde zij opnieuw, want zij voelde zich nog steeds overmoedig.

"Neen," lachte hij opgeruimd. "Gewoon enkele mensen die ik meende te herkennen, mensen van vroeger. Maar ik denk dat ik mij vergist heb. Ja, ik heb mij vergist. Het is al donker, en de verlichting van het plein moet nog op dreef komen. Kom, de auto staat achter de kerk."

Toen zij de zware deur van de Berlingo opende, kwam een nogal zoete geur haar tegemoet en zij snoof zichtbaar.

"O," lachte Seba, "mijn tante zweert bij *Lolita*. Het is een populair parfum en ik denk dat het normaal best te doen is, maar haar flesje is vermoedelijk al twintig jaar oud, ik kan mij niet herinneren dat zij ooit een andere geur achterliet. Ik vind het iets te zoet. Oubollig, eigenlijk."

"Ik ook," haastte Virginie zich spontaan. "Ik heb liever iets pikants. *Spicy*. Zoals Cacharel, maar dat is wel héél sterk."

Weer vond zij dat zij gescoord had met haar antwoord, want over een paar maand had je de feestdagen van december, en daarna Valentijn. Als hij zo slim was als zij dacht, dan zou hij de hint zeker niet vergeten.

Op haar zitje lagen twee boeken die Seba hoffelijk wegnam en op de achterbank gooide. Maar zij had in een oogopslag wel de titels kunnen bekijken.

"*Zakboek voor de kippenhouder*?" las zij.

"Heb ik dat niet verteld? Het is nog een restant van de bingo van gisteren. Tante Alida vond het een domme prijs en bovendien een belediging omdat zij allergisch is voor kippen."

"En dat andere boek met die mooie omslag, was dat ook een domme prijs?"

"Helemaal niet, dat komt niet van de bingo, het is eigenlijk van Mathieu, mijn tutor. *Leven na dit leven*, van Raymond Moody. Hij vindt het de moeite waard en heeft het mij aangeraden. En als Mathieu raad geeft, is het meestal een gouden raad."

"Mathieu? Een belangrijke kennis?"

"Mijn tutor. Die mij enkele weken begeleid heeft tijdens mijn stage. Je kent hem trouwens ook, hij heeft je pappie in augustus ongeveer een week verzorgd voor ik het mocht overnemen. Een oudere man met geweldig veel ervaring en een meesterlijke diagnose. Het boek zou gaan over de zogeheten bijna-doodervaringen. Ik ben benieuwd."

Het interesseerde Virginie op dat moment geen sikkepit en zij zweeg. Zij hoopte dat hij niet zou ingaan op het onderwerp, want zij kende veel mannen, intelligente vooral, die al vlug begonnen door te drammen als zij meenden een geïnteresseerd publiek te hebben. Zoals pappie over het voetbal. Hoewel zij natuurlijk urenlang naar de zachte, klare stem van haar Seba kon luisteren, dat wel – maar liefst over andere dingen dan het leven na de dood. Op dit moment, althans, want op de kamer van Heidi had zij het wel al eens met haar vriendin gehad over reïncarnatie, zelfs over zombies en zo. Nu echter wenste zij slechts één onderwerp te bespreken, en zij verwachtte dat haar persoonlijke chauffeur het zou aansnijden: hun relatie, punt. Of hun toekomst, dat ook. Was dat niet hetzelfde?

Seba van zijn kant reed heel rustig naar de *Versailles*. Normaal had hij tijdens die vijftien kilometer een staaltje getoond van zijn sportieve rijkunsten, maar zijn gedachten dwaalden nog te vaak af naar zijn verleden met Jenna en naar hun recente weerzien – misschien zelfs daarnet nog, voor het terras van de *Piaf*? Natuurlijk was dat toeval, maar het werkte toch min of meer op zijn humeur in als een stoorzender. En op zijn plannen.

Met enige moeite kon hij zich geleidelijk weer concentreren op wat hij zich voorgenomen had. De Berlingo was nog nieuw, maar toch had Seba al een bijzonder aspect van de wagen ontdekt en getest: de ruime driedelige achterbank, waarvan bovendien in een handomdraai het middelste zitje kon verwijderd worden. Op die manier kwam er voldoende plaats vrij op de vloer die dan bruikbaar was voor bijvoorbeeld een grote, lange kist, maar ook voor een volwassen persoon die zich wilde uitstrekken – eventueel voor twee personen met bepaalde intenties. Wel ja, het had in zijn voornemens gespeeld als extra mogelijkheid, en hij had een week geleden om die reden achteraan twee dikke plaids gelegd, onopvallend en mooi opgevouwen. Voor het geval dat de harde vloer hem zekere diensten moest bewijzen ...

Het was voorbij middernacht toen ze de *Versailles* verlieten, eigenlijk nog vroeg. Het was geen mega discotheek en ze hadden alles gezien wat interessant kon zijn. Ook vonden ze dat het voor een eerste keer niet te laat mocht worden. Ze hadden allebei slechts één consumptie gebruikt: Seba een klassieke Cuba Libre, Virginie de 'Cocktail van de Nacht', een longdrink in twee aantrekkelijke kleuren. Seba was blij dat Jenna niet onverwachts verschenen was – je wist toch maar nooit – en dat hij weer volop zin gekregen had in een ondeugend avontuurtje. Ja, hij was ervan overtuigd dat niets hem nog zou hinderen om zijn oorspronkelijke plannen uit te voeren.

Voor Virginie maakte het allemaal weinig uit, zolang ze maar samen met haar afgod kon genieten van deze wereld, binnen of buiten de tent. Nooit eerder had zij het leven zo in zich voelen bruisen dan in zijn gezelschap, nooit eerder was zij zich zo intens bewust geweest van haar geluk. Waar had zij dit verdiend? Deze onbeschrijfelijke *wonderboy,* deze heerlijke, lieve jongeman met zijn beeldschoon gezicht, zijn perfecte lichaam, zijn verrassende *savoir-vivre,* en een karakter uit de duizend waarin zij niet één smet kon ontdekken. Elke minuut met hem was een minuut in het paradijs.

Het was vreemd, maar weer kwam die nijpende honger, die hartstochtelijke appetijt naar boven. Sterker dan ooit tevoren. En het was niet alleen emotioneel, zeker niet. Het leek wel alsof elke porie van haar huid hunkerde naar aanraking, naar zijn aanraking. Alsof haar lichaam hem wilde bezitten en door hem wilde bezeten worden. Was dit nu die beruchte geilheid waarmee ze met z'n allen op de laatste avond van de bosklassen gelachen hadden? Deksels nog aan toe, toen zij in de auto weer naast hem zat, was zij zo opgewonden dat zij over heel haar lichaam trilde, alsof zij een vlinder was die hoogdringend moest ontpoppen.

Seba wilde starten en keek achteloos opzij. Eén blik volstond. Tot nu toe had hij gespeeld met de gedachte om op de terugweg, na enkele kilometers en op een weinig verlichte plek, een panne te simuleren en vervolgens de natuur zijn werk te laten doen. Klassiek, beproefd, en bijna altijd een succes. Maar waarom er een vaudeville van maken? Toen hij in de hitsige ogen van zijn passagier keek, wist hij genoeg: hij had geen theater of een omweg nodig om van wal te steken, hij kon de koe – of het geitje – direct bij de horens vatten. Haar verlangen was overduidelijk.

”Kijk, Virginie,” fluisterde hij vertrouwelijk, terwijl hij haar reacties nauwlettend in de gaten hield. ”Kijk, ik stel voor dat wij nu vertrekken, maar dat wij wat verder opnieuw halt houden om nog wat te praten ... om wat intiemer te praten. Dat scherpe neonlicht van de parking is niet erg stimulerend, en er is bovendien te veel komen en gaan van al die bezoekers. Ik vind dat wij best op zoek gaan naar een rustiger oord, waar de spots minder op ons gericht zijn. Aan de kant van de weg bij voorbeeld, of bij het begin van een dreef of een wandelpad, een of ander vergeten plekje waar niemand op let. Met in onze auto alleen het licht van de maan en misschien het miezerige schijnsel van een verloren straatlampje. En als je het goed vindt, kunnen wij op de achterbank gaan zitten, dat is veel gezelliger, en dan hebben wij de rugleuningen vóór ons als een soort van afscherming. Wel, wat denk je, dat klinkt toch mooi, niet?"

Eigenlijk was het een overbodige vraag en was ook zijn poëtische argumentatie overbodig, want zelfs in het donker kon hij zien dat zij helemaal voor het voorstel gewonnen was. Zij knikte nerveus en perste haar lippen op elkaar. Het drankje van de discotheek deed zijn werk. In haar gedachten zag zij al het wonder gebeuren met haar grote tovenaar, haar verheven prins.

"Dat is goed," zei zij, en slikte de rest van haar antwoord naar binnen.

"Geweldig, meisje, echt geweldig. Het zal een mooie afsluiter van een mooie avond worden."

Maar alles samengenomen was het niet zo vanzelfsprekend om het 'rustiger oord' of 'het vergeten plekje' te vinden. Seba was niet zo vertrouwd met de buurt, en de duisternis bleek een vreselijke handicap. Maar net toen de beker van zijn geduld leeg was, zag hij in het licht van de koplampen een primitieve wegwijzer reflecteren die aan de rand van een dennenbos stond en blijkbaar leidde naar een landelijk Maria-oord, en kijk: daar, tussen de bomen, stond een in natuursteen gemetselde kapel met een leien dak en met aan de zijkant vier lege parkeerplaatsen. Dit was precies wat ze nodig hadden, mooier kon het niet zijn.

Ze gingen naast elkaar op de achterbank zitten met de grootste plaid als een beschermend deken tegen de mogelijke kou, want het was toch al oktober. Seba legde moeiteloos zijn arm om het middel van Virginie, en zij schoof nog wat dichter bij hem zodat zij zijn warmte over heel de lengte voelde. Zijn vingers begonnen zachtjes en onfeilbaar te strelen en te kneden alsof er een *kitten* over haar liep dat voorzichtig de nieuwe wereld verkende. Het was heerlijk.

Natuurlijk was Seba geen nieuwe wereld aan het verkennen. Hij mocht prat gaan op een ruime ervaring in deze zaken, hoewel elk meisje toch anders was. Gelukkig maar! Deze Virginie was echter wel bijzonder inschikkelijk, en terwijl hij haar met zijn fluwelen hand onder het topje betastte en hun gezichten elkaar aanraakten en bleven aanraken, was hij al plannen aan het maken voor de volgende stap. Zij was echt meegaand, het zou kinderspel zijn.

"*I like it*," fluisterde Seba. Om een of andere reden vond hij dat het Engelse zinnetje zoveel geschikter was dan de vaderlandse versie.

"*O, yes!*" antwoordde zij, haast onhoorbaar. Zij was bereid om mee te doen en ja te knikken, ongeacht de dingen die hij zou vragen. Alles, *alles* mocht hij vragen, zijn wens was een gebod. De hemel lag thans binnen handbereik. En ook letterlijk.

"Maar als je iets niet wilt, moet je het zeker zeggen," aarzelde hij, met zijn lippen intiem tegen haar slapen, "ik wil absoluut niet dat je iets tegen je zin doet. Nooit. Dat mag nooit, dat is in strijd met mijn principes. Je mag niet ongelukkig zijn."

"Neen, neen, zeker niet," zei zij haastig. Daar was toch geen sprake van? Die gedachte was zelfs nog niet in haar opgekomen.

"Een ogenblik ..."

In nauwelijks enkele tellen en één beweging had hij zijn broek opengemaakt. Zij voelde hoe heel zijn lichaam dan wat harder tegen het hare aandrukte en hoe hij tegelijk met één been voorzichtig over haar knie gleed. Het leek wel of hij haar zoetjesaan wilde overrompelen, maar het gebeurde zo spontaan, zo ... *normaal*. Alsof hij precies wist wat zij wilde – neen, alsof hij telkens een fractie vooruitliep op wat zij zou wensen.

Haar hart begon nu nog heftiger te bonzen, zij slikte moeilijk, zij durfde nog amper te ademen. En terwijl zijn ene klamme hand over haar rug en haar schouders bleef sluipen, greep de andere niet aflatend in het vlees van haar jonge borsten om dan al vlug speels terecht te komen bij haar tepels, die flink hard en veerkrachtig waren. Eerst haar rechterborst, vlak bij hem, en dan, na heel wat bedreven exercitie, de linkerborst. En dan opnieuw. Hetzelfde parcours, maar iets anders, iets krachtiger en met nog meer overgave.

Zij hoorde hoe ook hij nu ongewild slikte, en af en toe snoof zij een zweem op van zijn aftershave – of was het een douchegel?

Zij kon de geur niet thuisbrengen, maar het was pittig en verrukkelijk. Iets Oosters, met een majestueuze tint, en toch niet overdreven sterk. Een enkele keer, terwijl hij haar zo behendig aanhaalde en troetelde, merkte zij in het zwakke licht van de nacht dat zijn sporthemd van Jack & Jones al helemaal open stond en zelfs zo los over zijn schouders hing dat het bij de minste beweging naar beneden zou vallen. In een schicht zag zij zijn ontblote bovenlichaam. Het was de atletische, slanke torso van een jonge man, perfect gespierd, bijzonder goed en gaaf verzorgd, met wat donkere beharing bovenaan. Niet te veel, niet te weinig. Wel, zij had al eerder afbeeldingen gezien van sportlui die model stonden met alleen een *speedo* aan, of een *boxer short*, maar dit ... dit was het einde. Het maakte haar tegelijk sprakeloos, en onrustig. Zij had nooit gedacht dat de versie van vlees en bloed zo mooi kon zijn, zo fascinerend.

Alles wat hij deed, elke *move* van hem, elke aanraking prikkelde haar tot het uiterste. Haar jeugdige, vrouwelijke verbeelding werkte op volle toeren. Zijn lichaamsgeur ... zijn ademhaling ... het onbepaalde geritsel op de bank, onder de plaid ... Een glimp van zijn getrainde *sixpack*, van zijn foutloze ronde naveltje, van zijn opverend buikje ... Of de brede rand van zijn robijnrode slip, toevallig ook van Jack & Jones. Wat zou die verhullen, welk dierlijk mysterie? Zij voelde de hitte als een ongetemde geiser door heel haar lichaam stromen, van haar wangen tot in haar lenden. Zij kon absoluut niet helder meer denken, en niet alleen vanwege die *Fiero* en die *longdrink*: zij werd thans beheerst door een grenzeloze opwinding, een drift die haar totaal loskoppelde van de werkelijkheid, van de stille, doodse bossen daar ergens buiten de auto, en ver weg van de achterbank.

Want ondertussen zat zij daar halfnaakt en schaamteloos onder de povere maar knusse beschutting van de plaid, met haar topje helemaal opgekruld tot tegen haar kin. Zij hoefde niets te doen, zij liet maar betijen. En het was heerlijk, zij genoot onwezenlijk. In een opwellende flits besefte zij dat haar beha er niet meer was – zij begreep niet hoe en wanneer hij dat gedaan had, maar het was zo, en het kon haar geen ene moer schelen.

Integendeel, het gevoel was onbeschrijflijk. Dit was letterlijk de vrije liefde. Haar eerste keer ...

"Als het je niet bevalt, *please*, zeg het dan," fluisterde hij in haar oor. "Maar ik vind je zo ... zo ... lekker! Ik zou je wel kunnen opeten, weet je dat? *I like it*, neen, *I love it!*"

Virginie merkte amper dat haar grote verleider terugviel op het hippe Engels van een bekende song. Voor haar was het allemáál muziek wat hij zei, want hij had de mooiste, de tederste stem die je van een oprechte minnaar kon verwachten. Wat zij wel merkte, was dat zijn open hand onweerstaanbaar afdaalde naar dat andere plekje, en de diepere regionen opzocht. Haar adem stokte, zij rilde even, zij voelde hoe zijn vingers voorzichtig maar nadrukkelijk centimeter na centimeter naar beneden scharrelden. En op hetzelfde moment kwam zijn gezicht dichterbij, tot zijn lippen op die van haar drukten. Zij zou het echt besterven als zij hem nog verder van zo nabij bleef aankijken, en sloot haar ogen. Het voelde als twee lotusbloemen van marsepein die elkaar gevonden hadden, twee bloemkelken die zo op elkaar pasten als het fluwelen deksel van haar sieradenkistje thuis, met de kleine schelpjes. En toen kwam zijn tong naar binnen: een koppige, warme indringer die heerlijker was dan de beste sukade die zij ooit geproefd had, en dat betekende heel veel, want zij was er megagek op. Altijd geweest.

Dus dit was tongzoenen, dit was een tong draaien ... Droomde zij dan, of was dit allemaal echt? Zij wist het niet goed, met haar gesloten ogen wilde zij zich ook veel beter bewust zijn van alles, van het geringste wat haar overkwam ... maar toch, soms drong de ervaring niet helemaal tot haar door, het ging op en af als het flikkerlicht van een vuurtoren, het was zo veel, en zo ... zo mooi, zo verheven. Maar zij voelde wel iets gebeuren in haar broekje – het glanzend wit satijnen broekje van Marie Jo, dat zij nog onlangs van mammie gekregen had en dat zij bewaard had voor speciale gelegenheden. Zij voelde zijn hand onder het elastiekje gaan en zijn slanke vingers als een fanatieke kleine salamander hun weg zoeken ... en woelen, hartstochtelijk en nadrukkelijk woelen tot ... Neen, het werd haar te machtig, zij kon het niet meer houden ...

"Seba, *my love*, ik wil een kind," murmelde zij. "Ik zie je graag, ik wil zo graag dat je mij een kind geeft! Een kind van jou."

Zij zei het onderdrukt, maar het was niet mis te verstaan. Het was een vraag, een bekentenis, een noodoproep om toch maar vast te houden wat zij nu beleefde, om het nooit meer kwijt te raken, nooit meer los te laten. Dit onvoorstelbare gevoel, deze onbeschrijfelijke, zalige verrukking. Voor eeuwig, voor eeuwig en een dag. Zij was bereid om alle vorige jaren van haar jonge leven prijs te geven. Voor hem, voor dit moment dat nooit mocht ophouden. Zij had veel meer gezegd dan die enkele korte zinnen: zij had zichzelf en heel haar wereld aangeboden.

Eigenlijk wist zij niet welke reactie zij kon verwachten, zelfs niet of zij iets mocht verwachten. Voor haar was alles wat nu volgde *cool* en oké, want het belangrijkste op dit moment was dat zij het gezegd had, dat zij haar liefde *verklaard* had. Het hoge, heilige woord was eruit. Zo moest het zijn. Onweerlegbaar, openlijk en kristalhelder. Ook al was het uitgesproken in een onredelijke werveling van emoties en verlangens.

Het duurde enkele seconden eer Seba iets zegde. Nochtans, zodra zij haar verzoek had gedaan, was het spelen van zijn vingers over haar zoele, hitsige zone ogenblikkelijk stilgevallen, haast als verlamd. En daarna leek het alsof ook heel zijn ontuchtige hand zich langzaam en aarzelend terugtrok, onmerkbaar bijna, maar toch ...

"*Please!*" wilde zij nog zeggen, om haar vraag te bekrachtigen. Maar de jongeman was haar voor.

"Laat ons niets overhaasten," suste hij ridderlijk, "wij hebben nog zoveel tijd vóór ons. Om elkaar eerst te leren kennen. Om van elkaar te genieten. Onbekommerd. Om samen jong te zijn en samen te groeien. En als het ooit zover is – en dat zal niet zo lang meer duren, dat voel ik nu al – wel, dan moet het een feest zijn. Maar ik begrijp dat je grote honger hebt, en die moet natuurlijk gestild worden. En daar zal ik voor zorgen, daarvoor zijn wij toch hier? En ik moet toegeven, mijn appetijt is kolossaal!"

Hierop knelde hij het meisje stevig in zijn armen tot het bijna pijn deed, en kuste haar opnieuw, als een driftige leguaan die zijn prooi met zijn tong naar binnen haalt. Zij ging een beetje onderuit, zij voelde hoe zijn handen gepassioneerd haar rug kneedden, van haar nek tot haar satijnen broekje, en dan weer omhoog, en zo steeds weer. Het duurde niet lang of zijn mond begon in een stortvloed van kleine kusjes af te dalen om dan verwoed te pogen haar borsten op te zwelgen, een voor een – tot zijn lippen als klemmen rond haar tepels zaten en zachtjes beten ... en dan toch weer wat harder ...

Zij was misschien maar vijftien, maar hij vond dat zij voor een klein en onervaren bakvisje flink ontwikkeld was en zich uitmuntend presenteerde. In een schielijke *déjà vu* herinnerde hij zich dat hij ooit precies dezelfde indruk had gehad bij Jenna, achter de bosjes van haar school. Maar dat was zo lang geleden ... en die was nog jonger geweest ... en die was toen gewoon smoor op hem, echt dolverliefd, ook nog de jaren die volgden, misschien nog steeds? Neen, dat wilde hij niet. Niet meer. Dat gaf alleen maar ellende en toestanden en het was op den duur allemaal zo vreselijk benauwend geworden ...

Had Jenna hem ook niet om een kind gevraagd – *gesmeekt* zelfs? Het was goed mogelijk, maar hij wist het niet meer. Het was al zo lang geleden en de flits van de herinnering was ondertussen al compleet in het niets opgegaan, even abrupt als hij verschenen was. Seba bevond zich nu alweer met heel zijn wezen in de werkelijkheid van de achterbank, bij die kapel in de duisternis. Hij was er zich goed van bewust dat hij zijn vriendinnetje met een groot deel van zijn lichaam bedekte; zij lag helemaal onderuit op de bank, haar knieën lichtjes opgetrokken, en hij lag als een warme deken van vlees en bloed tegen haar, deels over haar, met alleen nog zijn rode sportieve boxer aan – zijn perfect zittende *boxer briefs*. Op de een of andere manier was zijn jeans tot op zijn sneakers gezakt en zat nog één arm losjes in zijn overhemd, dat was alles. Voor de rest waren alleen nog zijn strakke bips en zijn gevarendriehoek aan de voorzijde ingepakt. Gelukkig maar, want hij voelde zijn grote bobbel opstandig tegen het katoen duwen – en tegen het meisje, dat zich met heel haar kleine lichaam levendig tegen hem aandrukte, in het bijzonder tegen de plek waar die harde knots verborgen zat.

Ook zij had niet veel meer aan dan haar witte satijnen slipje, en haar bedoelingen waren duidelijk. Die verraadde zij door een resem van onstuimig golvende bewegingen, haar markante, opgejaagde hartslag, en door de vreemde flepse geur die zij ongewild verspreidde – het deed hem denken aan de zilte wind van de zee. Hij had er zin in, en zij ook, absoluut. En bovendien was zij verkikkerd op hem, en geen klein beetje. Dat maakte het zo veel makkelijker, meestal toch. In bed, achter de bosjes, of op de achterbank. Geen getwijfel, geen getreuzel, geen complexen, geen omzichtig aftasten van de grenzen en de gevoeligheden ... Hij was zeker geen miljonair of een genie, hij bezat geen doctoraal diploma, geen eigen praktijk of een wolkenkrabber, maar hij was wel de trotse eigenaar van een aantrekkelijke fysionomie: hij had mooie ogen, een dito gezicht met een altijd verleidelijke glimlach, en een getraind figuur met een sexy kontje waarvoor men zich heel graag aan het strand eens extra omdraaide – en niet alleen de dames.

Het was natuurlijk allemaal best herkenbaar voor hem, maar dit meisje was wel goed. Verrassend goed. Zij was beweeglijk en ondernemend, geen domme paspop die passief en emotieloos lag te wachten tot er iets zou gebeuren. Daar had hij echt de pest aan, dat verlaagde het vrijen tot een *one-minute* biologische transactie, zoals hij het ooit eens spottend had horen noemen. Neen, deze Virginie schuurde zo sensueel en intiem tegen hem aan dat het leek alsof zij in haar fantasie al met het zinderende naaiwerk bezig was en dat een orgasme zich binnen de kortste keren zou aandienen. En hij was amper begonnen, ze hadden hooguit wat gescharreld en gesjanst!

Onverhoeds voelde zijn ijverig verkennende hand dat haar broekje al wat plakkerig en nat was, en toen drong op slag de ernst van het gebeuren tot hem door. Voor hem zou het allemaal niet meer mogen zijn dan een uurtje ongecompliceerde seks, een onschuldig nummertje, wat flirten en wat gezond vermaak; voor haar echter was het onmiskenbaar meer, en of zij nu echt een kind van hem wilde of niet, neen, hij kon dat risico niet lopen. *She was hot*, zeker op dit moment, dat was een feit – en zij was zo

geil als boter, zo gewillig en ontvankelijk als een konijn, maar ...
zij was ook zo immens bezitterig dat het gevaarlijk werd.

Nu ja, het was ondertussen flink wat kouder geworden in de
auto, zelfs met de plaid als beschutting, en de gewaarwording
in zijn vingers was ook niet echt zo manifest of betrouwbaar.
Misschien had hij het zich maar verbeeld en was zij niet zo hitsig.
Maar toch was het een complete shock geweest, de schrik zat er
opeens behoorlijk in en hij had zich op slag totaal ontmand gevoeld – letterlijk bijna. Zijn hand had zich dan ook ogenblikkelijk
weer teruggetrokken. Hij moest het zekere voor het onzekere
nemen. Want de natuur wond er geen doekjes om. En met de
echo van haar smachtende verzoek nog in zijn achterhoofd ...

Neen, het werd tijd dat hij de gang van zaken wat beter be-
waakte, en dat ze allebei weer greep kregen op hun primaire
impulsen. Allebei, ja, zij ook! Instinctief schoot hem het beeld
van die dolle, tochtige koe uit zijn kindertijd te binnen – en
met alle respect, want hij hield ontzettend veel van die dieren,
meer dan van paarden, zeker als zij in de wei lagen te pronken
met een rolronde rozige uier en met die typische zachtaardige
oogopslag. Een koebeest als Nellie van boer Vercauteren, die zo
driest was in haar begeren – en zo doordraaide – dat zij eerst
de oude baas overhoop liep en daarna driftig begon te fleppen
met haar eigen zus.

Seba draaide zijn hoofd en zijn bovenlichaam een tikje weg
van het meisje zodat er wat meer ruimte kwam tussen hen beiden. Afstand. Zijn benen lagen wel nog grotendeels over die van
haar gebogen, en één knie rustte nog ongewild op haar satijnen
schaamheuveltje. Maar het hoogtepunt was voorbij, er zou vannacht geen *vette bonus* zijn. Geen kers op de taart, alleen taart.

Al was zij slechts een argeloze puber, Virginie was zich direct scherp bewust van zijn strategisch terugtrekken, maar
niet van de context. Uiteraard niet. Hijzelf zag het trouwens
niet echt helder in, hij wist zelf niet of hij wel goed bezig was
en of hij wel geschikt gereageerd had. Hoe dan ook, de zo kort-
geleden gretigheid van het meisje was grondig gesmoord en
haar jeugdige geestdrift had een flinke knauw gekregen. Seba

voelde dat zij naar hem keek, hij voelde de vragen in haar ogen. En ook *de* vraag.

"Het is mooi," lispelde zij opeens, met een hese zucht. "Zo mooi, zo ... hemels. Neen, ik had het niet verwacht. Helemaal niet. Ik voel mij zo ... ik kan het gewoon niet uitdrukken. Ik voel mij ... als een verloren gelopen peuter die nu, na vele omzwervingen en ontberingen, na al die dagen van doffe, uitzichtloze eenzaamheid ... die uiteindelijk weer de veilige warmte van de haard gevonden heeft, de ware liefde van ... Neen, het is te moeilijk om het onder woorden te brengen. Onze taal is maar een pover ding, wat ze op school ook mogen beweren."

Seba zei niets, hij liet gewoon zijn instemming blijken door haar lenden te strelen alsof zij zijn favoriete tortelduifje was. Ook al was de avond in zijn ogen zelfs geen voetnoot waard, hij was in elk geval gerustgesteld, en niet alleen door de woorden die hij gehoord had, maar nog meer door haar onbevangen en oprechte toon, de innigheid die uit elke lettergreep geklonken had. Neen, zij was niet misnoegd, niet teleurgesteld, zij was niet gekwetst of gekrenkt. Misschien wel gek van het begeren en suf van de wellust, juist – maar bovenal braaf. Braaf en gemakkelijk. En ook jong, dat ook. Jong en onervaren. Misschien daardoor?

Nooit eerder was een avontuurtje op deze manier afgelopen, nooit eerder had hij zich zo onvoldaan gevoeld, zo sterk getwijfeld over wat hij nu eigenlijk nog zou doen, of wat van hem verwacht werd. Hij speelde met de gedachte om haar zijn trotse stevige leuter te tonen – die kreeg hij zonder enige moeite wel weer meteen overeind – of hij kon zich ook aftrekken in haar bijzijn, dat werd meestal ook goed ontvangen. Zij mocht hem hierbij natuurlijk assisteren, een handje toesteken als het ware. Zij kon zichzelf ondertussen ook wel bevredigen, dat was dan al iets delicater, en hij zou haar eventueel zelfs moeten leren hoe een meisje masturbeert. Zij zouden ook kunnen afwisselen, nu eens zij, dan weer hij, en dan weer ... Misschien wilde zij hem zelfs graag pijpen, hoewel ... dat was echt wel gênant voor zo'n jonge meid zonder ervaring, en het voorstel alleen al zou waarschijnlijk de romantische *mood* bederven die zij zo poëtisch verwoord had. Neen, dat was echt minder geschikt.

Virginie evenwel maakte zelf een eind aan zijn bespiegelingen. "Ik vind je enig, Seba," prevelde zij. "Ik ben zo graag bij jou. Onbeschrijflijk. Dit is de zaligste nacht van mijn leven – tot nu toe, want er zullen er nog zoveel meer volgen, dat weet ik. Maar ik heb nog één vraag, nog één verzoek. Ik hoop dat je niet boos zult worden, Seba, en dat je niet zult weigeren. Maar het is voor mij zo belangrijk, met wat ik nu voel, hier diep van binnen. En dat wil ik zo graag met je delen."

De jongeman hoorde haar al in gedachten *de* vraag stellen, voor de tweede keer, en hij hield zijn adem in. Zo braaf en gemakkelijk was zij dus ook weer niet. Er was geen ontkomen aan. Hij zou moeten antwoorden, en hij zou hoe dan ook de boot van zich moeten afhouden. Met een redelijke, geloofwaardige uitleg. Dat de tijd nog niet rijp was voor die dingen, bijvoorbeeld.

"Ik hoop dat je mij begrijpt, en dat je het graag zult doen. Met hart en ziel, hopelijk. Maar ... wil je wel nog eens helemaal op mij liggen? Helemaal? Zodat je mij met heel je lichaam bedekt? Ik ga wel weer op mijn rug liggen en dan kom jij op mij, en dan kan ik je laten voelen hoe zielsveel ik van je hou. Je hoeft niet te bewegen, je hoeft niets speciaals te doen. Gewoon rustig op mij liggen, samen genieten en opgaan in het moment. Jij en ik. Maar spreken is natuurlijk niet verboden, en kussen ook niet, hé?"

Bij de laatste woorden lachte zij, en hij deelde graag in haar vreugde, want het verzoek was lang niet zo hachelijk als hij gevreesd had – *de* vraag was uitgebleven, en dat was goed zo.

"Dat is prima," kreunde hij binnensmonds, terwijl hij een arm uitstrekte naar zijn jeans op de grond om vlug wat van het flesje *poppers* te nemen. Vlug, en niet veel, want het goedje kon soms een kwalijke, scherpe geur achterlaten.

"Ik heb wat hooikoorts," verklaarde hij tussendoor.

De achterbank was net groot genoeg voor Virginie, zeker als zij haar knieën een ietsiepietsie optrok, maar Seba moest wel wat meer acrobatie proberen om aan haar wens te voldoen. Uiteindelijk lag hij mooi op haar, precies zoals zij het wilde:

met heel zijn lichaam, als een deksel op een doosje. Indien een slaapwandelaar toevallig door een van de getinte raampjes naar binnen had gekeken, dan had die mogelijk maar één mens, één naakte, mannelijke mens ontwaard, want er was van het meisje nauwelijks iets te zien – de jongen was immers zeker twee vuisten groter dan zij. Wel steunde hij nog op één arm zodat zij niet zijn volle gewicht hoefde te dragen en zodat hun hoofden nog wat vrij konden bewegen, bijvoorbeeld om van dichtbij in elkaars ogen te kijken.

Eigenlijk droegen ze allebei nog steeds niet veel meer dan hun slipje, en Virginie krulde haar houding zo behendig onder hem, dat hun broekjes met hun verborgen geslacht perfect samenvielen. Seba voelde zijn lid keihard worden, maar bewoog niet. Hij had geweldig veel zin, maar iets hield hem tegen om *het* te doen. Het kwam niet door haar verzoek om rustig te liggen en 'niets speciaals te doen', ook niet door het idee dat zij waarschijnlijk een nat broekje had – integendeel, daar wist hij wel raad mee, dat was gewoon *part of the game*. En die poppers, in normale omstandigheden was hij nu al niet meer te houden geweest en naaide hij zijn liefje als bezeten. Maar het gevaar van een fataal 'ongelukje', of de mogelijke aantijgingen van kindermisbruik, en de onhebbelijke beklemming van een nooit gewilde, vaste relatie ... Het waren thans allemaal dompers op zijn altijd alerte libido. Ooit was het bijna zo schabouwelijk afgelopen, en die herinnering aan de dagen met Jenna – dagen van vervoering, dagen van angst – wierp een schaduw die hij nooit zou kwijtraken.

Dompers, schaduw, jawel, maar geen failliet, geen *total loss*. Want wat het meisje op dit moment uitrichtte was ook de moeite waard. Het hoefde niet méér te zijn. Terwijl hij bijna roerloos met heel zijn lichaam op haar naaktheid rustte – ondanks het zekere besef dat hij haar terstond kon naaien – slaagde zij erin om hem kalmweg een zalige, passionele massage te geven. Alsof zij zelf het verhaal wilde afwerken dat hij afgebroken had.

Seba had weinig of geen ervaring met deze situatie, normaal deed hij die dingen altijd zelf – bij anderen, ook soms bij patiënten – maar hier toonde het meisje een onverwacht meesterschap. Het leed niet de minste twijfel dat zij het deed met hart en ziel, en dat zij al haar liefde in haar vingertoppen legde. Het was heerlijk, het was beter dan professioneel, zij masseerde niet zoals de cursus of het boek het voorschreef, maar zoals haar eigenste ik het dicteerde, blijkbaar zonder veel nadenken. Hij voelde haar totale overgave. Haar vingers dansten als het ware over zijn rug, zij tastten en tokkelden aan beide zijden tegelijk, zij gleden vanuit zijn nek, over zijn schouders, langs heel de wervelkolom, tot aan de rand van zijn *briefs*, het heiligbeen, en dan soms terug, weer omhoog. Als een *prima ballerina* bewerkte zij de steeds opverende warme huid boven haar, elk vlak, elk putje, elke glooiing, zij zag geen enkele spier, geen enkele plek over het hoofd. Allengs werd de druk groter, allengs begon zij wat harder te trommelen en te nijpen, in zijn *trapezius* bijvoorbeeld, maar ook in het lumbaal gebied en in zijn lenden. Het was duidelijk dat zij er zelf echt van genoot, maar hij nog meer: hij moest zelfs zijn voldoening een enkele keer wegslikken. Zij verrichtte haar goede taak met zoveel kracht en zoveel overtuiging dat hij haast niet kon geloven dat zij zo jong was, amper een scholier, zelfs nog geen adolescent.

"Heb je dit al meer gedaan?" vroeg hij, terwijl hij zijn hoofd een beetje oprichtte en haar aankeek. "Je doet het onvoorstelbaar goed. Ik val bijna in slaap, stel je voor. Hier op een autobank, op jou, in de kilte van de nacht. Met alleen mijn boxer aan. Heb *jij* dan geen kou?"

"Sst ... Je mag alleen spreken als het nodig is. En ik heb geen kou, hoe zou ik trouwens, met jou als een behaaglijke deken over mij en in de ban van je overweldigende lijf? Ik wil dat je gewoon voelt wat er in mijn binnenste voor je leeft, ik laat gewoon mijn handen spreken. Want er is zoveel wat ik niet met mijn stem of met woorden kan zeggen, en dat zeg ik dan veel beter met mijn handen, en mijn armen, met elk stukje van mijn koortsig gespannen huid. Ik heb geen opleiding of ervaring nodig, het gaat gewoon zo, als vanzelf. Wat je nu voelt, dat ben *ik*, geheel en al. Ik wil dit uren doen, ik wil je eindeloos aanraken, ook als je slaapt ... Maar probeer toch maar zelf *bewust* te voelen, en te genieten. Laat elke porie luisteren, en ontspan. En sluit je ogen maar. Dan *voel* je meer, dan word je mij veel beter gewaar."

Seba was verstomd. Niet alleen door de warmte die overvloedig uit haar jonge lichaam stroomde, maar evenzeer door de intensiteit van haar bekentenis.

"Je hebt dit dan nooit geleerd? Een paar trucs wellicht, een paar technieken?"

"Wat heb ik je gezegd? Sst ... Ik heb dit nooit eerder gedaan, en ook nooit geleerd. Zelfs niet gezien. Het enige wat telt, is dat je weet en voelt hoe immens veel ik van jou hou. *I love you!*"

"*I love you more!*"

"*I love you too!* Jij zult altijd de enige zijn, mijn enige. *For ever!*"

De jongeman liet zijn hoofd weer naar beneden zakken, naast het hare, en zweeg. Zij had even opgehouden met haar massage, maar begon nu opnieuw. Het gebeurde ineens veel zachter, ja, het leek wel alsof er een jong, verdwaald poesje over zijn rug liep en af en toe aarzelde om de weg naar huis te vragen. Zoals die peuter waarover zij een halfuur geleden zo poëtisch gesproken had.

En dan, dan werd hij slaperig. Zijn ogen vielen dicht, ook al wilde hij niet – want dan begon hij te duizelen, vreselijk te duizelen. En als hij zijn ogen dan toch met grote moeite open hield, dan werden ze droog en kreeg hij hoofdpijn. Neen, verzet was zinloos. Hij had nooit *poppers* mogen nemen op een bodem van alcohol. Dat was toch algemeen geweten? Hoewel het zeker goed spul was, want zijn paal stond nog steeds onverminderd overeind, als de Eiffeltoren. En hij duwde nog steeds even hard tegen haar malse, tedere bedje, dat ook. Het bedje onder hem. Neen, verzet had geen zin.

Leek het nu niet alsof de massage verflauwde? Alsof de vingertoppen en de kattenpootjes gaandeweg vervangen waren door gewichtloze veertjes, door dons?

Nee maar, had het meisje haar massage dan stopgezet?

Ongevraagd, zomaar, zonder enige waarschuwing?

§

Seba Teeuw zit even vóór drie uur in het kleine bureau, dat onlangs gerenoveerd is tot een soort van ontvangstkamer. Jarenlang was het gebruikt door diverse artsen voor hun consultaties en het had dan ook het onpersoonlijke karakter van dertien bureaus in een dozijn. Maar bij de recente werkzaamheden heeft men er speciaal op gelet dat het vooral een aangename en gezellige gespreksruimte zou worden, met een groter raam en zicht op de tuin, en ook wat meer kleur dan het vroegere, stoffige beige. Open en uitnodigend, meer geschikt voor een familie dan voor een ambtenarij.

Dat neemt niet weg dat Seba vandaag de shock van zijn leven heeft gehad, en jammer genoeg was het niet de enige shock. Wat hem nu om drie uur te wachten staat, is een ontmoeting met een zekere oude heer, Theofiel, die het blijkbaar hoogst nodig vond om hem in te lichten over een aantal belangrijke kwesties. Ja, hem persoonlijk, en niemand anders, zelfs geen dokter of therapeut, zelfs geen magistraat. Hij had de man 's morgens slechts kort gezien aan de receptie, toen hij de afspraak kwam maken. Ondanks zijn ouderdom een indrukwekkende, robuuste verschijning die blijkbaar wist wat hij wilde. En na enkele woorden al had Seba ja gezegd, op voorwaarde dat het gesprek niet langer dan een uur zou duren. Maar eerlijk gezegd, waarom hij die specifieke eis gesteld had, dat wist hij niet. Uit gewoonte, misschien?

Die Theofiel was te laat, en dat gaf de wachtende gastheer wat extra tijd om zich voor te bereiden en de zaken op een rijtje te plaatsen. Het was het ideale moment om de recente ontwikkelingen onder de loep te nemen, en niet alleen de huidige situatie en wat er direct aan voorafging, maar ook de dingen die veel langer geleden waren, en de verklaringen die daar misschien verborgen zaten. Het inzicht in de bredere context, zeg maar, in het totale pakket.

Het meisje Katz, daar draait het natuurlijk om. Virginie Katz. Die kleine snoeshaan, dat overrijpe bakvisje ... Ooit, bij een

zeldzame terugblik, dacht hij weleens dat zij een lichtjes gestoor-
de spring-in-'t-veld was, een naïef grietje dat op het punt stond
te bezwijken onder haar allereerste passie. Maar nu denkt hij
eerder – neen, nu *weet* hij – dat zij een heel ongelukkig moppie
was. De *fille fatale* in een treurig verhaal, hoewel hij het destijds
wel grappig vond. Zeker, het leek toen niet meer dan een macho
avontuur, een halfgare *tour de force* om bij de vrienden op café
na te vertellen, een absurd wapenfeit om nooit meer te vergeten. Maar vreemd genoeg kwam achteraf de herinnering alleen
dan terug als hij toevallig eens in de omgeving van de *Versailles*
was. En die had ondertussen ook al een andere naam gekregen,
de *Sinatra*. En de oude *Piaf* was recentelijk met de grond gelijk
gemaakt toen ze de Heldenmarkt renoveerden; blijkbaar was
het café trouwens ooit gebouwd geweest op de ruïnes van een
waardevolle romaanse kerk en had men jarenlang geplast en
gepoept in een kelder, die op z'n minst nog één middeleeuwse
muur had. Dolkomisch, eigenlijk.

Seba zit te grijnzen terwijl hij wacht, en afwacht. Niet alleen
om de kleingeestigheid van de burger in het algemeen en van de
wethouders in het bijzonder, maar ook om de nachtelijke belevenis met die kleine Virginie. Ja, denkt hij, dat moet ondertussen
zo'n vijf jaar geleden zijn.

Ze hadden op het einde van hun eerste ontmoeting en als
besluit van die fameuze flirt een afspraak gemaakt voor twee
weken later. Met de deur van de auto in de hand, op zo'n twintig
meter van haar thuis – dat weet hij nog goed. Maar door een sa-
menloop van omstandigheden kon zij zich niet aan de afspraak
houden – er was een probleem met de school of met de ouders
of zo – en dat kwam hem eigenlijk niet slecht uit, want haar te
resoluut uitgesproken kinderwens had een blijvende schaduw
geworpen op zijn avontuur. Jawel, ondanks haar enorme in-
schikkelijkheid, ondanks haar bijzondere sensuele massage.

Gelukkig was zij zo hoffelijk (en zo verliefd) geweest om hem
via zijn tutor Mathieu te verwittigen. Zij was er meteen ook in
geslaagd – natuurlijk – om een nieuwe afspraak te maken; maar
ditmaal moest *hij* verstek laten gaan omdat hij intussen beslist

had een meerjarige bijscholing te volgen tot verpleegkundige voor de Spoeddienst en de Intensieve Zorg, een specialisatie die drie jaren van zijn vrije tijd in beslag zou nemen. Maar goed, hij had met veel inzet en weinig moeite zijn certificaat behaald en had ondertussen al in twee ziekenhuizen gewerkt in de Intensive Care Unit, en recentelijk ook op Spoed, wat hij het liefste deed. Kortom: er was in die vijf jaar van zijn leven heel wat gebeurd en heel wat veranderd, en sinds de heuglijke nacht in dat Maria-oord hadden ze elkaar nooit meer gezien – en had hij slechts hoogstzelden aan haar gedacht, dat is ook waar. Tot vandaag, tot vanmorgen, realiseert hij zich nogal wrang.

Terwijl zijn gedachten bij de vraag blijven haperen wat er gebeurd zou zijn indien ze elkaar nog wel ontmoet hadden, en of hij dit wel echt zou gewild hebben, wordt er op de deur geklopt. Eindelijk, want het is al kwart over drie.

Het is inderdaad de rijzige, fikse man die 's ochtends aan de balie zichzelf min of meer uitgenodigd had, en die zich nu voorstelt als Theofiel en nog iets onverstaanbaars, vermoedelijk de achternaam. Zoals nog veel andere woorden. Want deze man is niet meer zo jong – gepensioneerd, blijkt al vlug – en hij heeft problemen met zijn gebit en met zijn speeksel. Soms ziet Seba letterlijk de vochtdeeltjes uit zijn mond vliegen alsof hij niet met zijn stembanden maar met een spuitbus spreekt. Die eerste indruk van gebrekkige hygiëne en persoonlijke verwaarlozing wordt nog bevestigd door een scharminkel van een lange, afgedragen jas, een grauwe ongeschoren baard en veel ongekamd en vettig haar. Maar anderzijds zit de man helemaal niet gebogen of ineengedoken op de stoel – zijn houding heeft zelfs iets streng militairs – en hij heeft mooie, zeer verzorgde handen met slanke vingers en perfecte nagels, alsof hij pas een manicure heeft gehad. Misschien een violist op rust, denkt de verpleegkundige tussendoor. Trouwens, in de ogen en om de verweerde lippen hangt constant een guitig trekje, een vonk van spot, hoewel het onderwerp daar geenszins aanleiding toe geeft. Het feit dat hij zijn verhaal nogal onsamenhangend brengt en de draad soms helemaal kwijt is, ondersteunt dan weer de eerste indruk bij zijn entree: als deze grote, bejaarde man geen warhoofd is die op de drempel van de dementie staat, dan toch een verstrooide professor die van nature lak heeft aan structuur of de goede orde. Maar het blijft moeilijk om hoogte van hem te krijgen.

"Ik ben een man Gods," vervolgt Theofiel, en bij het zien van de vraagtekens in Seba's ogen, geeft hij meteen ook een toelichting. "En dan bedoel ik niet dat ik een priester ben of een profeet of zo. Neen, ik ben een gewone suppoost, een kerkwachter, en breng bijna al mijn tijd door in de grote kapel van Sint-Lutgardis in de deelgemeente Woude. Ik ben daar ook de officieuze klusjesman. Ik zeg dit niet omdat ik ... omdat ik mijzelf een houding wil geven, neen, integendeel, ik ben allesbehalve arrogant of hooghartig. Dat zou zondig zijn. Maar ik deel het u mee omdat het onmisbaar is voor mijn verhaal, en mijn geloofwaardigheid. Ook omdat het verklaart waarom ik het mijn heilige plicht vind om u op de hoogte te brengen van een aantal belangrijke zaken in verband met ... met ... u weet wel wat ik vanmorgen gezegd heb, toch?"

"In verband met het meisje, Virginie Katz?"

"Inderdaad, in verband met Virginie. Het is voor mij een gewetenskwestie ... Ik heb begrepen dat u haar eerst en vooral kent omdat u als verpleegkundige aanwezig was bij de lijkschouw? Vandaag, in de vroege uurtjes?"

"Dat is juist. Ik was erbij. Maar u mag mij geen details hierover vragen. Het verplegend personeel heeft trouwens geen inzage in het medisch dossier. Dat is voor de dokters, en soms ook voor justitie, zoals in dit geval. Maar niet voor ons. Begrijpt u?"

Seba heeft het een moment moeilijk, want hij spreekt niet helemaal de waarheid. Bij de autopsie in het mortuarium heeft hij heel wat gezien en gehoord. Hij weet veel meer dan hij wil toegeven. Maar zwijgen is de boodschap, niet alleen voor de buitenwereld en deze man, maar het liefste ook voor zichzelf. Althans, dat was zijn bedoeling. Het is inderdaad zo dat hij het nieuws van die ochtend zo vlug mogelijk had willen verdringen, zelfs helemaal vergeten, maar dat het nu gewoon onmogelijk blijkt. Met of zonder die weetgierige oude, die bemoeial. Neen, hij kan het beeld niet uit zijn hoofd drijven van dat jonge, frêle lichaam, aan de buitenkant nauwelijks gehavend, en toch ... levenloos. Virginie Katz, dood. Twintig jaar, nog niet echt volwassen. Of wel? Het was een retorische vraag van de arts, een opmerking *en passant*. Sommigen zijn op die leeftijd nog een kind, anderen zijn volgroeid, nog anderen zijn al te rijp en te ervaren. Of levensmoe ...

Dat was de eerste shock. Ja, hij herkende haar meteen, zij was eigenlijk nog niet veranderd sinds die avond in de auto. Hoewel, destijds was zij een ondeugend, vrijmoedig meisje, ietwat brutaal zelfs, en nu ziet zij eruit als een engel. Een gevallen engel, denkt hij sinister, maar die uitdrukking wil hij direct uit zijn gedachten bannen. Hoe is het toch mogelijk, vermant hij zichzelf?

En dan komt de tweede shock. De commentaren van de lijkschouwer dringen onregelmatig tot hem door – zijn geest pendelt als bezeten tussen de kilte van het heden en de warmte van het verleden; hij heeft het zo moeilijk om te focussen, zelfs om koelbloedig overeind te blijven – en dan bereikt hem de opmerking, de zakelijke, nuchtere vaststelling, dat het meisje nog maagd is. De Heilige Maagd Virginie flitst het opeens in zijn hoofd, en hij begint te lachen. Althans in zijn binnenste, want op zijn gezicht is niet meer dan een zwakke grijns te zien. Hij kan het niet laten, hij is hopeloos.

”Hallo, mijnheer? Mijnheer Teeuw? U luistert toch nog?”

De vraag doet Seba abrupt weer in de realiteit belanden.

”Sorry, neemt u mij niet kwalijk. Ik moest nog even terugdenken aan de lijkschouw, nogmaals sorry. Maar ik was niet meer dan een hulpverlener. Ik was aanwezig, jawel, maar *stand-by*. Zoals een ballenjongen bij het tennis. Ze zijn er wel, maar doen soms niets. *Couleur locale*. Decor.”

Hij beseft meteen dat zijn beeldspraak totaal misplaatst is, zelfs onbeschoft, maar blijkbaar is zijn bezoeker daar ongevoelig voor. Die heeft andere prioriteiten.

”U kunt mij dus niets meer vertellen?” dringt hij aan. ”Bijvoorbeeld, waarom ze juist daar gevonden is, aan de voet van de kapel – *mijn* kapel – aan de voet van het torentje? Of het een ongeluk was, of een gewilde zelfdoding? Of ze bewust van het torentje of van de nok, of van de dakrand gesprongen is – of misschien het slachtoffer was van een jammerlijke misstap? Was zij onder invloed?"

Seba blijft op zijn hoede. Hij vindt dat het gesprek de verkeerde richting uitgaat.

"Kijk, mijnheer, ik stel voor dat u met al uw verdere vragen contact opneemt met de arts in kwestie. Als er iemand met kennis van zaken kan antwoorden, is hij het wel. Hij kan dan ook zelf oordelen in welke mate u recht hebt op bepaalde informatie, want die is zeker niet voor iedereen geschikt. Hij zal u zeker ook vragen wat uw relatie was met het slachtoffer. Of u familie bent, of zo. Zal ik u zijn naam en telefoonnummer geven? Maar weet wel dat ik u niets beloof. Akkoord?"

De suppoost-klusjesman is echter niet uit zijn lood te slaan en trekt het gesprek weer vastbesloten naar zich toe.

"Nu ja, dat kan wel even wachten. Schrijft u dat maar allemaal op, vóór ik vertrek. Ik heb een klein notitieblokje meegebracht. Maar aangezien u zelf niets weet – of niets wil zeggen, en dat neem ik u niet kwalijk – wil ik toch opmerken dat ik persoonlijk heel veel kan helpen bij het wegwerken van de vraagtekens. Van *uw* vraagtekens. Want ik ga ervan uit dat u met Virginie Katz ook nog een andere band had dan gewoonweg een bijrolletje in het mortuarium? Toen ik u vanmorgen aan de balie ontmoette, was dat al meteen duidelijk. Uw reacties logen er niet om. Wel, ik kan u in alle eerlijkheid, ja, met grote fierheid, zeggen dat ik de laatste tijd haar vertrouwensman was, haar klankbord. En dat uw persoon in onze gesprekken heel vaak ter sprake is gekomen. Heel vaak, en soms wel eens bijzonder geëmotioneerd."

Seba antwoordt niet meteen, hij wikt en weegt. Hij voelt de afwachtende maar vriendelijke blik van Theofiel op hem rusten. Die heeft blijkbaar veel geduld, en discipline.

"Dat klopt. Ik heb het meisje ontmoet bij haar ouders. Ik moest de vader – pappie Katz – gedurende langere tijd verzorgen. Voor een wonde in zijn been, geloof ik, die maar niet wilde genezen. Virginie was altijd present, hoewel ik dat in het begin helemaal niet merkte. Maar toen de behandeling afgelopen was, wachtte zij mij buiten op en toen bleek dat zij verliefd was op mij. Hevig verliefd, onvoorstelbaar. Amper vijftien, hoewel zij duidelijk al meer vrouw dan meisje was. Hoe zij het klaarspeelde, dat weet ik niet meer – let wel, het is meer dan vijf jaar geleden – maar wij maakten een afspraak om op een vrijdag te gaan stappen, en dat hebben wij dan ook gedaan. Ik moet zeggen: het was leuk, het was echt *cool*, en Virginie viel geweldig mee. Beter dan verwacht, want ik vond haar veel te jong en daardoor ook niet aantrekkelijk of *sexy* ... En wij hebben dan nog wat achteraf in de auto gepraat, en dat was het dan. Maar nooit heb ik geweten dat haar verliefdheid zo serieus was, of blijvend. Ik was zelf nog zo jong. In mijn ogen was het de eerste hormonale opwelling van een pubertje, van een bakvis. Ik zweer dat wij elkaar sindsdien nooit meer gezien of gehoord hebben. Ook omdat ik in die periode begonnen was met een specialisatie in de verpleegkunde. Vijf jaar is lang, weet u wel. Vanmorgen in het mortuarium was het dan ook een ijskoude douche, toen ik vernam wie het slachtoffer was. Een jong meisje, aangetroffen bij de grote kapel in Woude, die ... die ... Ja, dat weet u ook."

De oude Theofiel kijkt recht in de ogen van de verpleger, en geeft geen krimp. Hij laat de stilte wegen. Opzettelijk, zo lijkt het. Als bij een verhoor van de Militaire Politie. De zachte, maar immer doeltreffende aanpak.

"En toen kraaide de haan voor de derde maal," zegt hij opeens, nadenkend, nadrukkelijk. Nog steeds met open ogen en een onbewogen gezicht.

Seba kijkt hem verwonderd aan. Het zegt hem niets. Misschien is dit dan toch een teken dat de man verward is, of geraakt door een of andere hevige ontroering?

"Ach, mijnheer Teeuw, laat maar. Ik had eigenlijk niet anders verwacht. Het hoorde tot de mogelijkheden, inderdaad. Maar sta mij toe toch een en ander te vertellen over Virginie, die min of meer mijn protegée was en die niet anders gewild had dan dat ik dit gesprek met u zou hebben. Zeker weten. Want zoals ik al gezegd heb, voor mij is het een gewetenskwestie. Het uitvoeren van een opdracht, zeg maar, van haar wilsbeschikking. Het is niet dat ik verliefd was op haar, zelfs niet platonisch, neen, *ik ben zuiver op de graat.*"

Seba merkt ook wel dat de man het woordje *ik* beklemtoont, maar hij vindt het beter om er geen verdere aandacht aan te besteden. Hij is tenslotte toch ook 'zuiver op de graat'? Maar hij is wel benieuwd naar wat hij te horen zal krijgen. Ook al spreekt de man soms in raadsels. Nu, dat gebeurt wel meer met die vorige generaties, denkt hij. Oud-strijders die ze niet allemaal meer op een rijtje hebben door het gedonder van de kanonnen, of deftige weduwnaars die hun witte boorden hebben moeten ruilen voor kwijlslabbetjes. Het meest chaotisch zijn de chefs die na een glanscarrière en een Ereteken van de Arbeid (eerste klasse) thuis wegkwijnen in eenzaamheid en verbittering. Hoe jong hij ook nog is, Seba kent wel een exemplaar van elke soort. Hij weet ook dat de verwarring met de jaren onverbiddelijk toeneemt en dat sommigen het onderscheid niet meer kunnen maken tussen fantasie en werkelijkheid, tussen herinnering en wensdroom. Hij heeft zelfs één oudoom in de familie – een gewezen inspecteur van de douane – die veroordeeld is voor criminele feiten, gewoon omdat hij die totale vergetelheid niet aankon en nog eenmaal wilde scoren. Uiteindelijk evolueren die gerespecteerde heren van vroeger bijna allemaal tot psychoten, als ze maar oud genoeg worden. Sommigen zijn gevaarlijk, de meesten onschuldig.

Maar, beseft hij, in heel die mooie, sociologische constructie hoort de bezoeker van vandaag niet thuis. Die is nog niet *zo* oud, hij is ook een tikkeltje te alert, te intelligent en cynisch, en hij lijdt onder geen enkele merkbare frustratie. Als er dan bij hem eens een vreemde gedachtesprong plaats heeft, dan komt dat waarschijnlijk doordat zijn hersenen wel heel actief, maar gewoon te snel werken. Of omdat zijn *publiek* zich laat gaan in freewheelen en dagdromen, en niet aandachtig luistert. Neen, in tegenstelling tot de eerste indrukken blijkt Theofiel wel degelijk geestelijk intact te zijn. Hij telt nog mee en verdient alle respect en sympathie.

Ondertussen merkt de verpleegkundige ook dat hij door zijn onbedwingbare overpeinzingen zelf een deel van het verhaal gemist heeft. Dat afdwalen begint een kwaal te worden, niet normaal, en erg storend. Want blijkbaar heeft de kerkwachter nog geen moment gezwegen.

"Ik wind er geen doekjes om," vervolgt hij. "Virginie was tot het eind verliefd op u, echt verliefd. Het was een obsessie. Zij had geen drank of middeltjes nodig om over u te beginnen, en het duurde dan meestal ook niet lang of zij werd lyrisch in haar woorden – en in haar herinnering. Natuurlijk zal nooit iemand weten wat er waarlijk in haar hoofd omging, zelfs ik niet. Zeker niet die laatste uren. Maar nogmaals, zij kende maar één man, één god – ik noem het liever een afgod – en dat was haar Seba. Zo sprak zij altijd over u. Soms zwevend, soms melancholisch, soms in extase. Maar heel vaak alsof jullie al jaren getrouwd waren, als het meest volmaakte stel uit de Melkweg. Enzovoort, ik ga niet alles letterlijk navertellen wat zij mij toevertrouwd heeft. Ik wil wel, maar het zou te lang duren. Toch moet het mij van het hart dat het zo heerlijk was om naar haar te luisteren, en dan ook weer triest, ja, vreselijk soms. Er scheelde iets met haar, dat geef ik toe, dat was na een tijdje wel duidelijk, maar wie durft in alle eerlijkheid te beweren dat hij geen enkel gebrek heeft, dat hij perfect is, zonder zonde? Gelukkig maar, want zo iemand zou pas echt een treurige figuur zijn, en vooral oervervelend! Bovendien zouden Caritas en hun massa dienstverleners en vrijwilligers al duimen draaiend op hun krent moeten zitten. En wie wil dat nu?"

Seba heeft het goed gehoord, en hoe meer hij zijn gezelschap aan het woord laat, hoe meer het beeld en de stem en het gedrag van de vroegere, van die jonge Virginie vorm krijgen. Iets wat eigenlijk ergens in een hoekje van zijn hoofd al lang opgeborgen was, veilig en onbewust misschien ... Als hij nu nog wat verder en dieper doordenkt, als hij de laatste remmen loslaat en die film in zijn geest laat opkomen, die rolprent van zovele beelden, aangenaam en onaangenaam, grappig en pijnlijk – wie zal het zeggen ...?

En opeens vraagt hij zich af of het slechts toeval was dat hij net in die dagen de beslissing nam om zijn studies verder te zetten. Was dat echt ongewild? Was het echt zijn bedoeling om vooruit te komen, om die onderdrukte kinderdroom uiteindelijk waar te maken? Of was dat een poging om de riskante situatie met het meisje af te breken, om haar voorgoed uit zijn leven te elimineren? Want waarom heeft hij altijd alle contacten met haar radicaal vermeden, zeg maar onmogelijk gemaakt? Waarom heeft hij zelfs meermaals zijn adres veranderd, waarom is hij niet bij zijn eerste werkgever gebleven? Natuurlijk was zij niet de enige reden, maar het speelde toch mee. Toch?

Theofiel houdt niet op en vertelt onverdroten verder wat hij meent te moeten zeggen.

"Ik denk dat ze na een tijdje voor mij helemaal geen geheimen meer had. Het vertrouwen was totaal. Zij had dat nodig, zoals iedereen, en bij wie kon zij anders terecht? Niet bij haar ouders. Zij had zeker niet met die mensen gebroken, zeker niet, maar zij was toch op haar achttiende alleen gaan wonen. In een studio van waaruit zij over de Heldenmarkt kon kijken. Wij hebben het wel nooit gehad over de precieze reden waarom zij thuis vertrokken is, want het was pas later – enkele maanden later – dat ik haar voor het eerst ontmoette, toen zij een regelmatige bezoeker bleek te zijn van Sint-Lutgardis. En toen ik al vlug haar vertrouweling werd. Nu ja, ik heb wel een vermoeden, want alles wat zij deed had uiteindelijk maar één oorzaak, één verklaring. Het kwam toch altijd op hetzelfde neer. Zij heeft ooit wel verteld dat haar moeder haar uitlachte, zelfs bespotte, en dat pappie – zo noemde zij vader Katz altijd – haar gewoon negeerde, ook en vooral haar emotionele problemen. Daar hadden die twee gewoon geen oren naar, dat was maar kinderachtig gedoe. Terwijl de kleine Virginie toch vroeger hun lieveling, hun oogappel was. Maar zij was absoluut niet het type van de rebelse puber die elke dag keet schopte, integendeel. Ik denk dus niet dat haar ouders veel moeite hebben gedaan om haar tegen te houden. En dus trok het arme, gevoelige kind zich terug in die studio, waar zij gelukkig en ongestoord kon verder dromen. Nu ja, dat is mijn interpretatie, want zij zelf vond helemaal niet dat zij arm, of gevoelig of gekwetst was. Zij was gelukkig in haar verbeelding, in haar verwachting – in haar onwankelbare geloof, zeg maar, want voor haar stond het zo vast als een rots dat *u* vroeg of laat voor haar deur zou staan om dan nooit meer te vertrekken. Kortom, zij leefde in de wolken, en zweefde daar als een jonge zwaluw. Onaantastbaar, soms onbereikbaar. Zonder veel vrienden, want ook haar contact met Heidi, ooit haar boezemvriendin, was totaal verwaterd, met reden. Ik overdrijf niet als ik zeg dat zij bij elke ontmoeting met mij weer iets verder zat in haar droom – of iets dieper, het is maar hoe je het bekijkt ...

"Ik gebruik daarnet het woordje 'verwachting', en dat herinnert mij aan een zeer tekenend maar schrijnend detail, hoewel het klinkt als een vermakelijke anekdote. Het is ondertussen wel duidelijk, denk ik, dat het in haar ogen onmogelijk was om één minuut in vrede te leven zonder de gedachte aan u, haar afgod. Geen minuut, geen seconde. In het begin, toen zij de eerste keer uitgebreid over u sprak en over die vrijdagavond en het nachtelijk 'gesprek' in de auto ... toen liet zij de uitdrukking vallen dat zij haar geliefde constant in zich wilde dragen, een baby die zij dan eeuwig bij zich zou hebben ... Let wel, het klonk niet als een wens, maar als een vaststelling, een mededeling. En nu wil ik mij wel al meteen bij voorbaat verontschuldigen, maar ik stel u toch de vraag: is er toen iets gebeurd in de auto? Ik bedoel seksueel – bruut gezegd: hebben jullie gemeenschap gehad? Het klinkt erg onbeschoft, dat weet ik. En u bent niet verplicht, natuurlijk."

Seba weet nu echt niet hoe hij moet reageren. De vraag komt zomaar uit de lucht vallen, gelukkig heeft hij ze goed gehoord, ondanks het gedurige aan en uit flikkeren van zijn aandacht. Hij staart verwonderd naar zijn gesprekspartner en schiet in een lach, terwijl hij zijn hoofd schudt.

"Het is inderdaad een impertinente vraag, maar ik wil best antwoorden: er is niets van dien aard gebeurd. Niets. Geen gemeenschap. Daar wil ik op zweren. Eerlijk!"

"Ik geloof u," glimlacht de oude zuinig. "Maar omdat u daarnet nog woorden gebruikte als *cool* en *sexy* ... Hoe dan ook, het was maar een vraag. Belangrijk is wel dat het meisje er heilig van overtuigd was dat zij zwanger was, dat zij een kind droeg, van u. En dat dit voor haar de bron was van al haar geluk. Zoveel maanden blij!"

"Kom, kom, dat is toch onmogelijk? Is dit een ernstig gesprek onder volwassenen, of zijn wij aan het raaskallen? Een zwangerschap bij de mens duurt negen maanden. Punt."

"Dat weet ik ook. En zij normaal ook, want dom of achterlijk was zij zeker niet. Maar het is een feit dat zij ervan overtuigd was dat zij in verwachting was van u – dat haar zwangerschap begonnen is op die avond in de auto, en ongelooflijk maar waar, zij hield dit verhaal moedig vol tot het eind, bij elke ontmoeting met mij, zodra u en haar grote liefde ter sprake kwamen."

"Maar dat is toch te gek?"

"Jazeker, honderd procent akkoord. Nogmaals, het was soms moeilijk om haar te begrijpen, om haar gedachtegang te volgen. Tenzij men toegeeft dat zij ziek was, dat haar obsessie met u, haar bezetenheid van u echt niet normaal was. Ab-nor-maal. Tot die slotsom was ik al vlug gekomen."

"Een psychose, zou ik zeggen. Dat is duidelijk. Als halve leek, tenminste. Hoewel ik mij daar bij haar thuis geen antecedenten kan herinneren. Die pappie dronk wel redelijk, maar niet overdreven, en de moeder had misschien een hysterisch trekje en was wat jaloers en behaagziek, maar dan moet je al met een loep beginnen zoeken."

Theofiel tuit zijn dunne, bleke lippen en kijkt in het ongewisse, ergens op de muur.

"Weet u, dat zij als de dood was voor diarree? Ik durf er niet aan denken wat haar bij deze vreemde angst – deze *fobie*, is het toch? – bezielde. Misschien was zij bang om haar vrucht te verliezen, haar vermeende vrucht. En zij beweerde zelfs dat haar maandstonden maar povertjes waren, dat die zelfs nu en dan helemaal wegbleven. Sinds dat *moment* ... Met u."

Seba meent een bepaalde ondertoon te horen en reageert scherp. Dat laatste bevalt hem niet, absoluut niet. Het is alsof hij bedreigd wordt, in een hoek geduwd.

"Wat bedoelt u daarmee? Het klinkt alsof u mij beschuldigt. Van de mentale en emotionele excessen van een meisje dat ik nauwelijks gekend heb, laat staan aangeraakt? Kom nou!"

"Neem mij niet kwalijk, ik bedoelde het niet zo. Maar haar gedrag stelt ons wel voor een raadsel – of liever: *stelde* mij wel voor een raadsel. Weet u dat zij een relikwie van u had, iets dat zij koesterde als het Heilig Bloed van Christus, als de Heilige Graal? En dan heb ik het over het gaasje, het laatste gaasje dat u moet gebruikt hebben bij de verzorging van het been van haar vader. Zij bewaarde het in een soort van juwelenkistje, versierd met kleine schelpjes, dat zij slechts eenmaal voor mij geopend heeft om in de grootst mogelijke verering dat verband te tonen."

"Wel, zo zie je maar. Knetter, ik heb er geen ander woord voor."

"En zij bewaarde in haar kleine portefeuille ook een foto van u, zelfs meer dan één. Uiteraard ook het voorwerp van aanbidding."

"Had zij dan een foto van mij, maar hoe kan dat dan? Heeft zij mij dan ooit gestalkt?"

"Toch is het zo. Ik heb de foto's zelf met mijn eigen ogen gezien. Een met u en haar ouders, een met haar vader op de bank, maar ook een waarop alleen jullie beiden staan, schouder aan schouder – nu ja, zij was blijkbaar wel een hoofd kleiner dan u. Zeker die laatste was haar fetisj. Als zij daarnaar keek, was zij gegarandeerd minutenlang vertrokken. Of verloren."

"Ach ja, dat is waar. Foto's van mijn laatste verzorging ten huize Katz. Dat klopt. *Zij* wilde absoluut enkele foto's hebben."

"Maar ik denk niet dat zij u ooit gestalkt heeft. Hoewel zij op de een of andere manier toch te weten was gekomen dat u in een ziekenhuis in de stad werkte, als niet-ambulant verpleger."

Op dat moment wordt op de deur geklopt. Geen van de twee krijgt de kans om te reageren, want al meteen vliegt de deur wagenwijd open en steekt een man met een witte jas zijn hoofd naar binnen.

"O," zegt hij, bedremmeld. "Ik dacht dat het lokaal al vrij was. Had u het niet gereserveerd voor een uur, toch? Ik heb het straks nodig, ziet u."

"Nog een kwartiertje, niet langer," antwoordt Seba. "Wij zijn aan het afronden. Eén kwartier."

Het gezicht verdwijnt, de deur gaat dicht, en de beide heren proberen meteen de draad weer op te nemen alsof er niets gebeurd is. Theofiel schuifelt wel wat op zijn stoel en neigt discreet naar voren, naar de verpleegkundige. Die voelt direct aan dat er iets bijzonders gaat komen, iets dat in rapporten normaal de stempel 'strictly confidential' krijgt. Van zijn groeiende opwinding en ergernis is opeens niets meer te merken.

"Het meisje," lispelt de oude gedempt, terwijl er weer een fijne nevel van speeksel uit zijn mond ontsnapt, "het meisje gedroeg zich ook vreemd op andere terreinen. Alsof ze geen grenzen kende, alsof ze zelfs de elementaire basis van sociale omgang kwijt was. Ik zou zelfs stellen dat zij soms te eerlijk, te openhartig was. Of om nog wat preciezer te zijn: als zij op dreef was, dan durfde ze weleens uit te weiden over haar seksuele verlangens en fantasieën, en dat deed zij dan in geuren en kleuren. Onvoorstelbaar. Tot in de kleinste details. Ook – en ik overdrijf geen sikkepit, mijnheer Teeuw – ook over haar seksuele *ervaringen*. Dat wil zeggen, haar seksuele ervaringen met u, alleen met u. Toegegeven, van in het begin heb ik altijd betwijfeld wat waar was en wat verzonnen was. En zeker nu is die twijfel nog toegenomen, na ons gesprek van vanmiddag. Ik denk dat zij mettertijd geen onderscheid meer kon maken tussen droom en feit, tussen begeren en werkelijk beleven.

"Meer dan eens sprak zij over de magische achterbank van de auto en over uw lichaam, dat zij soms vergeleek met een olympische atleet, of met een *Italiaans beeld*, zoals zij het noemde. Maar het is voor mij wel duidelijk dat dit een ziekelijke fantasie was, of in elk geval schromelijk overdreven. Zij had het ook nooit over de rest, zoals over uw gezicht, of over uw stem of wat u zou gezegd hebben. Let wel, dit gebeurde niet bij elk bezoek, maar anderzijds was het echt niet ongewoon voor haar, zeker niet de laatste maanden. En al deze zogenoemde herinneringen werden dan gemengd met vreemde en onverzadigbare verlangens. Zoals dat ze u zo graag zag dat zij samen met u wilde sterven, dat zij u ook in het volgende leven wilde bezitten, dat zij u zou vastbinden op haar bed, en dan uw *slim fit jeans* uittrekken tot op uw blote voeten. Ja, zo expliciet was zij! Zij zou ook uw slipje afrukken en aan flarden trekken – hoewel zij het wel een andere naam gaf – en dan zou zij ... nu, ik ga het niet allemaal herhalen, ik denk dat u zich intussen wel een beeld kunt vormen, niet? Het was zeker niet allemaal fatsoenlijk wat zij in gedachten had, en haar plannen bleven zeker niet beperkt tot louter kijken, of strelen. Of kussen. Neen, wij als beschaafde burgers noemen die bezigheid normaal *fellatio* – orale seks, weet u wel – maar zij was uitermate plastisch in de beschrijving van haar wensen en had het over een trillende, harde kolos die zij in haar hongerige mond zou nemen tot diep in haar keel, en dan zou zwelgen tot ... Maar kom, dit moet volstaan. Alleszins leed het volgens mij geen twijfel dat zij bij al haar belevenissen en fantasieën maar één god in gedachten had."

Theofiel zwijgt even, waarschijnlijk om adem te halen, misschien ook om af te wegen of hij niet te ver is gegaan in zijn verhaal. Seba ziet het als een kans om zich toch maar te verantwoorden, ook al is dit niet nodig. Een kind kan zien dat hij onschuldig is en helemaal buiten het gebeuren staat.

"Het is zoals je zegt, Theofiel, zij haalde het allemaal dooreen, en van alle ongehoorde onzin die zij blijkbaar aan jou toevertrouwde, noem ik negentig procent pure fantasie, en tien procent verkapte waarheid. Ik denk dat die psycholoog gelijk had, die zei dat echte verliefdheid en blinde waanzin zeer dicht bij elkaar liggen. Ik denk dat het zelfs Freud was."

"Wie weet, wie weet? Hoe dan ook, als ik dat nu mijzelf hier hoor vertellen, dan moet ik denken aan de Antwerpse dichteres Anna Bijns, van zo'n vierhonderd jaar geleden."

"Anna Bijns? Volslagen onbekend voor mij, nooit van gehoord."

"Neen? Nu ja, u heeft gelijk, niemand kent haar. Maar zij was een soort van over-devote christelijke kwezel die bezocht werd door visioenen en daarin meende een verhouding te hebben met Jezus Christus *himself*, niet zomaar platonisch en godsvruchtig, maar waarlijk een lichamelijke verhouding. En die dus beschreef hoe zij meermaals ... *klaarkwam* terwijl zij in de extase van gebed en gedichten verzonken was. Stelt u zich dat maar eens voor, in de zestiende eeuw, in een gebedshuis in Antwerpen."

Seba probeert het, maar zijn gezel geeft hem niet veel ruimte.

"Als u zich afvraagt hoe ik aan deze rare informatie kom, wel, in een vorig leven was ik ook actief bestuurslid, zeg maar de drijvende kracht van *Geloof en Waarheid* en ik durfde weleens grasduinen in hun oude bibliotheek. Maar dit terzijde natuurlijk. Hoewel ik eigenlijk een agnost ben – of geworden ben."

"Een agnost?"

"Iemand die misschien niet helemaal ongelovig is, maar die in elk geval beweert dat het bestaan van God – of van een god – niet kan bewezen worden. Nooit."

"Ach zo? Wel, dat geloof ik ook. Precies."

"Want als men het kan bewijzen, dan bestaat God immers niet in de ware betekenis van het begrip, en dan is er dus geen god meer. Per definitie. Uit het ongerijmde."

Seba luistert al niet meer. Tot aan het pikante verhaal van die hysterische Antwerpse begijn kon hij nog volgen, maar nu veert hij recht en stapt halsoverkop naar de deur omdat hij daarachter, in de wachtplaats, heibel meent te horen.

"Nog vijf minuten," commandeert hij geprikkeld aan de wachtenden daar. "Het is hier afgelopen. Nog even."

Hij sluit krachtig de deur, gaat terug naar zijn bureau maar blijft rechtop staan, met zijn rug naar het raam. Dat zegt genoeg. Theofiel zucht hoorbaar, en maakt ook aanstalten om te vertrekken. Hij heeft de wenk begrepen, maar het is tegen zijn zin, dat is duidelijk.

"Jammer, want ik heb nog zoveel te vertellen. Maar goed. In vogelvlucht dan. Toen zij een half jaar alleen woonde, kwam Virginie op het idee om eieren te brengen naar Soeur Marie-Fernande, een Zuster Ursiline en een vroegere lerares van haar. Zij deed dat blijkbaar om haar geluk veilig te stellen – een oud volksgebruik. Op de drempel van het moederhuis echter valt zij, enkele eieren zijn gebroken en zij beschouwt dit als een slecht teken. Maar gelukkig ontfermt de zuster zich over haar als een echte kloek. Wanneer het meisje haar toevertrouwt dat zij in verwachting is, geeft de Zuster haar de raad om naar de grote kapel van Sint-Lutgardis in Woude te gaan, die de geprezen patroonheilige is van zwangere vrouwen, onder andere.

"En hier kom ik in haar leven, want ik ben de suppoost van die kapel, en ik zie het kind om de andere dag binnenkomen, meestal voor slechts enkele minuten. Wij beginnen te praten, ik zeg haar dat zij altijd welkom is voor een babbel en een kopje koffie in mijn kosterij, en zo begint het. Vele maanden lang. Over haar kindertijd, haar vroegere school, en altijd over u. Met – dat is vandaag gebleken, jammer genoeg – een onmerkbare, maar niet te stuiten ontwikkeling van haar waanbeelden – of psychose, zoals u zegt. Zoals onlangs, op 20 april, als ik haar hier in de kapel een dure kaars zie branden voor de Heilige Margaretha, patrones van dezelfde vrouwen als Lutgardis maar ook van de verpleegkundigen. Nu moet u bedenken dat haar moeder Margriet heet ... en dat haar onvolprezen afgod natuurlijk een verpleger is. Niet toevallig, want zij wéét dit allemaal, en zij zegt het ook, zonder blikken of blozen. Pas dan begint het mij te dagen dat deze sukkel niet alleen extreem bijgelovig is, maar ook spoken ziet. Ik zit vol met twijfels over wat ik nu moet doen, ik vraag mij af of ik geen arts of een therapie moet aanbevelen – evenwel zonder het enorme vertrouwen te beschadigen dat tussen ons gegroeid is. Maar er *moet* iets gebeuren ...

"Te laat, zo blijkt. Eergisteren vertelt zij mij, nog zwaar onder de indruk, dat zij naar de bioscoop geweest is. Alleen. Naar de film *Carrie*, waarvan zij de affiche in een kiosk had gezien. Op de een of andere manier moet die film of die affiche haar aangesproken hebben, toch? Zij vertelt mij ook dat de moeder in kwestie Margaret heet – weer zoals haar eigen moeder, wéér een teken – en dat er nog tal van andere vreemde gelijkenissen zijn die ik niet kan volgen natuurlijk omdat ik het verhaal van de film niet ken. Ik probeer dan te doen wat ik als vertrouweling meen te moeten doen, ik stel haar zoveel mogelijk gerust, ik zeg dat het tenslotte allemaal maar *cinema* is. Maar ik neem ook mijn verantwoordelijkheid en pols voorzichtig of zij niet eens een gesprek met een therapeut zou willen meemaken. Vrijblijvend natuurlijk. Met mij erbij, eventueel ... Of met een gynaecoloog?

"En dan wordt zij gisteren aan de voet van het torentje gevonden, bij mijn kapel. Nauwelijks een dag later. Dan vraag ik mij toch af ... Maar goed, ik hoor dat wij nu toch echt afscheid moeten nemen. Het is hoog tijd. Ook voor mij. Het was mij zeer aangenaam. Ik heb gedaan wat ik moest doen. Ik vond het een interessant gesprek."

"Ik deel uw mening volkomen. Interessant, dát is het. Ik heb uw bezoek trouwens zeer gewaardeerd, echt. Ik ben u zeer erkentelijk."

Wat kwam die man nu eigenlijk doen, vraagt Seba zich af terwijl hij het bureau vlug in orde brengt voor de volgende gebruiker. Kwam hij informatie geven, of informatie vragen? Kwam hij zijn hulp aanbieden, zoals hij aanvankelijk beweerde – of hulp vragen, ondersteuning, advies? Meningen vergelijken? Wilde hij gelijk krijgen?

Op de tafel, op de plaats waar de man bijna heel die tijd gezeten heeft, ligt een klein notitieblokje van *Geloof en Waarheid vzw*. Gewoon vergeten. Het is blanco, ongebruikt. Behalve het eerste velletje, waarop iemand iets geschreven heeft met een nogal ongeschoolde meisjeshand:

Ik ben een oester
met een grote schelp,
daarop een kleinere,
en binnenin één pareltje.

Ja, wat was het nut van dit bezoek? Wat is er gezegd, wat is er gebeurd – wat is na dat anderhalf uur veranderd? Als hij nadenkt over zijn situatie vóór de entree van Theofiel – nog versuft door de lijkschouw van het meisje, door dat bekende gezicht, het nieuws van haar zeldzame zuiverheid – en dan zijn situatie nu, allemachtig, dat is dag en nacht! Misschien is dat wel de bedoeling van zijn bezoeker geweest, en onrechtstreeks van Virginie? Zijn leven heeft een ommekeer van honderdtachtig graden gemaakt, zijn persoonlijkheid is in die korte tijd gegroeid van adolescent naar volwassen, hij heeft ontdekt dat *everything matters* en dat eenvoudig, onschuldig plezier gewoon niet bestaat, tenzij alleen voor onze allerkleinsten.

En dat in minder dan anderhalf uur!

Hij had ernstiger moeten geweest zijn, hij had wat meer moeten nadenken, de context bekijken en beslissingen afwegen ... Hij had dit ... en hij had dat ... en hij had nooit ...

Eigenlijk, denkt hij, ligt de oorsprong van het probleem, de ware oorzaak van heel die bedoening, nog verder terug in het verleden. Veel verder. Bij Jenna, bij dat kleine, dartele spitsmuisje, dat op den duur zo verknocht aan hem was geworden, en toch ook weer zo dominant en zo veeleisend, en zo ...

Maar neen, dat is ook niet waar. Dat is absoluut niet waar ...

En nu is het te laat. Of niet?

Seba laat zijn collega en een stagiair binnen en verlaat het bureau. In de diffuus verlichte vlakte van de hall ziet hij Virginie's ouders rondslenteren, arm in arm. Hij herkent ze meteen. Ze ondersteunen elkaar, ze zijn zichtbaar diep bedroefd – je zou voor minder. In het passeren knikt mammie naar hem met meer dan een gewone blik van herkenning, de vader hinkt een beetje. Ze stappen aarzelend en zoekend verder, zoals wel meer mensen doen die verloren zijn. Seba ziet nu dat ze een gesprek aanknopen met een imposante oude man met een afgedragen jas, die rustig staat te wachten bij de dubbele lift. Het is niemand minder dan Theofiel. Ze schudden elkaar de hand, wisselen enkele woorden en stappen met zijn drieën in de lift.

Seba besluit om het notitieblokje niet terug te geven. Hij houdt het voor eeuwig op zak.

Voor eeuwig en een dag.

Pirouette:
DE AFGEVAARDIGDE VAN DE MINISTER

Als twintiger heb ik luttele jaartjes 'doorgebracht' op een ministerie, en mijn baas was nog een echte baas in de vooroorlogse betekenis van het woord: correct, deskundig, humeurig, maar bovenal gewichtig. Hij heette Marcel maar iedereen noemde hem Chef, omdat hij nu eenmaal *chef de bureau* was. Later zou ik beginnen vermoeden dat deze man als levend model gediend had voor de Heer Afgevaardigde van de Minister uit het kinderfeuilleton Samson & Gert. Jawel, lezer, dergelijke types bestáán!

Nu, wat ik eigenlijk kwijt wil, is dat Chef, ondanks zijn onhebbelijkheden, niet zo dom was als hij deed vermoeden. Hij had – uiteraard – een hele schare staatsexamens met succes overleefd, maakte tweemaal per jaar een buitenlandse reis, nam deel aan diverse culturele vergaderingen, en was niet getrouwd. Zijn gebruik van humor was sober, toch liet hij Hollandse en Duitse bezoekers graag in hun waan dat hij Jef heette. Bovendien kon hij mij af en toe raken met een persoonlijke uitspraak die mij aan het denken bracht, wat op zich al getuigde van groot leiderschap. Zoals op de officiële drink bij zijn pensioen, toen hij mij terzijde nam en zei: "Kijk, jongen, ik ben niet bang van mijn pensioen, ook niet van de ouderdom of van de dood – zolang ik maar voor honderd procent over mijn geestelijke vermogens kan beschikken. Als het dáár begint te haperen, dan mag Magere Hein mij halen."

Wees gerust, niet veel later ruilde ik mijn job voor een allround functie in een West-Vlaams WZC, en ik moet toegeven dat er geen dag voorbijgaat of ik hoor die laatste woorden van Chef Marcel in mijn hoofd klinken. Ik hoor ze vooral in mijn *respect* voor de geestelijke capaciteiten en aspiraties van sommige 'oudjes' die ik dagelijks ontmoet. Voorwaar, ik ken in mijn bejaard publiek een aantal bollebozen en slimmerds met een eruditie om *u* tegen te zeggen, en dan zwijg ik nog over hun eigen visie op het leven, de wereld, de actualiteit. Of over hun seksuele interesses, hun goesting, hun morele ruimdenkendheid. Sterke karakters zijn het, zelfbewuste persoonlijkheden met een eigen standpunt, niet direct bereid om toe te geven voor een bord linzen.

Ik geef toe dat er ook afdelingen zijn met een ander mentaal gehalte. Dat is zo, maar – hier komt mijn punt – ik ken op deze werkplek vele bewonderenswaardige hoogbejaarde vrienden die mij nederig maken door hun persoonlijke ontwikkeling, hun gezond animo, en hun hedendaagse *state of mind*. Het zijn intelligente senioren die echter jammer genoeg opgesloten zitten in de knellende greep van hun laatste jaren – met die ene nog resterende zekerheid van het onverbiddelijk naderende einde – én in hun ongewilde isolement: want ondanks de niet aflatende inspanningen van het WZC-team beginnen zij zich hoe langer hoe meer aan de rand van de maatschappij te voelen, steeds verder weg van de mensen die het voor het zeggen hebben.

Of mensen die *menen* dat zij iets te zeggen hebben? Zoals de Heer Afgevaardigde van de Minister? Eerlijk gezegd, ik vind dit sujet en zijn gelijken maar zus of zo. Geef mij dan maar mijn negentigjarige vrienden. Ik luister graag en hongerig naar hun mening en naar hun bedenkingen. Ze zijn zo waardevol. Zij hebben immers allen iets ontdekt dat mij nog te wachten staat, ondanks – of juist dank zij – hun hoge leeftijd, hun nuchtere doorzicht, hun open verbeelding, en hun rijk verleden, dat weliswaar met de jaren tijdloos wordt.

Hopelijk komt dat nog voor mij ...

Het is zo waar. En toch. Er is een tijd geweest dat ik *elk* gesprek interessant vond, dat ik met ongeveinsde aandacht luisterde naar de alledaagse belevenissen van de mensen in mijn omgeving. Ja, men mocht mij op straat aanspreken en iets vertellen over die stomme Coco en de jeuk van Fifi en ik was geïnteresseerd. Ik dacht: voor elke mens kan elke gebeurtenis de moeite waard zijn. Toch?

Maar nu, nu is dat afgelopen, vreemd genoeg. En dan vraag ik mij af: hoe komt dat? Hoe komt het dat ik weinig verhalen nog interessant vind, ook al zijn ze uit het ware leven gegrepen? Ik hoor u al denken: dat heeft te maken met de leeftijd, natuurlijk, zeg maar: ouderdom. En ik denk dat u gelijk heeft, ook al had ik vroeger als een wilde stier gesteigerd bij deze verklaring. De spreekwoordelijke rode lap is zijn kleur verloren.

Nu zeg ik niet dat mijn einde in zicht is, maar het einde is *mij* in elk geval meer na dan het begin, dat kan ik statistisch en fysiologisch bevestigen; en misschien daardoor heb ik mij onlangs als 65-jarige ingebeeld dat ik *geen tijd meer te verliezen heb* met prietpraat, en dat ik al mijn aandacht moet richten op wat voor mij echt belangrijk is. Gedaan met de *faits divers* op straat, gedaan met de praatjes van de buren over hun dakgoot, over Scherpenheuvel, over de zegen van de slimme kleinkinderen. Gedaan met het goedmoedige oor voor jan en alleman. *What's the use?*

Ja, wat is dan wel belangrijk? Voor welk gesprek wil ik nog stilstaan? Wie of wat kan mij nog boeien?

Kijk. Vorige zomer zat ik een moment op een bank in het park rechtover mijn flat. Er kwam een man naast mij zitten wiens leeftijd ik niet kon schatten, maar hij had in elk geval witgrijs haar en hij was niet verzorgd. Twee dagen niet geschoren, vermoedde ik.

De man kon mij echt geen donder schelen. Ik denk zelfs dat ik hem normaal helemaal niet opgemerkt had. Maar ongevraagd begon hij te babbelen over zijn reuma, over de dood van zijn vrouw ... Voorwaar, ik luisterde louter uit beleefdheid, neen, ik luisterde *niet*. Ik deed alsof. Gewoon beschaafd en sociaal.

Maar toen zei hij: "Desondanks ben ik gelukkig, en zelfs gelukkiger dan ooit." Dát sprak mij opeens aan. Hij zei dat hij veel miserie had gekend, veel pijn, veel zorgen, maar dat hij het had overleefd en uit elk moment iets had bijgeleerd. Ook dat hij thans van alles juist genoeg bezat. Genoeg, verklaarde hij, met zijn blik rustend op zijn afgedragen Puma's, dat is: niets te kort en niets te veel. En met een absurde gedachtesprong voegde hij er meteen aan toe dat hij zijn voorliefde voor rode wijn had uitgebouwd tot een hobby – zonder een kenner te zijn, wel een simpele genieter. Hij nodigde mij zelfs uit op zijn adres vlakbij, op de Steenweg, naast de ijzerhandel ...

"En weet je," lachte hij, "dat ik de ware zin en de samenhang van het bestaan, ja, van mijn leven doorzie? Van *het* leven, van elk leven? Sommigen zeggen dat het een complexe formule is – zoals Einstein en Hawking – anderen zeggen dat het kinderlijk eenvoudig is, dat iedereen het kan begrijpen, als je maar gewoon probeert er *niet* mee bezig te zijn en je verstand op nul zet – zoals een Tibetaanse boer. Ja, man, ik weet het, ik heb het door. Het is een flits van helder inzicht die je gewoon moet toelaten in je bewuste zijn. De waarheid ligt zo voor de hand, maar je moet openstaan om haar te zien."

En zo ging hij maar door, soms in vreemde bewoordingen, soms met een rare logica, maar wanneer je goed luisterde en hem probeerde te volgen, dan was het helder tot in de kleinste details. Jawel, ik had de bedoeling gehad om slechts even op die zonnige bank te zitten. Ongestoord. Alleen. Het was echter een vol uur geworden, met – nogmaals – een oprechte uitnodiging tot degusteren als besluit ...

Ik ben *niet* naar zijn adres gegaan, ondanks het verleidelijke aanbod. Ik weet zelfs niet meer hoe ik afscheid genomen heb. En toch heb ik een uur naar hem geluisterd, met hem gepraat – met een onbekende, bejaarde man. Waarom toch? In mijn kwalijke toestand?

Ik zal het u zeggen: hij sprak over wat hem en mij *oprecht* bezighield. Uiteindelijk scheen hij met de vragen te zitten die ik ook had, vragen waarvan ik mij eerst nog niet goed bewust was. Vragen rond onze existentie, rond mijn bestaan, mijn wezen. Niet de abstracte constructies van genieën. Geen Nobelprijzen. Maar de vragen die iedereen krijgt wanneer het grootste deel van je leven achter je ligt en je begint na te denken over dat korte lontje dat nog rest. Het kan volgend jaar afgelopen zijn, ook morgen al. Zo is het. En dan denk je inderdaad: *wat is nog de moeite waard?*

Welnu, iedereen, ja, iedereen die een antwoord meent te hebben op die cruciale vraag, die krijgt mijn aandacht. Ik was weer eens wakker geschud – door een oude heer die mij tussen de regels verklapte dat hij de sleutel tot zijn geluk gevonden had. In dat weten, in de *gnosis*. Dat meende ik toch gehoord te hebben. Bij nader inzien.

Voorzeker, je denkt af en toe, ook onbewust: wat is thans nog de moeite waard? Wanneer je het allemaal meegemaakt hebt, als je het allemaal gehad hebt? Als je eigenlijk geen grote behoeften meer hebt, en zeker geen nieuwe behoeften of ambities.

Dan denk je: wat is nu nog *echt* de moeite waard, en wat is ballast? Voor mij?

Pirouette:
EEN VERGETEN BEROEP

Ik wil eens uit een ander vaatje tappen. Vandaar deze nuchtere (sic!) bijdrage over een eerzaam beroep dat *godbetert* totaal in de vergetelheid is geraakt: koster. Officieel wordt hij 'belast met diverse facilitaire taken om de kerk en de liturgie te ondersteunen; hij regelt ook de praktische aangelegenheden in en om het kerkgebouw, zoals verlichting, versiering, klein onderhoud, dagelijkse organisatie. Hij kan ook desgewenst assistentie verlenen bij de eredienst.'

Tot zover het officiële luik – amper veranderd in dit millennium. Edoch, om de dreigende verveling tegen te gaan presenteer ik liever het verhaal van mijn overgrootvader en koster-organist Victor Smolders, dooppeter van mijn moeder in 1928. Dat jaartal vermeld ik niet zomaar. Het is belangrijk omdat het kosterschap in die periode zijn hoogdagen beleefde. Het was meer dan een beroep.

Zoals al zijn collega's werd Victor erg gerespecteerd, hij was immers de rechterhand van Mijnheer Pastoor. Terwijl zijn vrome werkgever zich (normaliter) bezighield met wereldvreemde, spirituele zaken, moest Victor zich bekommeren om het aardse verloop der dingen. Te oordelen naar de zwart-witfoto's uit het familiealbum, droeg hij steeds (hetzelfde?) donkere, driedelige maatpak met een opvallende gouden horlogeketting, en onder zijn neus een indrukwekkende, zilverwitte knevel die hij elke dag borstelde. Hij bezat ook een prominente buik, een duidelijk bewijs van het *himmlische Leben* dat hij in de parochie van Eeuwigdurenden Bijstand mocht leiden. Het beroep bracht dat nu eenmaal mee. Bol en rond.

Zijn functie was hoogstaand omdat hij Latijn kon lezen en begrijpen. Dat was echt een zeldzaamheid en voorbehouden voor de betere soort. Het kwam uiteraard goed van pas bij zijn werk in de liturgie. Bovendien had hij als bijberoep de verdeling van kranten en magazines – ook de Franstalige – wat eveneens bijdroeg aan zijn allure: in die dagen waren immers alleen de *happy few* geabonneerd op een krant. En natuurlijk was Victor de eerste om bij het ontbijt een van die kranten door te nemen, zodat hij op zijn ronde blijk kon geven van een eindeloos inzicht in de nationale politiek en het internationaal nieuws. Hij wist vaak meer over de schermutselingen in de Balkan of de Duitse NSDAP dan de gemeentesecretaris.

Victor Smolders was een super-koster omdat hij ook nog maestro was op het kerkorgel en zorgde voor de muzikale omlijsting van de erediensten. Koster-organisten stonden een trapje hoger dan gewone kosters en werden ook naargelang verloond. Ze waren natuurlijk op de hoogte van Gregoriaans en het *ordinarium* – de vaste religieuze gezangen – maar Victor lapte dat regelmatig aan zijn laars en speelde profane muziek als hij daar zin in had. Zo beweerde mijn moeder altijd dat haar peter ooit arrangementen op *De lustige Weduwe* van Franz Léhar had gespeeld tijdens een begrafenismis. Een operette, maar het publiek had meer gejankt dan ooit tevoren ...

Het familieleven van Victor Smolders sloot nauw aan bij zijn functie. Hij was de *pater familias*, zijn woord was wet. Hij had twee zoons en negen dochters, maar aan tafel mochten alleen de volwassenen het woord voeren. Een kind dat zijn mond open deed, moest in de veranda wachten tot de maaltijd afgelopen was. Het eten werd opgediend door de oudste dochter. De vrouw des huizes kookte, en schonk zijn wijn in: onveranderlijk een zware Bourgogne, één fles voor de vier gangen. Maar toen zij op aanraden van de arts de wijn een beetje verdunde met water, toen merkte de despoot het direct en strafte hij moeder de vrouw door haar drie dagen lang te laten vasten, na een donderend sermoen van een kwartier.

Victor Smolders leefde als een bourgeois en daar had niemand moeite mee. Integendeel, in de standenmaatschappij van toen werd dit verwacht. Tekenend voor zijn vorstelijke functie en bijhorende levenswandel was overigens zijn dood. Vrouwlief had op een middag pladijs gebakken (in de echte boter) en hij verorberde er zes. Toen verklapte zij in haar argeloosheid dat er nog twee in de pan lagen, en die at hij dan ook op. Met een fatale beroerte tot gevolg.

Uiteraard werd dit wapenfeit van generatie op generatie doorverteld. Trouwens, volgens mijn moeder ging het zelfs om dertien pladijzen, en geen acht. Maar wie zou dit heden ten dage nog geloven?

6.

TERMINUS (uit het Liber Amicorum)[3]

Laat mij iets vertellen over het eerste herbergbezoek van onze prominente man. Ik noem hem zo, omdat hij in heel onze regio bekend is, ja, misschien zelfs tot in de uithoeken van de provincie. Zijn prominentie reikt niet zo ver dat hij regelmatig het voorwerp vormt van de nationale berichtgeving – hoewel dat vroeg of laat wel zal gebeuren – maar anderzijds gaat er geen maand voorbij of hij wordt geciteerd in het lokale blad van zijn woonplaats. Om wat voor reden dan ook. En hij is niet alleen prominent, maar ook een publiek figuur die zo sociaal en menselijk lijkt dat men hem het Engelse stempel *man about town* zou durven te geven.

Jammer genoeg (zeker voor zijn vijanden) weiger ik hier, al was het maar uit principe, zijn officiële achternaam te vermelden en beperk ik mij tot zijn bijnaam 'Foulard', zoals hij trouwens door het gros van onze bevolking genoemd wordt. Naar het schijnt liggen de verkiezingen van 1996 aan de basis van deze bijnaam omdat een spotprent hem toen afbeeldde met een karikaturaal grote halsdoek, of *foulard*, een ornament dat hij al sinds onheuglijke tijden rond zijn hals draagt. Hij vond het ooit een verantwoord alternatief voor de stropdas die de betere kringen nochtans van hem verwachtten, en nog steeds ziet men hem zelden zonder dat aardige sjaaltje. Mooi meegenomen is ook dat hij het frutje in een eindeloze waaier van kleuren en zijdes in speciaalzaken kan kopen, zelfs bij *Veritas*. En hij maakt er geen geheim van dat in zijn ogen mannen met een strak maatpak, keurig overhemd

---

3 Een *liber amicorum* (Latijn voor '**vriendenboek**') is een bundel van veelal persoonlijke teksten die door vrienden of collega's aan een belangrijk iemand wordt aangeboden ter gelegenheid van (of na) een jubileum, afscheid, emeritaat …

en klassieke das alleen al via hun plunje bewijzen dat ze geen zelfverzekerdheid bezitten – ze hebben hun 'circusuitrusting' immers nodig als camouflage, als houvast.

Iedereen weet nu wel over wie ik het heb. Toch spel ik zijn naam niet voluit, omdat onze man niet alleen banden heeft met het zakenleven, maar ook met het wereldje van de intelligentsia en de cultuur waar hij zeker een *aparte* reputatie heeft hoog te houden. Hij staat er immers om bekend – zie de vorige alinea – dat hij over alles en nog wat een eigen mening heeft en dat hij die ook gratuit en ongezouten naar buiten brengt. Neen, ik hou zijn volledige naam voor mij, want wie wil er nu een resem rechtszaken uitlokken en zijn vrije, rustige leven in de waagschaal leggen, gewoon omdat hij zin heeft om een onthullend artikeltje te schrijven? Ik niet, ik ben niet gek!

Dus, als ik zeg dat ik uitgebreid zal verhalen over het eerste herbergbezoek van die prominente Ragnar Foulard, dan weten de meeste lezers waarschijnlijk al dat ik een paar *scoops* klaar heb, de vakterm voor een journalistieke *primeur*. Ik zweer echter dat geen letter van mijn verhaal *fake news* is, het is allemaal uit het ware leven gegrepen. "Schrijf maar wat je wilt en wat je weet, maar dan zonder toeters en bellen," lacht Ragnar als ik hem mijn intenties uiteenzet, "en zorg er alstublieft voor dat het niet te lang wordt, en zeker geen *laudatio*. Dat is voor de dames en heren politici, zij hebben recht op die welverdiende, dikke biografie over hoe goed ze toch gewerkt hebben – een leven lang in het belang van de Gewone Man – en laat de stichtelijke heiligen met hun vurige aura's en maagdelijk witte baarden maar verder onze scheurkalender vullen!"

Ja, met deze goedlachse uitspraak alleen al bewijst onze vriend, die onlangs in beperkte kring zijn tachtigste verjaardag vierde, hoe bescheiden en zelfrelativerend hij in werkelijkheid wel is, ook al durft hij nog steeds *en plein public* rebels om zich heen schoppen. De woorden bewijzen ook zijn grote eruditie, want hij kan het niet laten om af en toe te citeren uit de wereldliteratuur, of om een vreemde uitdrukking te gebruiken. Dit is geen snobisme – meer dan eens heeft hij deze aberratie bezworen – maar het getuigt eerder van zijn nooit aflatende zoektocht naar de juiste formulering, of, negatief gesteld, zijn grondige afkeer van het verbale zwalpen en van de goedkope, gemakkelijke clichés. Jawel, zijn omgeving kent hem ook als een gewetensvol Jantje Secuur, en vermoedelijk komt het daardoor dat topfunctionarissen en besluitnemers zijn naam niet graag op de lijst der genodigden zien staan.

Ik spreek zogezegd toevallig over zijn tachtigste verjaardag, maar laat dat nu juist de reden zijn van deze bijzondere bijdrage aan zijn *liber amicorum*! Neen, ik heb het *niet* beschouwd als mijn taak om een van de vele (voorspelbare) hoofdstukken te verzorgen in het 'jubilerend vriendenboek' van deze notoire persoonlijkheid. Integendeel. Toen de *octogenarius* inzage kreeg in de speeches over zijn geweldige prestaties en verwezenlijkingen, riep hij mij stante pede bij zich en verzocht mij met grote aandrang om eindelijk eens – al was het slechts eenmaal en al zou het in dovemansoren terechtkomen – om eindelijk eens een stukje van de *waarheid* te tonen, van de echte Ragnar zoals hij in werkelijkheid was en nog steeds is – om als het ware 'de kroon te ontbloten'. Ik mocht dat geheel doen op mijn eigen manier, zei hij. Bijgevolg heb ik ervoor gekozen om slechts één aspect toe te lichten van zijn voorbije bestaan, iets dat eerder anekdotisch is en minder thuishoort in een klassiek *liber amicorum*, maar toch revelerend: zijn eerste herbergbezoek. Zoals het mij via diverse bronnen ter ore is gekomen, waaronder uit de mond van de jarige zelf.

"Gratias Deo!" hoor ik nu de bekwame dirigent van het Martinuskoor al roepen, "Eindelijk komen wij te weten hoe onze ellende met dat drankorgel begonnen is!" En ik ben ervan overtuigd dat ook de korpsofficier van het gemeentelijk Leger des Heils iets van dezelfde aard zal zeggen, want dat heerschap heeft zich menig keer blauw geërgerd aan de schuine gang van de oude Ragnar na zijn jaarlijks bezoek aan de kerstmarkt – om maar te zwijgen over 's mans begeleidende schuttingtaal, die altijd spottend en somtijds beledigend was. "Hij blijft verdorie hangen tot de laatste man, tot hij door zijn benen zakt," klaagde de brave borst onlangs nog rancuneus, "en dan wil ik wel eens weten hoe en wanneer hij deze zondige gewoonte aangenomen heeft? Heeft hij misschien ooit Bols gezogen in plaats van de reine moederborst? Of kreeg hij reeds als kleine misdienaar de smaak van de wijn te pakken in de sacristie? Ik ben benieuwd!"

Voorwaar, ik kan de lezer, en in het bijzonder de bovengenoemde heren, met de hand op het hart en de portefeuille meedelen dat hun wensen slechts ten dele zullen ingewilligd worden. Jawel, ik zal zeker een boekje opendoen over Ragnar, en ze zullen heel wat over hem leren en heel wat te weten komen. Maar uiteindelijk zal blijken dat hij ook een plaats verdient in het vreemde rijtje van andere prominenten als Confucius, Maria Magdalena, Antonio Vivaldi, Johan van Oldenbarnevelt, Robert Oppenheimer – ik zal met deze constatering trouwens mijn bijdrage afsluiten. Maar ik vrees dat de gepresenteerde 'leerstof' niet precies dat zal zijn wat de notabelen en schriftgeleerden verwachten – en hopen. Want, zoals meester Oscar Wilde zei: "*The truth is rarely pure and never simple.*" En van deze uitspraak neem ik niets terug.

Het eerste herbergbezoek van Ragnar is uiteraard maar een fragment van zijn gehele leven, maar het is wel een verhaal op zich, en het is zo karakteristiek voor de echte, minder bekende man van vlees en bloed die achter de vertrouwde, publieke figuur schuilgaat. Laat mij dus al meteen een paar van de alom heersende veronderstellingen de kop indrukken: Ragnar was geen dronkaard, boemelaar of kroegloper, hij dronk niet schandalig veel en ook niet 'de klok rond'. Het is waar, hij was een democraat in hart en nieren en was bijgevolg niet al te kieskeurig in de drank, maar anderzijds was hij ook niet te vangen met een gewoon pilsje of een goedkope flutwijn. Bovendien – en nu zult u nogmaals vreemd opkijken – was hij een laatbloeier, of liever: een laatdrinker, waarmee ik niet bedoel dat hij pas begon als het donker was en dan doorging tot een stuk in de nacht, maar wel dat hij pas op latere leeftijd begonnen is met het cafébezoek. Laten wij wel wezen: ik heb het hier niet over die ene kriek Lambiek die de zestienjarige Ragnar samen met zijn klasgenoten gebruikte om het schooljaar af te sluiten; ik heb het hier ook niet over de onverbeterlijke gewoonte van de puber Ragnar om na elk familiefeestje zich geruisloos in de bijkeuken terug te trekken om aldaar de restjes in de glazen (en flessen) achterover te slaan; of over zijn veelgeprezen jonge meesterschap in het bereiden van de perfecte Irish Coffee bij zijn ouders thuis, waardoor sommige verfijnde bezoekers zich lieten verleiden tot een *encore* – iets wat ze zich achteraf weliswaar nog nauwelijks konden herinneren. Maar kom, dit is allemaal bijzaak, en ik hoop dat het onder ons blijft.

Na zo'n rimpelloze jeugd zou men allicht verwachten dat Ragnars eerste contact met de herberg dan wel zou plaatsvinden in zijn studententijd, toen hij zijn studies in de Wijsbegeerte en Letteren aanvatte aan de Rijksuniversiteit te Gent. Dat ligt toch voor de hand, hoor ik u al zeggen? En met zijn grote mond is hij vermoedelijk ook wel meermaals preses geweest van zijn faculteit, ja toch? Van *Ad Fundum*, bij voorbeeld, of van *Germania* en de *Filosofische Kring*? De ijverige jongeman bracht immers in totaal vijf jaren door aan de unief en behaalde er zelfs twee masters. En dat in de woelige periode na mei 1968, toen er meer op café gedebatteerd en betoogd werd dan in de auditoria. Was het ook niet zo dat het 'spreekgestoelte' van de bruine kroeg het ideale platform vormde om een glansrijke carrière te lanceren? U denkt dan natuurlijk meteen aan grote namen als Daniel Cohn-Bendit, en dus ook – dichter bij de deur – aan iemand als Ragnar?

Niets is minder waar. Noch bij de aanvang, noch bij de laatste proclamatie (of de uren erna) kon men hem aantreffen in een van de zestig horecazaken die de Gentse Overpoortbuurt bont kleurden. Ook niet tijdens de zware en vermoeiende studies zelf, tijdens die ongeveer vijftienhonderd dagen dat hij zich verdiepte in de academische leringen van Noam Chomsky, Margaret Mead of Immanuel Kant. Dat het studentenleven een wilde tijd is met feestjes, orgieën en slemppartijen – of een tijd van kameraadschap, vrijheid, lallen en uitslapen – is een beeld dat door de media stevig gevestigd en bevestigd is. Denken wij maar aan de Leuvense jaren van Herman Coene in *Wij, Heren van Zichem*. Trouwens, dat traditionele beeld blijkt voor vele studenten nog perfect te kloppen ook, zowel toen als heden ten dage. Maar het staat buiten kijf dat de student Ragnar hierop de zeldzame uitzondering vormde. En dat was zelfs niet toevallig óf een teken van flauwheid – neen, als geboren non-conformist (en cynicus in spe) *wilde* hij precies radicaal ingaan tegen die voorstelling van de studie als eindeloos vrolijk vertier – óf als een soort van jeugdig profitariaat dat door de goegemeente oogluikend toegelaten werd. Dat hij de drempels van de kroegen vermeed, gebeurde helemaal niet angstvallig dus, maar doelbewust. Het was een gebaar, een *statement*. Het was ook duidelijk voor hem en zijn directe, beperkte omgeving dat het studeren géén pretje was, maar een opdracht, een missie van Hogerhand, iets dat hij nu eenmaal *moest* doen omdat hij bepaalde talenten had, talenten die moesten verzilverd worden. Punt. Je studeerde niet voor je plezier, je leefde zelfs niet voor je plezier, het was een opdracht. Studeren was afzien, voor hem althans, niet voor de duizenden andere jonge Vlamingen die vaak náást de trappen van de alma mater stapten, regelrecht de kroeg binnen. Voor hem waren het vijf lange, sobere jaren ...

Zien wij ten andere deze prille houding niet later terugkomen bij de rijpere Ragnar, wanneer die het maatschappelijk gemaakt heeft – maar dan met nog meer ernst en overtuiging, met nog meer onbuigzaamheid? Inderdaad, dat *is* zo, maar niet in de ogen van de buitenwereld en de *beau monde;* wél, en uitsluitend, voor het handvol intimi die zijn waarachtige inborst kennen achter het gladde, joviale pantser: de ingekeerde, schuchtere persoonlijkheid, de visionaire denker en twijfelaar die in zijn overwegingen, in zijn eigen wijsbegeerte, tegelijk een zendeling en een doordouwer was. Althans voor die kleine kring van bekenden die thans nog overblijven, na al die jaren.

Is het dan zo dat de student Ragnar ziekelijk asociaal en eenzelvig was, hoor ik u nu al vragen; dat de mondaine, grijze gentleman van tegenwoordig die het nog steeds zo voortreffelijk kan zeggen, dat die destijds helemaal geïsoleerd leefde, los van de wereldse genoegens, opgeslorpt door zijn studies en zijn haast puriteinse missie?

Ik zal kort en eerlijk zijn in mijn antwoord: grotendeels wel, maar toch niet helemaal. Want ook al had hij geen enkel contact met de Gentse studentengemeenschap, hij had wel een drietal collega's met wie hij regelmatig samen zat te werken in de bib van Angelsaksisch Denken. Neen, het waren geen vrienden, geen kompanen of vertrouwelingen; 'collega's' of 'studiegenoten' is de enige term die enigszins correct de relatie typeert tussen de vier jonge heren. Behalve natuurlijk het cement van de wijsbegeerte, kenden de vier nog één ander (en slechts één) bindmiddel dat hen samenhield, en dat was precies hun huiver, hun weerwil van alles wat studentikoos was. Voor de rest waren er geen raakpunten of bijzondere sympathieën, ze zaten gewoon met z'n vieren op een rij in de kleine gaanderij die uitstak over de gelijkvloerse studie-ruimte, en elk deed zijn eigen opzoekingswerk – meestal wanneer er een te grote leemte was tussen twee colleges. Natuurlijk werd er ook vluchtig gesproken over de actualiteit, het voorbije weekend, de vakanties, het geboortedorp, sporadisch ook over de liefde en andere gevoelens ... maar dat was echt terloops en zonder diepgang. Als Ragnar 's avonds op de trein huiswaarts zat, was hij ongetwijfeld die collega's en hun gesprekken al ver-geten, en toch beschouwden de drie overige 'musketiers' van de kleine gaanderij hem als hun voorman, hun lefmaker, hun mo-del – want hij had altijd een eigen mening (vaak tegendraads en eloquent), hij durfde als enige wel eens stevig over de schreef te gaan, en hij was veruit de beste van het kwartet inzake humor, *witzen* en spitsvondige taalspelletjes. In andere kringen had hij wellicht omwille van deze 'kwaliteiten' menig dispuut kunnen voorzitten, en het klopt dat een assistent-werkleider hem eens gevraagd heeft om zijn kans te wagen in een druk bijgewoonde academische quiz – waarvoor Ragnar na eindeloos aarzelen en afwegen toch maar vriendelijk bedankte.

Is dit belangrijk? Ragnar zou repliceren met de socratische tegenvraag: wat *is* belangrijk? Maar ik wil het niet zo ver drijven en zeg ronduit: neen, het is louter bijkomstig – tenzij u ook mijn mening deelt dat 'de jongen de vader is van de man', waarmee ik bedoel dat zelfs uit deze jeugdige anekdote een idiosyncrasie blijkt die later, in de volwassen man, pijnlijk zichtbaar zou worden: de twee gezichten van Ragnar, de yin en de yang, wonderlijk verenigd in zijn ene persoonlijkheid. Ja, hij was zonder twijfel een in zichzelf gekeerd denker die vooral wenste met rust gelaten te worden, die niet veel ophad met zijn medemens, die de drukke, bezige wezens onder hem zwijgend overschouwde als vanuit het hoogste raam van een wolkenkrabber; en anderzijds was deze zelfde eenzaat een populair, bijdehand en welbespraakt iemand wiens gezelschap men overal waardeerde. Zo was het omstreeks 1972 bij onze 'jeune premier'; zo is het nu nog steeds bij onze wakkere, eerbiedwaardige 'nestor'. Ragnar leefde, en leeft, in twee werelden die los van elkaar in het universum van zijn ziel zweven – de ene hangt daar pal, geruisloos en onbeweeglijk, de andere danst vrolijk op de onvoorspelbare golven van de schepping ...

Het is inderdaad een intrigerende vaststelling dat het beeld van de ons alom vertrouwde figuur pas tot leven komt in zijn verleden, ja, dat het daar zelfs heftig tegengesproken en gecorrigeerd wordt – en het is dit feit dat mij rechtvaardigt om zo lang stil te staan bij zaken die eigenlijk niets met mijn oorspronkelijke onderwerp te maken hebben, namelijk het eerste cafébezoek van onze tachtigjarige.

Om het verhaal van de studietijd af te sluiten, nog drie amusante doch waargebeurde trivia. Bij het examen Wijsgerige Esthetica van de oude professor Janssens zat Ragnar met een aantal wildvreemde anderen geduldig te wachten in de gang. Deze prof stond erom bekend dat hij geregeld meer dan het 'academische kwartiertje' te laat kwam – hij verplaatste zich uit overtuiging altijd met het openbaar vervoer – maar ditmaal liep het echt de spuigaten uit. Hij daagde blijkbaar gewoon niet op. Ragnar zelf onderging het wachten stoïcijns en liet de leerstof van Plato tot Kant en Schopenhauer rustig door zijn hoofd gaan, maar de andere studenten waren hypernerveus, sommigen zelfs op de grens van een zenuwtoeval. En dus begon onze jonge held bijna als een professionele *conferencier* zich te onderhouden met zijn lotgenoten: hij belichtte op een nogal ironische manier de actualiteit van die dagen en stak in het bijzonder de draak met de komeet Kohoutek die met veel poeha aangekondigd was, maar die met de staart tussen de benen verdwenen was. Zijn aanpak was zo boeiend en vermakelijk dat de spanning in de gang al vlug wegsmolt en dat niemand merkte dat professor Janssens intussen via een zijdeurtje gearriveerd was. Achteraf voelde Ragnar vooral veel ongemak en schaamte dat hij zich zo persoonlijk ingelaten had met de situatie, maar ongetwijfeld had hij de wachtende anderen spontaan gekalmeerd met zijn *savoir être* en schijnbare *joie de vivre*. Jawel, de perfecte Janus met de twee verschillende gezichten ...

De woelingen van mei 1968 waren toen toch al enkele jaren achter de rug, maar een van de weinige erfenissen van die revolte was het jaarlijks terugkerend fenomeen van de studentenstakingen. Of er nu een echte reden was of niet, telkens als er een 'half-trimestrieel' reces in het verschiet lag, zoals de herfst- of de krokusvakantie, riep een of andere overprikkelde veteraan van 1968 een staking uit die dan een tweetal dagen duurde en uitmondde in de officiële vakantie. Of het probleem nu de installatie van Amerikaanse kernraketten was of de verhoging van het inschrijvingsgeld, voor de meeste studenten betekende de staking gewoon een paar extra vrije dagen die iedereen zonder veel scrupules welkom heette. Tussen haakjes: ook die zo geagiteerde kopmannen uit 1968 profiteerden volop van hun staking, want het was een bewuste stap op hun carrièreladder, een belangrijke zet in hun ambities om ooit een leerstoel in de wacht te slepen of lid te worden van het establishment. Zoals de eerder genoemde Cohn-Bendit, of (volgende generatie) zoals Tom Van Grieken. En andere *Very Important People* van tegenwoordig.

Het gedrag van Ragnar en zijn drie aspirant-filosofen verschilde bij die ondeugdelijke stakingen niet veel van hun honderden lotgenoten. Meestal vernamen ze van het protest op het moment dat ze 's morgens aankwamen op de campus, en na een halfuurtje onbeslist op de hielen draaien, trokken ze dan opgewekt naar huis, elk naar zijn eigen adres. Maar er was toch één speciale staking in februari die wij in de context van het cafébezoek moeten vermelden, en alleen daarom, want de concrete aanleiding tot de actie was, zoals gewoonlijk, knudde. Deze speciale staking was echter in die zin bijzonder, dat zij niet algemeen was: er was immers één jonge, maar tegendraadse docent die niet solidair was met de andere profs en het studentencorps, en die *ad valvas* eiste dat zijn gehoor na de middag zoals gepland zou opdagen in het auditorium. Het probleem was dat men over 't algemeen de gewoontes van de oude ratten goed kende, maar niet van een kersverse, onvoorspelbare docent. Dus nam men het zekere voor het onzekere, en liep men liefst niet het risico van een presentiecontrole, ook al was dat niet meer of niet minder dan een pesterij, zeker van die jonge, principiële docent.

Voor ons kwartet betekende dit echter dat ze tussen tien uur en dertien uur niets te doen hadden en dat het bovendien zinloos was om even naar huis te gaan – met de trein dan nog. Het was koud, en Anton, de enige die zelf van Gent was (de wijk Muide), stelde dan maar voor om ergens iets te gaan drinken, niet te ver van het auditorium. En zo kwamen ze terecht in café *De tweede zit* aan de Overpoort, waar men op de koppen kon lopen en waar de rook als een vuile, dikke mist het zicht belemmerde – blijkbaar waren ze niet de enigen die daar die lege uurtjes wilden vullen. Vanuit een onzichtbare hoek speelde de jukebox om de zoveel keer *Isn't it a pity?* van George Harrison, en dat was op dat moment het lievelingsnummer van Ragnar. Maar voor de rest was het gebeuren hoogst onaangenaam voor hem, zeker omdat hij al van in zijn kinderjaren zwakke ogen had en omdat hij zich bovendien versmacht voelde in de chaos en de verwarring van de studentenmassa. Kortom, dit 'cafébezoek' van Ragnar was nauwelijks die naam waardig: hij was anoniem en passief aanwezig, hij zei geen woord en nam gedwee het vieze pintje aan dat Anton in zijn handen duwde. Al die tijd – vermoedelijk meer dan een uur – bevond hij zich in een soort van lethargie. Het enige wat hij deed was gelaten afwachten tot hij met de anderen weer naar buiten kon strompelen, in het heerlijke, heldere licht en de verlossende lucht. Naar het droge auditorium. Neen, dit was niet echt zijn eerste cafébezoek ...

Tussendoor maak ik toch graag gebruik van deze anekdote om te verwijzen naar een bijzonder talent van de tachtigjarige man dat sommigen onder ons waarschijnlijk zelf in zijn nabijheid hebben waargenomen: zijn haast ongelooflijk vermogen om zich tijdelijk af te sluiten van de realiteit en van de anderen, om gewoon lijfelijk (en niet werkelijk) aanwezig te zijn, zoals een schijndode, of zoals de achtergebleven huls van een marsmannetje dat vreedzaam vertrokken is naar zijn eigen planeet. Zo 'onderging' hij dat bezoek aan *De tweede zit*, zo zat hij ook vele jaren later verstild in een hoekje van het Boomse kunstenaarscafé *De Ark*, zo schijnt hij ook vaak op de canapé te hebben gelegen bij de familiefeestjes thuis, zogezegd slaapdronken, maar eigenlijk gewoon om zich totaal terug te kunnen trekken in zichzelf. Jawel, de kiem van deze idiosyncrasie van onze oude vriend was reeds in het kind aanwezig. En ik twijfel er niet aan dat sommige vertrouwelingen ongelovig hun hoofd zullen schudden bij het lezen van deze regels.

Dat Ragnar ondanks de soms grillige draaiingen van moeder aarde toch altijd flink overeind bleef, komt door een andere eigenaardigheid, die ik hier ondubbelzinnig wil openbaren: het feit dat hij zich altijd uit de slag wist te trekken, zijn vermogen tot zelfredzaamheid, zoals dat zo mooi officieel heet, of wat in zijn eigen dialect 'plantrekkerij' genoemd wordt. Dat hij graag en koppig altijd zijn eigen ding wilde doen, dat hij de problemen maar liefst op eigen houtje wilde aanpakken en soms te weinig oor had voor de goedbedoelde adviezen van zijn omgeving, dat hij hierbij dan ook nog vaak successen kende, ja, dat staat als een paal boven water. Jawel, hij was eigengereid, en is het nog steeds, zoals in het liedje van Astrid Nijgh: *"Ik doe wat ik doe ... en vraag niet waarom"*. Toevallig of niet, een deuntje uit die periode – ook het jaar 1973.

Indien u hiervoor nog enige bewijsvoering wenst, dan ga ik gaarne weer een stapje terug, en voor de laatste keer, naar zijn studententijd. Het is voor iedereen duidelijk dat Ragnar toen (en nu) niet de olijke *boulevardier* was waarvoor hij zich soms uitgaf. Integendeel, als hij zijn zin had mogen doen en zijn wil had laten spreken, dan was hij niet anders geweest dan de volkse *Cornu Aspersum*, de slak die zich bij de minste aanraking of beweging veilig in zijn huisje terugtrekt. Wij weten intussen ook wel dat hij niettemin tot een arbitrair groepje van drie lesgenoten hoorde en dat dit een erg los verband was, zonder veel emoties, zonder verplichtingen. Ook zonder vaste gewoontes, op één na: dat ze hun research en hun schrijfwerk altijd deden in de bib van Angelsaksisch Denken die een soort van erker had, een oksaal, zoals in vele middelgrote schouwburgen. Het was op die plek, helemaal vooraan op die halfwassen etage, dat ze als 'vier op een rij' zaten te werken, dikwijls op de middag of tussen twee colleges door. Veel plaats voor andere studenten was er niet, want achter de heren werd de ruimte ingepalmd door hele rijen grijze rekken met boeken, tijdschriften en documenten die op de een of andere manier iets met het Angelsaksische Denken te maken hadden. Een geverniste nieuwe trap tegen de muur was de enige verbinding van de helverlichte leeszaal beneden tot de donkerder werkplek met het boekenarsenaal boven.

Welnu, het was in één van deze rekken, achter de dikke *Introduction to Phenomenology*, dat Ragnar zijn kleinood verborgen hield – niet voor de andere 'musketiers' natuurlijk, maar wel voor de ogen van de buitenwereld. Het was een zakflesje cognac dat hij ooit in een winkeltje bij het station gekocht had en dat hij regelmatig thuis bij de ouders opvulde met sterkedrank als het leeg was. Ter verduidelijking: onze student had zelf nog steeds niet één stap gezet over de drempel van kroeg of café, maar hij was daarom nog geen geheelonthouder, en nooit geweest – sinds hij de smaak van oude port geproefd had op de dag van zijn Eerste Communie.

Nu, het was zijn gewoonte om een paar slokjes van het flesje te nemen zodra hij zich gemakkelijk met de anderen op het oksaal geïnstalleerd had, en vervolgens goedgemutst aan de slag te gaan. Een paar slokjes, niet meer, terwijl zijn ingewijde collega's getuige waren van het ritueel dat altijd eindigde met het eerbiedig dichtdraaien van het dopje en het etaleren van de hartsterking op de hoek van de tafel. Als het werk dan na een uur of zo afgelopen was, nam Ragnar nog twee slokjes die hij met gesloten ogen in zijn mond liet walsen als een jong, herkauwend rund, en ging dan zijn schat rustig verbergen op de plaats die hij alleen kende, zelfs de drie anderen niet. Ergens in de omgeving van Stein en Husserl.

Het was precies bij de tweede, finale nuttiging dat het drama gebeurde. Ragnar had zijn twee laatste slokjes van de voormiddag genomen en genoot nog even met de ogen dicht van zijn vaders drank – vermoedelijk *Biscuit Napoleon*. De delicatesse beviel hem dermate dat hij bij het naproeven met zijn stoel een heel eind achterover leunde en zijn hoofd zelfs wat kon laten hangen, met de gesloten blik naar boven. Toen hoorde hij van opzij een vreemd geluid, iets als gesmoord gegiechel dat ongetwijfeld van zijn medestudenten kwam. Lachend opende hij zijn ogen … en keek recht in het gezicht van Professor Schriek, die zwijgend over hem gekromd stond, op amper dertig centimeter van het zijne. Slechts enkele seconden bleef de vervaarlijke situatie onveranderd, slechts enkele tellen stonden de oude en de jonge geleerde roerloos als in een stilstaande film tegenover elkaar, slechts een vuist verwijderd, maar voor Ragnar leek het een eeuwigheid. Het koude zweet brak hem uit, zijn hart ging tekeer als de Lotus van Fittipaldi en op de koop toe kreeg hij een onhoudbare kramp in de nek. Hij vreesde een oplawaai en een uitbrander te krijgen die heel het gebouw zou doen daveren op zijn grondvesten, want het was wijd en zijd bekend dat 'de Schriek' niet alleen streng en punctueel was, maar ook nog de grootste en meest ongenadige schurk van de academische staf. Een Meester Kwel in het kwadraat. Maar neen. Na dat tijdloze moment dat de hele wereld zo lang stilstond, richtte de man zich traag en waardig op en verdween ergens in de duisternis tussen de rekken. Vervolgens verscheen hij weinige minuten later weer in het licht met een onooglijk, beduimeld boek in de hand, hij nam geruisloos de glanzende trap, en verdween naar beneden. Zonder commentaar, zonder reactie – hoewel de buren van Ragnar achteraf beweerden dat ze *en passant* een flauwe glimlach in zijn mondhoeken hadden gezien. Achteraf natuurlijk, want op het moment zelf waren ze ook verlamd geweest van de schrik.

Wat u er ook van moge denken, het groepje was onvoorstelbaar bang geweest, en het beeld van een andere, waarlijk dramatische afloop bleef nog lange tijd in hun hoofd en in hun gesprekken spoken. Zodat het op den duur zelfs de proporties kreeg van een Wagneriaans heldenepos, wat nu eenmaal onontkoombaar is bij dergelijke incidenten. Maar toch veranderde Ragnar zijn gewoontes niet en bleef hij bijna dagelijks van het flesje gebruik maken – een blijk van zijn beginselvastheid en zijn consequentie – hoewel hij het lekkers van dan af nooit meer zo zichtbaar op de hoek van de tafel etaleerde en zijn slokjes altijd nam met de ogen wijd open en de oren dubbel gespitst.

Tot zover de drie beloofde anekdotes uit het studentenleven, die in zoverre belangrijk zijn dat ze een gecorrigeerd beeld geven van de spirituele en sociabele grijsaard die wij nu kennen. Een correctie, een toelichting, een verklaring. Terwijl het moment langzaam maar zeker nadert waarop ik het beloofde issue van mijn bijdrage zal aansnijden: Ragnars eerste echte cafébezoek, en wat voor wonderlijks daar effectief gebeurde.

Na de academische studies was het hoog tijd – volgens zijn ouders, tenminste – om werk te vinden, geld te verdienen en zich te settelen. Over het stichten van een gezin werd na een wijle al niet meer gesproken. En wat het werken betreft, zou ik zonder moeite een tweede en nog langere bijdrage kunnen schrijven. Het is waar, Ragnar heeft diverse werkgevers en tewerkstellingen gekend, maar ik wil u hier niet doen indommelen met een ellenlange historische presentatie van namen en data; ik zal mij eerder beperken tot het preciseren van die steeds wederkerende constante: Ragnar heeft zijn werk nooit graag gedaan. Nooit. En dan vraagt u zich natuurlijk af waarom hij dan toch voor dat bepaald soort werk gekozen had, waarom hij nooit iets leukers heeft gezocht? Of hoe het komt dat hij dan toch elke taak blijkbaar met hart en ziel uitgevoerd heeft? Want – laten wij eerlijk zijn – wie hem ooit persoonlijk heeft meegemaakt, zij het als chef, als collega, als adviseur of als ondergeschikte, die zal zonder uitzondering toegeven dat zijn inzet totaal was en dat hij altijd een goedlachse en stimulerende verschijning op het terrein was – waar dat dan ook moge geweest zijn.

Het antwoord is eenvoudig: Ragnar werkte om den brode. Omdat men nu eenmaal geld nodig heeft om te kunnen leven. En als het takenpakket hem niet honderd procent beviel (of minder), dan hield hij gewoon voor ogen dat er nog een ander leven was *na* de werkdag, een leven dat hij zelf helemaal kon organiseren zoals hij het graag had. Maar meestal was zelfs dat niet nodig: als geen ander verstond hij immers de kunst om elke functie en elke opdracht naar zijn hand te zetten en die aspecten eruit te halen die hij dan wel graag deed. Zo werkte hij ettelijke jaren als management (of senior) consultant. Dat hield grosso modo in dat hij organisaties moest adviseren om hun problemen inzake *human relations* aan te pakken. Praktisch gesproken diende hij hiervoor heel wat research te doen, gesprekken te voeren, oplossingen uit te denken, presentaties te maken, en soms zelfs hele groepen *en masse* te begeleiden en op te leiden. Aangezien hij niet van de tongriem gesneden was (dat weten wij!) had men niets liever dan dat hij zich vooral met dat groepswerk en dat 'opleiden' bezig hield, het was trouwens ook een aspect dat een direct voelbaar effect had op de bedrijfswerking van de klant. Maar hoe goed hij in deze zaken ook was, hij deed het absoluut niet graag. Hij was een denker, een studax, een ontwikkelaar – een bedrijfsconsultant en *problem-solver* in de ware betekenis van het woord – en geen lesgever of pedagoog: iets stap voor stap uitleggen, in dialoog met de anderen, dat ging hem te traag, dat was ballast en verlies van energie. En dus herschikte hij op eigen houtje zijn functie altijd in die zin, dat hij zijn tijd en zijn aandacht vooral kon besteden aan research, creativiteit en deskwerk, waar het menselijk contact minimaal was. *Hij* leverde de ideeën, hoe gek ook, het was aan anderen om ze uit te werken en te doen toepassen. En zolang hij dit kon bereiken, was hij meer dan tevreden met zijn job.

Het is zeker niet overbodig om zo lang stil te staan bij deze rode draad in de carrière van Ragnar, want eens te meer geeft het aan dat hij zijn eigengereidheid en eigen wil kon handhaven dankzij een flinke dosis flexibiliteit, aanpassingsvermogen en manipulatie. Zoals zijn volgehouden apathie in dat café, *De tweede zit*. Dit was allemaal zo typisch Ragnar dat meer dan één psycholoog er een onmogelijke contradictie in zag, maar uiteindelijk was het voor hem de beste manier om met opgeheven hoofd te overleven. Ook al was hij een *Einzelgänger* in hart en nieren, hij heeft heel zijn leven moeten werken in jobs met een sterke sociale inslag en met veel menselijk contact. Dat ging zelfs heel gemakkelijk, alsof het zijn tweede natuur was, maar hij deed het niet graag, het was tegen zijn zin en geen eigen keuze. Maar als hij wel helemaal zijn zin had mogen doen, wie weet was dan het resultaat misschien niet totaal beneden peil geweest? Nog een contradictie, beste lezer!

En op die manier was Ragnar ook hier weer de patroon van de omgekeerde wereld, die hem zo eigen was: hij was het levend bewijs dat je niet altijd de beste resultaten haalde als je het werk graag deed, of omgekeerd, dat 'ontevreden koeien meestal minderwaardige melk geven' – zoals de handboeken van de goeroes beweren. Eigenlijk stelde hij zich die evidente vraag nooit of hij iets graag deed of niet, of een functie leuk was of niet – wat voor de gemiddelde sterveling of werknemer natuurlijk wel van doorslaggevend belang was. De basisvoorwaarde bij alles wat hij ondernam ging niet zo ver: voor hem was het al voldoende dat een taak of een functie *niet on-leuk* was (en de rest zou hij dan toch wel aanpassen, bijsturen en manipuleren). Vergeten wij hier ook niet zijn eigen grondregel, zijn radicale *maxime*: wij leven niet voor ons plezier, wel om onze aangeboren waarde te verzilveren – het leven als werkveld dus. Dat hij ondanks die manke motivatie toch altijd en overal uitstekend presteerde, kwam dus doordat hij zijn jobs zag – ik val thans in herhaling – als een *opdracht*, als een persoonlijke uitdaging voor zijn talenten, en niet als werk of een beroep.

Deze vaststellingen mogen ons echter niet verleiden om Ragnar te zien als een *workaholic*, iemand die leefde voor zijn werk en zichzelf daarvoor opofferde. Niets is minder waar. Die palm verdient hij niet en zou hij ook niet willen, noch benijden. Diverse collega's zullen zelfs getuigen dat hij wel eens durfde de kantjes eraf te lopen en een taak soms moedwillig naar de letter uitvoerde – zeker als het werk 'on-leuk' was. Maar hij dééd het dan toch, op zijn manier, en in die zin kunnen wij hem dus terecht een *plicht-aholic* noemen, mocht iets dergelijks bestaan. Anderzijds protesteerden sommigen dan weer – met nauwelijks verborgen naijver – dat hij zich te veel afsloofde, zich al die moeite niet moest getroosten, dat hij zich niet zo intens mocht vastbijten in een zaak. Waarop hij dan maar één ding te zeggen had, vergezeld van een bescheiden glimlach én de wil om koppig door te gaan: *I'll sleep when I'm dead!* Kortom, wij kunnen al het voorgaande perfect samenvatten door te stellen dat hij altijd letterlijk 'zijn best' heeft gedaan, zowel professioneel als privé, ook in de muziek, ook in de politiek, ook in zijn hobby's, ook in de wasserij waartoe hij eens veroordeeld was.

Het lijkt een bij de haren getrokken detail, maar ook in de keuze van zijn vrienden en relaties klinkt deze houding door. Natuurlijk verwachtte zijn omgeving, ook zijn directe verwanten, dat hij zou omgaan met mensen 'van zijn slag', mensen van zijn 'intellectueel kaliber' – dat hoorde nu eenmaal zo te zijn. Een van de hierboven vermelde psychologen uitte zelfs openlijk zijn verbazing toen hij de (beperkte) lijst van Ragnars vrienden onder ogen kreeg: een kraanman, een mecanicien, een order-picker, een meubelmaker, een handelsreiziger en een tuinman. Waarom toch geen universitair, vroeg de man, iemand met wie hij op gelijk niveau kon praten? Waarop onze Master in de Wijsbegeerte & Letteren oprecht antwoordde dat universitairen niet interessant waren: je kon van hen niets leren, omdat ze alleen dat weten wat ze geleerd en gestudeerd hebben, maar niet wat ze zelf ervaren of ontdekt hebben. Volgens hem stonden geschoolde mensen vaak niet meer open voor het nieuwe, het andere, hij vond dat ze gebrainwasht waren door de pure kennis, het weten, de boekenwijsheid van het schoolse onderricht. Hierbij verwees hij dan ook soms naar die zin uit *Another Brick in the Wall* van Pink Floyd: *'Teacher, leave them kids alone'*.

Waarlijk intelligente mensen hoefden naar zijn mening niet te veel les te krijgen, behalve die van het leven. Hun kennis was echt, authentiek. Veel belangrijker was het individuele karakter, de eigen persoonlijkheid van zijn vrienden, en hun *ethos* – de wil om het goede te doen. Een naïeve en barmhartige schaapherder scoorde bij hem zo te zeggen altijd hoger dan een betweterige, doctorerende kabinetschef. Op dat punt was hij regelrecht een kruisvaarder tegen het intellectueel snobisme, weer een van zijn stokpaardjes.

Ter zake. Wij kunnen thans in eer en geweten stellen dat Ragnar op de leeftijd van vijfentwintig nog nooit alleen een café had binnengestapt, laat staan een drankje besteld. Natuurlijk had hij een dreigend dranktekort altijd creatief kunnen oplossen en compenseren binnen het bestaande aanbod – dat is intussen overvloedig gebleken, en dat zou hij ook later blijven doen – maar tot aan die leeftijd had hij nog nooit op eigen houtje een café bezocht. En dus volgt nu het beloofde relaas van zijn 'eerste herbergbezoek' – niet meer dan een schets weliswaar, want volgens de redactie heb ik nog amper enkele regels over om het hele gebeuren uit de doeken te doen.

Toen Ragnar zijn studies achter de rug had en hier en daar wat onderbetaalde interims had verricht, realiseerde hij zich dat hij zo goed als alleen was, en dat deze situatie hem wel beviel. Zijn vrije tijd bracht hij uitsluitend thuis door, tot ieders tevredenheid. Hij ging niet uit, hij vermeed reünies, hij sportte niet en ging ook nooit naar festivals of concerten; hij had niet één lidkaart, geen vrienden en ook geen vaste partner. Wel had hij nog veel contacten met zijn familie, en uitzonderlijk ging hij wel eens in privé-kring zijn gedichten voorstellen, als hij niet anders kon.

Maar hij was vijfentwintig en oordeelde dat deze situatie *niet natuurlijk* was. Let wel: zo redeneerde hij destijds. Zou hij de rest van zijn leven op deze manier moeten doorbrengen? Zonder gezelschap, zonder wederhelft, zonder nakomelingen – terwijl zijn moeder (en anderen) voor hem altijd stiekem een 'schoon' gezin voorgeschreven hadden? Zou hij basaal leven en gangbaar sterven, en daarbij geen enkele voetafdruk nalaten? Gescheiden van de buitenwereld, van de miljarden medemensen, van het avontuur? Zou hij simpel tussen zijn vertrouwde muren blijven zitten, zijn veilige inspinsel, zijn *parva mundi*, terwijl de druk wervelende aarde om hem heen bleef doordraaien?

Zijn hart zei: ja, waarom niet – maar zijn hoofd ging helemaal niet akkoord en vond dat het wel wat te gemakkelijk was om op die manier je plicht te doen en je talenten te ontwikkelen. Dat kon toch nooit de bedoeling van het leven zijn? Was het niet zijn opdracht om een stap in de wijde wereld te zetten, om wat *socialer* te worden, of hij dat nu wilde of niet?

En dus liet Ragnar zich ompraten door de dwingende stem van zijn geweten. Hij reageerde op de annonce van *Vrije Radio Olympia* om de lokale nieuwslezer te worden, wat direct gebeurde. Hij nam zich ook voor om toch regelmatig een herberg te bezoeken, liefst een zaak die hij na een tijdje zijn eigen stamkroeg zou kunnen noemen. Misschien voor vele jonge mensen een prettige evidentie, maar voor hem was die eerste stap een uitdaging die hem uren van koud zweet en menige slapeloze nacht bezorgde – erger dan bijvoorbeeld een middeleeuwse vuurproef of een openbare declamatie voor een volle schouwburg.

U begrijpt wel: Ragnar had niet de minste ervaring en moest dus beginnen *from scratch*, zoals een consulent van Job-search dat ooit genoemd had. Voor deze missie koos hij *Terminus*, een grote, ruime zaak, omdat die gemakkelijk met de fiets te bereiken was en dicht bij het station lag. Ook omdat hij van op de overkant van de straat al gemerkt had dat het interieur bijzonder stemmig was en dat er nooit veel klanten waren. Een voordeel.

Het was een dinsdagavond in het vroege najaar toen hij voor de grote, glazen deur stond die voor de helft volgeplakt was met affiches. Hij twijfelde nog. Hij wist dat dit een belangrijke stap was in zijn leven, misschien een mijlpaal. Hij kon rechtsomkeer maken en terug naar huis gaan alsof er niets gebeurd was. Hij kon nog wat steels naar binnen gluren om zich zodoende klaar te stomen voor een volgende dag. Maar hij herinnerde zich de uitspraak van de bedaagde Professor Janssens – *entre parenthèse*, zoals al diens belangrijke uitspraken – dat twijfel een nog slechtere raadgever was dan angst, en hij duwde krachtig tegen de deur. Zij zag er loodzwaar en oud uit, maar zij draaide zo gemakkelijk open dat hij het zelfs met zijn pink had kunnen doen. Als dat geen teken was dat hij niet bang hoefde te zijn en welkom was …

Hij stapte het portaaltje binnen waar nog meer affiches hingen – sommige zelfs van evenementen die al lang verjaard waren – en na dit voorgeborchte stond hij met nog twee extra passen in de immense ruimte van het café, dat povertjes verlicht werd door enkele ouderwetse, verbronsde kroonluchters, het type dat je in de jaren vijftig kon aantreffen in de chiquere herenhuizen. Hij herinnerde zich dat zijn ouders vroeger weleens gesproken hadden van een bekend hotel op deze plaats, en inderdaad, *Terminus* zag eruit als een monumentaal stationshotel waarvan het restaurant blijkbaar ooit verbouwd was tot de overgrote gelagzaal van een herberg.

Ragnar had bij zijn entree direct het gevoel dat hij door iedereen bekeken werd, dat elke stap en elke beweging werden gadeslagen – al merkte hij in een oogopslag dat amper één tafeltje in een schemerige hoek bezet was door een stel flirtende gepensioneerden, en dat er verder aan de tapkast slechts twee klanten zaten, jonge twintigers. Maar hij was nu binnen en weigerde te denken aan een strategische terugtocht. Met een kordate, afgemeten pas wandelde hij naar de bar en nam doodgemoedereerd plaats op een vrijstaand krukje. Een van de twee klanten had op dat moment net afgerekend en verliet lachend het café, terwijl de kastelein hem nog iets schunnigs nariep. Dat was dus één pottenkijker minder, dacht Ragnar gerustgesteld, en hij verviel in gepeins terwijl hij streng voor zich uit bleef kijken naar de eindeloze rij flessen tegen de muur. Zoveel verschillende vormen, kleuren, merken en benamingen, en allemaal met zulke frappante etiketten dat ze onderling schenen te wedijveren om het grootste aantal dorstige liefhebbers.

"Wat mag het zijn?" sprak de baas hem aan. Alledaagser kon haast niet.

"Een Hoegaerden," zei Ragnar vlot. Hij had de vraag verwacht en had zijn antwoord voorbereid.

"Hoegaerden hebben wij niet," reageerde de man. "Wij hebben wel Dentergemse, dat is eigenlijk hetzelfde. Het is ook een wit bier. Je houdt de twee niet uit elkaar."

Ragnar keek bedenkelijk en was verrast. De moeilijkheden beginnen al, dacht hij wrevelig.

"Dat is ook goed," fluisterde hij. Eigenlijk maakte het niet veel uit, hij had gewoon een Hoegaerden besteld omdat zijn ouders wel altijd enkele flesjes van dat bier in hun kelder hadden en omdat hij geen pils lustte.

"Je bent niet van hier?" vroeg de kastelein terwijl hij het glas bij Ragnar plaatste.

"Neen," loog onze jongeman. Hij keek de man met kinderlijke verwondering aan, hij wist niet goed wat hem overkwam. Hij vond het een vreemde vraag, en het was überhaupt al vreemd en misplaatst dat deze onbekende in zijn privé-leven wilde punniken. Dat kon toch niet, dat was toch ongepast?

"Je bent met de trein, niet?" ging de kroegbaas gladjes door. "Daar loopt het tegenwoordig altijd verkeerd, elke dag is daar wel iets aan de hand. En nooit op tijd, nooit op tijd! Omdat de vakbond daar de plak zwaait, zegt men. Het is toch waar, of niet?"

"Ja, dat is zo," repliceerde Ragnar, want hij voelde dat hij iets moest zeggen. Maar hij was geen moer geïnteresseerd, neen, hij voelde zich eerder benauwd dan betrokken.

"Ja, ja," zuchtte de kastelein en verliet hoofdschuddend zijn tapkast omdat hij geappelleerd werd door het stel vrijende oudjes aan de hoektafel. Dat waren gelukkig vaste klanten en niet zo'n rare snuiter als die nieuwkomer. Over de Nationale Spoorwegen kon hij nochtans uren praten, maar wel met dien verstande dat hij de belangstelling van zijn publiek had.

Ragnar was nu weer alleen met zijn kruk en vond het goed zo. Hij wenste niet te praten of te luisteren, hij wilde gewoon aanwezig zijn en deze nieuwe ervaring in zich opnemen. Nu pas hoorde hij ook dat er ergens op de achtergrond muziek was, een zwakke plaatselijke radiozender, misschien wel *Olympia*, waar hij elke werkdag om zes uur de nieuwsberichten las. Voorzichtig keek hij in de gelagzaal rond, met zijn blik en zijn verstand op

nul. Hij was fier, hij was tevreden dat hij de belofte aan zichzelf had kunnen houden en dat hij zijn twijfels en onzekerheid
overwonnen had. Ja, hij had aan de deur nog even geaarzeld,
hij had nog even staan draaien ... Maar nu was hij hier, en alles
samengenomen vond hij het maar niks, zo'n cafébezoek.

"Je zegt niet veel, kerel."

Het was een constatering van de jonge twintiger die ook aan
de bar zat, opzij, twee zitjes van hem verwijderd. Ragnar voelde
zich eerst niet aangesproken, maar aangezien er geen kat in de
directe omgeving te bespeuren was, moesten de woorden wel tot
hem gericht zijn. Hij keek de gozer nogal verstoord aan: het was
een ongeschoren, slonzige verschijning die zichtbaar dagelijks
op café zat en zwoer bij Jupiler, dat hij niet uit een glas dronk,
maar wel uit het flesje.

"Neen," zei Ragnar. "Moet dat misschien?"

"Neen, dat moet niet. Niets moet. Maar het wordt wel van
jou verwacht als je aan de tapkast zit. Waarom kom je anders
naar een herberg?"

Ragnar deed alsof hij de vraag niet gehoord had en keek weer
recht voor zich uit, zogezegd om de flessen likeur en sterkedrank
te onderzoeken. Maar hij voelde de angst en de onbeholpenheid
naar zijn keel grijpen.

"Wel, waarom ga je anders op café, vraag ik je. Waarom? Wat
kom je hier zoeken?" herhaalde de onfrisse klant nogal geprikkeld, terwijl hij zijn buurman bleef biologeren.

Ragnar waagde even een schuwe blik in zijn richting, maar
gaf geen antwoord. Hij haalde alleen zijn schouders op.

"Normaal is het zo," drong de kerel aan, "dat je aan de bar
komt zitten om een gesprek te beginnen, om met de mensen te
praten, voor de gezelligheid, en niet om daar te figureren als
een soort van domme goudvis, of een mummie. Dat weet toch
Jan, Piet en Klaas, of niet soms?"

"Wel," antwoordde Ragnar opeens, nogal brutaal en zonder
naar de andere te kijken: "Ik ben naar dit café gekomen om iets
te drinken. Niet om met Jan en alleman te kletsen. Dat hoeft
toch niet, dat is toch niet verplicht?"

"Neen? Waarom denk je dan dat onze kastelein hier zo zijn uiterste best gedaan heeft om een praatje met jou te maken, om je een goed gevoel te geven? Dat hoort er nu eenmaal bij."

Ragnar haalde zijn schouders weer op.

"Ach, man," mompelde hij, nauwelijks hoorbaar. "Laat mij met rust, laat mij gewoon met rust. Laat mij mijn biertje uitdrinken, ja? Ik wil niet praten. Ik heb geen zin. Ik wil het niet."

"Al goed, al goed. Maar ik vind dit echt ongehoord en asociaal. A-so-ci-aal! Weet je, ik denk dat er in je hersenkoker iets fout loopt, dat je ..."

Op dat moment keerde de baas terug van het schemerige tafeltje, en dat kwam goed uit. Misschien was er niet veel later een discussie of een handgemeen ontstaan, maar nu dronk Ragnar zijn glas leeg, betaalde, en vertrok zonder één keer om te zien. Hij hoorde zijn haveloze gesprekspartner nog iets roepen, maar hij wilde het gewoon niet verstaan. Hij was blij dat hij weer in de koelte van de avond op straat stond. En dat hij het had gepresteerd om helemaal alleen een herberg te bezoeken.

§

En is dat alles, hoor ik u zeggen? Is dat werkelijk alles? Was dat nu het sensationele, eerste herbergbezoek van onze tachtigjarige feesteling? Zo'n onbeduidend kort verhaaltje, en dat nadat wij urenlang die soms pietluttige lariekoek hebben moeten slikken van zijn kindertijd, zijn studies, zijn werk, zijn onhebbelijkheden – veel erger nog dan een *soap*?

Goed. U kunt natuurlijk uw geld terugvragen, beste lezer. Maar laat mij dan toch een paar dingen in heel deze geschiedenis aanstippen, die u misschien ontgaan zijn.

Ten eerste: betreffende dat beroerde eerste herbergbezoek van onze prominente jaarling mag ik gelukkig opmerken dat hij achteraf zijn schade meer dan bijgehaald heeft. De horeca van onze provincie zal dit zeker en graag beamen. Trouwens, die verwaarloosde kerel die in café *Terminus* Ragnar de les spelde, was niemand minder dan Yvan B., destijds een aanhanger van

Amada, maar achteraf een verdienstelijk voorman in de PVDA. Wat mij naadloos bij de volgende les brengt.

Ten tweede. Laat ons toch voorzichtig zijn met al die imago's, met de uiterlijke verschijningsvorm van onze beroemde insecten. Heel vaak geven wij aan onze vedetten een aura dat niet verantwoord is, zelfs helemaal onterecht en verkeerd. Zo was het muzikale genie Antonio Vivaldi óók een ondeugende priester die het niet zo nauw nam met Rome, zo was Robert Oppenheimer voor sommigen een gevaarlijke verrader, voor anderen een domme filantroop. Maria Magdalena, bekend als een boetvaardige zondares, was tenslotte ook een wulpse prostituée, niet meer of niet minder. Keizer Marcus Aurelius was een schrandere veldheer, een begiftigd humanist en filosoof – maar ook slachter van de eerste christenen. Confucius was een beroemde Chinese wijsgeer, maar lang niet zo diepzinnig en spiritueel als algemeen wordt gedacht. Karl Marx poneerde de grondvesten van het communisme in *Das Kapital,* maar hij werd vooral gedreven door zijn eigen miserabele situatie en zijn primitieve, persoonlijke behoeftes, ergens op een zolderkamer in Brussel.

En onze sympathieke en joviale held, Ragnar Foulard, is zonder twijfel niet zo joviaal en sociaal als wij wel denken. In wezen is hij misschien juist het tegendeel, een introverte kniesoor – enfin, wij mogen ook niet overdrijven – neen, hij is wél een man met twee, drie, of een half dozijn gezichten, maar het is het *volk* dat alleen oog wil hebben voor slechts dat ene gezicht. En dat gezicht draagt vaak een masker, of eerder: het is het gemaskerd gezicht dat de drager populair en geliefd maakt, en niet het ware gelaat erachter. Zoals de figuur van Bruce Wayne een onbenul lijkt achter Batman, of Peter Parker de stumperd achter Spiderman. En het was toch de onvervaarde Scarlet Pimpernel die bejubeld werd, niet Sir Percy Blakeney? Evenzo schitterde de gemaskerde held en redder Zorro op het podium, niet de saaie kamergeleerde Diego de la Vega.

In de voorbeelden is er letterlijk sprake van een masker, maar het is niet moeilijk om dat mom te zien als een symbool voor het verhullen van de werkelijkheid, een verhulling die beantwoordt aan het verlangen van het grote publiek naar een voorbeeld, een held, een ideaal – een vraag waar de drager van het masker meestal zonder bezwaar aan toegeeft. Een kleine toegeving in ruil voor de sympathie van het volk. Zo laat ook Ragnar Foulard zich gaarne gaan in zijn rol van *entertainer* en *wonderboy*, en houdt hij zijn andere kant voor zichzelf. Daar is niets mis mee, want het is de wil van de mensen en het heeft meer voordelen dan nadelen. Zelfs sterkere karakters hebben gekniel voor de verleiding om bekend en geëerd te zijn, indien ze toch maar het spel van de massa wilden meespelen en het gezicht toonden dat van hen verwacht werd.

In het verlengde hiervan geldt deze vaststelling niet alleen voor onze individuele beroemdheden en *stars*, maar ook voor onze begrippen: want als er iets is dat tussen de regels van Ragnars verhaal telkens weer naar buiten komt, dan is het wel dat een 'student' meer en anders is dan het portret dat de televisie geeft, dat een 'homo' zoveel meer gedaanten heeft dan het verwijfde kappertje, dat 'de bezorgde ouder' meer onheil dan voorspoed voor zijn kind kan brengen, dat een 'politieker' soms ook dingen doet uit puur idealisme en niet alleen om zijn eigen portemonnee aan te dikken, zoals zo vaak onterecht beweerd wordt, en dat wij kunnen overgaan tot ...

De derde opmerking: hoe beroemd en verafgood onze helden ook mogen zijn, zij hebben allemaal van de eerste tot de laatste hun kleine kantjes, hun gebreken, en zeker ook enkele 'schandelijke', ervaringen die hun *rooie oortjes* bezorgen en die ze liever in de doofpot houden. Het zij zo. Toch ben ik er absoluut van overtuigd dat deze onpopulaire ervaringen hun leven niet minder, maar juist meer waardevol maken. Als mens dan, niet als afgod of als idool.

Tot slot nog een verduidelijking die de tachtigjarige Ragnar zelf maakte bij de *pousse-l'amour* op het einde van zijn diner, namelijk over onze 'blinde vlekken', een begrip uit de sociale psychologie: het meest verhullende masker is dat wat wij zelf creëren en waarvan wij ons niet bewust zijn, het is het masker dat wij *onszelf* onbewust aanbinden, het is het imago van onze persoonlijkheid waarin wij in eerste instantie zelf geloven en waaraan wij vastzitten – want wij kúnnen niet beseffen dat dit imago slechts onze eigen verzonnen perceptie is van ons vermeende 'ik', dat het een geloofwaardige en bruikbare camouflage is van het zelf, maar niet zoals het zelf werkelijk is.

"Misschien," besloot de oude feesteling hierna, diep mijmerend, "misschien ben ik inderdaad mijn leven lang de mening toegedaan geweest dat ik sterk empathisch ben, intelligent, bovenmaats creatief en vindingrijk, alsook een klein tikkeltje gezond gek? En misschien is deze overtuiging echt op niets gebaseerd, tenzij op een flinke dosis narcistische inbeelding? Ja, het is heel goed mogelijk, hoewel … dat klein tikkeltje gezond gek, daar blijf ik toch bij."

Nog steeds teleurgesteld, waarde lezer? Laat ons dan maar troost zoeken in de gedachte dat het onsamenhangende sprookje van *Fortunatus* (± 1440) eigenlijk een amateuristisch misbaksel is, een vertelsel met haken en ogen … tenzij men ook daar reeds de diepere lessen herkent over wijsheid, rijkdom, ambitie en hebzucht. En zelfkennis.

Ragnar zij dan toch geprezen!

Pirouette:
DE POËZIE IN DE WISKUNDE

Onlangs liep ik mijn vroegere collega Lex van het reclamebureau tegen het lijf en de volgende minuut waren wij al druk bezig met het ophalen van herinneringen. Dat gebeurt nu eenmaal als dat gedeelde verleden nog net niet verzonken is in de bodemloze put en je op de overgang staat van 'compagnon' naar 'oude bekende'.

"Weet je nog, die startvergadering," grijnsde Lex. "Toen wij allemaal plat lagen van het lachen? Je was nog maar pas in dienst en het was je allereerste tussenkomst op een vergadering over reclameteksten – weet je nog – wij proestten het uit!"

Ik wist het nog goed. Ik had een opmerking gemaakt die volgens mij heel serieus en ter zake was, maar blijkbaar niet volgens mijn gehoor. Ze hadden inderdaad *in plenum* gegierd. Als een bende pubers – of hyena's? Waarop ik beschaamd in mijn schulp was gekropen. Nooit zou ik die eerste vergadering en het tumult vergeten.

"Ja, Lex, dat weet ik nog. Hoewel ik nooit geweten heb waarom – waarom jullie het uitgierden. Op de duur dacht ik zelfs dat er een keutel uit mijn neus hing of dat ik wat room gemorst had op mijn nieuwe trui. Maar dat was het dus denkbaar niet."

"Kom, kom, wist je het echt niet, kerel? En nog steeds niet? Wel, het kwam gewoon door die vreemde, grappige uitdrukking die je gebruikt had. Niet misplaatst, hoor, wel ongewoon. En hilarisch! Je wou een lans breken voor een bepaalde slogan, en toen zei je letterlijk: 'Je moet die zin *proeven*, je moet die woorden eens door je mond laten gaan en erop kauwen, net alsof het een slok vettige wijn is'. Of zoiets. En natuurlijk was je opmerking vergezeld van een mimiek die aan duidelijkheid niets te wensen overliet. Het was reuze, het was geweldig! Stel je voor: *proeven*!"

Lex schoot spontaan in een luide lach alsof de vergadering opnieuw aan de gang was. Ik zweeg en slikte even. Zijn uitleg had mijn oude frustratie naar boven gebracht als maagzuur na een bedrijfslunch. Ik denk dat ik hem nogal dom aankeek alvorens ik overschakelde op de latere, eerloze fusie en het uiteindelijke failliet. En dat was het dan.

Toch liet de vraag mij niet los waarom het destijds zo lachwekkend geweest was om te spreken van *woorden proeven*? Voor mij was dat evident. Het was iets wat ik vaak deed, zelfs van kindsbeen af. Ja, ik had al heel vroeg ontdekt, bij juffrouw Jeanne en haar nonnetjes, dat je sommige woorden met je smaakorgaan kon 'wegen', dat sommige uitdrukkingen een intrinsieke schoonheid bezaten waarvan je echt kon genieten door ze traag en gearticuleerd uit te spreken. Soms meer dan eens. Door ze te *proeven*, als het ware.

En als rijpere puber, bij de eerste lessen *goniometrie*, ontdekte ik dat zelfs de minst poëtische tak van de wetenschap ook beschikte over een pracht van een vocabulaire die ik evenzo tussen mijn tong en wangen kon laten 'walsen'. Jawel, als je maar bereid was, kon je zoveel gezang in die droge wiskunde horen!

Wat dacht u van *parallellogram* en *parallellepipedum*, van *hypotenusa* (mooier dan 'schuine zijde') en *bissectrice* (deellijn)? Van *differentiaalvergelijking*? Van *axioma, calculus* en *algoritme*? Of van *ordinaat, theorema* en *congruentie*? *Cluster* en *coëfficiënt*? *Euclides* en *Pythagoras*? *Lobatsjevski* en *Copernicus*? Om maar te zwijgen van snoepjes als de *Maagdenburgse halve bollen* en *De kwadratuur van de cirkel*. Of de *Riemann hypothese* en het *Clootcransbewijs* van Simon Stevin. *Quod erat demonstrandum?* Ik heb ook dikwijls graag weggedroomd bij dat beroemde 'ezelsbruggetje', alsof het een Volendamse versie was van de Ponte Vecchio (Italië). En de literaire zinsnede 'bewijsvoering *uit het ongerijmde*' prikkelde eveneens mijn geest. Zoals ook de rekenkundige bewerking van het 'aftrekken', maar dat was om meer aardse, heidense redenen.

Probeert u het maar eens! Zonder u af, sluit uw ogen, en spreek deze bloemlezing van het rationele langzaam uit. En articuleer ... Proeft u ook het zinnelijk genot dat verborgen zit in het vocabularium van de wetenschap? Smaakt het niet heerlijk?

En dan houd ik mijn geschiedenisboek nog gesloten, want daar vindt u delicatessen als *Raspoetin, Aldo Moro, Breznjev, Bolsonaro, Kohn Bendit, Machiavelli, Valéry Giscard d'Estaing, Eugenio Pacelli, Wolfram von Richthofen, Graf Zeppelin* ...

Geef toe, *Boudewijn, Leopold* of *Mathilde* horen hier niet thuis. Ze smaken te *sec*.

Pirouette:
OCCULTE VERSCHIJNSELEN

Het doet mij allemaal denken aan de zwierige toga en zwarte baret bij het afstuderen. Of aan die 'andere' wereld van Harry Potter.

Toen het landhuis van mijn overleden ouders verkocht werd, inboedel incluis, zat ik in Lissabon op een Europese missie. Mijn oudste broer, die de zaken thuis in de gaten hield, belde mij op en vroeg of er iets was dat ik per se wilde – als herinnering bijvoorbeeld. Liefst niet te veel, want de inboedel moest ook een aardige duit opleveren. Al was het landhuis iets kleiner dan Zweinstein.

Ik koos voor het boek *Occulte Verschijnselen*. Alleen dat.

Nu moet u weten dat dit boek niet zomaar het honderd-en-zoveelste boek is over het paranormale en parapsychologie. Het is een boek dat ik als kind altijd met ontzag bewonderd heb in de verboden bibliotheek van mijn vader, een strenge wetenschapper. Het dateert van 1938, is geschreven door ene professor Feldmann (nauwelijks vermeld op het internet) en stond destijds op de index van zondige publicaties. Vader had het ooit gekregen van een oud-leraar die zijn studies voor het priesterschap vroegtijdig had opgegeven om in de necromantie te beginnen.

Occulte Verschijnselen is thans in mijn bezit. Voor sommigen een lelijk gewrocht, voor mij iets fantastisch. De kaft is antraciet met vergane gouden lettertjes, hij lijkt gemaakt van oud leder, maar is in feite van dik karton. De vierhonderd pagina's zijn bijna middeleeuws geel. Ik denk dat het boek alleen nog tweedehands te vinden is in obscure handeltjes. En dan nog met veel geluk.

De inhoud verhaalt honderden bijzondere en onverklaarbare fenomenen. Helderziendheid, spoken, telepathie, vliegend bestek, klopgeesten ... In detail, zonder emotie en zeer geloofwaardig.

Heeft u, beste lezer, dan nooit iets meegemaakt waarbij u dacht aan vreemde krachten? Iets achter het behang dat zuchtte en kreunde?

Ik wel, en meer dan eens. Onlangs zat ik op mijn balkon. Het was wisselvallig weer. Ver weg, in de grijze lucht zag ik wel een winterse bui hangen, maar ikzelf zat in het droge, met een hete cappuccino. En opeens viel er één hagelsteentje op mijn balkon, recht in het kopje koffie. Slechts één, niet meer. Eén steentje. Alsof het zo bedoeld was. Toeval? Wellicht, maar ook misschien een teken.

Tweede incident, en erger. Maandenlang had ik mijn tante Madeleine in de kliniek bezocht. Zij was ziek, maar niet stervende. Op een zaterdagavond deed ik samen met haar een gebedje, vervolgens ging ik zoals elk weekend mijn ouders thuis opzoeken. Om 22u24 viel de staande klok daar om een onverklaarbare reden stil: de gewichten waren immers nog na de middag opgetrokken. De volgende ochtend, zondag, belt vader mij op: ”Bericht van de kliniek: Tante Madeleine is gisteravond gestorven.” Ontroerd vraag ik hem toch maar: ”Hoe laat is zij dan gestorven?” Het wordt even stil, dan antwoordt hij: ”Ongeveer vijf vóór half elf, zei de verpleegster.” Toeval?

Ander incident, ook van enige jaren terug. Ik was op visite bij de familie van Kurt, al jarenlang mijn boezemvriend. Na het gebak vraagt hij mij of ik naast hem kom zitten; hij moet mij iets belangrijks zeggen. Op dat moment valt de grote wijzer *zomaar* uit de wijzerplaat van de pendule, als een pegel van koper. Iedereen kijkt op, er is nooit iets fout gelopen met het uurwerk! Kurts vader, artiest en grapjas, spreekt van de familiegeest. Gelach! Later vertrouwt Kurt mij toe dat hij iemand anders had leren kennen en dat hij op het punt stond om met mij te breken. *Net toen die wijzer viel...* Toeval?

Ik vraag mij af of u die dingen ook kent? Het kippenvel van een *déjà vu* ... De tastbare kilte van een vreemde aanwezigheid ... Dromen van een vergeten jeugdvriend ... die de volgende dag verdrinkt?

Heeft u zich dan al eens durven te verdiepen in de overweldigende getuigenissen van de vakliteratuur? Ikzelf heb Feldmann gelezen, en ik heb er geen spijt van: ik ben nu zeker dat ik onzeker mag zijn.

Kortom, ik besef goed dat het waarheidsgehalte van deze erva-ringen stijgt naarmate men *gelooft* dat ze mogelijk zijn. Weliswaar betekent openstaan voor iets niet dat men het zomaar onvoor-waardelijk aanvaardt. Maar wie de minste vorm van openheid ontbeert, wie vertrekt van 'Dit kan niet, punt!', die zal zelfs een berg van occulte verschijnselen afdoen als merkwaardig toeval.

Pech dan voor de geesten die ergens in de ether zweven, op zoek naar contact, begrip en soelaas!

De auteur

Christiaan Thierens is in 1952 geboren in Sint-Ni-
klaas (B). Hij studeerde letteren en wijsbegeerte.
Als management consultant begeleidde hij organisaties en personeel in hrm-kwesties (personeel en
arbeid). Thierens speelt en beluistert graag muziek.
Schrijven is zijn tweede natuur, maar ook zijn
persoonlijke missie. Al vanaf zijn zestiende schrijft
hij gedichten, verhalen, romans en essays. Pas op
latere leeftijd ontstond de behoefte om zijn ideeën
ook daadwerkelijk 'los te laten' op de wereld en is
hij gaan publiceren. Met zijn denkbeelden hoopt
hij de moderne mens aan het denken c.q. twijfelen
te brengen, met als uiteindelijke doel: een intrinsieke verbetering van de mensheid en de samen-
leving. Opera Buffa is Thierens' negende boek. Hij
woont momenteel in Oostende en is ongehuwd.

De uitgeverij

" *Wie ophoudt
beter te worden
is opgehouden
goed te zijn!*

Op basis van dit motto zoekt uitgeverij novum
steeds nieuwe manuscripten! Ondertussen zijn wij in
Nederland, Duitsland, Oostenrijk en Zwitserland dé
specialist voor nieuwe auteurs.

**Elk manuscript dat wij ontvangen wordt gratis
door onze redactie beoordeeld.**

Meer informatie over onze uitgeverij en over onze
boeken kunt u op online vinden onder:

w w w . n o v u m p u b l i s h i n g . n l

Beoordeel
dit **boek**
op onze
website!

www.novumpublishing.nl

Christiaan Thierens

Perpetuum Malum

ISBN 978-3-99064-362-4
Pagina aantal: 302

PERPETUUM MALUM heeft alles in zich om een cult-boek genoemd te worden: een vreemde verzameling van diverse teksten die eigenzinnig en provocerend zijn, soms klassiek, altijd
boeiend. En bij het laatste blad denkt u, terecht: wat heeft dit
alles te betekenen?

Christiaan Thierens

Cras Tibi

ISBN 978-3-99010-874-1
Pagina aantal: 330

"Cras Tibi" vormt samen met "Perpetuum Malum" (2018) een tweeling van eigenzinnige verhalen en beschouwingen. Boeiend en indringend, provocerend en ontroerend, sarcastisch en diepzinnig. En u beseft, terecht: morgen kan het mijn beurt zijn – cras tibi!

Christiaan Thierens

Het ongebeuren

Een klein epos

ISBN 978-3-99064-927-5
Pagina aantal: 134

Een kleine odyssee van een mens in een vreemde wereld, in een onbepaalde tijd. Een poëtisch reisverslag? Een hallucinatie, een wensdroom? Een archetypisch visioen, profetische boodschap, moderne parabel – of een waarachtige blik op het hiernamaals?

Christiaan Thierens

Parva Mundi

Een stuntelende hordeloop doorheen het labyrint van de levende wezens.

ISBN 978-3-99107-323-9
Pagina aantal: 326

Parva Mundi van Christiaan Thierens is een bundeling van vijftien vreemde, eigenzinnige verhalen. Boeiend en indringend,
provocerend en ontroerend, sarcastisch en diepzinnig. Over
leven, liefde en dood in onze kleine wereld – parva mundi!

Christiaan Thierens

Wij, weekdieren op drift

ISBN 978-3-99107-848-7
Pagina aantal: 404

Mensen zitten gevangen in de constante stroom van hun gevoelens en aspiraties. Wie geen maat kan houden, lokt problemen uit. Maar wie zijn de moedige kleppers, wie zijn de meedrijvende kwallen?